La hija del apicultor

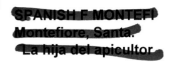

SANTA
MONTEFIORE

La hija del apicultor

Traducción de Alejandro Palomas

TITANIA

Argentina • Chile • Colombia • España
Estados Unidos • México • Perú • Uruguay

Título original: *The Beekeeper's Daughter*
Editor original: Simon & Schuster UK Ltd. A CBS Company
Traducción: Alejandro Palomas Pubill

1.ª edición Mayo 2017

Copyright © 2014 by Santa Montefiore
All Rights Reserved
Copyright © de la traducción 2017 *by* Alejandro Palomas Pubill
© 2017 *by* Ediciones Urano, S.A.U.
   Aribau, 142, pral. – 08036 Barcelona
   www.titania.org
   atencion@titania.org

ISBN: 978-84-16327-34-8
E-ISBN: 978-84-16715-04-6
Depósito legal: B-9.486-2017

Fotocomposición: Ediciones Urano, S.A.U.
Impreso por Rodesa, S.A. – Polígono Industrial San Miguel
Parcelas E7-E8 – 31132 Villatuerta (Navarra)

Impreso en España – *Printed in Spain*

Para mi querido tío Jeremy, uno de los grandes personajes de la vida, con amor y gratitud.

La canción del pequeño apicultor

¡Las abejas! ¡Ah, las abejas! ¡Presta atención a tus abejas!
«Ocúltales a tus vecinos cuanto quieras, pero contarnos
debes todo lo que ocurra, o no te daremos un ápice de miel
que vender puedas.»

La doncella en su esplendor, en el día de su boda,
debe a sus Abejas la historia contar, de lo contrario volarán,
dejándola sola. Volarán, morirán, ¡desaparecerán para
no regresar más! Pero si a tus Abejas no engañas,
tus Abejas contigo jamás lo harán.

Boda, nacimiento y entierro, las noticias de ultramar,
todo lo que alegra o entristece debes a las Abejas contar.
Comparte con ellas tus pasos, y dónde encontrar
al Aventador, ¡pues son las Abejas casi tan curiosas
como pueden los hombres serlo!

No esperes donde se alza el árbol cuando estalla el rayo,
ni odies de las Abejas la morada, pues se extinguirán
si lo haces. ¡Se extinguirán, morirán, en su afán por huir
de ti! Pero si a tus Abejas nunca hostigas, ellas jamás
lo harán contigo.

Rudyard Kipling

PRIMERA PARTE

1

Isla de Tekanasset, Massachusetts, 1973

De todos los envejecidos edificios de tejas grises de la isla de
Tekanasset, el club de golf Crab Cove es uno de los más hermosos. Construido a finales del siglo XIX por una pareja de amigos
de Boston que compartían el sentimiento de que una isla sin un
campo de golf es una isla que carece de lo único que realmente
importa, la casa domina la línea de la Costa Oeste, desde donde
ofrece una ininterrumpida panorámica del océano. A la derecha, sobre una colina cubierta de hierba, se alza un faro de franjas
rojas y blancas como una barra de caramelo, que en la actualidad se utiliza más por los observadores de aves que por los marinos perdidos en el mar. Y a la izquierda, las playas de arena
amarilla y las dunas de arena salpicadas de hierba ondulan como
olas, coronadas sus crestas por espesos matojos de rosas silves-
tres. Una variedad más suave de rosa trepadora adorna las paredes de la casa del club y las hortensias de color rosa jaspeado
cubren el parterre que rodea todo el perímetro del club, esta-
llando en una profusión de inmensas bolas floridas. El efecto es
tan precioso que resulta imposible no emocionarse al verlas. Y,
elevándose por encima de todo el conjunto, sobre el tejado de
pizarra gris, ondea la bandera norteamericana al viento impregnado de sal que sube desde el mar.
 La isla de Tekanasset, a la que se accede solo en avioneta o en
barco, está apartada del resto del país, de tal modo que mientras
la Revolución Industrial cambiaba el rostro de Estados Unidos,
se olvidó por completo de Tekanasset, dejando intactas las pinto-
rescas construcciones de inspiración cuáquera y las calles ado-

quinadas, y permitiendo que la isla quedara sumida en un ritmo melancólico y adormilado en el que los valores anticuados se fundían armoniosamente con la arquitectura tradicional.

En Tekanasset no hay señales de tráfico ni semáforos, y las tiendas que prosperan en el pueblo son elegantes boutiques que venden ropa del hogar, regalos, hermosos artículos de tocador, cestas de buques faro y tallas de dientes de cachalotes típicas de la artesanía local. Es un lugar nostálgico y romántico, aunque en ningún caso sofisticado. Son muchos los escritores, actores y músicos famosos procedentes de todos los rincones de Estados Unidos que huyen de las ciudades frenéticas y contaminadas para respirar el fresco aire marino y encontrar la inspiración en la belleza del paisaje, mientras que acaudalados empresarios abandonan los centros financieros del mundo entero para pasar en la isla el verano con sus familias.

Fiel a su cometido original, el club de golf Crab Cove sigue siendo el corazón de Tekanasset, aunque ha dejado de ser el centro de chismes y rumorología que fue durante los años sesenta y setenta del siglo pasado, cuando la sociedad se esforzaba por no perder comba de los tiempos cambiantes y las viejas costumbres chocaban contra las nuevas como las olas contra la roca. Hoy en día, aquellos jóvenes que lucharon enconadamente por el cambio han envejecido y tienen menos prejuicios de los que tuvieron antaño sus padres, de ahí que las conversaciones que tienen lugar en la mesa durante el té sean más benévolas. Pero ese día de julio de 1973 en particular, un incidente que en la actualidad hoy no provocaría el menor comentario había desatado un revuelo de excitación entre las señoras del club de golf Crab Cove. Apenas habían echado una fugaz mirada a sus cartas de bridge cuando el asunto que hasta entonces había estado balanceándose en frágil equilibrio en la punta de la lengua de cada una de ellas cayó de pronto con un estallido de indignación.

—Pues a mí me parece inmoral, querida, y debo decir que me avergüenzo de ella —dijo Evelyn Durlacher con ese dejo grave y cansino típico de Boston al tiempo que fruncía los labios escarlata en una mueca de desaprobación. Evelyn era la personificación de la sociedad educada. Todo lo que la conformaba era un fiel reflejo de sus valores conservadores y de la estricta moral que articulaba sus patrones. Desde los inmaculados conjuntos de cachemir y el peinado castaño a la casa hermosamente decorada y los hijos de modales impecables, nada escapaba a su atención. Y esa misma aplicación escrupulosa, a la que sumaba una habitual falta de generosidad, era la que utilizaba para juzgar a quienes la rodeaban—. En nuestra época, si querías estar a solas con un hombre tenías que deshacerte de tu chaperona. Ahora los jóvenes están descontrolados y nadie parece vigilarlos. —Repiqueteó en la mesa con sus garras rojas y miró distraídamente sus cartas—. Una mano espantosa. Lo siento, Belle, me temo que voy a fallarte esta vez.

Belle Bartlett estudió sus cartas, que no eran mejores que las de su pareja de juego. Dio una larga calada al cigarrillo y agitó tristemente sus rizos rubios.

—La juventud de hoy en día —se lamentó—. No volvería a ser joven por nada del mundo. Se vivía mucho mejor en los años cuarenta y en los cincuenta, cuando todos sabíamos cuál era nuestro sitio. Ahora los límites son demasiado difusos y no nos queda más remedio que adaptarnos. Lo que creo es que simplemente se han perdido y que no debemos juzgarlos demasiado severamente.

—Belle, siempre intentas ver lo bueno de todo el mundo. Seguro que hasta tú estarás de acuerdo en que Trixie Valentine ha quedado en evidencia —insistió Evelyn—. De hecho, no se ha comportado como una señora. Las señoras no van por ahí persiguiendo a los muchachos por el país. Al contrario: se dejan cortejar. Realmente, es de un gusto pésimo.

—No es solo eso, Evelyn. También es imprudente —concedió Sally Pearson, sacudiéndose la lustrosa y ondulada melena castaña con un tímido ademán—. Ofrecerse de ese modo a los hombres mancilla sus reputaciones, que por otro lado ya no pueden recuperar. —Agitó su cigarrillo entre dos dedos de uñas perfectamente cuidadas y sonrió con suficiencia, recordando a la joven ejemplar que ella había sido en su época—. Un hombre necesita conquistar y la mujer necesita ser un trofeo por el que merezca la pena salir a cazar. Hoy en día las chicas son demasiado fáciles. En nuestra época nos preservábamos para nuestra noche de bodas. —Soltó una risilla y dejó escapar un pequeño bufido—. Y si no lo hacíamos, nos cuidábamos muy mucho de que nadie se enterara.

—Pobre Grace. Es una auténtica desgracia que tu hija te avergüence así —añadió Belle con tono compasivo—. Y es horrible pensar que estamos todas picoteando sus restos como buitres.

—Pero ¿qué esperabais, chicas? —intervino Blythe Westrup, acariciándose el recogido de color ébano—. Es británica. Los británicos ganaron la guerra, pero perdieron la moral en el proceso. Santo cielo, las historias que se cuentan de esa época son tremendas. Las jóvenes perdían la cabeza…

—Y todo lo demás —comentó con sequedad Evelyn, arqueando una ceja.

—¡Oh, Evelyn! —Sally dejó escapar un jadeo y se colocó la pitillera entre los labios para disimular su sonrisa. No quería que sus amigas la vieran disfrutar con el escándalo.

—Pero ¿realmente estamos seguras de que se fue con él? —preguntó Belle—. Me refiero a que quizá no son más que habladurías. Trixie es todo un personaje, pero no es mala persona. Todo el mundo la critica demasiado a la ligera. Si no fuera tan guapa, nadie habría reparado en ella.

Evelyn la fulminó con la mirada, evidenciando de pronto la rivalidad que anidaba en sus ojos.

—Querida, me lo ha dicho Lucy esta mañana —replicó con firmeza—. Créeme, mi hija sabe de lo que habla. Les vio bajar de un yate al amanecer, en actitud muy sospechosa y con un aspecto que dejaba mucho que desear. El chico también es inglés y tiene… —Se interrumpió y apretó los labios hasta dibujar una línea tan delgada que casi desapareció—. Toca en un grupo de rock. —Pronunció las palabras con desprecio, como si apestaran.

Belle se rio.

—El rock ya no se lleva, Evelyn. Creo que es más tipo Bob Dylan que Elvis Presley.

—Ah, ¿así que ya lo sabías? —preguntó Evelyn, indignada—. ¿Por qué no habías dicho nada?

—En el pueblo no se habla de otra cosa, Evelyn. Según creo son un grupo de ingleses guapos y jóvenes, además de educados. —Sonrió al ver la expresión agria que asomó al rostro de Evelyn—. Están pasando aquí el verano, en casa de Joe Hornby.

—¿Del viejo Joe Hornby? Oh, vamos, sabes perfectamente lo excéntrico que es —observó Sally—. Dice que es muy amigo de Mick Jagger, pero ¿le habéis visto alguna vez en la isla?

—¿O a alguien mínimamente importante, ya que estamos? Según él, conoce a todo el mundo. Es solo un viejo fanfarrón —dijo Blythe.

—Al parecer, los chicos están preparando un álbum y Joe les está ayudando —prosiguió Belle—. Tiene un estudio de grabación en el sótano.

—¡Hace cincuenta años que Joe no produce nada! —exclamó Sally—. En su día fue un músico muy mediocre. Y ahora, simplemente ya no está para dar mucha guerra. De todos modos, ¿quién financia el proyecto? Desde luego, Joe no tiene ese dinero.

Belle se encogió de hombros.

—No lo sé. Pero he oído que va a llevárselos de gira por el país en otoño. —Arqueó las cejas—. Eso va a costar una pequeña fortuna, ¿no os parece?

Evelyn estaba decidida a reconducir la conversación hacia el foco del escándalo. Recorrió cautelosa la habitación con la vista y bajó la voz.

—Bueno, Lucy me ha contado que Trixie Valentine y su amiga Suzie Redford desaparecieron con el grupo a bordo de un barco el viernes por la noche y que no han vuelto hasta hoy a primera hora de la mañana. Suzie le ha dicho a Lucy que no lo comente con nadie. Obviamente, se han marchado sin decírselo a sus padres. No sé lo que habrán hecho, pero no hay que tener mucha imaginación para adivinar la verdad. Ya sabéis cómo vive esa clase de gente. ¡Es repugnante!

—¡Quizá Grace creía que Trixie estaba en casa de Suzie! —sugirió Belle—. Tiene que haber una explicación.

Entonces intervino Sally.

—Lo que a mí me parece es que Suzie Redford hace lo que le da la gana. En esa familia no tienen límites.

—Pues a mí me sorprende —manifestó Belle con suavidad—. Aunque sé que Grace no lo está pasando bien con Trixie. En cualquier caso, no creo que Trixie haya desaparecido tres días sin decírselo a su madre. Además, Freddie jamás lo habría permitido.

—Freddie ha estado de viaje de negocios —intervino Sally, encantada—. Ya se sabe: cuando el gato duerme...

—Lo lleva en la sangre —recalcó Blythe—. *Cherchez la mère* —añadió enigmáticamente.

Belle apagó el cigarrillo.

—¿No era «*cherchez la femme*»?

—Viene a ser lo mismo, Belle —replicó Blythe—. No hay más que ver a la madre. Puede que Grace sea el parangón de la virtud, y yo soy la primera que reconozco que es la persona más dulce del mundo, pero es demasiado permisiva. Trixie necesita mano firme y Grace es débil.

—Grace es indulgente porque pasó años de penurias y de abortos para poder quedarse embarazada —les recordó Belle—. Trixie es la típica hija única que ha sido muy deseada. No es extraño que esté un poco mimada.

—Supongo que Grace esconde la cabeza en sus jardines e intenta no pensar en ello —dijo Sally—. Con una hija como Trixie, cualquiera.

—Ah, es una jardinera maravillosa —añadió Belle categóricamente—. Los jardines de Tekanasset no tenían la menor gracia antes de que ella llegara de Inglaterra y los transformara con su gusto y su pericia exquisitos.

Evelyn frunció el ceño, visiblemente irritada.

—Nadie está poniendo en duda su talento, Belle. Lo que aquí se debate es su comportamiento como madre. Bien, vamos, ¿quién ha repartido?

—Yo —respondió Blythe—. Y no declaro un solo triunfo.

En ese momento las cuatro mujeres se quedaron de una pieza al ver aparecer a la mismísima Grace, que llegó seguida de otra mujer parecida a una especie de suflé de grandes proporciones conocida por todas como Big. Evelyn cerró de golpe la boca. Big era la mujer más poderosa y respetada de la isla. No solo era la dueña de la casa más antigua y más grande del lugar, que en 1668 había pertenecido al primer colono, sino también la única hija de Randall Wilson Jr., el rico magnate del petróleo que había muerto a la edad de noventa y cinco años, dejándole toda su fortuna. Se rumoreaba que Big no se había casado porque no había podido encontrar a un hombre que pudiera equipararse a ella en fortuna ni tampoco en carácter. Ya entrada en los setenta, jamás mencionaba el matrimonio ni hacía alusión a él y no daba muestra alguna de pesar. Trataba a sus amigos íntimos como a su familia y disfrutaba inmensamente, como lo había hecho su padre antes que ella, compartiendo su fortuna a través de la Randall Wilson Charitable Trust, una organización benéfica que gozaba de gran estima, o simplemente extendiendo cheques cuando lo creía conveniente.

Grace Valentine parecía tan fuera de lugar en la casa del club como un percherón en un campo de purasangres. Su pelo largo y de color parduzco estaba salpicado de canas y lo llevaba sujeto de cualquier manera sobre la coronilla con un lápiz. Sus pantalones de algodón marrón y la camisa holgada contrastaban con la perfección almidonada de las cuatro jugadoras de bridge. Lo único que Grace parecía tener en común con ellas era el brillo de los diamantes de un broche sorprendentemente exquisito con forma de abeja que llevaba prendido en el pecho. Tenía las uñas mordidas y la piel de las manos áspera debido a los años que llevaba dedicándose a la jardinería. No iba maquillada y su delicada piel inglesa había sufrido lo suyo bajo el sol de Tekanasset y a merced de los vientos marinos. Aun así, sus ojos de color miel estaban colmados de bondad y de compasión y su rostro conservaba trazos de su belleza de antaño. Cuando Grace Valentine sonreía, eran pocos los que podían resistirse a su dulzura.

—Hola, Grace —la saludó Belle cuando las dos mujeres pasaron por delante de su mesa—. Hola, Big.

Grace sonrió.

—¿Qué tal la partida? —preguntó.

—No pinta demasiado bien para mí —respondió Belle—. Aunque la verdad es que el bridge no se me da muy bien.

—Oh, vamos, Belle Bartlett, no tienes de qué quejarte —la reprendió Evelyn, dedicando una sonrisa a Grace y estudiándola con atención en busca de algún signo de vergüenza—. Intenta simplemente ser modesta.

—¿Dónde te gustaría sentarte, Grace? —preguntó Big, pasando con paso firme por delante de las cuatro mujeres con apenas una simple inclinación de cabeza. Presas de un sentimiento de culpabilidad, las cuatro se encogieron en sus respectivas sillas. Big parecía tener un instinto casi paranormal en lo que concernía a las situaciones desagradables y entrecerró los ojos a conciencia al tiempo que golpeaba la lustrosa tarima de suelo con el bastón, sin importarle el ruido que hacía.

—Sentémonos fuera, si el viento no te resulta demasiado molesto, Big —respondió Grace.

Ella se rio entre dientes.

—En absoluto. Si se desatara un huracán, yo sería la última en caer.

Salieron por las cristaleras a un amplio porche que daba al océano. Los pequeños barcos surcaban las olas como cisnes y un par de perros negros correteaban por las dunas mientras su dueño se paseaba tranquilamente por la playa. El sol de la tarde estaba bajo en el cielo, tiñendo la arena de un tono rosáceo, y un ostrero picoteaba los restos de un pez con el pico de vivo color naranja. Grace eligió la mesa que estaba más cerca del borde del porche, contra la balaustrada, y retiró una silla de mimbre para Big. La anciana le dio el bastón y se dejó caer sobre el cojín con un sonoro suspiro. Un puñado de mechones de pelo gris se le desprendió del moño, aleteando como plumas contra la nuca.

—Por fin la gallina está en el nido —comentó Big con un suspiro de satisfacción. Chasqueó los dedos y antes incluso de que ella se sentara había pedido un cóctel para cada una—. Necesitas recuperar fuerzas, Grace —le dijo con firmeza—. Olvídate de esas hienas. Están muertas de celos: entre las cuatro no tienen ni un gramo de talento.

—No son tan malas —respondió ella—. Créeme, las he conocido peores.

—No me cabe duda. Las mujeres inglesas consiguen que esas cuatro parezcan corderitos.

Grace se rio.

—La verdad es que me trae sin cuidado lo que la gente diga a mi espalda, siempre que sean afables conmigo. El problema con las mujeres inglesas es que son demasiado francas y yo odio la confrontación.

»Puestas a elegir, prefiero el modelo inglés. Si la gente tiene algo que decir, deberían decirlo a la cara. Y tener el valor que infunden las propias convicciones o no pronunciarse en absoluto. Evelyn Durlacher es una víbora espantosa y no veo el momento de decírselo. Debería avergonzarse de los problemas que ha causado en esta tierra con tanta alharaca. Cualquiera diría que va por ahí buscando cosas sobre las que chismorrear. La petulancia de esa mujer es intolerable. Se ha subido tan alto en su pedestal que la caída será fatal.

El camarero dejó sendos cócteles en la mesa junto con un cuenco de porcelana lleno de frutos secos. Big introdujo sus dedos gordos y enjoyados en él y cogió un puñado de pistachos. Su rostro era engañosamente afable: la frente ancha, unos labios carnosos y sonrientes y una doble barbilla esponjosa que le daba el aspecto de una bondadosa abuela, pero los ojos eran del color del acero y podían endurecerse en un instante, convirtiendo al desafortunado receptor de su desagrado en una columna de sal. Cuando miró a Grace, sin embargo, lo hizo con sorprendente ternura.

—Bueno, ¿y en qué anda metida Trixie? Supongo que Evelyn ha exagerado la historia en su propio beneficio, lo que sea para que su Lucy brille. —Big inhaló por la nariz y el acero de sus ojos brilló brevemente—. Si ella supiera la mitad de lo que hace Lucy, mantendría cerrada la boca.

Grace suspiró.

—Me temo que probablemente Evelyn esté en lo cierto. Trixie se ha enamorado de un muchacho que toca en un grupo. Aunque no es eso lo que me importa: estoy segura de que es un buen chico, pero…

—¿No lo conoces?

—No.

—Continúa.

—Me ha dicho que se iba de fin de semana con su amiga Suzie a Cape Cod...

Big arqueó cínicamente las cejas.

—¡Suzie Redford! Esa chica siempre anda metida en líos y allí donde hay problemas ella siempre aparece.

—Debo reconocer que son tal para cual —dijo Grace con una sonrisa indulgente—. Pero se divierten, Big, y Trixie está enamorada por primera vez.

Big miró la cara afable de Grace, sus dulces ojos de color miel y el pelo suave alborotado por el viento, y negó con la cabeza ante la absoluta dulzura que rezumaba la mujer.

—¿Qué voy a hacer contigo, Grace? Eres demasiado bondadosa. Pero dime, ¿adónde han ido realmente?

—Con el grupo.

—¿Con el grupo, adónde?

—A un concierto privado que daban en Cape Cod para un amigo de Joe Hornby que trabaja en el sector de las discográficas.

Big bebió de su copa cavilosa.

—Pero la pillaron.

—Sí, Lucy los ha visto volver en un barco esta mañana y se lo ha dicho a su madre. Supongo que a estas alturas la isla entera debe de estar comentándolo. Trixie me lo ha contado todo antes de irse a trabajar. Ya sabes que trabaja durante el verano en el Captain Jack's. De todos modos, no he tenido tiempo de hablar con ella. A pesar de su rebeldía, en el fondo es una buena chica, Big. Al menos, ha confesado.

—Solo porque Lucy la ha visto. Estoy segura de que no te lo habría dicho si hubiera creído que no te ibas a enterar. Me temo que es una deshonra, querida, y creo que deberías castigarla lo que queda de verano. En mis tiempos, por menos de eso me habrían dado una buena zurra.

—Pero esos tiempos pasaron, Big, y tampoco vivimos en los míos. Los tiempos cambian. Los jóvenes son más libres de lo que nosotros jamás lo fuimos y quizá sea mejor así. Podemos desaprobar la música que escuchan y la ropa inapropiada que llevan, pero son jóvenes y están llenos de pasión. Se manifiestan contra las desigualdades y contra la guerra. Santo cielo, no hay más que ver a mi pobre Freddie, con un solo ojo y esa terrible cicatriz que le cruza la cara, para saber que no hay ganadores en ninguna guerra. Son valientes, honestos y la verdad es que les admiro por ello. —Presionó con los dedos el broche de la abeja que tenía prendido de la camisa—. Quizá sean idealistas e ingenuos, pero son conscientes de que el amor es lo único que realmente importa. —Volvió los ojos de color miel hacia el mar y sonrió, pensativa—. Creo que me gustaría volver a ser joven y tener toda la vida por delante.

Big tomó unos pequeños sorbos de su cóctel.

—Cielos, Grace, a veces me desconciertas. Cuando todo el mundo acorta las riendas, tú das rienda suelta. Me pregunto si no será esa vena inglesa tuya. ¿O es que quizá te gusta llevar la contraria? Dime, ¿está al corriente Freddie de la pequeña aventura de Trixie?

La mención de su marido proyectó una sombra sobre el rostro de Grace.

—Todavía no se lo he dicho —respondió en voz baja.

—Pero ¿lo harás?

—No quiero. Se pondrá furioso. Aunque tendré que hacerlo. De lo contrario, se enterará por terceros. ¡Seguro que por Bill Durlacher, mientras golpea la bola en el hoyo cinco! —Se rio, más de ansiedad que de alegría.

El gran pecho de Big se expandió sobre la mesa al pensar en Bill Durlacher chismorreando en el campo de golf.

—Bill es tan malo como su mujer —replicó—. Pero harás bien contándoselo a Freddie. No le haría ninguna gracia ser el último de la isla en enterarse.

—Se quedará horrorizado, Big. Le soltará un sermón sobre disciplina y probablemente la castigará sin salir de casa lo que queda de verano. Entonces Trixie se pasará el tiempo intentando encontrar el modo de verse con ese chico sin que nos enteremos. —Se rio entre dientes—. Conozco a Trixie. Ha heredado mucho más de mí de lo que imagina.

Big pareció sorprendida.

—No puedo imaginarte saltándote una sola norma, Grace.

—Ah, no creas que he sido siempre tan dócil. —Sonrió melancólica al recordar a la muchacha que había sido en su día—. De hecho, una vez fui muy rebelde. Aunque de eso ha pasado mucho tiempo. —Una vez más, se volvió a mirar al mar.

—¿Y qué fue lo que te metió en cintura? —preguntó Big.

—Mi propia conciencia —respondió ella, frunciendo el ceño.

—En ese caso, estoy convencida de que debías actuar correctamente.

—Sí, supongo que sí. —Grace dejó escapar un profundo suspiro y hubo en él una sombra de derrota y también de arrepentimiento.

—¿Quieres oír el consejo de una vieja matrona que lo ha visto todo en la vida? —preguntó Big.

Ella volvió a centrar su atención en el presente.

—Sí, por favor.

Big se removió en la silla como la gallina clueca a la que ella misma había hecho referencia poco antes.

—Vete a casa y ten una charla seria con Trixie. Dile que no vuelva a engañarte así nunca más. Es importante que sepas dónde está y con quién, por su seguridad y también por tu tranquilidad. Dile además que no debe volver a salir de la isla durante el resto del verano y que eso no es negociable. Tienes que dejarlo muy claro, Grace. ¿Serás capaz?

—Sí, claro que soy capaz —replicó sin demasiado entusiasmo.

—Es una cuestión de respeto, Grace —afirmó tajante Big—. Hazme caso, querida, tienes que ponerte dura si quieres ejercer el control sobre tu hija antes de que sea demasiado tarde. —Se dio un momento para volver a tomar un sorbo del cóctel antes de proseguir—: Cuando llegue su padre, cuéntale lo ocurrido, pero infórmale de que ya la has regañado y de que todo ha quedado claro y solucionado. Punto. ¿Crees que le bastará con eso?

—No lo sé. Se enfadará mucho. Ya sabes cómo le gusta tenerlo todo bajo control. —Se encogió de hombros—. Podría intentar restarle importancia...

—No debes mentirle, Grace. Es importante que no lo hagas.

Debéis manteneros unidos en esto. Eres una mujer compasiva y sé que quieres apoyar a Trixie, pero elegiste antes a tu marido y tu obligación como esposa es apoyarle en todo.

Ella pareció profundamente abatida.

—La obligación —murmuró, y Big detectó un trazo de amargura en su voz—. Odio esa palabra.

—La obligación es lo que nos hace civilizados, Grace. Hacer lo correcto y no pensar siempre en nosotros es vital si no queremos que la sociedad se desmorone. Los jóvenes carecen del sentido del deber y por lo que veo tampoco tienen mucho respeto. Temo que el futuro sea un lugar sin valores morales y con una percepción distorsionada de lo que realmente importa. Pero no estoy aquí para sermonearte. Estoy aquí para apoyarte.

—Gracias, Big. Tu apoyo significa mucho para mí.

—Somos amigas desde hace casi treinta años, Grace. Es mucho tiempo. Desde que llegaste a Tekanasset y convertiste mi jardín en un hermoso paraíso. Quizá conectamos porque tú no conociste a tu madre y yo no he tenido hijos. —Sonrió y cogió otro puñado de frutos secos—. Y porque, excepto tú, la gente me harta —dijo con una risilla—. Eres una criatura dulce pero también honesta. No creo que hayas estado nunca de acuerdo conmigo solo porque soy rica como Creso, vieja como el Arca y enorme como una ballena.

—¡Oh, vamos, Big! —Grace se rio, presa de la incredulidad—. Quizá seas rica como Creso, pero no eres tan vieja como el Arca, ¡y desde luego no eres una ballena!

—Bendita seas por mentir. Querida, cuando se trata de la edad y del volumen, tienes todo mi permiso para mentir cuanto quieras.

Cuando Grace volvió a la casa de Sunset Slip, el sol había teñido de oro el mar. Salió tranquilamente al porche con sus dos perros cobradores y recorrió con la mirada las hierbas altas que separaban la casa de la playa y, más allá, el agua reluciente. Se empapó, sedienta, de la tranquila escena. El sonido que más la calmaba, sin embargo, era el murmullo sordo de las abejas. Le llenaba el corazón de melancolía y aun así no era una sensación desagradable. De un modo extraño, le gustaba recordar el pasado, como si a través del dolor se mantuviera en contacto con la mujer que había sido y a la que había dejado atrás cuando, hacía muchos años, había llegado a Estados Unidos para quedarse.

Rodeó la casa y se dirigió hacia las tres colmenas que tenía instaladas junto a la fachada lateral, al abrigo de los vientos y del sol gracias a una cicuta plantada con ese fin, y levantó una de las tapas para echar un vistazo rutinario. No le importaba sufrir una picadura de vez en cuando. Tampoco tenía miedo, aunque sí la angustiaba pensar que, en cuanto clavaba el aguijón, la abeja sacrificaba su vida para proteger la colmena.

Arthur Hamblin le había enseñado a su hija todo lo que sabía sobre las abejas, desde su cuidado diario, a las tinturas de propóleo que elaboraba para curar los dolores de garganta y otras molestias. La cría de abejas había sido el amor compartido de padre e hija, y el cuidado de las colmenas y la extracción de la miel, aparte del hecho de que solo se tenían a ellos dos en el mundo, los había acercado. Grace se acordaba con cariño de su padre cada vez que veía una abeja. Su rostro afable emergía de las profundidades de la mente de la mujer con el suave zumbido de las criaturas que él tanto había querido, y a veces ella podía hasta oír su voz, como si él le susurrara al oído: «No te olvides de comprobar que las abejas de las cámaras inferiores están extrayendo la miel». O: «¿Ves las abejas que custodian la entrada? Debe de haber alguna amenaza. Avispas o quizás abejas ladronas. Me gustaría saber de qué se trata». Arthur Hamblin podía pasarse horas hablando de las abejas hasta quedarse sin aliento. A menudo hablaba con ellas, recitando su poema favorito, que ella había oído tantas veces que se lo sabía de memoria: «Boda, nacimiento y entierro, las noticias de ultramar, todo lo que alegra o entristece debes a las abejas contar».

Cuando miró dentro de la colmena, las abejas se preparaban para la noche. La temperatura había descendido considerablemente y estaban adormiladas. Sonrió, encantada, y dejó que los recuerdos fluctuaran y fluyeran como un inmenso mar de imágenes y de emociones. El rato que pasaba con sus abejas era el que le permitía ser ella misma de nuevo, y también recordar.

Al volver a colocar la tapa percibió la presencia conocida de alguien que estaba junto a ella. No se volvió, pues en las múltiples ocasiones que se había vuelto a mirar no había visto nada salvo el viento y su propio desconcierto. Había aprendido a sentir la presencia sin analizarla. A fin de cuentas, la casa era muy vieja y Tekanasset una isla famosa por sus fantasmas. Hasta Big tenía historias que contar. La presencia no la asustaba. De hecho, se sentía extrañamente reconfortada por ella, como si tuviera un amigo secreto que nadie más conocía. De pequeña había confiado en su madre, que esperaba pudiera oírla desde el cielo. Ahora, sin embargo, cuando estaba triste o se sentía sola, se acercaba a hablar con las abejas y se sentía reconfortada por aquel fantasma que proyectaba sobre ella una energía cariñosa y con el que quizá compartía la misma soledad.

Últimamente había empezado a revivir cada vez con más frecuencia su vida anterior. Era como si con el paso de los años sus remordimientos se fortalecieran y el apego que tenía a sus recuerdos ganara en desesperación. Durante los últimos veinte años se había dedicado en cuerpo y alma a la maternidad, pero Trixie se hacía mayor y pronto se marcharía de casa, dejándola sola con Freddie y con los frágiles remanentes de su matrimonio.

—Hola, viejo amigo —dijo, sonriendo ante lo absurdo que resultaba hablar con alguien a quien no veía.

2

Trixie Valentine, con un diáfano pareo como única prenda que la cubría, estaba plantada delante del viejo cobertizo de las barcas de Joe Hornby. En el interior, su amante estaba reclinado en la barca de pesca con la guitarra sobre la rodilla, rasgueando la canción que había compuesto esa misma mañana. El muchacho volvió la vista hacia la entrada. Vio aparecer primero un brazo delgado y blanco que asomó por la pared y luego unos largos dedos que se extendieron sobre la madera. Siguió a continuación una pierna torneada que se dobló por la rodilla y se colocó en diagonal, apuntando con los dedos nacarados hacia el suelo. Trixie se mantuvo así un instante para provocar un efecto dramático antes de cambiar de postura y aparecer despacio, reclinándose contra el marco de la puerta, subiendo una pierna y extendiendo los brazos tras la espalda con las palmas pegadas a la pared. Miró a su amante desde detrás de un flequillo espeso y clareado por el sol, cortado en una brusca línea justo por encima de los ojos, y le sostuvo la mirada durante un seductor instante. Acto seguido entreabrió los labios, dejando a la vista dos dientes levemente separados, y esbozó una sonrisa colmada de promesas. Jasper vio cómo se soltaba el moño que llevaba sobre la nuca y dejaba flotar el pareo hasta el suelo, donde formó un charco de color a sus pies. Se quedó allí desnuda, perfilada contra el océano de fondo al tiempo que la curva de su cintura atrapaba los vestigios de la luz dorada que rebotaba en el agua.

Jasper Duncliffe la miró sin ocultar su admiración. Todo en Trixie le fascinaba. Era una chica impredecible, espontánea, salvaje y siempre dispuesta a divertirse. Además era hermosa, con unos enormes ojos de color añil y curvas en los sitios adecuados. Entonces se le acercó sin dejar de mirarle y él dejó la guitarra a un lado y sintió que el deseo le palpitaba contra la tela del vaquero.

Trixie subió a la barca, que se balanceó suavemente, aunque no lo suficiente como para hacerle perder el equilibrio. Ambos sabían que corrían el peligro de ser descubiertos, pero para dos personas que se saltaban las normas cada vez que podían, la idea de que pudieran sorprenderlos no hacía más que aumentar su excitación. Se sentó a horcajadas sobre él y apoyó las manos en las bordas de la embarcación para no desequilibrarse. Luego bajó el rostro y pegó sus labios a los de Jasper al tiempo que su pelo formaba alrededor de ambos una cortina impregnada de olor a mar.

—Eres mío —jadeó, y él sintió la sonrisa de ella contra su rostro. Era verdad: apenas podía moverse, inmovilizado contra el suelo de la barca. Le deslizó las manos alrededor del cuello y le acarició la mandíbula con los pulgares.

—Puedes hacerme tuyo en cuerpo y alma, Trixie —susurró—. Tantas veces como quieras.

—Me encanta tu forma de hablar, Jasper.

—¿Por qué? Me dijiste que tus padres son ingleses. —Bajó la mano hasta sus pechos y le rozó con suavidad los pezones.

Ella contuvo el aliento y arqueó la espalda como un gato.

—Pero no hablan como tú. A mí me gusta cómo hablas tú.

Jasper tiró de su cabeza hacia abajo y la besó apasionadamente. Impaciente por sentirlo dentro, manipuló a toda prisa su cinturón y le desabrochó el pantalón. Él soltó un profundo gemido cuando se vio engullido en las profundidades del cálido cuerpo de ella, que se movió hasta quedar sentada en él sin la menor inhibición, echando la cabeza hacia atrás y agitando sus cabellos a medida que aumentaba el deseo y se abandonaba por completo. Entonces la sujetó por las caderas, pero no logró controlarla. Por fin, agarró un mechón de cabello y tiró de ella, pegando el rostro de Trixie al suyo.

—No tan deprisa —protestó—. Si quieres estar encima, haz lo que te digo.

—Me gusta su firmeza, señor Duncliffe.

Jasper se rio.

—Y a mí me gusta oírtelo decir.

—¿Qué? ¿Señor Duncliffe? A mí me parece apropiado.

—Por eso me gusta. —Pegó su boca a la suya antes de que ella pudiera seguir distrayéndolo y la besó apasionadamente.

Poco después estaban sentados en la barca, fumando marihuana. Anochecía. El sol se había puesto detrás del horizonte y el mar estaba en calma. Trixie se sentía relajada, presa de una agradable sensación de mareo.

—Me gusta esta hora del día, ¿a ti no?

—Ya lo creo, es bonita —respondió Jasper. Ella le acercó el porro y él le dio una profunda calada—. ¿No deberías irte a casa?

—Aún no. Ya me he metido en un buen lío, así que un poco más o un poco menos no cambiará nada.

—¿Qué le dirás?

—¿A mamá? —Se encogió de hombros—. Es una romántica. Le contaré todo sobre ti y eso la distraerá del hecho de que le haya mentido sobre el fin de semana con Suzie que pasé contigo.

—Tienes diecinueve años, Trixie. Un empleo, ganas dinero y eres independiente. A mí me parece que puedes hacer lo que te dé la gana.

—Ya lo sé, pero mamá es muy conservadora. Se crio en un pequeño pueblo de Inglaterra, se enamoró de papá cuando eran apenas unos adolescentes y se casaron justo poco antes de que empezara la guerra. Nunca ha estado con nadie más y espera que yo haga lo mismo, aunque ya me ves, enrollándome antes del matrimonio con una estrella del rock. Y ten por seguro que una estrella del rock no es exactamente lo que la mayoría de las madres desean para sus hijas.

—Una estrella del rock. —Jasper se rio escéptico por lo bajo—. Me halagas.

Una confianza ciega iluminó de pronto los ojos de Trixie.

—Vas a convertirte en una gran estrella, Jasper. Lo sé. Eres guapo, tienes talento y a todo el mundo le gusta tu música. Tengo buen olfato para el éxito y lo huelo en ti. —Le dio otra calada al porro y le sonrió entre el humo—. Y yo estaré allí, aplaudiendo entre bastidores, porque te he conocido antes de que te conviertas en millonario, mientras miles de fans gritan tu nombre y cantan tus canciones y tus discos se venden por todo el mundo.

—Me encanta tu entusiasmo, Trixie. Lo hacemos lo mejor posible.

—¿Qué tal os va en Inglaterra?

—No demasiado bien.

—¿Por eso habéis venido?

—Claro. Todo el mundo quiere triunfar en Estados Unidos.

Trixie se rio.

—¡No todo el mundo quiere triunfar en Tekanasset!

—Tengo cierta relación con este lugar. Mis abuelos tenían una casa aquí, aunque de eso hace mucho tiempo. Me pareció que podía ser un buen sitio donde empezar.

—¿Y por qué no conseguirlo primero en Inglaterra, como los Beatles? ¿No queréis triunfar en vuestro país?

Jasper suspiró y pareció incómodo.

—Porque mi madre me mataría si la avergonzara así.

Ella arrugó la nariz.

—Estás de guasa, ¿verdad?

Jasper negó con la cabeza.

—¿A tu madre no le gusta que cantes?

—Nada. No le gusta nada.

—¿Y a tu padre?

—Mi padre murió.

—Oh, lo siento.

—No te preocupes. No teníamos muy buena relación. Era militar, como lo fue su padre antes que él. No entendía la música, o al menos la clase de música que hago yo.

—¡Qué estrechez de miras! Debería haberse sentido orgulloso de tu talento.

—Él no veía en mí ningún talento. Pero da igual. Soy el segundo hijo. Toda la responsabilidad recae sobre los hombros de mi hermano y afortunadamente es lo suficiente corpulento y convencional para cargar con ella.

Trixie se rio.

—Entonces eres libre para hacer lo que te dé la gana.

—Exacto. —Jasper sonrió de oreja a oreja—. Con quien me apetezca.

—Conmigo. —Lo miró con coquetería desde debajo del flequillo.

—Contigo, preciosa —respondió él.

—¿Sabes una cosa? Algún día yo también voy a triunfar —le dijo Trixie—. Pero en un campo distinto.

—¿Qué quieres ser?

Se llevó las rodillas contra el pecho y las rodeó con los brazos.

—Editora de una revista conocida.

—¿Como Diana Vreeland?

—La gente dirá: «¿Quién es Diana Vreeland?», porque mi nombre será mucho más conocido.

—Diría más bien infame —se burló Jasper.

—Bueno, voy a trabajar en moda. Me encanta la ropa y creo que tengo un sexto sentido para el estilo. No pienso quedarme en Tekanasset sirviendo mesas el resto de mi vida. Ahí fuera hay un mundo inmenso y yo voy a salir a verlo.

—Seguro que sí. Creo que puedes conseguir cualquier cosa que te propongas, Trixie Valentine.

—Yo también lo creo. Viajaré a todas las pasarelas. Exploraré el mundo. Me codearé con todos los grandes como Andy Warhol y Cecil Beaton. Asistiré a fiestas en el Studio 54 en Nueva York con Bianca Jagger y Ossie Clark. —Se rio con las pupilas dilatadas por los efectos de la marihuana—. Voy a ser una chica dedicada a su profesión.

—La mayoría de las chicas quieren casarse y tener hijos. Mis hermanas, por ejemplo.

—Pero es que yo no soy como la mayoría. Creía que ya lo habías notado. Quiero ser libre, como tú, y ser quien me dé la gana.

—Pues hazlo. No hay nada que te lo impida.

—Solo mi padre. —Trixie dejó escapar un profundo suspiro—. Le gustaría que fuera a la universidad y terminara los estudios, aunque dudo mucho que pueda costeármelos. Dice que no hay nada menos atractivo que una mujer estúpida. —Se rio—. Soy mucho más lista de lo que cree, pero desde luego no pienso ir a la universidad. Quiero salir ahí fuera y empezar a vivir. Este lugar es asfixiante, ¡y antes de que llegaras tú era un muermo!

—¿Y tú crees que te apoyará?

—Él vino de Inglaterra solo con un buen cerebro y triunfó en los negocios. Si se hubiera quedado en su país, que por aquel entonces estaba destrozado por la guerra y donde era imposible encontrar trabajo, seguiría siendo un peón de granja. Creo que me admiraría por querer hacer algo con mi vida. ¿Acaso no es eso de lo que habla el Sueño Americano?

—¿Y tu madre?

—Mamá me apoyará en lo que yo decida. Lo único que quiere es que sea feliz. Aunque no pudo estudiar mucho, su padre era un intelectual y leía todo lo que caía en sus manos. Fue él quien la educó y créeme si te digo que no hay nada que no haya leído. De todos modos, ella trabaja. Es paisajista, y muy buena. No es una de esas mujeres que se pasan el día saliendo a comer y chismorreando, como algunas que conozco.

—Por lo que dices, parece una mujer estupenda.

—Lo es. Es dulce y cariñosa, pero sé que si papá y yo llegáramos a enfrentarnos, ella me apoyaría. Cuando se trata de su niña, es protectora como una fiera. La mayoría de las madres estarían destrozadas por algunas de las cosas que he hecho, pero tengo la sensación de que a la mía le fascinan, como si en el fondo deseara haber podido vivir como yo. Algo me dice que mamá tiene una cara secretamente salvaje. No sé... —Su voz se apagó y se volvió a mirar a la noche, donde las estrellas brillantes ofrecían una prometedora y breve panorámica de un mundo que estaba más allá de lo conocido—. No es más que una corazonada. Puede que esté equivocada.

Jasper dejó de tocar y la estrechó entre sus brazos.

—Tienes frío —dijo.

—Un poco.

Él la besó en la cabeza.

—Te acompaño a casa.

—¿De verdad?

—Claro. Puede que sea una futura estrella del rock, pero también soy un caballero y cultivo mis modales.

—Eso a tu madre no le desagradaría —dijo Trixie, levantándose.

—No, pero probablemente le desagradaría prácticamente todo lo demás.

—¿Te refieres a mí? —Se quedó sorprendida ante su pregunta, que había salido de su boca sin haberla pensado siquiera. De hecho, no tenía importancia lo que la señora Duncliffe pensara de ella, pues era improbable que algún día llegara a conocerla. Sin embargo, y por extraño que parezca, la respuesta de Jasper de pronto le importó.

—Sí —respondió él, tomándole la mano y ayudándola a bajar del barco—. No le gustarías.

—¿Por qué? —No pudo evitar sentirse un poco ofendida.

—¿Y qué importa?

—No lo sé. Supongo que nada. Es solo curiosidad.

—La curiosidad mató al gato, y tú eres una gata muy hermosa —dijo Jasper, levantándole la barbilla con la mano y besándola.

—Bueno, no matemos al gato.

Sin embargo, Trixie deseaba desesperadamente saber por qué no era lo bastante buena. ¿Sería porque trabajaba de camarera en Captain Jack's, el restaurante del paseo marítimo, o porque no era presentable? Sabía vestirse elegantemente si debía hacerlo y ponerse un conjunto y unas perlas como Grace Kelly, y por supuesto no iba a pasarse el resto de su vida sirviendo mesas.

Jasper la acompañó a la puerta de la casa de Sunset Slip. El aroma de las rosas que invadía la fachada de la casa era embriagador y durante un momento le hizo pensar en el jardín de su casa de Inglaterra. Cogió una flor y se la puso a Trixie tras la oreja.

—Sé buena con tu madre —dijo, besándola con suavidad.

Ella sonrió.

—Ni siquiera la conoces —replicó, dejando escapar una risa ronca.

—Me gusta lo que me cuentas de ella.

—A ella no le desagradarías —le susurró—. Creo que le gustarías aunque seas una estrella del rock.

—Te veré mañana, Delixie Trixie.

Ella soltó una risilla en cuanto oyó ese ridículo apodo.

—Ya sabes dónde encontrarme —respondió, abriendo la puerta. Jasper vio cómo la cerraba tras de sí y se alejó despacio por la calle desierta.

Sonreía para sus adentros cuando tomó el sendero de tablones que atajaba por las hierbas altas hasta la playa. Una luna incandescente iluminaba la orilla. Parecía que las estrellas hubieran caído del cielo al agua, donde resplandecían con más brillo si cabe. Sintió que se le inflamaba el corazón al pensar en Trixie. No se había enamorado nunca. Por supuesto que había habido otras chicas, muchas, pero jamás había sentido por ninguna lo que sentía por ella. Adoraba sus dientes torcidos, que le daban un aspecto pícaro y alegre. Adoraba su carácter entusiasta y su exuberancia, y también su resuelta fe en él. Sabía que, si se lo pedía, Trixie cruzaría con él Estados Unidos. Cuanto más lo pensaba, más atractiva le parecía la idea. Estaba convencido de que no iba a dejarla en esas playas cuando llegara el otoño.

«Señor Duncliffe.» Le gustaba la admiración que había notado en su voz cuando lo había dicho. Y se gustaba cuando estaba con ella. Trixie hacía que se sintiera bien. Su devoción era como los rayos del sol: fundía con su calor las sombras de su inseguridad. Empezó a tararear una melodía. Mientras caminaba, el sonido de las olas le dio un leve sentido del ritmo y poco a poco la melodía se transformó en palabras. Inspirado por el calor que evocaba en él el recuerdo de Trixie, se sentó de piernas cruzadas en la arena con su guitarra y convirtió la letra en acordes, que tocó una y otra vez hasta componer la canción y aprenderla de memoria. «Te estreché entre mis brazos durante un último segundo y después te vi alejarte despacio. Sentí un repentino anhelo de ir tras de ti y de volver a abrazarte para no soltarte jamás.»

Desde la ventana de su cuarto, Trixie estaba segura de oír el distante sonido de una guitarra, aunque quizá fuera el murmullo del mar. Se quedó allí durante un instante, dejando que la brisa fresca le acariciara la cara. Miró el cielo nocturno. Estaba oscuro, salvo por la luz de la luna y el misterioso parpadeo de las estrellas. Más abajo, el jardín estaba en silencio. Los pájaros dormían. Las abejas habían regresado a sus pegajosas celdas y los conejos habían vuelto al refugio de sus madrigueras. En la inquietante luz plateada, las flores y los arbustos parecían de otro mundo. Se le inflamó el corazón ante tanta belleza y la certeza de que Jasper estaba allí fuera no hizo sino acentuar el esplendor. La llegada del joven a Tekanasset había cambiado su forma de ver las cosas. El mundo parecía más hermoso desde que Jasper estaba en él.

Un instante más tarde, su madre llamó con suavidad a la puerta.

—¿Puedo pasar, Trixie?

—Hola, mamá —respondió ella, apartándose de la ventana y metiendo los brazos en un largo cárdigan de Aran.

—Tenemos que hablar —empezó Grace, recordando el consejo de Big y manteniéndose firme.

Ella enseguida se disculpó.

—Ya sé que te he decepcionado y lo siento mucho. —Se cruzó de brazos, poniéndose a la defensiva.

Grace se fijó entonces en la flor que su hija llevaba en el pelo y su expresión solemne se fundió en una sonrisa.

—¿Lo pasaste bien?

—Estuve acompañando al grupo. Te prometo que fue de lo más inocente. Suzie y yo compartimos habitación y estuvimos en casa del señor Lipmann, el amigo de Joe Hornby, un hombre muy poderoso en el mundo de las discográficas. Opina que tienen muchas posibilidades de triunfar de verdad.

Grace se sentó en la cama y entrelazó las manos sobre el regazo.

—Jasper te gusta mucho, ¿verdad?

Trixie sonrió en cuanto el entusiasmo pudo con su hostilidad.

—A ti también te gustaría. Es un caballero de los de verdad. Me ha acompañado a casa. No es lo que piensas.

—¿Y qué es lo que pienso?

—Bueno, va a ser una estrella del rock. —Lo dijo como si ser una estrella del rock fuera un crimen.

—No hay nada de malo en ser músico, Trixie.

—Pues hasta su madre lo desaprueba.

—Yo no. Puedes querer a quien quieras, cielo. Y créeme si te digo que me tiene sin cuidado la opinión de los demás.

—Entonces, ¿de qué tenemos que hablar?

Grace vaciló un instante, dudando por un segundo de su convicción.

—Quiero que te quedes en la isla durante lo que queda de verano —dijo sin alterar el tono de voz.

Trixie se mostró horrorizada.

—¡No puedes estar hablando en serio!

—Ya lo creo, cielo. No esperarás que apruebe lo que has hecho.

—Tengo diecinueve años. Y también un trabajo, santo cielo. Gano dinero. Soy adulta. Debería poder hacer lo que quiero. ¡A mi edad tú te habías casado!

—Eso es irrelevante. Eres mi hija y mientras vivas bajo este techo y estés soltera tengo derecho a saber dónde estás. Tu padre y yo somos responsables de ti. Lo que has hecho es inexcusable, Trixie. ¿Y si hubiera pasado algo?

—No corrí ningún peligro con Jasper. Tiene veinticuatro años. Nos invitó el señor Lipmann. No me fugué con él.

—Deberías haberme pedido permiso. Tendrías que haber sido sincera y no haber ocultado dónde ibas.

—No me habrías dejado ir.

—Probablemente —concedió Grace.

—Por eso no te lo pregunté. —La joven se sentó en el borde del taburete que estaba delante del tocador y levantó una rodilla, llevándosela al pecho y rodeándola con los brazos—. ¿Se lo has dicho a papá?

—Todavía no. Quería hablarlo contigo antes. Preferiría decirle que lo hemos solucionado y que no es necesario seguir discutiéndolo.

Trixie pareció aliviada.

—De acuerdo. Te prometo no salir de la isla. De todos modos, creo que los chicos se quedarán hasta septiembre. Están componiendo un álbum en casa de Joe.

Grace también se sintió aliviada.

—Entonces, trato hecho. Bien. Y ahora, dime: ¿cómo es?

Trixie se soltó la pierna y empezó a cepillarse el pelo. Tenía una melena espesa y lustrosa como la de su madre cuando era joven.

—Es muy guapo. —Una sonrisa le dulcificó el rostro.

—Apuesto a que sí.

—Y tiene unos ojos preciosos. Son verdes y grises, como la salvia, y es divertido. Nos reímos todo el rato. Pero también es cariñoso y dulce.

—Es inglés, ¿verdad?

—Sí, y habla como un príncipe. —Se acordó de la rosa que tenía tras la oreja y se la quitó—. Ya sé que no lo es, pero algún día será famoso. Tendrías que oírle cantar. Tiene la voz más sensual del planeta.

—Me gustaría oírle cantar —propuso Grace.

Trixie dejó escapar un suspiro de felicidad.

—Bueno, quizá le oigas. Puede que te cante una de sus canciones. Creo que te dejaría impresionada. Me quiere, no me quiere...

Empezó a arrancar los pétalos de la rosa.

Grace se rio.

—A juzgar por cómo suena lo que me cuentas, a mí me parece que te quiere —dijo.

Trixie sonrió con complicidad.

—A mí también —respondió.

3

Freddie Valentine había sido en su día un hombre guapo. Eso había sido antes de que durante la guerra le quedara desfigurada la mitad de la cara. Una bala se le había llevado un ojo, destrozándole el pómulo y arrancándole la piel. A pesar de que la herida había sanado, como suele ser habitual, le había dejado una fea cicatriz que le recordaba el día en que todo había cambiado: el día en que el mundo se había vuelto del revés y le había despojado de lo que más quería. El parche que había llevado en el ojo desde entonces simbolizaba el modo en que se había recompuesto y había seguido adelante con su vida. Bajo la superficie, sin embargo, el sufrimiento no había cesado en ningún momento.

Tras pasar un fin de semana en la granja que su jefe tenía en Bristol County, Freddie llegó a Tekanasset en barco la mañana siguiente con una cálida sensación de satisfacción. Desde hacía diez años estaba al mando de la granja de arándanos de Tekanasset, dedicada al cultivo de más de doscientos acres de ciénaga y con la que había tenido tal éxito que el señor Stanley estaba deseoso de que aplicara su buen hacer con la otra granja que tenía en el continente y en la que cultivaba arándanos, grosellas y fresas, además de la cría de ganado. De hecho, se había pasado tres días haciendo lo que más le gustaba y el señor Stanley le había subido el sueldo para demostrar con ello su gratitud. Después había regresado del continente con una mayor autoestima y con la convicción de que las decepciones a las que se había enfrentado en su hogar quedaban más que recompensadas por el placer que le producía su trabajo. Desgraciadamente, se topó por casualidad con Bill Durlacher en el quiosco cuando pasó a comprar cigarrillos de camino a casa y los rescoldos de su entusiasmo se extinguieron de golpe.

—Me han dicho que tu Trixie se ha metido en un buen lío —dijo Bill, poniéndose el diario bajo el brazo y dando a Freddie una palmada en el brazo con la mano que tenía libre.

—¿Qué clase de lío? —le preguntó, impasible. Aunque en el seno de la sociedad de Tekanasset, su reserva se consideraba típicamente británica, Bill a menudo se las ingeniaba para sacar de él una cara más alegre en el campo de golf o disfrutando de una cerveza en la casa del club.

—No creas ni por un momento que me gusta ser el portador de una mala noticia —prosiguió Bill, encantado de poder ser el portador de una mala noticia.

—Mejor que me lo cuentes, porque voy a tardar poco en saberlo por Grace.

—Trixie se ha escapado con uno de los chicos del grupo inglés que se alojan en casa de Joe Hornby. Supongo que debe de creer que puede convertirlos en los Rolling Stones. —Bill soltó una risa incrédula—. Grace debe de estar que echa chispas. Evelyn dice que Trixie ha tardado tres días en volver.

Freddie palideció. Se frotó la barba del mentón mientras deliberaba cómo lidiar con Bill Durlacher. Su respuesta a buen seguro determinaría el curso que tomaría el escándalo. Tomó una decisión apresurada.

—Ah, eso —dijo, restándole importancia—. Lo sé todo. —Se rio convincentemente—. Ojalá pudiera decir que ha salido a su madre. —Bill se vio pillado con la guardia baja. Deseoso de no quedar como un idiota, él también se rio—. Son buenos chicos —prosiguió Freddie—. Si hubiera querido ponerle una buena chaperona a mi hija, yo mismo la habría elegido. ¿Cómo se llamaba el chico? —Se fingió distraído.

—Jasper, creo —respondió Bill, visiblemente decepcionado.

—Eso, Jasper. Un buen chaval, Jasper. —Dio una palmada a Bill, imitando con ella el mismo gesto exageradamente familiar que había recibido de él minutos antes—. Qué alegría verte, Bill. Dale recuerdos a Evelyn.

Al llegar a casa, oyó a Grace canturreando en el cobertizo que estaba al fondo del jardín.

—¡Grace! —gritó, y ella, al oír el tono de su voz subió corriendo por el sendero del jardín con el corazón latiéndole con fuerza en el pecho. Pensaba en su hija y sintió que la ansiedad le oprimía el cuello como unas tenazas. Su marido estaba plantado en el porche, con las manos en la cintura—. ¿Por qué tengo que enterarme por Bill Durlacher de lo que ha ocurrido entre Trixie y el tal Jasper? —preguntó—. Me has hecho quedar como un idiota.

Ella se apartó los mechones de pelo de la frente sudorosa con el dorso de la mano.

—Lo siento, Freddie. Tendría que haberte llamado.

—¿Me voy un fin de semana y ocurre esto? —Empezó a pasearse de un lado a otro del porche.

—No te preocupes. He hablado con ella y está castigada.

—¡Castigada! Deberías haberla puesto a pan y agua. ¿Qué demonios está ocurriendo aquí?

Grace intentó quitarle hierro.

—Trixie fue a Cape Cod con unas amigas para asistir a un concierto privado del grupo. Me dijo que iba a quedarse en casa de Suzie y la creí. Como pasa muchos fines de semana en casa de Suzie, creía que…

—Pero pasó el fin de semana con el maldito Jasper. —Ahuyentó irritado con la mano una intrépida abeja que zumbaba un poco demasiado cerca de él, incomodándole.

—Estaba con Suzie. Fueron juntas. Suena peor de lo que en realidad ha sido.

—Te mintió, Grace. ¿Qué hay peor que eso? Tiene diecinueve años y se pasó el fin de semana revolcándose con un chico al que acaba de conocer. Es una desgracia. ¿Y quién es ese Jasper?

—Es inglés.

—Como si eso mejorara las cosas. ¿Toca en un grupo de música, por el amor del cielo?

—Sí, pero es un buen chico.

Freddy se desplomó en el balancín y sacó el paquete de tabaco del bolsillo del pecho.

—¿Lo conoces?

—No.

—Entonces, ¿cómo sabes que es un buen chico?

—Confío en Trixie.

Se llevó un cigarrillo a los labios y lo encendió.

—¿Tienes la menor idea de la clase de vida que lleva esa gente? ¿La tienes?

—No son todos como Mick Jagger y Marianne Faithfull.

—Drogas, alcohol, sexo. ¿De verdad quieres que nuestra hija se junte con esa clase de chicos? No seas inocente, Grace.

—¿Qué más te ha dicho Bill? —Ella intentó controlar el temblor en su voz.

—No ha sido necesario que me contara nada más. Imagino lo que deben de decir todos.

Grace se sentó a su lado y se puso las manos cubiertas de barro sobre el regazo.

—¿Eso es lo que te preocupa? ¿Lo que piensen los demás?

Freddy la miró a través de un velo de humo. La nicotina parecía haberlo calmado un poco.

—Grace, llegamos aquí hace veintisiete años y construimos una nueva vida. Esta buena gente nos acogió en su isla e hizo que nos sintiéramos como en casa. Pero hemos trabajado duro para encajar aquí. Tú te has ganado una reputación de ser la mejor paisajista en kilómetros a la redonda y yo me he ganado el respeto de la gente con la que trabajo en la granja. No es fácil con mi aspecto, pero nos han aceptado y tenemos buenos amigos. No quiero ver cómo todo eso se destruye en un verano simplemente porque Trixie se comporta como una furcia.

Sintió que la palabra la golpeaba como un bofetón.

—¿Cómo puedes decir eso de nuestra hija, Freddie? Trixie no es eso.

—Está comprometiendo su reputación, Grace.

—Pero está enamorada, Freddie —protestó ella con vehemencia.

—Tiene diecinueve años. ¡Qué sabrá ella del amor!

—¿Quieres que te recuerde a otra joven de diecinueve años que se casó con su amor de la infancia hace ya muchos, muchos años? —Sonrió vacilantemente, pero Freddie no pareció conmovido.

Dio una nueva calada al cigarrillo.

—Nosotros nos conocemos desde que éramos niños. Nos criamos juntos. No sé nada del tal Jasper y apuesto a que ella tampoco. ¿De verdad piensas que un chico que viaja por ahí con un grupo es una buena pareja para nuestra hija?

—Trixie no es una chica convencional.

—Eso es lo que le gusta pensar, pero se equivoca. Es divertido saltarse las normas, y los chicos malos siempre son atractivos para las chicas como Trixie. Pero él le partirá el corazón, y ella es lo bastante convencional como para sufrir por ello.

Grace palideció.

—No digas eso —dijo con un hilo de voz. De todas las cosas que podían afligir a su hija, un corazón roto era sin duda la peor.

—Lo estoy diciendo ahora, que conste. Sabes que no me equivoco.

—Conozcámoslo. Al menos sepamos cómo es antes de prohibirle que lo vea.

Freddie se levantó y arrojó la colilla al jardín.

—Tengo que trabajar. Lo pensaré.

Ella también se levantó.

—Sé amable, Freddie —dijo y su voz sonó más dura de lo que habría deseado—. No quiero que Trixie te odie por impedirle estar con el hombre al que quiere.

Freddie clavó en ella la mirada. Su ojo, normalmente muy distante, pareció de pronto herido.

—¿Eso es lo que crees?

—Solo quiero verla feliz —respondió Grace, consciente de que se había sonrojado.

—Yo también. Como padre, es mi deber impedirle caer en los baches del camino y velar por su seguridad. ¿Qué hay de cena?

—Pastel de pollo —respondió ella.

Freddie asintió, satisfecho. A pesar de haberse marchado de Inglaterra hacía veintisiete años, seguía prefiriendo la cocina típicamente inglesa. Desapareció dentro para coger la chaqueta antes de salir por la puerta principal sin decir una sola palabra más.

Grace se quedó temblando en el porche. Inspiró hondo para calmarse, pero se sentía como un flan. Estaba dispuesta a defender a Trixie como una leona, pero si Freddie realmente le prohibía que viera a Jasper, se sentiría terriblemente indecisa. Pero ¿y si él estaba en lo cierto y Jasper simplemente disfrutaba de un romance de verano con una chica del lugar con la que no tenía la menor intención de comprometerse? No quería que Trixie se casara. Todavía no, era demasiado joven (si ella no se hubiera casado tan joven, quizá no habría tenido que enfrentarse a tantas cosas), pero tampoco quería que el primer amor de su hija le destrozara el corazón. Todo menos eso.

Entonces se sentó en los escalones y contempló cómo zumbaban las abejas alrededor de la lavanda. El suave zumbido alivió su ansiedad. Se animó al verlas recolectar el polen para la colmena. En Inglaterra, su padre había cuidado de veinte colmenas y en la isla ella solo tenía tres. No disponía de tiempo para tener más y además en su caso lo de las abejas era un pasatiempo. Era lo que se conocía como una apicultora de jardín. Para disgusto de Freddie, no obtenía ningún beneficio del producto que recogía, pues todo lo que ganaba vendiendo la miel a las tiendas locales lo invertía directamente en reparaciones, repuestos y herramientas. Freddie había intentado convencerla para que lo dejara, pero contrariamente a la indulgencia que ella mostraba en lo que atañía a la mayoría de las cosas, cuando se trataba de las abejas, nada ni nadie la convencería jamás de que se deshiciera de ellas. Antes estaba dispuesta a arrancarse el corazón.

Se acercó reposadamente a la lavanda y cortó una de las varas de la que se alimentaba en ese momento una abeja. Sonrió al verla trepar ajetreadamente por las diminutas florecillas, extrayendo el néctar. Tan concentrada estaba la abeja en su misión, que no reparó en ella. Estuvo observándola durante un rato, olvidándose de lo ocurrido con Jasper y Trixie y sintiendo el peso del pasado en las grietas de su corazón que no habían llegado a cerrarse del todo. Veintisiete años parecía mucho tiempo. Sin embargo, para el corazón el tiempo no significa nada. El amor no era algo que se gastara o se desintegrara con el paso de los años, sino que resplandecía como un sol eterno. Había cumplido ya los cincuenta años y se había desintegrado lo suyo, pero solo por fuera. El amor que llevaba en su corazón brillaba como nuevo y así seguiría mientras el recuerdo se aferrara a su fulgor. Y desde luego que recordaba, continuamente, con cada pequeña abeja que adornaba su jardín.

Trixie terminó su turno en el Captain Jack's a las tres y fue dando un paseo a casa de Joe Hornby. El largo trecho desde la playa incluía el empinado ascenso por un sendero de tablones de madera hasta la casa de tejas grises regiamente enclavada en lo alto del acantilado. Se dirigió directamente a la piscina, donde encontró a los chicos tumbados, fumando marihuana y charlando al sol. El viejo Joe dormía en una tumbona de mimbre con el sombrero sobre los ojos y su enorme tripa hinchándose y deshinchándose bajo el polo rosa mientras hacía la siesta tras un copioso almuerzo. Jasper llevaba un bañador rojo y su cuerpo delgado se bronceaba fácilmente bajo el sol de la tarde.

—Vaya, pero a quién tenemos aquí —dijo, sonriéndole—. ¿Te apetece darte un baño, preciosa?

—Hoy hace mucho calor —respondió ella, dejando el bolso en el césped—. Puede que tenga que refrescarme.

—Como te pongas un bañador, vamos a tener que refrescarnos todos —dijo Ben, el batería del grupo. Se apartó el rebelde mechón que le caía sobre la frente y tomó un trago de cerveza directamente de la botella.

—Ya veo que estáis trabajando mucho —replicó Trixie sarcástica.

—Estábamos rezando para ver si de una vez por todas nos llega la inspiración —respondió Jasper—. ¡Y apareces tú!

—¿Y dónde está mi inspiración? —preguntó George, desperezándose lánguidamente en la tumbona.

—Supongo que su madre no la deja salir —intervino Ben con una risilla.

—Pues por mí que se traiga a su madre —respondió George—. Me gustan las mujeres con experiencia.

—¿De quién habláis? —preguntó Trixie.

—De una con la que George ha estado charlando en la cafetería esta mañana —le informó Ben.

—*Lucy in the sky with diamonds* —cantó Jasper.

—¡No será Luce Durlacher! —exclamó Trixie, perpleja—. ¡Créeme, no te aconsejo que conozcas a su madre! De todas formas, estarás de suerte si deja que Lucy se acerque a ti. ¡Me da a mí que preferiría que su hija tuviera la peste!

George sonrió de oreja a oreja y se llevó la mano al corazón.

—¡Una fruta prohibida! Ahora la encuentro mucho más apetecible. Me muero de amor por Lucy Durlacher.

—Créeme, no es ella la que lo pone difícil. De hecho, cualquier idiota se la camela.

—¡Miau, zarpas de gata! —se burló Ben.

Jasper tomó a Trixie de la mano y tiró de ella hacia abajo para poder besarla.

—Conozco bien tus zarpas —susurró—. Llevo los rasguños en la espalda como medallas de honor.

Trixie soltó una risa ronca.

—¡Te veré en la piscina, señor Duncliffe!

Trixie se llevó el biquini a la casa para cambiarse. Era un lugar bellamente decorado y muy ordenado. Encontró el lavabo al otro lado del vestíbulo y se quitó la ropa. Mientras se lo ponía, recorrió con la mirada las fotografías en blanco y negro de un Joe más joven y más delgado que estaba en compañía de varios músicos a los que no reconoció y que colgaban en un *collage* de las paredes. Joe sonreía en diversas escenas de fiestas, en compañía de jóvenes radiantes vestidos con esmoquin y atractivas mujeres con los cardados típicos de los años cincuenta a los que su madre había conseguido resistirse. Vio entonces una foto de Joe con Elvis Presley. Se acercó para mirarla mejor. Era sin duda Elvis. Se quedó impresionada. Quizá Joe llegaría a convertir a

Jasper y a su grupo en un éxito global como Elvis. Un escalofrío de excitación le recorrió el cuerpo. Todo aquello le resultaba desesperadamente emocionante. Pensó en Marianne Faithfull y la idea de ser la novia de una estrella del rock se le antojó muy atractiva. Regresó cruzando la casa a la piscina con un brío adicional en su paso.

Estuvieron toda la tarde bañándose y tomando el sol. Joe se despertó y Trixie descubrió que era un viejo jovial con un colorido dejo típicamente bostoniano y un pozo sin fondo de entretenidas historias sobre su pasado en el mundo de la música. Estaba sentado como un sapo perezoso en su tumbona, fumando un cigarro y sin parar de hablar, disfrutando visiblemente de la admiración de su joven público.

—No me había entusiasmado tanto un grupo desde que oí a John y a Paul —les dijo con aires de importancia, como si hubiera sido él quien hubiera descubierto a los Beatles—. Estos chicos llegarán lejos. Y yo he sido el primero en verlo. El mundo musical mira ahora a Inglaterra. La sincronía no podía ser mejor. —Echó la ceniza al césped—. Saldremos de gira en otoño y voy a abrir mi agenda, que es una de las mejores del ramo, y no pararemos hasta llegar a lo más alto.

Trixie sonrió a Jasper y él le devolvió la sonrisa. En ese momento, el futuro parecía brillar como una moneda de oro.

Más tarde, cuando Trixie volvió a casa, su entusiasmo se enfrió rápidamente por obra de su padre, que la esperaba para hablar con ella en su estudio. Del todo irritada por volver a verse tratada como una colegiala, soltó la bolsa de la playa en el suelo del recibidor y entró con paso firme en el estudio. A veces parecía que Freddie no hubiera dejado el ejército. Seguía llevando los pantalones por encima de la cintura, se sentaba con la espalda recta y tenía obsesión por el orden y la costumbre de dirigirse a ella empleando una formalidad más propia del trato que dispensa un oficial a sus hombres que del que da un padre a su hija, además de ser un hombre terriblemente serio. Freddie Valentine no era un tipo de risa fácil. Ella, en cambio, siempre tenía ganas de reírse, salvo en ese momento, claro está. Lo que le apetecía en ese instante de furia era gritarle a su padre.

—¿Querías verme? —preguntó, quedándose plantada en la puerta.

—Entra, Beatrix —dijo Freddie. Su padre solo usaba su nombre real cuando estaba enfadado con ella—. Siéntate —le ordenó. Ella estaba desconcertada. Habría jurado que su madre le había dicho que el episodio estaba olvidado. Obedeció y se sentó en el sofá, lamentando en silencio no ser lo bastante mayor como para librarse del control de su padre. Clavó la mirada en la mesa de centro, pulcramente cubierta de grandes y lustrosos libros de historia y de guerra, y se preparó para una severa reprimenda—. Estoy muy decepcionado contigo —le dijo muy tranquilo.

Era un mal comienzo. A Trixie se le encogió el corazón.

—Ya he dicho que lo siento mucho —masculló.

—He hablado con tu madre.

—Me ha castigado —añadió ella con la esperanza de que el castigo bastara.

—Lo sé. Pero no me gusta nada que hayas mentido, Beatrix.

—No volveré a hacerlo, lo prometo.

Freddie suspiró.

—No entiendo esta necesidad tuya de estar incumpliendo constantemente las normas. Las normas existen por una razón: para velar por tu seguridad. E impedir que sufras ningún daño. Si en el campo de batalla no se respetan las normas, los hombres mueren. —Suspiró de nuevo, claramente irritado—. Si quieres tener éxito en la vida, Beatrix, tienes que ser disciplinada. Todo requiere disciplina. Me parece que no terminas de entenderlo.

—Oh, claro que lo entiendo —se apresuró a responder. Sabía por experiencia que oponerse a su padre era simplemente una pérdida de energía y nunca daba buen resultado.

—He estado pensando en el joven con el que has estado saliendo. ¿Cuáles son sus planes?

—¿Sus planes?

—Sí. ¿Qué va a hacer cuando termine el verano?

Trixie se encogió de hombros.

—No lo sé. Joe dice que va a hacer de ellos unas superestrellas, como los Beatles.

Freddie puso los ojos en blanco.

—Joe Hornby es un charlatán. No apostaría ni un centavo por él.

Ella se sintió desanimada.

—Conoció a Elvis Presley —dijo, poniéndose a la defensiva.

—Seguro que sí. Yo también hablé en una ocasión con Marlon Brando, pero eso no me convierte en productor de cine.

Entonces resopló, enfadada.

—¿Vas a decirme que no puedo ver a Jasper?

—Estoy intentando advertirte, ingenua jovencita. —Se levantó y empezó a pasearse por la habitación—. ¿Crees acaso que va a serte fiel mientras se labra su carrera de músico? No. Se marchará cuando termine el verano y te dejará aquí, con el corazón roto. ¿Qué clase de padre sería yo si no te avisara?

—¿Cuántas veces me has dicho que mi vida es un continuo aprendizaje? ¿No te parece que es asunto mío si quiero correr el riesgo de que me rompan el corazón?

Freddie la miró caviloso.

—Ni siquiera lo conoces —masculló Trixie.

—Conozco bien a esa clase de chicos.

—No lo creo, papá. Solo conoces el estereotipo.

Freddie tomó un sorbo de gin tonic de un vaso de cristal que tenía encima del escritorio.

—No quiero que sigas viéndole —dijo, pero hubo una leve vacilación en su voz a la que se aferró esperanzada.

—Pero no vas a impedírmelo.

—Ya eres una mujer. A tu edad tu madre se había casado.

—¿Y si te lo presento?

—Sí, creo que sería una idea juiciosa.

—Sé que te gustará.

—Deja que sea yo quien juzgue eso, Trixie.

Ella sonrió, envalentonada por el hecho de que su padre había vuelto a llamarla Trixie.

—Es un buen chico, te lo prometo, y además es todo un caballero.

—Supongo que existe alguna posibilidad de que renuncie a sus planes y se dedique al mundo de los negocios.

—Sería un terrible desperdicio, papá.

—Pero a ti te ofrecería un futuro mejor.

Trixie subió corriendo a cambiarse. Esa noche había una fiesta en el club de la playa del Captain Jack's e iba a encontrarse allí con Jasper y con los demás chicos. Quizás hasta tocaran y así todos podrían apreciar su gran talento. Casi sin poder contener la excitación, se duchó y se puso una minifalda y un top blanco de tirantes con flores bordadas. Se dejó el pelo suelto, pero cogió una rosa de la fachada delantera de la casa y se la colocó tras la oreja. Encontró a su madre en la cocina con el delantal puesto.

—Me voy a la fiesta.

—No vuelvas muy tarde —respondió Grace, mirando la minifalda y mordiéndose la lengua. Trixie tenía las piernas demasiado largas para una falda tan corta. Supuso que Evelyn Durlacher no ahorraría comentarios al respecto—. Pásalo bien —dijo en cambio.

—Lo haré, mamá. ¿Seguro que no quieres venir? Es una fiesta para todos.

—Lo sé, cielo, pero tu padre está cansado. Ha estado trabajando todo el fin de semana. Me quedaré aquí y le prepararé una buena cena.

Trixie se encogió de hombros.

—De acuerdo. Pero va a ser divertido.

—Disfruta y pórtate bien. —Grace intentó inyectar algo de firmeza a su voz, pero si lo consiguió, Trixie no la oyó.

—¿Qué tal estoy? —Giró sobre sí misma como una bailarina—. ¿Te gusta?

Ella no pudo evitar sonreír ante la exuberancia de su hija.

—Estás preciosa, cielo, aunque estarías igual de preciosa con una falda más larga.

—Oh, mamá, ¡no seas anticuada! No te preocupes por mí —se
rio—. ¡Seré ejemplar! —Esbozó una sonrisa pícara y salió de la
casa, dejando que la puerta mosquitera golpeara tras de sí.

Grace metió el pastel de pollo en el horno, se quitó el delantal
y lo colgó detrás de la puerta, se sirvió una copa de vino y salió al
porche a ver ponerse el sol. Era un atardecer dorado, de una luz
suave e impregnada de polvo en suspensión, salvo cuando prendía
en las olas y encontraba en ellas un blanco luminoso. Inspiró hondo y paladeó el fresco aire marino que, a pesar de los años que
llevaba viviendo junto a una playa, nunca dejaba de deleitarla.

Tomó un par de sorbos de vino y se sintió más relajada. Freddie
estaba en su estudio y lo más probable era que siguiera allí hasta la
cena. Tenía por lo tanto tiempo de sentarse en el balancín y disfrutar
de su soledad. Reparó en el zumbido de las abejas que volaban alrededor de las macetas de las hortensias que tenía a su lado y lentamente, aunque con el mayor placer, dejó que sus suaves zumbidos la
transportaran de regreso al pasado.

4

Una rechoncha abeja le trepó por el brazo. Tumbada en la hierba del cementerio con su mejor vestido, el de los domingos, calcetines blancos cortos y zapatos marrones recién lustrados, la observaba fascinada, pues su vientre estaba surcado de peludas franjas de color vivo. Grace le habría acariciado el abdomen con el dedo, pero pensó que si lo hacía la asustaría y echaría a volar, de modo que se quedó totalmente inmóvil mientras el sol estival le calentaba la espalda y las piernas desnudas, a la espera de que su padre terminara de charlar con los parroquianos que se habían congregado delante de la iglesia.

—Espero que no te pique —dijo una voz grave a su espalda. En cuanto reparó en el sincopado acento de clase alta, supo que no era ninguno de los amigos de su padre y sintió que se tensaba, presa de la timidez.

—Las abejas solo pican para proteger la colmena —respondió, sin atreverse a mirar al desconocido—. Esta no me picará. No soy una amenaza para ella.

Él se rio.

—Tú debes de ser la hija del señor Hamblin.

—Sí.

—Ya me parecía a mí. —Se acuclilló para mirar más de cerca a la abeja—. Eres una niña valiente. A casi todos los niños les dan miedo las abejas.

—Eso es porque no las conocen como yo. Papá dice que la gente siempre tiene miedo a lo desconocido. También dice que el miedo es la raíz de todos los prejuicios.

—Tu padre es un hombre muy sabio. ¿Crees que podríamos conseguir que la abeja me subiera por el brazo?

—Podemos intentarlo, si usted quiere —respondió Grace, olvidándose de su timidez e incorporándose despacio. El joven se había quitado la chaqueta y había empezado a remangarse. Ella aprovechó la oportunidad para mirarle la cara. Lo reconoció enseguida, pues le había visto sentado en el banco delantero de la iglesia junto a los patronos de su padre, el marqués y la marquesa de Penselwood. Decidió que debía de ser Rufus, lord Melville, el hijo mayor de los marqueses, y en ese momento empezaron a temblarle las manos, no porque fuera guapo, sino porque era conde y ella jamás había hablado con alguien de su clase.

—El truco está en no dejar que la abeja sepa que tienes miedo —le dijo, buscando la seguridad en el tema que mejor conocía.

—Haré lo que pueda —respondió él con una sonrisa. Grace notó que se burlaba de ella, pues obviamente un hombre de su edad no le tenía miedo a un pequeño insecto. El joven tomó el delgado brazo de la chica en su mano y lo puso encima del suyo. Contra su brazo bronceado el de ella parecía muy blanco y frágil. Entonces tensó todos los músculos para evitar el temblor. Se quedaron así, con los brazos tocándose, durante lo que a ella se le antojó una eternidad mientras intentaba acordarse de respirar. Por fin, la abeja bajó tranquilamente por su brazo y pasó al de él. En cuanto el joven notó el leve contacto del insecto sobre su piel, se estremeció.

Grace controló sus nervios y le agarró de la muñeca para tranquilizarlo.

—No se mueva —susurró—. No le picará, se lo prometo. Las abejas rara vez pican, solo las reinas y las obreras. No estoy segura de lo que es esta..., creo que es una obrera. Desde luego no es una reina; se ven enseguida porque son más grandes. De todos modos, si le pica, tampoco es grave. Papá deja que sus abejas le piquen a propósito.

—¿Y por qué iba yo a cometer semejante estupidez?

—Dice que las abejas le curan la artritis.

—¿En serio? ¿Es eso cierto?

—Creo que sí. Él lo jura.

—Mi abuela tiene una artritis terrible. Quizá debería llevarla a vuestra casa para que le administren un par de picaduras.

Ella soltó una risilla.

—No estoy segura de que se lo agradeciera. La picadura de las abejas duele mucho. —Vieron cómo el insecto le subía por el brazo. La chica le soltó la mano.

—¿Cómo te llamas?

Furiosa consigo misma por sonrojarse, ella bajó los ojos.

—Grace.

—Yo soy Rufus. Había olvidado lo aburrido que es el reverendo Dibben. No hay forma de hacerle callar. —De nuevo soltó una risilla tímida. Aunque estaba feliz hablando de las abejas, no supo qué decir sobre el reverendo Dibben, salvo mostrarse estúpidamente de acuerdo. El reverendo era, en efecto, un hombre excesivamente aburrido—. ¿Sabes?, llevo un año en Oxford y ha sido un alivio no tener que escuchar a ese viejo aburrido todos los domingos. Desgraciadamente, hoy viene a comer a casa, así que me tocará aguantarle durante los tres platos. —Suspiró. Ella volvió a mirarle y él esbozó una sonrisa luminosa y pícara—. Bueno, Grace, has sido una gran maestra. Dime: ¿ayudas a tu padre con las abejas?

—Sí. Me encantan.

La miró fijamente y frunció el ceño.

—Entonces, ¿serás apicultora cuando seas mayor?

—Eso espero. —Le devolvió la sonrisa, tímidamente.

—E inventarás una cura para la artritis que te haga rica.

—No creo que nadie esté dispuesto a pagar por dejar que le pique una abeja.

—En ese caso, tendrás que encontrar el modo de embotellarla.

—Eso sería difícil.

—No para una muchacha tan lista como tú. —Sus ojos, oscuros como el chocolate, brillaron afectuosamente—. Será mejor que cojas tu abeja o llegaré tarde a comer. —Miró hacia la otra punta del cementerio, donde sus padres se separaban elegantemente del grupo de vecinos del pueblo. La marquesa vestía una magnífica estola de zorro, a pesar de que era verano. Estaba tan intacta que la criatura bien podría haber estado dormida en vez de muerta. El rostro de su esposo quedaba oculto tras una poblada barba gris. Se parecía al rey. Rufus los observó durante un instante, como si se sintiera reticente a reunirse con ellos antes de lo estrictamente necesario—. ¡No se puede hacer esperar al vicario! —suspiró.

Grace cogió con cuidado la abeja con los dedos y volvió a ponérsela en el brazo. Rufus se levantó y se bajó la manga.

—Le hablaré a mi abuela del remedio de tu padre para la artritis —dijo, insertando el gemelo en el ojal del puño—. Me parece una idea sensacional.

—Oh, ¡no lo haga! —protestó ella.

—Pero debo hacerlo. Mi abuela es una vieja excéntrica. No me sorprendería nada que llamara a vuestra puerta. —Se encogió de hombros para ponerse la chaqueta—. No te preocupes, si no funciona no te quemaremos en la hoguera por brujería. Adiós.

Le vio alejarse a paso tranquilo. Era alto y atlético, con el porte de un joven con quien la vida había sido generosa y bondadosa. Caminaba con los hombros echados hacia atrás y la cabeza alta y quien le veía sonreía con admiración, pues era sin duda atractivo y carismático. A ella el corazón empezó a latirle de nuevo acompasadamente, pero tenía todavía las manos bañadas en sudor. Se notaba muy acalorada. Se sentía halagada por el hecho de que él se hubiera molestado en hablarle a una niña de catorce años.

Antes de que pudiera seguir dándole vueltas a su encuentro, la sobresaltó Freddie, que apareció de pronto por detrás. La abeja se asustó y echó a volar y ella se volvió hacia él, enfadada.

—¡Oh, vamos, Freddie! ¡La has asustado!

—Tú y tus estúpidas abejas —replicó él, sentándose en la hierba a su lado—. ¿Qué quería? —preguntó, inclinando la cabeza en dirección a los adultos, que en ese momento estaban empezando a dispersarse como palomas mensajeras. Rufus se alejó con su madre hacia los automóviles aparcados. Grace creía no haber visto jamás a una mujer más fascinante, ni siquiera en las películas.

—Quería que la abeja le subiera por el brazo —respondió.
Freddie se apartó el pelo rojizo de la frente. Tenía la piel empapada en sudor.

—Qué tipo más raro.

—Ha sido muy amable.

—Te deshaces por cualquiera que muestre interés por tus abejas. —Le sonrió maliciosamente—. ¿Te apetece un baño en el río después del almuerzo? ¡Está que hierve!

—Puede —respondió ella—. Depende.

—¿De qué?

—De si eres lo bastante hombre para dejar que una abeja se te pasee por el brazo como Rufus.

—Ah, o sea, ¿que ahora es Rufus? —Le propinó un codazo juguetón…, y también un poco celoso.

—Me ha dicho que se llama Rufus.

—Es el conde de Melville. Para ti es lord Melville. No lo olvides.

—Entonces, yo para ti soy la señorita Hamblin, señor Valentine. No lo olvides.

Freddie se rio y se levantó.

—Consígueme una abeja —le pidió, deseoso de mostrarle que era tan valiente como lord Melville.

—De acuerdo. Veamos. —Recorrió las margaritas y los ranúnculos con la mirada y dio con la que fácilmente podía ser la misma abeja que hacía apenas un instante le había subido por el brazo. Se agachó y la cogió como si se tratara de un inocuo huevo de pájaro.

—¡Oh, vamos, Freddie, no seas nenaza! —se burló. Con cuidado, depositó la abeja en el brazo de Freddie. Él tembló. Grace le sujetó la muñeca como lo había hecho con Rufus, pero el contacto no la excitó como le había ocurrido con él, porque la piel de Freddie le era casi tan familiar como la suya. Desde que su madre había muerto y May, que no solo era la madre de Freddy, sino también la prima lejana y mejor amiga de su madre, había aparecido para ayudar a su padre a criarla, Freddie había sido como un hermano para ella. Al principio, su abuela se había trasladado desde Cornwall a vivir con ellos, pero pronto madre e hijo no tardaron en chocar y la señora Hamblin se volvió en tren a su casa sin demasiado ceremonial. Después de eso, su tía había intentado ocupar el lugar de su madre, pero solo había durado seis meses en el empeño antes de que también la enviaran de regreso a Cornwall. De eso hacía ya unos años. Ella no recordaba a su abuela ni a su tía. Las únicas presencias constantes en su vida habían sido la de May, Michael Valentine y su padre. Además, era incapaz de recordar un solo momento en el que Freddie no hubiera estado a su lado.

—¿Cómo te sientes? No estarás asustado, ¿verdad, Freddie? —preguntó.

—¡No! —exclamó el muchacho con los dientes apretados. Se había puesto rojo como la grana, cosa que no hacía sino resaltar el color añil de sus ojos.

—¿Sabes?, si no hubiera abejas que polinizaran el mundo, los humanos moriríamos en cuatro años.

—Fascinante —respondió él con sarcasmo.

—Y las abejas existen desde hace treinta millones de años. ¡Imagínate!

—¿Me la puedes quitar? Se me va a meter debajo de la camisa.

Freddie empezó a jadear, presa del pánico.

—¿Te estoy aburriendo? —se rio Grace—. Bueno, supongo que te has ganado un baño en el río.

Justo cuando estaba a punto de quitársela del brazo, la pequeña abeja debió de notar el temor de Freddie, pues inclinó hacia abajo el abdomen y le picó. Grace palideció. No porque Freddie soltara un grito de dolor, sino porque el aguijón se le había hincado en la piel y cuando la abeja tiró para separarse de él, se dejó en el intento la mitad de las entrañas. Ella la miró, angustiada. El insecto intentó echar a volar, pero estaba demasiado débil. Cayó sobre la hierba, donde trató de arrastrarse patéticamente. A ella se le llenaron los ojos de lágrimas. Se inclinó, recogió a la criatura y se la puso en la palma de la mano, mirándola con impotencia.

Freddie estaba horrorizado.

—¡Te da igual lo que me pase! ¡Solo te importan tus estúpidas abejas! —la acusó, alzando la voz al tiempo que sentía palpitar el dolor y la piel se le teñía de rosa.

—No te vas a morir, Freddie —replicó ella, enfadada—. ¡No deberías haber dejado que supiera que tenías miedo!

—No tenía miedo. Las abejas pican, por si no lo sabías. —Se frotó el brazo e intentó contener las lágrimas—. ¡Tú y tu estúpido juego!

Ella reparó en los ojos brillantes del muchacho y se ablandó.

—Lo siento, Freddie. No creí que te picaría.

—Es la última vez que me acerco a una abeja, ¿entendido? —Hizo una mueca de dolor—. Duele un montón, Grace. Estarás satisfecha. ¡Sé de un hombre que murió por la picadura de una abeja!

Ella le echó un vistazo a la picadura. Freddie se había arrancado el aguijón, pero el veneno estaba inflamándole la zona.

—Vamos, te llevaré a casa y tía May te pondrá un poco de ajo.

—¿Ajo?

—O bicarbonato.

Él parecía horrorizado.

—¡Eres una auténtica bruja!

—Las dos cosas funcionan. Vamos.

Se alejaron apresuradamente por el sendero hasta la calle. Freddie soportaba con valentía el dolor. Estaba decidido a no llorar delante de Grace. Suponía que lord Melville jamás habría llorado por una picadura.

La casa de Freddie no quedaba lejos de la iglesia. Estaba situada en un estrecho callejón junto al río y la Fox and Goose Inn, la posada a la que su padre iba todas las tardes después del trabajo a beber cerveza con sus amigos. Encontraron a su madre, a la que Grace siempre había llamado «tía May», en la cocina, pelando patatas en el fregadero.

—Oh, cielos, ¿qué te has hecho, Freddie? —preguntó, cogiéndole el brazo y examinándolo con atención.

—Le ha picado una abeja, tía May —le informó Grace—. ¿Tienes un poco de ajo?

—¿Ajo?

—Para ponérselo en la picadura. Así se le curará más deprisa que con cualquiera de esas elaboradas pomadas que puedan darte en la farmacia.

May sonrió.

—Eres clavada a tu padre, Grace —replicó, yendo al armario en busca de un poco de ajo—. Apuesto a que te duele, Freddie. Eres muy valiente. —Aplastó el diente de ajo sobre la tabla de cortar y lo aplicó a la herida—. ¿Duele? —preguntó con suavidad.

—Un poco —respondió él.

Grace puso los ojos en blanco.

—¡Menudo quejica estás hecho! —le regañó—. Los chicos sois como niños grandes.

—Los chicos combaten en las guerras. Son valientes cuando deben serlo —respondió May en voz baja.

—Freddie no —voceó Grace riendo—. ¡Freddie es una nenaza!

—Tiene solo quince años. Algún día será un hombre y no le importará que le pique una abeja. —May besó afectuosamente la frente de su hijo—. Ya está.

—Tienes que venir a nadar conmigo esta tarde, Grace. Me lo has prometido —dijo él.

—Es cierto, y cumpliré mi palabra.

— Entonces, ¿vendrás después de comer?

—En cuanto papá me deje salir.

—Si queréis, os preparo unos sándwiches para el té —sugirió May, cogiendo una patata para pelarla.

—Gracias, nos encantaría, ¿verdad, Freddie? Podríamos comérnoslos en la orilla del río. Sería divertido.

—No se lo digas a tu hermana, Freddie. No pienso prepararle sándwiches también a ella. —May agitó sus rizos castaños—. Si tu padre se entera de cómo te malcrío, seguro que nos echa la bronca. Venga, marchaos. Tengo que preparar el almuerzo. Tenemos compañía.

Freddie acompañó a Grace a la iglesia, donde ella había dejado la bicicleta. Si atajaba por los caminos de granja que cruzaban el bosque, tardaría poco en llegar a casa.

—¿Qué tal la picadura? —preguntó.

—Mejor —respondió él—. Supongo que llevabas razón con lo del ajo.

—Al fin y al cabo, soy una bruja —observó partiéndose de risa.

—Pero apesto.

—Puedes lavarte en el río.

—¡Los peces estarán encantados!

—Lo siento, Freddie —se disculpó Grace—. No era mi intención que te picara la abeja.

—Ya lo sé. No te preocupes. Ya me encuentro mejor.

—Pero lo siento aún más por la abeja. —Cogió la bicicleta, que había dejado apoyada contra el muro de la iglesia—. Te veré luego —dijo, sentándose en el sillín.

Grace pedaleó por el pueblo hasta la entrada de la granja de Walbridge Hall. Entró sin dejar de pedalear, y dejó atrás un puñado de casas de campo por las que los pollos deambulaban en libertad, picoteando el suelo, y donde barrían los graneros, preparándolos para la cosecha. Como era domingo, todo estaba en silencio. Pedaleó con fuerza cuesta arriba por el camino hacia el bosque. La hierba estaba alta y cubierta de tréboles. A su izquierda, los setos, que habían alcanzado una altura considerable, estaban tupidos de perejil y endrino. Los pajarillos en la hierba alzaban el vuelo y las liebres brincaban más adelante, desapareciendo recelosas entre la maleza. Cuando estaba a punto de atajar por el bosque, sintió el deseo de echar una mirada a la casa grande. La había visto en numerosas ocasiones con su padre, pero ahora que había conocido a Rufus, aquello había cobrado un sentido totalmente nuevo. Ya no era simplemente un montón de ladrillos muy distinguidos, sino la casa de Rufus.

Cambió de dirección y caminó con la bicicleta a su lado por el campo que estaba a los pies del bosque. Desde allí vio Walbridge Hall enclavada en el valle, protegida por los recios plátanos y rodeada de acres de jardines hermosamente cuidados por su padre, que ocupaba el puesto de jardinero jefe desde hacía más de veinte años. Se decía que no había nadie en Dorset con sus conocimientos y su habilidad en la jardinería. Entonces se acordó con una sonrisa de cómo él se detenía a admirar la casa y decía: «Es un edificio magnífico, ya lo creo que lo es». Con su amor por la historia y por la lectura, le hablaba de la casa sin importarle que ella ya hubiera oído la misma historia una docena de veces.

Arthur Hamblin tenía razón. Era una magnífica mansión del siglo XVII, construida con la piedra ligera de color amarillo pálido típica de Dorset. Con sus tres plantas, los altos frontones, los grandes e imponentes ventanales y las chimeneas construidas a pares, era innegablemente grandiosa aunque en absoluto formidable. Quizá fuera el amable color de la piedra, o la hermosura de los ventanales y de los frontones, o quizá la armonía general del diseño. Lo cierto es que Walbridge Hall parecía recibir al observador con un silencioso saludo.

Grace se imaginó a Rufus almorzando con el vicario y sonrió para sus adentros, encantada de haber sido la depositaria de su confianza. Vio numerosos automóviles aparcados sobre la grava de delante de la casa. Allí estaba el lustroso Bentley negro de la marquesa, con su capó alargado y la exquisita tapicería de piel. Había visto el vehículo muchas veces, aparcado delante de la iglesia y cruzando el pueblo cuando llevaba a la marquesa a Londres. Junto a él vio un pequeño Austin rojo, propiedad del vicario, aunque eclipsando a ambos había un brillante Alfa Romeo de ese color verde tan típico de los coches de carreras. Supuso que debía de ser el de Rufus. Parecía un automóvil digno de un joven elegante como el conde de Melville.

No se movió de allí durante un buen rato, sin apartar la vista de la casa. Hasta entonces apenas había reparado en ella. De hecho, la fascinación que el lugar ejercía sobre su padre la había desconcertado. ¿Cómo era posible que alguien tuviera semejante fijación por un montón de ladrillos y cemento, por muy bien construida que estuviera? Podía entender lo de los jardines, porque la flora y la fauna siempre la habían maravillado, pero las casas nunca le habían atraído de igual modo. Desde luego, Walbridge Hall apenas había merecido más de una mirada. Sin embargo, de pronto parecía respirar, llena de vida. Se imaginó a la gente dentro y se preguntó qué estarían haciendo. Fantaseó con la idea de llamar a esa magnífica puerta. No podía imaginar cómo era por dentro, porque no tenía ninguna experiencia de la que poder echar mano. Aun así, sabía que debía de ser soberbia.

Pasado un rato, empezó a rugirle el estómago y se acordó del almuerzo. Su padre seguramente querría almorzar a su hora. A regañadientes, se apartó de la mansión y atajó por el medio del bosque, tomando un camino rural cuya hierba se mantenía cortada porque a los Penselwood les gustaba cabalgar por él. A ella le encantaba esa parte del bosque, con sus robles centenarios, cuyas ramas retorcidas y nudosas le recordaban a los cuentos de hadas que había leído de niña. En primavera el suelo era un mar de campanillas, pero en pleno mes de julio habían crecido todo tipo y tamaño de helechos, fuertes y frondosos, que proporcionaban el escondrijo perfecto para faisanes y conejos.

Llegó al otro extremo del bosque y empujó la bicicleta hasta salir con ella al campo. Desde allí vio el techo de paja de la casa en la que había vivido toda su vida. No era de su padre, sino parte de la propiedad, aunque le pertenecía mientras fuera el jardinero y apicultor en jefe. Su nombre oficial era Casa Número 3, pero debido a las abejas se había convertido en la Casa del Apicultor, y a ella le parecía que el nombre le iba que ni pintado.

De una simetría prácticamente perfecta, con las paredes blancas y el techo de paja gris, era una armoniosa casita con una gran dosis de encanto. Dos ventanas asomaban desde debajo de un flequillo de paja y parecían vigilar el paisaje que la rodeaba con una constante expresión de asombro, como si la magia de esos verdes campos y de los viejos bosques en ningún momento perdiera su capacidad de encandilamiento. Un trío de chimeneas se convertían en las atalayas perfectas para las palomas engordadas gracias a la abundancia de trigo y cebada de los campos circundantes. Se instalaban allí arriba y zureaban discretamente hasta que los fuegos invernales las obligaban a trasladarse a los árboles, donde zureaban de mala gana.

Encontró a su padre de rodillas en el jardín, arrancando malas hierbas. No paraba nunca. Cuando no estaba trabajando en el jardín de los marqueses, lo hacía, y muy duro, en su propio jardín o en las colmenas. Lo único que le hacía entrar en casa era la oscuridad, y cuando eso ocurría se desplomaba en su sillón favorito con *Pepper*, su fiel spaniel, a los pies, encendía su pipa y leía. A pesar de ser un hombre que había recibido una parca educación, Arthur Hamblin había leído mucho y era poseedor de una inteligencia natural y una mente curiosa. Devoraba los libros de historia y las biografías y releía sus clásicos favoritos de ficción, cuyas páginas estaban manoseadas y las tapas duras, desgastadas. En cuanto había reconocido esa misma curiosidad en su hija, se había puesto manos a la obra para enseñarle con amor y con paciencia todo lo que sabía. Compartían libros y conversaban sobre los grandes misterios del mundo, pero la sabiduría que ella más atesoraba era la de las abejas. Padre e hija no se sentían tan unidos como cuando cuidaban de las abejas y echaban la miel en frascos para llevarla a Walbridge Hall.

—Ah, Gracey —dijo el señor Hamblin, apartando la vista del parterre—. ¿Dónde te habías metido?

—A Freddie le ha picado una abeja.

Arthur se rio entre dientes al tiempo que arrancaba un puñado de hierbajos. El pelo entrecano se le había rizado bajo la gorra como la barba de un anciano—. Apuesto a que ha montado una buena.

—Ya lo creo.

—¿Le has puesto ajo?

—Sí, aunque tía May me ha tomado por loca cuando se lo he sugerido.

—¿En qué anda metida?

—Preparando el almuerzo. Tienen compañía.

—¿Ah, sí? Entonces, ¿qué almorzaremos tú y yo? —preguntó, siempre dispuesto a disfrutar de la siguiente comida del día.

—No lo sé. ¿Qué te apetece?

Arthur se levantó y cruzó la hierba hacia ella.

—Vamos a ver qué hay en la fresquera —dijo con tono jovial—. ¡Seguro que podemos prepararnos una comilona tan buena como cualquiera de las que prepara May!

5

Esa tarde, tras un sencillo almuerzo a base de cordero frío y puré de patatas, Grace se fue en bicicleta a casa de Freddie, desde donde se dirigieron a pie al río para darse un baño. Hacía calor. Las libélulas revoloteaban sobre la superficie del agua, con las efímeras y los zapateros. Las golondrinas se zambullían elegantemente para beber y, bajo la superficie, los peces nadaban, entrando y saliendo de las sombras. Se pusieron los bañadores debajo de las toallas y dejaron los sándwiches que May les había hecho apoyados contra un árbol junto con la ropa. El agua estaba fría y chillaron, encantados, al sumergirse lentamente en ella.

—¡Esto es maravilloso! —suspiró ella, disfrutando al sentir el lodoso lecho del río bajo los pies.

Él se zambulló en el agua y volvió a aparecer como un torpedo.

—¡Qué fría! —exclamó, volviendo a sumergirse hasta el cuello. Se alejó nadando hasta donde el agua cristalina refulgía bajo el sol.

—¿Cómo tienes el brazo? —preguntó Grace.

—Mejor—. No parecía tener la menor intención de volver a mencionar el embarazoso episodio. En vez de eso, fanfarroneó de su estilo de crol, surcando el agua con suavidad. Quizá Freddie le tuviera miedo a la picadura de una abeja, pero era un muchacho valiente y un experto nadador. Ella prefirió chapotear junto a la orilla y observarle desde allí. Encontraría alguna rana o algún sapo y se entretendría estudiándolo o buscaría caracoles.

—¿Por qué no te tiras desde el puente? —gritó desde la orilla.

—De acuerdo —respondió él. Encantado con la oportunidad de impresionarla, nadó hasta la orilla y salió de un salto a tierra. Era atlético y de constitución robusta, y estaba a punto de convertirse en un hombre. Grace le vio correr a su alrededor en dirección al puente. Era un hermoso puente de piedra, construido con la misma piedra de color amarillo claro típica de Dorset que se había utilizado con las casas del pueblo. Freddie trepó hasta el borde y se quedó allí plantado cuan alto era. Su padre le había dicho en muchas ocasiones que no se zambullera desde allí, porque corría el peligro de darse de cabeza contra el fondo, pero era un buen buceador y sabía cómo zambullirse sin llegar al fondo. Levantó las manos en el aire, comprobó que Grace lo miraba, flexionó las piernas y saltó. Fue un salto directo, con el cuerpo contraído y la cabeza entre los brazos. Ella contuvo el aliento al verlo zambullirse en el agua, justo bajo la superficie. Un instante después su cabeza apareció como un pato y le aplaudió enloquecida.

—¡Nadie se zambulle mejor que tú, Freddie! —gritó.

Él nadó hacia ella.

—¡Y nadie aplaude más fuerte que tú, Grace! —Salió del agua y fue a sentarse a la orilla para secarse al calor del sol. Ella le siguió y extendió la toalla en la hierba junto a él.

—Eres valiente en el agua —dijo, sentándose.

El comentario de Grace le satisfizo y esbozó una gran sonrisa. El sol le resaltaba las pecas y se le había enrojecido un poco el puente de la nariz.

—¡Así que después de todo no soy una nenaza! —bromeó.

Ella le propinó un codazo juguetón.

—Claro que no. Solo bromeaba. Pero has montado una buena con la picadura.

Freddie se rio y clavó en ella la mirada durante un largo instante. Una repentina timidez se instaló entre los dos y de pronto se sintieron extrañamente incómodos. Él se volvió a mirar al río.

—¿Tienes hambre? —preguntó Grace.

—No mucha. Acabo de almorzar.

—Yo también. —Se tumbó de espaldas y cerró los ojos—. Ah, qué bien se está aquí.

Él también se tumbó boca arriba. El sol se repartió por su cuerpo y secó las gotas de agua que se le habían acumulado en la hondonada del vientre.

—No hay nada más agradable que una tarde holgazaneando —dijo. Siguieron tumbados en silencio. Grace se sorprendió de pronto reviviendo la mañana en la iglesia y al pensar en Rufus sintió que la recorría una oleada de calor.

—Freddie, ¿qué harás cuando seas mayor? —preguntó pasado un rato.

—Trabajar la tierra. Mientras no tenga que estar en una oficina, aburriéndome detrás de un escritorio como papá, me da igual. ¿Por qué?

—Rufus me lo ha preguntado esta mañana. Me ha preguntado si iba a ser apicultora.

Freddie se desanimó en cuanto oyó mencionar a Rufus Melville.

—¿Qué le has dicho?

—Que sí. Creo que cuidar abejas es una buena vida.

—En realidad no importa lo que hagas, porque eres una chica. Con suerte, te casarás con un hombre rico que te mantenga —refunfuñó.

Se dio la vuelta y se quedó tumbada boca abajo.

—¡No caerá esa breva! ¡Las chicas como yo no se casan con hombres ricos, Freddie! —Se rio despreocupadamente y arrancó una margarita.

Él se incorporó.

—Yo cuidaré de ti, Grace —dijo, dejándose llevar por el entusiasmo. Ella pareció sorprendida—. Ya sé que solo tengo quince años, pero un día, cuando seamos mayores, cuidaré de ti. —Grace frunció el ceño. Jamás se le había ocurrido que cuidarían de ella. A los catorce años, ni siquiera se había planteado la vida más allá del presente, en el que vivía encantada con su padre, y en cuanto a que cuidaran de ella, le parecía que cuidaba de su padre tanto como él de ella.

Sonrió afectuosamente e hizo girar la margarita entre el índice y el pulgar.

—Eres adorable, Freddie.

—Trabajaré duro, ganaré mucho dinero y te compraré lo que quieras —replicó, cogiendo carrerilla.

Aunque ella era menor que Freddie, a veces se sentía mayor que él. Al ser huérfana de madre, había tenido que madurar más deprisa que otras niñas para cuidar de su padre. Ahora le sonreía a su acompañante con esa indulgencia que muestran los adultos cuando los niños comparten sueños imposibles.

—Me gusta —respondió—. En ese caso, me gustaría un vestido rojo.

—¿Un vestido rojo? ¿Por qué rojo?

—Porque el rojo tiene algo de salvaje, ¿no crees? Es un color pícaro. Las chicas buenas como yo no se visten de rojo.

Él sonrió.

—Pues te compraré un vestido rojo.

—Bien. —Grace apoyó la cabeza sobre los brazos y cerró los ojos—. Entonces, ya puedes ir pensando en algo que no sea trabajar la tierra, porque papá trabaja la tierra y no gana mucho dinero.

—A tu padre no le interesa hacerse rico. Mamá dice que está bien como está. Pero yo soy ambicioso. Algún día dirigiré toda la hacienda, ya lo verás.

—Vaya, eso sí que es ser ambicioso.

—Si no aspiras a llegar muy alto en la vida no llegarás a ninguna parte.

Ella soltó una risilla.

—¿Quién te ha dicho eso?

—Papá.

—Pues supongo que tiene razón. De todos modos, cuando tengas edad suficiente para tener un trabajo, puede que el señor Garner ya se haya muerto y te haya dejado su puesto.

—El Viejo Pata Chula. —Freddie cerró los ojos y pensó en el señor Garner, que había perdido la pierna en Ypres—. Seguro que una vieja morsa como él no se muere nunca.

—¿Crees que serías valiente si fueras a la guerra, Freddie? —le preguntó, pensando en la guerra en la que su padre había combatido, pero de la que jamás hablaba.

—No lo sé.

Ella se rio al recordar la picadura de abeja que había sufrido. No le parecía que pudiera ser nada valiente.

—Supongo que es difícil saberlo hasta que estás allí —comentó con tacto.

—Me gustaría pensar que lo sería —aseveró él.

—Dios mediante, nunca lo sabremos —manifestó Grace, y aparció en el fondo de su mente la noticia sobre las amenazantes maniobras de Hitler que había oído en la radio y sobre las que había leído en los periódicos.

Se comieron los sándwiches mientras la luz temprana de la tarde se dulcificaba. Grace sugirió que había llegado la hora de volver a casa para ayudar a su padre con el jardín. Se sentía culpable pasando todo el día tumbada como una señora mantenida, aunque fuera domingo. Despacio, regresaron cruzando el pueblo con los bañadores mojados enrollados en las toallas. A ella se le había rizado el pelo al secarse y los espesos rizos le caían en cascada sobre la espalda. El sol le había bronceado los brazos y el pecho, tiñéndolos de un cálido color miel y sonrosándole las mejillas. Cuando llegaron a casa de Freddie, metió la toalla en la cesta de la bicicleta y, antes de irse, preguntó:

—¿Te veré mañana?

—Voy a ayudar con la cosecha —respondió él—. Mamá dice que ya soy lo bastante mayor y que me pagarán.

—Entonces, ¿estarás ocupado?

—Sí, iba a decírtelo.

Se sintió un poco decepcionada porque iba a perder a su compañero de juegos.

—Bueno, siempre necesitan más manos —razonó.

—Mañana iré a ver al señor Garner y me ofreceré para trabajar.

—¡Intenta que no se dé cuenta de que le has echado el ojo a su puesto!

Freddie se rio.

—No creo que me vea como una amenaza.

—¡No si te ve cuando te pica una abeja! —Y dicho esto, Grace empezó a pedalear.

—No vas a dejar que lo olvide nunca, ¿verdad? —le gritó Freddie.

—¡No! —le gritó entre risas—. ¡Zum, zum, zum!

De regreso a casa, se detuvo de nuevo a contemplar la gran mansión. Esta vez el único coche que había aparcado delante era el Alfa Romeo. Le recorrió un escalofrío de alegría al pensar que Rufus estaba todavía allí y se preguntó qué estaría haciendo en aquel enorme caserón. Con todas aquellas habitaciones entre las que escoger, ¿cómo decidía en cuál instalarse?

Cuando llegó a su casa, le sorprendió ver aparcado delante de la puerta, sobre el césped, el magnífico Bentley verde del marqués. La combinación del brillante metal y del cristal resultaba incongruente allí, junto a la rústica simplicidad de la casa con techo de paja. Le habría gustado saber qué querría lord Penselwood de su padre y dónde estaría el chófer. Normalmente se quedaba sentado en el vehículo con su gorra y los guantes puestos, con aspecto de hombre importante.

Abrió de un empujón la puerta y encontró el pequeño vestíbulo de piedra lleno de gente. Cuando vio que uno de los visitantes era Rufus, se le paró el corazón en el pecho antes de volver a estallar a la vida. Enseguida se avergonzó de su vestido arrugado y del pelo alborotado que le colgaba en mechones mojados sobre la espalda.

—Ah, estás aquí —dijo Rufus, feliz, como si la hubiera estado buscando. Se quitó el sombrero.

—¿Grace? —preguntó su padre, dedicándole una mirada desconcertada.

Ella miró a la frágil mujer que iba tomada del brazo de Rufus y entendió, con el corazón encogido, el porqué de la visita.

—Buenas tardes, lady Penselwood —dijo tímidamente, sin saber si debía o no saludar con una reverencia. La marquesa viuda no respondió. Grace se volvió hacia Rufus.

—La abuela no oye demasiado bien, así que tendrás que gritar. Así: Ha dicho «Buenas tardes», abuela. —Elevó la voz, hablándole a su abuela al oído.

La anciana señora la estudió detenidamente con unos ojos grandes y los párpados parcialmente cerrados y sorbió ligeramente.

—Así que tú eres la hija del señor Hamblin.

—Sí, señora.

—¿También tienes buena mano para la jardinería?

—Estoy aprendiendo —respondió ella.

—Del mejor, querida. Ah, las maravillas que he creado gracias a la ayuda y experiencia de tu padre, y ahora debo conformarme con una vida sedentaria y solo puedo mirar de lejos e imaginar qué más podría hacerse en esos parterres. Al menos tengo mis invernaderos. Sí, aún no estoy demasiado tullida para disfrutar de ellos.

—¿Pasamos? Creo que mi abuela debería sentarse —sugirió Rufus.

—Por favor —dijo Arthur, guiándoles al salón. Arqueó las cejas inquisitivo, pero Grace no tuvo tiempo para dar explicaciones.

Rufus era tan alto que tuvo que bajar la cabeza para pasar por la puerta.

—Qué casa más bonita —comentó con tono jovial, recorriendo la habitación con la mirada—. Imagino que será muy acogedora en invierno, con el fuego encendido. Santo cielo, cuántos libros. Debe de ser usted un ávido lector, señor Hamblin.

—¿Dónde están las abejas? —preguntó la marquesa viuda, escudriñando con impaciencia la habitación. Su voz sonó inesperadamente estridente para aquel cuerpo, pequeño como el de un pajarillo.

—Espero que no estén aquí —respondió secamente Rufus.

—Están fuera —intervino Grace. Vio cómo Rufus instalaba a su abuela en un sillón, se sentaba en el sofá y cruzaba las piernas con un suspiro de satisfacción. Era demasiado corpulento para la pequeña habitación. A su lado, su padre parecía un enanito. Ella se sentó en la otra punta del sofá al tiempo que su padre se acomodaba visiblemente inquieto en su sillón favorito, delante de lady Penselwood.

—¿Le gustaría ver las abejas, lord Melville? —preguntó Arthur, intentando comprender por qué de repente tenía el honor de su compañía.

—No exactamente —respondió despacio Rufus. Miró a Grace y esbozó una sonrisa de disculpa—. Su hija me ha dicho que las picaduras de abeja curan la artritis y por casualidad lo he mencionado durante el almuerzo. Mi abuela sufre terriblemente, así que se me ocurrió... —Miró a la anciana—. Bueno, se le ocurrió a ella, para ser más preciso, que le gustaría probarlo.

—Pero las picaduras de abeja son muy dolorosas —explicó Arthur, ansioso—. Por no decir peligrosas. He visto a gente guardar cama durante una semana a causa de las inflamaciones.

Grace se acordó de Freddie y del alboroto que había causado, y sintió una punzada de culpa.

—Bobadas —dijo la marquesa viuda estoicamente. Grace y su padre cruzaron una mirada.

Arthur entrelazó las manos.

—Odiaría ser el causante de que se sintiera mal, lady Penselwood —empezó—. No estoy seguro de que sea una buena idea. Por ejemplo, podría ser usted alérgica.

La anciana miró imperiosamente a su jardinero.

—¿Qué es lo que ha dicho? —preguntó. Arthur alzó la voz y repitió la frase—. Bobadas —trinó ella—. No he oído una estupidez semejante en mi vida. No le haré responsable, jovencito. —Grace contuvo la risa. Su padre había superado los cuarenta años con creces—. Y bien, ¿dónde están esas abejas?

Ella miró las manos de la anciana y entendió que la artritis que padecía no tenía nada que ver con la leve rigidez que sufría su padre. Los dedos de la marquesa parecían las garras de un viejo cuervo. Y seguro que el dolor era insoportable. Sintió una punzada de compasión y esperó que las abejas pudieran curarla. Si lo hacían, Rufus la tendría en muy alta estima. Pero ¿y si no lo conseguían? Notó que las gotas de sudor se le arremolinaban en la frente. Rufus le sonrió, alentador.

—¡Pues salgamos y que las abejas piquen a la abuela!

Arthur los condujo al sol y rodeó la casa hacia las colmenas sombreadas por los plátanos y colocadas en fila a lo largo del borde de un parterre lleno de angélicas, cincoenramas y sedum, tres de las especies de arbustos preferidos por las abejas. Rufus se puso el sombrero y avanzó despacio con su abuela apoyada pesadamente sobre su brazo.

—Qué casa más encantadora. No había estado aquí antes —dijo el joven—. Ha hecho usted maravillas en el jardín.

—Tu padre conoce hasta el último rincón de la propiedad —intervino estridentemente lady Penselwood—. Deberías hacer lo mismo. Es tu obligación, Rufus. —Pronunció la palabra «obligación» con énfasis, como si en la vida no importara nada más.

—Sí, sí, abuela —respondió él, desestimando el comentario eficazmente con su tono aburrido.

—Me sorprendería mucho que el jardín de Arthur Hamblin no fuera una maravilla —prosiguió la marquesa—. Es el mejor jardinero que ha tenido Walbridge y ya hemos tenido a unos cuantos.

—Gracias, señora —agradeció humildemente Arthur—. Es usted muy amable.

Rufus sonrió.

—Le aseguro que la abuela es todo menos amable. Si dice que es usted un genio, estoy convencido de que no es para menos —comentó, bajando la voz para que su abuela no le oyera—. Ah, las abejas. Bien.

Lady Penselwood observó las colmenas de arriba abajo con una mirada imperiosa.

—¿Y bien? ¿Qué tengo que hacer? ¿Meto la mano? —preguntó.

—No, no, mi señora. Le pondré una abeja en la mano y dejaré que le pique —aclaró Arthur—. Si está usted…

—Santo cielo, buen hombre, no es más que una picadura. No va a arrancarme la mano, ¿verdad? —Soltó un bufido de impaciencia y extendió la garra—. Procedamos. Que la abeja se ensañe conmigo.

Grace se estremeció cuando su padre puso una abeja sobre las huesudas articulaciones e hizo que picara a la marquesa, cubriéndola con la mano. La anciana señora ni siquiera parpadeó. Arthur no tuvo la seguridad de que la abeja hubiera picado hasta que vio la marca roja y la subsiguiente inflamación. El insecto echó a volar, pero Grace sabía que moriría y fue presa de un momento de angustia. Rufus la miró y arqueó una ceja.

—Pues no le ha dolido —dijo. Luego, alzando la voz y volviéndose hacia su abuela preguntó—: ¿Cómo te sientes, abuela?

—Espero que funcione. ¿Está seguro de que con una picadura basta?

—Del todo —respondió Arthur—. Con una debería bastar.

—Bien. Ahora rezaré para que se obre el milagro.

—Yo también —concedió Rufus. Grace estuvo a punto de darle un poco de ajo para calmar el dolor, pero intuyó que lady Penselwood rechazaría el ofrecimiento. Estaba hecha de un material mucho más resistente que Freddie. No veía la hora de contárselo.

Rufus acompañó a su abuela al Bentley y la ayudó a subir al asiento. Ella se quedó impresionada por la suavidad del cuero y la lustrosa madera del interior del coche. Nunca había estado tan cerca de un automóvil. Era como un animal raro y hermoso.

—Gracias por tu consejo, Grace. Si funciona, tendréis al condado entero haciendo cola para recibir una picadura. —Sintió una punzada de pánico y palideció. Si todo el condado acudía a ellos para que les administraran una picadura, ¿cuántas abejas morirían? Rufus se rio—. No temas. Solo bromeaba —dijo, y de pronto su rostro se arrugó en un ceño—. ¡Hay muy poca gente que esté hecha de acero puro como la abuela!

—Es muy valiente —concedió Grace.

—Deberían haber mandado a mujeres como ella a primera línea del frente. Habríamos ganado antes la guerra. —Se rio ante su ocurrencia—. En fin, si funciona te lo diré. Ahora necesitaré un milagro para devolverla a casa sin que mis padres se enteren. No estoy seguro de que dieran su aprobación a un tratamiento tan poco ortodoxo.

Padre e hija vieron cómo se marchaba. Rufus se despidió animadamente con la mano mientras su abuela seguía sentada con el rostro pétreo y la mirada al frente.

—¿A qué ha venido todo esto? —le preguntó Arthur a su hija en cuanto el coche desapareció por el camino.

—Es que comenté que tú te dejabas picar a propósito para curarte la artritis —contestó ella—. No imaginé que el comentario tendría consecuencias.

—¿Cuándo hablaste con lord Melville?

—Esta mañana, al salir de la iglesia. Estaba tumbada en la hierba jugando con una abeja y ha venido a saludarme. —Guardó silencio durante un instante—. ¿Crees que funcionará?

—Puede. A mí desde luego me ayuda. —Volvió a entrar en la casa—. La vieja lady Penselwood es una antipática.

—Quizás es por el dolor. Esas manos tienen muy mal aspecto.

—O quizá sea simplemente una amargada.

—La gente amargada es infeliz. Tú me lo dijiste, papá.

—También te dije que siempre hay una excepción que confirma la regla —respondió él con una sonrisa.

Poco a poco oscureció. Calló el trino de las aves en sus nidos y el inquietante ululato de una lechuza reemplazó el aflautado canto del cucú. Arthur fumaba en pipa en su butaca con las gafas de lectura sobre el puente de la nariz y un libro de historia en la rodilla. Su perro dormitaba a sus pies. Grace miraba las páginas de su novela, pero tenía la mente en otro sitio. Para ella había sido un *shock* encontrar a Rufus en el vestíbulo, pero ahora que ya se había marchado, se vio de pronto repasando cada momento de su encuentro y lamentando su comportamiento.

Solo tenía catorce años, de modo que no había razón alguna para que un joven como Rufus Melville reparara en ella. Pero desde que él le había hablado, y no como un hombre le habla a una niña, sino como hablan dos iguales, lamentaba no haberse mostrado quizás un poco más ingeniosa. En la voz de Rufus había un ligero tono que sugería que casi todas las cosas le resultaban divertidas. A ella le habría gustado saber a qué clase de ingeniosas conversaciones estaba habituado con sus amigos de Oxford. Supuso que debían de ser todas ellas muy inteligentes, como lo era él, y también ingeniosas. Ella podía ser divertida con Freddie. Todo lo que decía le parecía inteligente, pero con Rufus se sentía torpe, inmadura y tímida. Y su pelo... ah, lo que habría dado para que él no la hubiera visto con ese pelo mojado y enredado.

Cerró el libro con un suspiro. Su padre arqueó las cejas por encima de las gafas.

—¿Estás bien, Gracey?

—Sí, papá. Creo que subiré a mi cuarto. Me estoy quedando dormida.

—Demasiado sol. Eso es lo que provoca: te chupa toda la energía.

Se inclinó sobre él y le besó en la mejilla.

—Buenas noches, papá.

—Que Dios nos las dé —respondió Arthur, acariciándola afectuosamente—. Dulces sueños.

Poco después, Grace se arrodilló junto a su cama y rezó. Rezó por su padre y por su madre, que estaba al amparo de Dios. Rezó por Freddie, por tía May y por tío Michael; por Josephine, la hermana de Freddie, aunque no le cayera demasiado bien, y rezó por Rufus. Su plegaria por Rufus parecía no tener fin. De hecho, fue más una especie de confesión que una oración.

Cuando por fin se metió en la cama, se tumbó de costado y clavó la vista en la fotografía en blanco y negro de sus padres que tenía enmarcada en la mesita de noche. Su madre tenía un rostro alargado como el suyo, y unos ojos hundidos de color miel, aunque resultara imposible discernir su color en la fotografía. Simplemente parecían oscuros. Tenía un rostro afable, esa clase de rostro al que podía confiársele un secreto. Estaba segura de que, de haber vivido, la habría escuchado con indulgencia y comprensión, y de que ella se lo habría contado todo. Su madre se habría sentado en su cama, le habría acariciado la mejilla y la habría mirado con cariño. Quizá se habría reído de lo absurdo del enamoramiento de su hija, pero en ningún caso la habría hecho sentirse avergonzada por ello. Y tampoco lo habría despreciado. Obviamente, de un enamoramiento como aquel no podía salir nada, pero no había ningún mal en admirar a Rufus. A ella le hacía feliz pensar que él estaba en el mundo. Y más feliz todavía que Rufus supiera también que ella estaba en él.

De ahí que le susurrara el contenido de su corazón a la única persona que confiaba que lo entendería.

6

A la mañana siguiente, cuando estaba en el huerto cogiendo verduras para el almuerzo, el Bentley negro se detuvo con un murmullo en la hierba, delante de la casa. Se levantó y se limpió las manos en el delantal. El corazón se le aceleró contra las costillas. Lo sintió como un puño y notó también como si tuviera el estómago lleno de abejas. Se protegió los ojos del sol con la mano a modo de visera. Cuál fue su sorpresa cuando vio al chófer bajar del coche y dirigirse hacia ella.

—La señorita Grace —dijo el hombre.

Hablaba con un tono oficioso.

—Soy yo —respondió ella.

—Me envía la viuda lady Penselwood. Requiere su presencia con carácter de urgencia.

Grace se mareó. Imaginó toda clase de cosas terribles que podían haber ocurrido como consecuencia de la picadura de abeja. Quizá la mano de la anciana dama se había inflamado de tal modo que estaba espantosamente dolorida. Le habría gustado que su padre la acompañara, pero ahora mismo estaba trabajando en los jardines de Walbridge Hall y no tenía tiempo de ir a buscarle. ¿Por qué no habían intentado dar con él en vez de ir a buscarla a ella? A fin de cuentas, él ya estaba en la mansión.

—¿Quiere que vaya ahora? —Fue una pregunta estúpida, pues era obvio que la señora reclamaba su presencia de inmediato.

—«Con carácter de urgencia», han sido sus palabras, señorita Grace.

Entró en la casa para quitarse los pantalones y ponerse un vestido. Luego se lavó las manos y se recogió el pelo. Por mucho que frotó, no logró sacarse el barro de las uñas. Lamentó en ese instante no tener una madre o una abuela que pudiera ir en su lugar. Más que nunca deseó no ser la mujer de la casa. Al salir, el chófer le sostenía abierta la puerta trasera del automóvil. Tenía un aspecto solemne bajo la gorra. Durante un fugaz instante, se animó al pensar en Rufus y se preguntó qué opinión le merecería el chófer. Estaba convencida de que su porte serio le parecería divertido.

El motor del coche ronroneaba como un gato enorme. Vio pasar el paisaje a toda velocidad, pero estaba demasiado nerviosa para disfrutar viendo cómo los pájaros se sumergían y emergían de nuevo de los setos. Por fin giraron al llegar a la entrada de Walbridge Hall y cruzaron con suavidad las magníficas puertas de hierro. A ambos lados, en lo alto de los pedestales de piedra, había una estatua de un león y otra de un dragón, con los rostros congelados en sendos poderosos rugidos. El miedo que sentía no hizo sino ir en aumento cuando el coche subió por la suave curva que trazaba el camino y la incomparable casa apareció a la vista. Era más espléndida aún vista de cerca, con sus múltiples vidrieras centelleando al sol y los altos frontones alzándose hasta lo alto de las imponentes chimeneas. Se le secó la garganta al pensar que tenía que entrar sola y deseó más que nunca estar en lo alto de la colina, en el bosque, viéndolo todo desde lejos.

El automóvil se detuvo por fin y el chófer apagó el motor. Sin una palabra saltó a la grava y abrió la puerta. Ella bajó del coche vacilante y esperó a que le dijeran qué hacer, moviendo nerviosa los dedos con las uñas carcomidas hasta la piel. Miró a un par de jardineros con pantalones de peto marrón que en ese momento recortaban el seto de tejo. Uno de ellos interrumpió su labor para mirarla. Ella esperaba ver a su padre, pero Arthur no apareció.

No tuvo que aguardar mucho tiempo. Obviamente la esperaban. La gran puerta de la casa se abrió despacio como unas aterradoras fauces que estuvieran a punto de tragársela de un bocado. Entonces controló su miedo, a la espera de que apareciera un mayordomo tan formidable como el chófer y la hiciera pasar. Para su inmenso alivio, quien apareció fue el propio Rufus, sonriendo con su acostumbrada jovialidad y bajando los escalones de dos en dos hacia ella.

—Hola, Grace. Espero que no estuvieras ocupada en algo importante —dijo al tiempo que sus ojos oscuros chispeaban al mirarla.

Ella por poco lloró de felicidad, pues sin duda si algo espantoso hubiera ocurrido, Rufus no estaría sonriéndole con tanta jovialidad.

—Estaba cogiendo verduras —respondió, y enseguida lamentó no haber mentido y haber dicho algo más interesante.

—En ese caso, debes de tener sed. Johnson —le ordenó al mayordomo, que aguardaba instrucciones—. Por favor, tráigale un poco de zumo a la señorita Grace. Estaremos con mi abuela.

Rufus tenía un aspecto informal con su chaleco de lana Fair Isle en pálidos tonos ocres y marrones y la camisa azul remangada, dejando a la vista unos musculosos antebrazos y un elegante reloj de oro con correa de piel. En su dedo meñique brilló un anillo de sello, también de oro, cuando le puso la mano en la espalda para llevarla escaleras arriba hacia el vestíbulo. Era una sala inmensa con una chimenea tan grande que su cama podría haber cabido en ella. La mesa refulgía con el arreglo de lirios más impresionante imaginable y las alfombras persas cubrían el suelo de piedra gastada por los años de pisadas. Una escalera de madera oscura ascendía hacia un impresionante retrato de un ancestro vestido con armadura antes de dividirse en dos y unirse a una galería a ambos lados del vestíbulo.

—Es el tatarabuelo Aldrich —dijo Rufus, señalando el retrato con el mentón—. Y, desde luego, un hombre de un gran porte. Aldrich significa «rey», aunque antes preferiría llamarme como un mendigo que Aldrich. Pobre papá: de todos los nombres entre los que podían elegir, ¡sus padres escogieron el más ridículo!

Grace se rio, pero no se le ocurrió nada inteligente que decir.

—Me gusta su armadura —respondió, sintiéndose torpe.

—A mí también. Está colgada en la sala de juegos. Cuando era pequeño me disfrazaba con ella. Pero ahora soy demasiado alto.

Qué curioso lo bajos que eran en esa época. Mucho más de lo que imaginamos.

—A mí no me parece nada bajo.

—En el cuadro no lo parece. Quizás el pintor quería ganarse su favor y lo pintó más corpulento de lo que era.

Grace se sentía ya mucho más cómoda. De hecho, estaba casi mareada de felicidad mientras Rufus en persona le mostraba la casa. La mansión era tan impresionante por dentro como por fuera. Lord Melville le enseñó los demás retratos colgados en el vestíbulo. Todos tenían nombres extraños como Winthrop y Morven, excepto el que llevaba por nombre Rufus.

—Me llamaron Rufus por él —declaró, arrugando la nariz—. No estoy seguro del motivo, sobre todo teniendo en cuenta que es el más feo del grupo.

—A mí Rufus me parece un nombre bonito. Podrían haberle llamado Broderick.

Lord Melville se rio entre dientes.

—Ese habría sido un destino terrible. Vamos, no debería hacer esperar mucho más a la abuela.

Grace volvió a sentir miedo. Inspiró hondo y con brusquedad, y hasta debió de palidecer, pues Rufus no dejo de sonreírle afectuosamente. Se inclinó sobre ella y le susurró al oído:

—No temas, Grace. En el fondo, la abuela es blanda como una gatita. Esta mañana está de buen humor, así que seguramente la encontraremos ronroneando.

La condujo por un largo pasillo. Dejaron a la derecha una habitación que enseguida captó su atención. Era una habitación cuadrada con estanterías a ambos lados de una chimenea de mármol, pero en vez de libros, lo que había en los estantes eran filas y filas de barcos en miniatura dispuestos bajo campanas de cristal. Los había a cientos.

—El estudio de mi padre —dijo Rufus, deteniéndose durante un momento ante la puerta abierta—. A papá le vuelven loco los barcos. Debe de haber sido una carga haber heredado una casa en medio del campo cuando lo único que uno quiere es navegar. ¿Alguna vez has navegado, Grace?

—No, creo que me pondría un poco nerviosa en el mar —respondió ella.

—Bobadas, te encantaría. Cuando era pequeño, papá me enseñó a navegar. El océano tiene algo mágico. —Grace recorrió con la mirada los cuadros que adornaban las demás paredes. Eran todas escenas marinas: veleros en mares azules, cielos celestes en los que planeaban blancas gaviotas, puertos rebosantes de actividad, dunas de arena y alfombras de rosas rosas.

A regañadientes, la apartó y siguió a Rufus por el pasillo hasta una gran sala situada al fondo, desde cuyos ventanales se dominaban los gloriosos jardines de Walbridge Hall. Allí, sentada en regio esplendor sobre una butaca de mimbre de jardín, con un perrito peludo en el regazo, estaba la marquesa viuda. Cuando la vio, una sonrisa inesperadamente afectuosa transformó su marchito y viejo rostro.

—Ah, acércate, querida, y deja que te dé las gracias. —Tendió la mano. Grace se adelantó y la tomó tímidamente, inclinándose en una pequeña reverencia, porque tuvo la impresión de que la marquesa viuda exigía más que una simple y cortés inclinación de cabeza.

—¡Mira! —La anciana señora agitó la mano. Ya no estaba contraída como una garra—. Esta mañana apenas he tenido dolor. La inflamación ha desaparecido. Eres una buena doctora, pequeña, ¿no es así?

—Me alegro de que esté mejor, mi señora —respondió Grace, sorprendida al ver que el veneno de abeja hubiera sido tan efectivo.

—Habla más alto, niña. No te oigo si susurras.

—Me alegro de que esté mejor —repitió Grace, alzando más la voz.

—Yo también —replicó la anciana dama.

—Gracias, Johnson —dijo Rufus, cogiendo un vaso de zumo de la bandeja. El mayordomo se marchó con una pequeña inclinación de cabeza—. Para ti, Grace. Zumo de fresa y frambuesa. Está muy bueno. He tomado un poco en el desayuno.

—La fruta es del jardín —comentó lady Penselwood—. Tenemos un huerto espléndido, aunque eso tú ya lo sabes, claro. Por algo eres la hija de Arthur Hamblin. Antes de que apareciera la artritis y me impidiera disfrutar de mis cosas, la jardinería era mi pasatiempo favorito. Quizás esas abejas me salven las manos y pueda ser útil de nuevo. —Arqueó las cejas, sin apartar los ojos de ella. Grace se tragó el zumo del vaso. Era lo más delicioso que había probado jamás. Sintió que debía decir algo, pero no supo exactamente qué.

Rufus intervino entonces, relajando cualquier sombra de incomodidad.

—A la abuela le gustó tanto que la picara una abeja que querría volverlo a hacer.

—Oh, por favor, Rufus. Eres un muchacho realmente ridículo. Nadie disfruta con una picadura, nunca. Simplemente soportas el dolor porque sabes la recompensa que ha de llegar. Es como la vida. La soportamos por la promesa del paraíso y las alegrías del cielo.

—Yo jamás diría que hay que soportar la vida, abuela —replicó él, sentándose delante de ella—. Diría que es una gran fuente de placer.

—Sin duda lo es para un joven buscador de placeres como lo eres tú. Cuando seas viejo y repases tu vida, reconocerás en ella un accidentado camino de dolor y de alegría. El pasado estará salpicado de infortunios y percances, por no hablar de las terribles pérdidas de tus seres queridos. Deberás soportar su pérdida…

—Como la tuya, abuela —la interrumpió Rufus, contrayendo malévolamente la boca—. Lo sentiré mucho cuando llegue tu hora de irte. —Grace temió que hubiera ido un poco demasiado lejos, pero la abuela le sonrió, claramente divertida por su descaro.

—Estoy convencida de que así será. Espero que tengas una larga vida, mi querido muchacho, pero sobrevivir a tus seres queridos no es necesariamente un motivo de celebración. Es algo que se soporta, pero de lo que nunca nos recuperamos. Señorita Hamblin, recuerdo cuando murió su querida madre. Desgraciadamente, era demasiado pequeña para conocerla. Su madre era una joven encantadora. —Las mejillas de Grace se tiñeron del mismo color rosa que el del zumo que había bebido. La marquesa viuda se hizo eco de su tragedia con un gruñido—. ¿Quién la ha criado?

—Mi padre.

—¿Él solo? —Lady Penselwood entrecerró los ojos y profirió un bufido de desaprobación.

—Sí, mi señora.

—Cielo santo. Le compadezco. No es tarea fácil criar a un hijo, especialmente para un hombre. Los hombres son inútiles en cosas de crianza.

—No estaba solo. Contó con la ayuda de tía May —argumentó Grace con la esperanza de que lady Penselwood lo aprobara.

Así fue.

—Ah, la familia. Es simplemente imposible existir sin la familia. —Grace no tenía ganas de decirle que tía May era un pariente lejano y no familia de verdad. Ella la llamaba «tía» porque había sido como una hermana para su madre—. ¿Tiene abuelos?

—Sí, mi señora. Mi abuela nos ayudó cuando yo era pequeña.

La respuesta que dio satisfizo enormemente a lady Penselwood.

—Ah, las abuelas. No hay nada que las sustituya. Rufus siempre se ha tomado muchas molestias por mí.

—«Molestia» es la palabra clave, abuela. Siempre has sido una molestia.

La marquesa se rio por lo bajo.

—Cuando eres abuela, estás en todo tu derecho de decir exactamente lo que piensas. He pasado muchos años callando lo que pensaba. Ahora que soy vieja y no tengo a nadie en la familia por encima de mí, tengo derecho a decir lo que pienso.

—Y desde luego lo practicas —añadió irónicamente Rufus.

—Bien, me gustaría recibir otra picadura. En la otra mano. ¿Qué le parece, señorita Hamblin?

Grace era demasiado joven e insignificante para dar su opinión, de modo que no tuvo otra elección que acceder a la desafortunada muerte de otra preciosa abeja.

—¿Quiere que le busque una de su jardín? —preguntó vacilante.

—Es una idea espléndida. Rufus, muéstrale la lavanda. Está llena de abejas.

—Puesto que soy un hombre siempre ávido de placeres, abuela, será para mí un placer mostrarle el jardín a Grace. —Se levantó—. Vamos, Grace. Salgamos y disfrutemos del sol.

—Llévate a *Amber* —dijo su abuela, empujando con suavidad al perro para que bajara de su rodilla—. No ha salido en toda la mañana. Ya es hora de que haga sus necesidades. —A regañadientes, el maltés blanco los siguió al jardín, donde rápidamente desapareció tras un arbusto.

—Ya lo ves, dos milagros en un solo día —dijo lord Melville, poniéndose unas gafas de sol.

—¿Cuál es el otro? —preguntó ella.

—Que mamá y papá se han ido a Londres. Esta noche van al teatro. —Al ver que Grace no decía nada, añadió—: No quería que se enteraran de lo de la picadura de la abuela. Pensarían que es una brutalidad.

—Pues a su abuela no le parece ninguna brutalidad.

—Claro que no. Pero mamá está hecha de una madera distinta. Pensaría que lo de las abejas no es más que charlatanería y no dejaría de chasquear la lengua y de poner los ojos en blanco. Y luego me diría: «Oh, vamos, Rufus, ¿no se te ocurre nada mejor en lo que invertir tu tiempo?» Mamá opina que su suegra es una mujer cansina y difícil, y no le falta razón. Aunque crea que la vieja estirará la pata en cualquier momento, y le gustaría que fuera lo antes posible, lo de la picadura de abeja a propósito le parecería una barbarie y haría lo posible por impedirlo. Entonces estallaría una discusión de dimensiones colosales y, como de costumbre, me pillaría a mí en medio, intentando separarlas. Ya es bastante terrible tenerlas a las dos compartiendo techo. Dos mujeres diabólicamente fuertes defendiendo su postura. Un caso perdido. Por eso mi madre se marcha a Londres siempre que puede. A la abuela le gusta quedarse aquí, rezongando sola en esta enorme casa.

—¿Y a usted? ¿También le gusta rezongar?

—No suelo rezongar mucho. Prefiero llenar la casa de amigos. Y mucho menos rezongar como lo hace ella. —Grace se rio ante el giro que Rufus le había dado a la frase—. Mira, este es el huerto.

Empujó una valla de madera insertada en un viejo y gastado muro de piedra. La valla daba a un inmenso jardín en cuyo centro había un huerto con árboles frutales, plantados de manera equidistante. Los parterres estaban inmaculados. A Grace se le ocurrió que desde el aire debía de parecer un caleidoscopio de formas armoniosas, con una mitad convertida en el reflejo exacto de la otra. Contó hasta tres jardineros trabajando entre las verduras, desbrozando y cogiendo plantas, aunque ninguno era su padre. Se preguntó entonces qué pensaría él de que fuera Rufus Melville quien le enseñaba los jardines. En el extremo más alejado vio dos enormes palacios de cristal. Deseó más que nada en el mundo poder acercarse a ver, pero era demasiado tímida para pedirlo. Tendría que preguntar por ellos a su padre más tarde.

—¿Dónde está la lavanda? —preguntó Rufus.

—Allí —respondió ella, señalando al muro. Todo un lado estaba cubierto por una espesa franja de lavanda.

—¡Cielos! ¿Qué hace mi abuela con toda esa lavanda?

—Quizás haga bolsas con ella —sugirió la chica.

—¿Qué son?

Complacida al ver que sabía algo que él desconocía, se lo aclaró.

—Se meten entre la ropa para que huela bien, o se cuelgan del cabezal de la cama para ayudarte a dormir.

—Justo lo que necesito. Me cuesta horrores dormir. Soy demasiado excitable, ese es el problema. No me funciona lo de contar ovejas porque enseguida empiezan a pelearse por quién será la primera en saltar la valla. La verdad, no creo que a nadie le funcione. Es un mito estúpido.

—La lavanda funciona.

Rufus negó con la cabeza.

—No creo que funcione conmigo, dulce Grace. Soy un caso perdido.

Se acercaron a los arbustos.

—Mira todas esas abejas —comentó Rufus—. Unas grandes, gordas y torpes, y otras pequeñas, delgadas y ágiles. Están muy ocupadas, ¿no?

—Para su abuela necesitamos una abeja melífera, que son las que tienen aguijón.

—¿Cómo se la llevaremos?

—Eso es fácil. Estoy segura de que uno de sus jardineros tiene alguna maceta que podamos usar. No quiero asustar a la abeja llevándola en las manos.

Rufus llamó a uno de los jardineros. Mientras el hombre corría en busca de una maceta, él se acuclilló para observar a las abejas.

—Qué extraordinarias, ¿no?

—Son las criaturas más brillantes —concedió ella, y antes de que pudiera contenerse empezó a compartir sus conocimientos con gran entusiasmo. Cuando el jardinero volvió, ya le había contado a Rufus las diferencias existentes entre las abejas melíferas y los abejorros y cómo las abejas melíferas bailan para comunicar la ubicación de una fuente de comida a las demás abejas. Él la escuchaba con interés. Parecía impresionado por lo mucho que sabía.

—En realidad eres una abejilla, ¿verdad?

Grace se rio.

—Las adoro, eso es todo.

—No se me ocurre nada más hermoso que adorar —dijo Rufus, sonriéndole como lo habría hecho un hermano con una querida hermana menor.

Entonces empezó a preparar la maceta. Puso un poco de lavanda dentro y cogió una rama con una abeja y también la metió en la maceta. Por último, tapó la boca de la maceta con la mano. Oyó zumbar a la abeja dentro, demasiado ocupada con la lavanda para darse cuenta de que estaba encerrada. Regresaron a la casa y encontraron a la perrita de lady Penselwood esperando junto a la puerta para entrar.

—Estúpido animal. Es más un juguete que un perro —dijo Rufus—. A la mayoría de los perros les gusta ir de paseo, pero a este no. Está muy malcriada. ¿A que sí, *Amber*? —Abrió la puerta para dejarla entrar.

—¿Ha hecho sus necesidades? —preguntó la marquesa viuda.

—Sí —mintió Rufus.

—¡Buena chica! —exclamó lady Penselwood—. ¡Ahora vete! Johnson, llévela a la cocina. No quiero que salte sobre mí con las patas llenas de barro.

Grace le acercó la maceta. Lady Penselwood tendió la mano. Ella esperó que la abeja no escapara. Con cuidado, la sacó del interior de la maceta, todavía aferrada a su trozo de lavanda. Le dolió ponerla en la mano de la anciana y más aún tener que presionarla contra la piel como lo había hecho su padre para no darle otra elección que la de picar y poner así fin a su vida. De nuevo, la marquesa viuda no reaccionó. Solo cuando ella vio el aguijón de la criatura clavado en la piel entendió que la hazaña había tenido lugar. Sintió que se le llenaban los ojos de lágrimas. A pesar de sus esfuerzos, una gruesa lágrima cayó sobre la mano de la anciana.

—Mi querida niña, no llores por mí —dijo afectuosamente lady Penselwood. La anciana parecía sorprendida por la compasión de Grace—. ¿Qué edad tienes?

—Catorce años —respondió con un sorbido.

—Eres muy adulta para tener catorce años. Supongo que es por haber tenido que cuidar de tu padre. Imagino que la mayoría de las niñas de tu edad todavía están jugando a las muñecas. —Ella volvió a meter a la abeja en la maceta y la vio moverse por el fondo, desconcertada. Otra lágrima cayó sobre la lavanda—. Eres una muchachita muy amable. Tus abejas hacen que me sienta mejor y te estoy muy agradecida. Ahora Cummings te llevará a casa. —Rufus cogió la maceta y se la dio al mayordomo, que había vuelto con una cafetera de plata en una bandeja—. Bien, mi café de media mañana. No se alarme, Johnson, no es más que una pequeña picadura de abeja. Una tontería. No duele nada.

Rufus la acompañó al vestíbulo. Antes de abrir la puerta, se volvió a mirarla. Una expresión de preocupación le nublaba el rostro.

—Estás apenada por la abeja, ¿verdad? —La miró con compasión—. Entonces, ¿es cierto que las abejas mueren cuando pican? Ella asintió.

—No todas, solo las hembras melíferas.

—La boba de la abuela ha creído que llorabas porque le había dolido, pero yo me he dado cuenta de que no. Adoras a esas abejas, ¿verdad?

—Sí. —Inspiró hondo.

—Siento que hayamos tenido que matar a otra. Mira, haremos un pacto. Guardaremos el secreto para evitar que empiecen a morir abejas porque todas las señoras del condado quieran curarse la artritis. Me aseguraré de que la abuela no se lo comente a ninguna de sus amigas. Si se fijan en sus manos, nos inventaremos algo. Que me abofetea por insolente, por ejemplo. ¿Qué te parece?

—Es un buen trato —respondió ella, agradecida.

—Y ahora basta de lágrimas. Esas abejas están ya en el cielo, donde podrán picar todo lo que quieran, y sin consecuencias. —Ella asintió—. Ven. Te llevaré a casa. No me parece correcto dejarte a merced del mal humor de Cummings. En todos los años que hace que lo conozco, no le he visto sonreír ni una sola vez, y no será porque no lo haya intentado. A menudo me he preguntado si tiene alguna terrible aflicción que le impide abrir más la boca. Aunque lo dudo. Creo que simplemente es agrio como un limón. De hecho, a partir de ahora voy a llamarle «Limón». —Grace se rio y se secó los ojos—. Así está mejor. Ahora te llevaré en mi Alfa Romeo. Es mucho más excitante que el aburrido y viejo Bentley de papá.

Rufus estaba en lo cierto. Su descapotable era mucho más excitante que el Bentley. Con el viento agitándole el pelo y Rufus a su lado, no imaginaba felicidad mayor. Le habría gustado reírse a voz en grito. Rufus se volvió y le sonrió y esos ojos oscuros y afables chispearon, llenos de afecto. En ese momento el tiempo pareció detenerse y permitirle guardar ese rostro en el recuerdo. Parpadeó y él volvió a mirar al camino, pero ella atesoraría esa mirada durante los años venideros como una postal impresa en su memoria y venerada en secreto.

—Ahora cuida de esas abejas —dijo Rufus cuando se bajó del coche.

—Lo haré —le respondió, dándole las gracias por haberla llevado a casa. Rufus sonrió y regresó al camino. Ella siguió allí plantada hasta mucho después de que el coche desapareciera, intentando dar sentido al extraño anhelo que tironeaba de los tiernos hilos de su corazón.

7

—¿Grace? —Era Freddie. Salió al porche con su vaso de gin tonic de siempre, seguido de los perros—. ¿Qué haces sentada aquí
sola? —preguntó.

—Contemplo la puesta de sol —respondió ella, suspirando
por el pasado que poco a poco se desvanecía con el sol.

—¿Puedo acompañarte?

—Claro.

Freddie se sentó a su lado en el balancín e hizo girar el hielo en
el vaso.

—¿Dónde está Trixie?

—Se ha ido a la fiesta de la playa.

—Con ese chico, supongo.

—Sí, con Jasper.

—No me gusta —dijo él, tomando un sorbo de gin tonic—. No
me gusta nada.

—Pero no le has prohibido que lo vea.

—Porque sabía lo mucho que te molestaría.

—Es muy considerado de tu parte. —Ella sonrió, perdonándo-
le en silencio por haber interrumpido su ensoñación.

—Y no quiero peleas. Si intentas atar corto a un caballo, lo
único que querrá es desbocarse. Dale rienda suelta y lo más probable es que baje la cabeza y se ponga a pastar.

—Espero que tengas razón.

Grace bajó la vista y la fijó en la copa de vino vacía.

—Me estaba acordando de la primera vez que te picó una abeja.

A Freddie se le tensó la mandíbula.

—Nunca me han gustado las abejas, bien que lo sabes —replicó, tomando un nuevo sorbo. No le gustaba hablar del pasado. Era como si lo hubiera dejado atrás definitivamente el día en que, años atrás, se había ido a vivir a Estados Unidos.

Grace dejó escapar un nuevo suspiro y recorrió el océano con la mirada.

—Las puestas de sol me ponen triste, aunque de una forma agradable —dijo, sintiéndose de repente muy sola, pues Freddie era incapaz de entender la mezcla agridulce de dolor y placer.

—¿Qué tiene de agradable estar triste? —preguntó.

Ella sonrió melancólica.

—Me gusta pensar en mi padre, pero también me duele, porque le echo de menos.

—Tu padre era un buen hombre —admitió él al tiempo que asentía cavilosamente.

—Era todo lo que tenía —dijo ella en voz baja. En los viejos tiempos, él habría respondido: «También me tienes a mí», pero ese Freddie ya no estaba, como su padre.

—En ese caso, pensar en él no te hace ningún bien —sentenció.

Grace sintió la necesidad de tomarle la mano. Cuando eran jóvenes, ella lo habría hecho y él se la habría estrechado con afecto. Pero la guerra le había cambiado. Era como si hubiera dejado su amor en el campo de batalla junto con su ojo. La ternura había desaparecido por completo. Enterrados en lo más profundo estaban sus recuerdos de tiempos más felices. Feroz era su determinación de no volver jamás la mirada atrás. Ya no era un hombre bromista, sino serio y afligido. Durante los primeros días que siguieron a su regreso del frente, parecía resentido con ella por no comprender la magnitud de lo que había vivido allí, aunque en ningún momento le había dado la oportunidad de comprenderlo, compartiendo con ella sus experiencias. La había rechazado y ella se había sentido apartada. Pero habían seguido juntos. Si el deber era el vínculo que los mantenía unidos, la amargura era la barrera que los mantenía separados.

No obstante, con el paso de los años se había ablandado un poco. El resentimiento se había suavizado, convertido con el tiempo en una forma de distanciamiento menos agresiva, una cortesía en toda regla que, aunque desesperadamente insuficiente para una mujer apasionada como ella, era algo con lo que podía vivir sin llegar a sentirse infeliz. Aunque algunos fogonazos de inesperada pasión le habían llevado a su cama, se había visto deliberadamente ignorada por la mañana, cuando él ocultaba la cabeza tras el periódico y tomaba su café, volviendo a instalarse en la seguridad de la rutina. Mientras no se desviara de los rituales mecánicos de esa rutina, ella sabía que Freddie se sentía a salvo de la intimidad. A menudo se preguntaba si las cosas habrían sido distintas si hubiera vuelto de la guerra con los brazos y el corazón abiertos. De haberse sentido amada por él no habría languidecido de ese modo.

—Pero te tenía a ti —dijo con la esperanza de que él respondiera al aliento de su sonrisa y quizá la mirara con los ojos del niño con el que había crecido y no con la impasividad del hombre en el que se había convertido.

Pero él se limitó a terminar de beber la copa y se levantó.

—¿Comemos? Me muero de hambre.

Grace se concentró en el almuerzo. Cualquier cosa era mejor que lidiar con el dolor que la frialdad de su marido acababa de infligirle.

—Sí, el pastel de pollo ya debe de estar a punto.

—Bien. Quiero contarte cómo me ha ido el fin de semana.

En cuanto desvió la conversación, centrándola en el trabajo, el entusiasmo le impregnó la voz. Grace sacó el pastel del horno. No tuvo más remedio que escuchar. En la vida de Freddie no había lugar para sentimentalismos. En cierto modo, la guerra también le había dejado sin eso.

Trixie bajó corriendo a la playa. La fiesta ya había empezado. Delante del club, en la playa, una multitud se había congregado alrededor de una inmensa hoguera, con sus vestidos de tirantes y las camisas con el cuello desabrochado. Bebían sangría y el resplandor naranja de las llamas les iluminaba los animados rostros. Buscó a Jasper con la mirada, pero se topó en cambio con el enérgico saludo de su amiga Suzie.

—¿Te has llevado una buena bronca? —preguntó Suzie cuando se reunió con ella.

—Creía que sería peor, la verdad. ¡Esa Lucy Durlacher es una soplona!

Suzie esbozó una sonrisa triunfal.

—¿Pues adivina quién ha estado charlando con ella esta mañana en la cafetería?

—George —respondió ella, sonriendo a su vez.

—Correcto. Sugiero que intentemos fomentarlo tanto como podamos.

—A la señora Durlacher le daría un ataque si se entera.

—Esperemos que la relación pueda florecer antes de que se entere. Así el impacto será todavía más horrible.

—Eres tremenda, Suzie.

—¡No intentes hacerme creer que no te gustaría infligir el peor de los castigos a Evelyn Durlacher!

—Mi madre cree mucho en el karma.

—Lo que va, vuelve. Bueno, en el fondo no hago más que empujar un poco.

—Sembrará lo que ha cosechado, tanto si ayudamos como si no. ¿Y dónde se han metido? —Escudriñó los rostros de las personas a las que conocía de toda la vida.

—Vendrán. Lo han prometido. Ah, estoy loca por Ben. ¡Si no me estampa contra una pared y me besa pronto, creo que me moriré! —Se sacudió el pelo y suspiró melodramáticamente—. ¡Los chicos ingleses son tan reservados que estoy perdiendo la razón!

—Pues Jasper de reservado no tiene nada —dijo Trixie—. De hecho, es voraz.

—No me pongas celosa.

—Pues no te lo contaré —bromeó ella.

—De acuerdo. ¿Hasta dónde habéis llegado?

A ella le brillaron los ojos de júbilo.

—Hasta el final. —Tomó las manos de Suzie y empezó a saltar sobre la arena—. ¡Jasper es increíble!

—Cálmate. Quiero detalles. ¿Cómo fue?

Trixie paró de saltar.

—Hace que me sienta como una mujer —respondió, muy seria.

—Eso suena a canción barata.

Entonces se encogió de hombros.

—Hasta las canciones baratas contienen alguna verdad.

—¿Es mejor que Richard? —preguntó Suzie, refiriéndose al amante que había tenido el verano anterior.

—Bah, olvídate de Richard, Suzie. Fue parte de mi fase experimental. Esto es amor. —Bajó la voz—. Ni se te ocurra soltarle una palabra a nadie. Me voy con ellos de gira en otoño.

—¿Te lo ha pedido?

—No, pero lo hará.

—Entonces, yo también voy. Con Ben —sugirió su amiga.

—¡Es una idea genial! —exclamó Trixie, feliz—. Podemos ir juntas.

—¡Oh, Ben! ¿Dónde estás? —Las dos muchachas se volvieron a mirar al grupo de gente cada vez más numeroso arremolinado alrededor de la hoguera. De pronto, Suzie señaló a un pequeño grupo que se dirigía hacia ellas por la playa—. ¡Allí! —exclamó—. ¡Por fin!

—Hazte la dura, Suzie. ¡Hazte la dura!

Suzie agitó el pelo y se pellizcó las mejillas.

—¿Qué tal estoy?

—Irresistible —contestó Trixie con una risilla.

—Piénsalo: tú, Jasper, Ben y yo de gira en autobús por Estados Unidos. No puede ser más maravilloso.

—¿Con Lucy y con George? —Trixie arqueó una ceja.

—¡Oh, para entonces George ya se habrá cansado de ella! —dijo Suzie, contoneando sus shorts vaqueros y echando a andar con decisión por la playa—. ¡O quizá su madre la haya enviado a un convento!

A Jasper se le iluminó la cara en cuanto la vio.

—Hola, preciosa —dijo, rodeándole el cuello con el brazo y atrayendo su rostro hacia el suyo para poder besarla. Llevaba la guitarra colgando del otro hombro y entre sus dedos humeaba un cigarrillo. Trixie pegó sus labios a los suyos y paladeó el sabor a cerveza y a tabaco. Suzie caminaba junto a Ben, con la mano en el bolsillo trasero de los vaqueros del muchacho. Este le rodeó la cintura con el brazo y le preguntó que qué tal iba la fiesta. Trixie intuyó que Ben besaría a su amiga esa noche. La idea de irse de gira en autobús por Estados Unidos le pareció más real que nunca.

Llegaron al Captain Jack's y los chicos empezaron a instalar el equipo en la terraza. Ellas corrieron a por las bebidas. Al volver, encontraron al grupo rodeado de unas chicas con minifalda, los pechos inflamados y los ojos brillantes. Eran como abejas alrededor de un frasco de miel, pensó Trixie con resentimiento.

—Aquí llegan las cervezas —gritó, abriéndose paso entre ellas a empellones hasta el lugar donde George colocaba la batería mientras Jasper y Ben absorbían halagos como un par de felices esponjas.

Entre las chicas con minifalda estaba Lucy Durlacher. Se había recogido el pelo rubio claro en una coleta y llevaba una sombra de ojos azul. Suzie aprovechó el momento y cogió a Lucy del brazo.

—Lucy, ven. ¿Has visto esta batería? Es increíble. Vamos, tócala.

No necesitó que la animara más. Se adelantó y tendió la mano. George clavó la mirada en ella. Aunque no era hermosa, tenía el atractivo de la fruta prohibida. Cuando ella le miró, sus mejillas se tiñeron del color de los arándanos.

—Hola, Lucy —dijo George y ella le devolvió el saludo con una tímida sonrisa.

Suzie se volvió hacia Trixie y dijo:

—Bueno, ¡no ha sido tan difícil!

Trixie miró a Lucy y a George, pero solo un momento. Estaba más preocupada por mantener alejadas de Jasper a las demás chicas, pues él era demasiado educado para hacerlo por sí mismo.

Joe Hornby no tardó en aparecer. Atravesó con determinación la multitud, con una camisa de flores y unos shorts de color rojo chillón, chupando exuberante un cigarro, hasta ocupar el centro de la terraza.

—Muy bien, chicos. ¿Preparados para tocar? —gritó, complacido con la asistencia de público—. ¡Veamos lo que sois capaces de darle a la buena gente de Tekanasset! —Agitó el cigarro en el aire; las voces alrededor de la hoguera guardaron silencio y la gente se volvió a escuchar.

—Damas y caballeros, buena gente de Tekanasset, quiero presentarles a los Big Black Rats. No habéis oído hablar todavía de ellos, pero pronto sus nombres serán tan célebres como sus famosos paisanos, los Rolling Stones y los Beatles. Una excelente herencia, sin duda. Pero los Big Black Rats llegarán mucho más lejos. Acordaos de lo que os digo: los habréis oído aquí antes que nadie. Pero basta de cháchara. Mejor que decidáis por vosotros mismos. Jasper, Ben y George. ¡Adelante ese rock!

Los chicos empezaron a tocar. La megafonía no bastaba para hacer llegar el sonido a toda la playa, y solo los que estaban más cerca pudieron oírles en condiciones. Los que se encontraban más alejados se rindieron a los pocos minutos y retomaron sus conversaciones, mientras que los adultos fruncían el ceño ante el sonido poco conocido de la música moderna. Pero los jóvenes se congregaron alrededor de la terraza y pronto estuvieron saltando enloquecidos en la arena con los brazos en el aire y los cuerpos bronceados moviéndose como poseídos al ritmo de la música.

—¿Y para esto tanto alboroto? —preguntó Evelyn, que solo había ido a la fiesta para no perder de vista a su hija. Con sus pantalones amarillos, la chaqueta a juego y las perlas, estaba totalmente fuera de lugar.

—Pues a mí me gusta —dijo Belle—. El chico tiene una gran voz.

Evelyn arrugó la naricilla.

—Es bueno, pero no excelente. Creo que para triunfar en la industria de la música hay que ser excelente.

—No estoy de acuerdo, Evelyn. Para triunfar en la industria, hay que ser atractivo —arguyó Belle.

Bill se acercó relajadamente con una cerveza, inmaculado, con unos pantalones azules y una camisa rosa y el pelo rubio retirado de la frente como un escolar recién acicalado por su madre. Estaba de buen humor después de haber jugado a tenis toda la tarde y de haber perdido un solo set.

—No está mal —dijo—. He oído cosas peores.

—Me gustaría saber si Trixie está aquí o si Grace ha tenido el buen tino de castigarla y no dejarla salir —comentó Evelyn, buscando a la muchacha entre el gentío de cuerpos danzantes.

—He olvidado decirte que me he encontrado con Freddie esta mañana, Evelyn —replicó Bill.

—¿Y qué ha dicho? —preguntó ella, demasiado curiosa para molestarse en reprocharle no habérselo contado antes.

—Resulta que sabía desde un principio que iban a pasar el fin de semana fuera.

—¿En serio? —preguntó Belle, perpleja—. ¿Y la dejó ir?

—Eso parece —respondió Bill.

—Hay una razón muy sencilla que lo explica —sugirió Evelyn—. No son como nosotros.

—¿Qué quieres decir, Evelyn? —preguntó Belle, que por el tono de su voz sabía perfectamente lo que había querido decir.

—Que no tienen ninguna clase —contestó ella, alzando el mentón—. Yo no querría a ninguno de esos chicos para mi hija, pero para la gente como los Valentine esos muchachos son de su nivel. —Habló como si pertenecieran a una especie totalmente distinta e inferior.

—Debo reconocer que Freddie me ha sorprendido. Siempre me pareció un hombre muy correcto —apuntó Belle.

—Pues a mí siempre me ha parecido un hombre muy frío —añadió Evelyn.

—Entra rápidamente en calor en el campo de golf —intervino Bill—. ¡No hay en él una pizca de frialdad cuando consigue un hoyo en uno!

Evelyn puso los ojos en blanco.

—En fin, ya he tenido suficiente de esta música. Me voy a casa. ¿Bill?

Bill suspiró en señal de fastidio, pero sabía que no merecía la pena discutir con su esposa.

—Le he dicho a Lucy que tiene que estar en casa a las once.

—En ese caso, no tienes motivo para dudar de que estará sana y salva y acostada en su cama a las once y cinco —replicó Belle.

Belle disfrutaba de una buena fiesta. John, su marido, era un gran anecdotista y no había en el mundo nada que le gustara más que mantener la atención de su público con sus historias, a menudo burdamente exageradas. Así que se paseó alrededor de la hoguera, hablando con amigos, mientras John mantenía cautivo a un pequeño grupo, riéndose a carcajadas de sus propios chistes. Se detuvo a observar a los jóvenes que bailaban en el dorado resplandor de las llamas. Parecían salvajes, saltando descalzos en la arena y agitando los brazos desnudos sobre sus cabezas al ritmo casi hipnótico de la batería. Sus hijos pasaban de los veinte años y ya tenían familia propia. Se sintió aliviada por no tener que seguir preocupándose por sus hijas. Pensó que eran tiempos difíciles para la juventud.

Se quedó en la fiesta hasta medianoche. Para entonces, la mayoría de los adultos se habían ido a casa. Quedaba solo John, con un grupo de amigos más íntimos, que se reían de sus viejas historias contadas cientos de veces. La música había dejado de sonar. Los chicos estaban tumbados en la arena con Trixie, Suzie y unas cuantas chicas más, tomando cervezas y fumando lo que olía sospechosamente a hierba. Belle se detuvo a mirar con más detenimiento. Al principio no creyó lo que veía. «No, no puede ser», pensó. Hacía rato que tendría que haber estado en casa. Pero sí, en efecto, el pelo claro y la piel pálida de Lucy Durlacher eran inconfundibles.

Belle era en el fondo una buena persona y además sabía perfectamente que esa era su reputación. Sin embargo, Evelyn la había ofendido esa noche. Conocía a Evelyn de toda la vida, habían ido al instituto juntas y se sabía de memoria sus defectos, con los que mostraba siempre una tolerancia infinita. Sin embargo, esa noche, su esnobismo la había crispado. Evelyn no conocía a esos muchachos y quizá los Valentine no pertenecieran a la «alta sociedad», como dirían los ingleses, pero eran gente buena y afable, y ella sentía por Grace un cariño especial. De ahí que, en vez de cumplir con su deber de amiga de Evelyn, se marchara con John, dejando a Lucy en la arena, fumando y flirteando hasta altas horas de la madrugada.

El pequeño grupo de jóvenes siguieron junto al fuego, que había quedado reducido a un montón de ascuas carmesíes reavivadas de vez en cuando por el viento que soplaba desde el mar. Rodeados de botellas de cerveza vacías y de colillas, se reían y charlaban bajo la luna llena, ajenos a la hora que avanzaba inexorable hacia el amanecer. El suave susurro del océano fue acunándolos hasta el reino de lo irreal al tiempo que las olas depositaban diamantes en la orilla.

George y Lucy estaban sentados un poco apartados del resto, con las cabezas juntas y el pelo de ella cayéndole por la espalda como el de una lustrosa sirena. Estaba muy hermosa en la semioscuridad y su piel había adquirido una traslucidez plateada. Hablaban en voz baja, solo interrumpidos de vez en cuando por la dulce risa de Lucy. Trixie dio una calada al porro y se lo pasó a Suzie, que estaba sentada cruzada de piernas al lado de Ben.

—Misión cumplida —le dijo a su amiga, asintiendo en dirección a George y Lucy.

—Buen trabajo —respondió Suzie—. Ahora me toca a mí —añadió, pasándole el porro a Ben.

Jasper puso la mano en la nuca de Trixie, por debajo del pelo, y la atrajo hacia sí para besarla.

—Esta noche estás preciosa. ¿Te lo había dicho? —susurró.

—No —respondió ella con suavidad.

—Pues lo estás.

—Quizás haya por ahí alguna duna tras la que podamos escondernos —sugirió ella, envalentonada por el alcohol y el cannabis.

—Me gusta cómo suena eso. —La besó en el cuello—. No estoy seguro de poder seguir sentado a tu lado mucho tiempo más.

—Pero si nos vamos, interrumpiremos la fiesta.

—Si nos vamos, la fiesta seguirá —sentenció él—. Vamos.

Se levantaron, aunque ninguno de los demás pareció reparar en ellos. Jasper le tomó la mano y se alejaron paseando por la playa, adentrándose en la oscuridad. Cayeron sobre la arena y empezaron a besarse. Trixie sintió que el calor del deseo le recorría los brazos y las piernas y se retorció como un gato que busca placer. Jasper le apartó el pelo de la cara y hundió el rostro en su cuello. Encontró entonces su boca y empezó a besarla más ardientemente al tiempo que con el pulgar le buscaba los pechos, que subían y bajaban al ritmo de su excitado aliento. Ella no era inocente. Había perdido sus inhibiciones con los distintos amantes que había tenido desde que se había acostado con el primero a la tierna edad de diecisiete años. Pero ninguno de ellos la había excitado como Jasper. La química entre ambos era la mezcla perfecta y volvía exquisita cada caricia hasta el punto de que creyó que moriría por cómo él jugueteaba con su cuerpo y la lentitud con que la acariciaba. Jasper le acarició el vientre, provocándole en las ingles un desesperado remolino de anticipación, pasando de allí a los muslos por debajo de la falda, resiguiendo el algodón de las bragas. Las mariposas que ella sentía en el estómago se intensificaron a causa de la impaciencia y separó las piernas sin reserva, invitándole a penetrarla.

Hicieron el amor durante un buen rato, ninguno de los dos consciente de la hora que era ni tampoco demasiado interesados en ella. Cuando por fin saciaron su apetito y se rieron de su atrevimiento, les interrumpió un fuerte graznido procedente del otro lado de la playa. Al principio creyeron que se trataba de una gaviota o de otro pájaro en peligro, pero cuando rodaron hasta quedar tumbados boca abajo y miraron por encima de la duna hacia los restos de la hoguera, vieron a dos parejas sentadas sobre la arena, mirando a una mujer con el pelo desbaratado y en camisón que gesticulaba, furiosa.

—Dios mío —siseó Trixie—. ¡Es la madre de Lucy!

—¿En serio? —Jasper miró su reloj. A la luz de la luna apenas alcanzó a vislumbrar las agujas. Eran las tres y media de la madrugada.

—Ya lo creo. ¡Es Evelyn Durlacher con los pelos de punta!

Jasper se rio.

—Ay, Dios, ¡han pillado a la pobre Lucy in fraganti!

—¡Su madre está loca!

—¡Desde luego lo parece! —concedió Jasper—. Me alegro de no ser yo el objeto de esa locura.

Vieron cómo Lucy era levantada de la arena por el brazo sin el menor ceremonial. Trixie imaginó que Evelyn debía de haber visto todas las botellas vacías de cerveza. Le habría gustado saber qué más había visto. ¿Habrían estado montándoselo Lucy y George? Era una suerte que Jasper y ella estuvieran escondidos detrás de una duna. No podía permitirse meterse en más líos.

—Creo que será mejor que me acompañes a casa —dijo, levantándose y subiéndose las bragas.

Cuando se volvió a mirar al fuego, vio que George había desaparecido y que Ben y Suzie seguían a lo suyo donde lo habían dejado. Se dio un instante para saborear el espectáculo de su amiga siendo besada por el hombre de sus sueños. Sonrió al pensar en la gira. Lo iban a pasar en grande.

Jasper cogió la guitarra.

—Te he escrito una canción —dijo, tocando unos cuantos acordes—. ¿Quieres oírla?

—Me encantaría. Es la primera vez que inspiro una canción a alguien. —Se sentó en la duna y se abrazó las piernas—. ¿Cómo se titula?

—Trixie —respondió él, y se rio de sus propias palabras.

—Me encanta —respondió ella, visiblemente entusiasmada.

—A veces, cuanto más sencillo, mejor.

Jasper empezó a tocar. Ella lo miraba con los ojos brillantes de emoción mientras él le cantaba a media voz. En ese momento, viéndole cantar de deseo y de nostalgia, le pareció que lo amaba más de lo que jamás podría llegar a amar a nadie.

Cuando Jasper terminó de cantar, la miró ensoñadora.

—¿Y bien? ¿Qué te ha parecido?

—Es la canción más bonita que he oído en mi vida.

—¿En serio? —Jasper estaba incrédulo—. ¿Lo dices solo porque habla de ti?

—Bueno, no negarás que estabas muy inspirado cuando la escribiste.

Jasper se rio.

—No andas muy desencaminada, Trixie Valentine.

—Creo que yo debería ser la mascota del grupo.

—Para mí sería un honor —respondió él, levantándose y colgándose la correa de la guitarra del hombro. Luego cogió la chaqueta del suelo.

—Vamos, te acompañaré a casa.

—Jasper… —empezó Trixie.

—¿Sí?

—¿Puedo ir con vosotros en otoño?

—¿Te dejarán tus padres?

—Si no me dejan, me escaparé contigo —respondió ella, muy segura de sí misma y dedicándole una mirada rutilante.

Él frunció el ceño.

—¿Lo dices en serio?

—Jamás he estado más segura de nada —respondió ella, tomándole la mano—. Me escaparía contigo ahora mismo.

—En ese caso, puedes ser mi mascota y compondré canciones para ti —dijo él—. Las mejores canciones han sido inspiradas por el amor.

Ella lo miró fijamente.

—¿Me quieres? —preguntó.

Él asintió despacio.

—Creo que sí, Trixie.

—¿Cómo que *crees* que sí?

—No, lo sé —declaró entonces con certeza—. Es solo que me ha pillado por sorpresa. Para mí es la primera vez.

—Y para mí —respondió ella, repentinamente avergonzada—. Pero yo también sé que te quiero.

Cruzaron la playa de la mano, sintiéndose inesperadamente vulnerables por haber expuesto el contenido de sus corazones. Se había apoderado de ellos una timidez que, además de conocida, los dejó a ambos un poco asustados. De pronto, el tono guasón de su relación quedó eclipsado por las connotaciones adultas del amor.

Cuando llegaron a casa de Trixie, el beso de despedida fue casi embarazoso.

—Lo he pasado genial esta noche —dijo ella, sonriéndole con la esperanza de recuperar la alegría que habían compartido hasta la confesión compartida.

—Yo también —concedió Jasper, sonriéndole a su vez.

—Ahora treparé por la pared y entraré por la ventana de mi cuarto para no despertar a mis padres.

—¿Estás segura? Ten cuidado, no vayas a caerte y te mates. Acabo de encontrarte. —El tono cariñoso de su voz hizo que se sintiera querida y de nuevo se le llenó el corazón de burbujas.

—No me caeré —respondió—. Mira cómo se hace. —Empezó a trepar con entusiasmo, deseosa de mostrar su habilidad. Llegó a la ventana de su cuarto y se deslizó dentro. Luego se asomó y le saludó con la mano.

—¡Que duermas bien! —susurró. Él le devolvió el saludo y le lanzó un beso. Con el corazón inflamado de felicidad, lo vio alejarse hasta fundirse con la oscuridad. «Me quiere, no me quiere, me quiere…» y cerró las cortinas antes de acostarse.

8

La mañana siguiente llovió. Tekanasset amaneció envuelta en una espesa nube blanca que empapó la isla, limpiándola a su paso. A Trixie le habría gustado poder dormir hasta tarde, pero su padre era siempre muy estricto con el desayuno. Pasara lo que pasara, la familia se reunía en la cocina a las ocho. Cuando era pequeña, su madre preparaba un desayuno típicamente inglés: huevos, beicon y tostadas. Ahora también había tortitas, porque ella se había rebelado contra la determinación de sus padres de mantenerse fieles a sus raíces y había insistido en que quería tomar un desayuno americano como sus amigos. Y eso incluía las tortitas con sirope de arce.

Cuando apareció con la larga melena despeinada cayéndole sobre unos ojos emborronados con lápiz de ojos y vencidos por el sueño, su padre la miró sin ocultar su disgusto.

—Trixie, da pena verte esta mañana.

Grace estuvo de acuerdo.

—Cielo, ve a lavarte la cara y a cepillarte el pelo. ¡No puedes bajar a desayunar así!

Pero ella se sentó desmañadamente en una silla y se sirvió una taza de té.

—Estoy cansada —se quejó—. Oh, vamos, una mañana sin lavarme la cara no es el fin del mundo.

—Es una cuestión de disciplina —dijo su padre, cerrando el periódico.

—Ya, ya, la civilización es una cuestión de valores. Lo he oído cien veces. Relajemos un poco los valores por esta vez, por favor.

Añadió una cucharada de azúcar y una nube de leche al té y lo revolvió soñolienta.

—¿Lo pasaste bien anoche? —preguntó Grace, poniendo un plato con huevos delante de su marido, sabedora de que la comida, más que cualquier otra cosa, le distraería de la falta de disciplina de su hija.

—Mucho. Jasper tocó y todos bailamos. Los adultos desaparecieron enseguida.

Grace se rio.

—Supongo que no es una música para nosotros.

—No lo sé —respondió ella, encogiéndose de hombros—. De hecho, creo que a ti te gustaría, mamá. A ti nunca te ha importado lo que piensen los demás. De hecho, creo que fingirías que te gusta incluso aunque no te gustara, solo para ser diferente.

Trixie sorbió su té cavilosa. Quería contarles que Evelyn Durlacher había ido a buscar a Luce a las tres de la mañana, pero no quería que supieran que también ella había estado fuera de casa a esas horas. A fin de cuentas, su hora límite de llegada era la medianoche. Afortunadamente, su padre tenía un sueño profundo y ella podía confiar en que si su madre la había oído llegar sigilosamente de madrugada la habría cubierto. Pero le habría gustado saber cómo se tomarían la noticia de que en otoño se iría de gira con los chicos.

Vio a su padre dar buena cuenta de su desayuno. Estaba serio y tenía la espalda rígida y los hombros rectos. Todo en él transpiraba disciplina. A veces se preguntaba cómo habría sido antes de la guerra. Ella nunca se fijaba en el parche ni en la cicatriz que le cruzaba la cara, porque estaba demasiado acostumbrada a verlos. Pero en ese momento lo miró con los ojos de una joven enamorada por primera vez y se preguntó qué era lo que había enamorado a su madre de su distante y solemne padre. ¿Cómo habría sido de joven? ¿Socarrón como Jasper o siempre tan malhumorado e inflexible? Miró a su madre, que en ese momento preparaba las tortitas en la cocina. Era una mujer sensual y llena de curvas, con unos ojos de mirada profunda y soñadora y un rostro dulce y afable. Le encantaban las novelas, las películas románticas, las flores y las abejas. Su padre odiaba a las abejas y prácticamente le traían sin cuidado la flora y la fauna. Le apasionaba el golf y los libros sobre historia militar. Y le gustaba tener las cosas ordenadas y pulcras. Y la rutina. Su madre era, por naturaleza, despreocupada como un pajarillo. Mientras se tomaba el té, Trixie se preguntaba cómo demonios habían vivido juntos tantos años, teniendo tan poco en común.

—Mamá, ¿qué fue lo que te enamoró de papá? —le preguntó a su madre cuando su padre se fue a trabajar.

Grace se sentó y puso los codos en la mesa. Luego apoyó la barbilla sobre las manos.

—Tu padre era mi mejor amigo —empezó tiernamente—. Nos conocemos desde siempre.

—Pero ¿cómo era? —insistió Trixie.

—Muy guapo. Y alegre, travieso y la mar de divertido. —Pronunció esas palabras con melancolía, cavilando sobre todo lo que Freddie había aportado al matrimonio en su día para después arrebatárselo.

Ella hizo una mueca.

—¡Papá, travieso y alegre! —Se rio, escéptica—. ¿Estás segura de que hablamos de la misma persona? ¿Y qué fue lo que cambió?

—La guerra —respondió su madre.

—¿En serio? ¿Tanto puede cambiar una persona?

—En el fondo sigue siendo mi Freddie —dijo Grace, un poco a la defensiva.

—¿Y eso te entristece? —le preguntó, intentando imaginarse cómo se sentiría si Jasper hubiera combatido en una guerra y hubiera vuelto a casa convertido en un hombre distinto.

Grace le echó un poco de leche a su café. No quería responder directamente a la pregunta de Trixie. Los hijos no tenían por qué saber demasiado sobre sus padres.

—No, no estoy triste, cielo. ¿Cómo puedo estarlo teniéndote a ti? —Su sonrisa era tan tierna que Trixie sintió que el corazón se le llenaba de culpa. Sonrió a su vez y cogió el sirope de arce.

Más tarde, Trixie subió a cambiarse para ir a trabajar. Tenía que estar en el Captain Jack's a las once. Grace fue a casa de Big con una cesta de miel. No estaba lejos de Sunset Slip si atajaba por el sendero que pasaba sobre el acantilado. Había dejado de llover y había salido el sol. Alcanzó a vislumbrar los puntiagudos tejados a dos aguas de la casa mucho antes de llegar, como las velas de un inmenso barco atracado en el muelle. Tan grande e imponente era que los marineros solían usarla como faro. Al ser la primera casa que se había construido en la isla, disfrutaba de la mejor ubicación de la Costa Este, con unas vistas panorámicas del océano. La propiedad presumía de poseer el mayor jardín y los más extensos parterres de césped de todas las casas de Tekanasset y quedaba al abrigo del viento gracias a los altos árboles, tan viejos como la casa, y a una silvestre masa boscosa donde en su día se habían cazado jabalíes que habían traído de Europa por simple deporte. En la actualidad ya no quedaban jabalíes, solo un par de perros, un gato gigantesco llamado *Señor Doorwood* y un puñado de exóticas gallinas y un gallo que cantaba en el gallinero todas las mañanas al amanecer.

Llamó al timbre y dijo su nombre acercando la boca al interfono. Las magníficas puertas se abrieron con la majestuosidad de rigor y se adentró por un camino de grava con un suspiro de gozo. Vio entre los árboles las persianas de color azul intenso y el porche blanco de la magnífica casa de Big. Grace había plantado las hortensias, las rosas trepadoras y los arbustos que daban a la casa un toque levemente cornuallés y había creado los parterres herbáceos que bordeaban las extensiones de césped del lado contrario, porque Big había querido un jardín inglés por excelencia. Ella había aprendido de su padre todo lo que sabía sobre horticultura. El hecho de trabajar entre las flores y las criaturas que él tanto amaba la mantenía próxima a su memoria.

Encontró a Big jugando al croquet en el reluciente césped con un trío de viejas amigas, las cuatro con zapatillas de tenis y sombrero blanco. Cuando la vio, Big la saludó enérgicamente con la mano.

—Ven a verme ganar, Grace. —Levantó el mazo e hizo volar la bola de su oponente sobre la hierba—. Lo siento, Betty-Ann, pero no me quedaba otra opción.

—Aceptaré la derrota con elegancia —respondió Betty-Ann, acercándose hasta donde estaba su bola y quedándose allí plantada. Grace se sentó bajo el porche y las vio terminar la partida. Le maravilló la forma en que Big jugaba al croquet, usando el mazo como bastón. El camarero le llevó un vaso de limonada y ella acarició al *Señor Doorwood*, que había decidido instalarse en su regazo. Recorrió satisfecha el jardín con la vista. Las flores que había plantado llenaban de vivos colores los parterres. Era una suerte que Big contara con la ayuda de un par de jardineros que trabajaban a tiempo completo en la casa para mantenerlos en todo momento perfectamente recortados y libres de maleza.

Cuando la partida tocó a su fin, Big y Betty-Ann se reunieron con ella a la mesa mientras las otras dos amigas estrechaban brevemente la mano de Grace antes de marcharse a otro acuciante compromiso.

—Si el *Señor Doorwood* te molesta, ponlo en el suelo —sugirió Big, desplomándose en una silla con un suspiro.

—Me gusta tu gato —respondió Grace.

—Es enorme —dijo Betty-Ann—. Debes de tener unos ratones gigantescos bajo la tarima de la casa.

—Es un pésimo cazador de ratones —se quejó Big, sirviendo un par de vasos de limonada para Grace y para ella—. El gato más perezoso de toda la isla. Creedme, aquí los ratones están encantados. —Se volvió hacia ella—. Supongo que ya te habrás enterado de lo de Lucy Durlacher.

Grace negó con la cabeza.

—No, no he oído nada.

Big sonrió.

—Odio alegrarme de las desgracias ajenas, pero Evelyn se lo estaba buscando desde hacía tiempo.

—¿Ah, sí? —Grace arqueó las cejas con expectación.

—Evelyn apareció en camisón a las tres de la mañana en la fiesta y se llevó a Lucy de la oreja.

Ella se quedó perpleja.

—¿En serio? ¿En camisón?

—Totalmente en serio. Estaba fuera de sí. Lucy estaba besuqueándose con uno de esos chicos y había un fortísimo olor a marihuana. Pobre Lucy. Dudo mucho que vuelvan a dejarla salir.

—Pero ¿cómo lo sabes? —le preguntó.

Betty-Anne esbozó una sonrisa culpable.

—La hermana de mi asistenta trabaja en casa de Joe Hornby y les ha oído comentarlo esta mañana durante el desayuno. Se ha escabullido en cuanto ha podido para compartir el chisme.

—Así que la radio macuto de la isla funciona a las mil maravillas —comentó Grace.

—Jamás ha estado en mejor forma —apostilló Betty-Anne y se rio.

—Supongo que para entonces tu Trixie estaría acostada —aventuró Big.

—Eso espero —respondió ella, mordiéndose el labio—. Pero no puedo asegurarlo. No la oí llegar.

—Tienes que contárselo. Se morirá de la risa —propuso Betty-Anne.

—Oh, seguro que ya lo sabe. Debe de ser la comidilla de toda la isla —añadió Big, agitando sus dedos enjoyados en un gesto de desprecio.

—Qué elegante, salir por ahí en camisón. Yo ni muerta me dejaría ver con el mío puesto —replicó Grace.

—Seguro que el de Evelyn está hecho de la mejor seda y del mejor encaje —observó Big—. Lo que me sorprende es que no mandara a su marido. Estoy convencida de que el pijama de él es igual de exquisito.

—Es tan perfecto como un maniquí —intervino Betty-Ann con tono burlón—. E igual de superficial. Nunca me ha gustado ese hombre. Se gusta demasiado. Casi tanto como su padre.

Big sonrió, divertida.

—¿Qué has desayunado esta mañana, Betty-Ann? ¡Estás que te sales!

—Ah, lo de siempre. Es solo que esos dos tienen algo que me saca de mis casillas.

—Pues ya somos dos —recalcó Big.

—Tres —intervino Grace. Luego, respondiendo a la expresión de profundo asombro que asomó a los ojos de Big, cogió un frasco de su cesta y añadió—: ¡Quizá sea algo que hay en la miel!

Freddie trabajó duro durante todo el día con los preparativos para la cosecha. Habría una cosecha en húmedo para las frutas del bosque empleadas en la elaboración de zumos y de salsas que consistía en inundar la ciénaga para que los arándanos flotaran a la superficie para recogerlos con palas, y una cosecha en seco, durante la cual se cogían los frutos del bosque a mano para llevarlos al mercado de la fruta fresca. Como todos los días, se entregó a su trabajo con entusiasmo y se olvidó de Grace y de los niños. En la granja se sentía un hombre totalmente desprovisto de resentimiento. Le gustaba quién era cuando estaba allí. En casa, en cambio, tomaba conciencia de sus limitaciones, pero al mismo tiempo era incapaz de ponerles cerco. Grace era un constante recordatorio de su dolor y el amor que sentía por ella había quedado tan envuelto en la autodefensa que ya no estaba seguro de que siguiera conservando su pulso. No le gustaba pensar en ello. Mejor mantenerse fiel a su rutina y no dar vuelo a todas esas viejas preguntas sin respuestas. Se había perdido a sí mismo con el paso de los años y ya era demasiado tarde para volver a encontrarse. Había creado una amarga coraza y ahora estaba preso en su interior. Mejor aceptar su vida como lo que era y a sí mismo como el hombre en el que se había convertido.

Fue en el trabajo donde oyó por casualidad hablar a dos de los hombres sobre Joe Hornby y el grupo que estaba promocionando.

—Ya sabes que no tiene un céntimo —decía uno de los hombres.

—Sí, pero al parecer uno de los chicos es muy rico.

—Ah, eso lo explica todo.

—En cualquier caso, yo no le fiaría mi dinero al viejo Joe. Ya sabes cómo es. —Los dos hombres se rieron.

—Un tío de poco fiar.

—Sí, o un charlatán, como diría mi madre. —Más risas.

—Pero ese Jasper Duncliffe es un chico con talento. Unas letras fantásticas. Si no fuera por ese idiota, llegaría lejos. Alguien debería decírselo.

Freddie se marchó con la sangre palpitándole en las sienes. Jasper Duncliffe. Seguramente pertenecía a otra familia. Freddie pensó, presa de la ansiedad, que Duncliffe debía de ser un nombre muy común en Inglaterra. Entró en su oficina y cerró la puerta. Quería llamar por teléfono a alguien, pero no sabía a quién. No podía compartir eso con Grace, ni con ella ni con nadie. Se sentó y hundió la cabeza entre las manos. Los viejos sentimientos de los celos, la traición y el dolor se inflamaron como una ola gigantesca, invadiendo la serenidad que impregnaba su lugar de trabajo. «Disciplina», se dijo. «Disciplina». Pero al imaginar a su querida hija con un miembro de esa familia tuvo ganas de arrojar algo contra la pared.

Trixie terminó su turno a las cuatro. A los clientes les gustaba tomarse su tiempo para almorzar. Disfrutaban tomando el sol toda la mañana y comiendo después, lo cual significaba que le tocaba trabajar cinco horas, a veces más. Pensaba en Jasper mientras trabajaba. La expectación que provocaba en ella la idea de verle esa noche insuflaba a su paso una alegría adicional y su buen humor era tan contagioso que conseguía que las demás camareras sonrieran con ella.

Se quitó el uniforme y se puso un vestido corto de tirantes floreado que apenas le llegaba a media pierna y unas sandalias. Al pasar por el bar, Jack colgó el teléfono.

—Hay un mensaje para ti —dijo su jefe—. Alguien llamado Jasper necesita verte urgentemente.

Ella frunció el ceño.

—¿De verdad? ¿Ha dicho algo más?

—No, pero parecía algo importante.

Se inquietó.

—De acuerdo. Ahora mismo me voy.

Él sonrió.

—Así que se llama Jasper, ¿no?

—Sí, Jack. Creo que debe de haber algo especial en la inicial jota, ¿no te parece?

—Vamos, márchate, Trixie. Y no hagas nada que yo no haría.

—¡No me tientes! —Se rio y salió del restaurante, pero en cuanto estuvo de camino a casa de Joe volvió a asaltarla la inquietud y apretó el paso. Debía de tratarse de algo importante si Jasper había llamado al Captain Jack's. Esperaba que no fuera nada malo.

En cuanto abrió la puerta de la casa de Joe, sus temores quedaron confirmados. Efectivamente, había ocurrido algo malo. Joe chupeteaba su cigarro mientras hablaba por teléfono a voz en grito, explicando que el grupo no tocaría. Trixie vio por el cristal a los chicos en el césped, reunidos alrededor de una mesa, muy serios. Sintió que le bajaba la sangre a los pies.

Salió a paso ligero y enseguida reparó en el rostro ceniciento de Jasper. Tenía los ojos rojos y la boca contraída en una mueca, como si todo su mundo acabara de derrumbarse.

—Trixie —dijo.

—¿Qué ha pasado?

El rostro de Jasper se tensó al tiempo que contraía todos y cada uno de sus nervios para controlar la emoción.

—Mi hermano ha muerto en un accidente de coche. Tengo que volver a Inglaterra. Yo… —Su voz se apagó y le dio una calada al cigarrillo con dedos temblorosos. El cenicero y las botellas de cerveza vacías que estaban en medio de la mesa revelaban una tarde en la que se había bebido y fumado sin parar.

—Lo siento mucho —se lamentó ella, cayendo de rodillas y estrechándole entre sus brazos.

Avergonzado por su afecto, Jasper la acarició y acto seguido se apartó de ella.

—La vida es un asco —respondió, y a Trixie se le encogió el corazón al oír el sonido acerado de su voz.

George se levantó, se puso las manos detrás de la cabeza y empezó a pasearse por el césped.

—Te esperaremos, colega —dijo—. El tiempo que haga falta.

Jasper le lanzó una mirada con la que le decía que estaba comportándose de un modo ridículo, pero Trixie no entendió por qué.

—No sé —masculló. Luego se levantó, enfadado—. Todo estaba saliendo tan bien… ¡Y ahora esto!

—¿Qué edad tenía tu hermano? —preguntó ella.

—Era mayor que yo, y eso era lo mejor que tenía —replicó Jasper tajantemente. De pronto pareció que fuera a romper a llorar—. No, eso no es justo. Le quería. Era un buen hombre. El mejor. Mejor que yo, desde luego, y ahora tengo que ocupar su lugar y no doy la talla. No doy la talla de ninguna de las maneras.

—¿Y qué piensas hacer? —le preguntó.

—Irme a casa.

—Pero ¿volverás?

La miró fijamente.

—Vamos a dar un paseo, Trixie. Necesito salir de aquí.

Ben se terminó la cerveza que le quedaba en la botella.

—Tómate tu tiempo. Nosotros seguiremos aquí. George, hazte uno, ¿quieres?

Echaron a andar por la playa. Jasper le tomó la mano. Durante un buen rato caminaron en silencio. Trixie tenía muchas preguntas, pero no quería presionarle hasta que él estuviera preparado para hablar. Por fin se detuvo y se volvió a mirarla. Ella apenas pudo mirarlo a los ojos, tal fue la desolación que vio en ellos.

—Te quiero, Trixie. Te quiero con todo mi corazón. —Jasper le puso las manos sobre los hombros—. Y más ahora, que sé que quizá te pierda.

—¿Qué quieres decir? —El corazón de Trixie empezó a rebotarle contra el pecho como un grillo asustado.

—Tengo que volver a Inglaterra y puede que no regrese. —Las palabras de Jasper la dejaron sin aire y se le llenaron los ojos de lágrimas—. No me mires así, cariño. No lo soporto —gimió.

—Seguro que puedes volver. ¿Por qué no?

—Porque mi destino ya no es ser una estrella del rock, sino ponerme al frente de un gran legado —respondió él como si en vez de «un gran legado» hubiera dicho «una gran maldición».

Ella arrugó la nariz.

—No lo entiendo.

Jasper sonrió y le acarició la mandíbula con los pulgares.

—Claro que no. ¿Cómo podrías entenderlo? No sabes nada de mí. Mi hermano era…

—Iré contigo —le interrumpió Trixie de pronto.

Le tocó a él mostrarse perplejo.

—¿Lo dices en serio?

—Claro. Si quieres que vaya contigo, lo haré.

Por un momento, una expresión de alivio barrió a un lado las sombras.

—¿De verdad lo dices en serio? ¿Lo dejarías todo por mí?

—Te seguiría hasta el fin del mundo, Jasper. Sé que estamos hechos el uno para el otro. Lo siento.

—Entonces tenemos que casarnos. No puedo esperar que vayas a Inglaterra sin una promesa de compromiso.

Ella flotaba de felicidad.

—Si quieres que sea tu esposa, me casaré contigo.

—Te quiero, Trixie. Y punto. —La sombra de la duda volvió a oscurecerle los rasgos—. Pero eres muy joven. Quieres trabajar en la moda y viajar por el mundo. No puedo pedirte que lo dejes todo por mí. No sabes la clase de vida que te espera en Inglaterra. No estoy muy convencido de que estés hecha para eso. Y odiaría hacerte infeliz. Terminarías odiándome.

—¿De qué estás hablando, Jasper?

—Convertirte en mi esposa significaría tener que renunciar a todos tus sueños. No podrías trabajar en la moda ni viajar por el mundo para ir a los desfiles. Estarías organizando reuniones para reunir dinero para el tejado de la iglesia y dando fiestas para el alguacil mayor y su esposa. Es un compromiso que no estoy seguro de que fuera a gustarte. No creo que te hiciera feliz.

—Seré feliz estando contigo, donde sea.

Jasper suspiró y volvió la vista hacia el mar. Pareció sopesar las posibilidades.

—De acuerdo. Este es el plan —dijo, volviéndose hacia ella—. Regresaré a casa para asistir al funeral de mi hermano. Luego, cuando lo tenga todo resuelto, mandaré a buscarte.

Trixie sintió que el mundo se enfocaba de golpe. Un hormigueo le recorrió los nervios al tiempo que empezaba a percibirlo todo más intensamente. Aquello era un drama en su vertiente más excitante. Por fin sentía que estaba viviendo. Siempre había sabido que ella era demasiado grande para una isla tan pequeña como Tekanasset.

—Entonces, te esperaré.

Jasper se inclinó sobre ella y la besó apasionadamente.

—Quizá mi carrera artística esté hecha añicos, pero todavía te tengo a ti, Trixie.

—Siempre me tendrás, Jasper. Te esperaré el tiempo que haga falta.

9

Cuando Freddie llegó a casa, Grace estaba poniendo el hojaldre encima de una tarta de manzana. Oyó golpear la puerta mosquitera y sus pasos en el vestíbulo cuando dejó la cartera en el suelo, colgó la chaqueta y acarició a los perros, que entraron a la carrera para saludarle. Grace percibió su ira y se le encogió el corazón. Se había acostumbrado a su distancia, y aunque los recuerdos y los jardines la resarcían de ello, la ira de Freddie siempre la hería de nuevo.

Hundió el pincel en la mantequilla derretida y untó con ella la parte superior de la tarta, esperando que entrara en cualquier momento y preparándose para lo que pudiera estar turbándole. Lo oyó dirigirse a su estudio y por el tintineo del decantador supo que se estaba sirviendo un whisky. Un instante más tarde oyó los suaves pasos de los perros y acto seguido entró en la cocina.

A juzgar por su expresión, entendió que estaba más dolido que enfadado y no alcanzó a imaginar cuál podía ser el motivo.

—¿Qué ha ocurrido, Freddie? ¿Estás bien?

Él cruzó la estancia y salió al porche, donde se llevó la mano a la cintura y clavó la vista en el mar. Grace se quitó el delantal y le siguió.

—Es Trixie —dijo él por fin, sin mirar a su esposa.

—¿Qué pasa con ella?

—Es ese jovencito con el que sale. No me gusta nada.

Ella volvió a ser presa de la ansiedad.

—Tienes que darle un poco de rienda suelta, cariño —replicó—. Tiene diecinueve años.

—No me gusta ese chico.

—¿Lo conoces?

Negó con la cabeza y tomó un trago de whisky.

—No me gusta lo que oigo de él.

Grace suspiró, un poco impaciente.

—En ese caso tienes que conocerlo y juzgarle tras haberlo conocido y no por lo que hayas oído sobre él.

—Vinimos a Estados Unidos creyendo que habíamos dejado atrás Inglaterra, y de pronto Inglaterra nos encuentra al otro lado del Atlántico. ¿No te parece increíble?

—¿De qué estás hablando?

—Ese tal Jasper...

—¿Sí?

Freddie tomó otro trago de whisky.

—No estoy seguro. Quizá me equivoque. A fin de cuentas...

Ambos oyeron abrirse la puerta de la calle y el repiqueteo de la puerta mosquitera al cerrarse. Freddie miró atemorizado a su esposa.

—A fin de cuentas, ¿qué? —susurró Grace. Pero ya era demasiado tarde. Trixie desfilaba en ese momento por la cocina con la mandíbula apretada y un ceño de determinación.

—Tengo que hablar con vosotros —anunció, reuniéndose con ellos en el porche. De pronto, Grace sintió que le fallaban las piernas y se sentó en el balancín. Se fijó entonces en la palidez del rostro de su hija y en las sombras violáceas que tenía bajo los ojos y que revelaban la existencia de lágrimas vertidas y enjugadas—. Jasper se marcha a Inglaterra y no volverá —anunció dramáticamente. Grace y Freddie se quedaron de una pieza. Tras haber imaginado infinitas posibilidades, que Jasper se marchara de Tekanasset era la única que no habían contemplado. Grace estuvo a punto de tender los brazos y abrazar a su hija, pero había algo en la expresión decidida de Trixie que le dijo que había más y que no le iba a gustar. Siguió donde estaba y se preparó para lo que estaba por llegar.

—Me voy con él —declaró entonces—. Me ha pedido que me case con él.

El rostro de Freddy se tiñó de un oscuro color carmesí y Grace creyó que iba a sufrir un ataque.

—No vas a casarte con él, Trixie —manifestó, y su voz sonó dura como el granito.

—Un minuto, por favor. Los dos vais un paso por delante de mí —dijo Grace, intentando mantener la calma—. Cielo, ¿por qué regresa a Inglaterra? Creía que quería ser una estrella del rock.

—Ha muerto su hermano —respondió Trixie.

—Oh, cuánto lo siento —contestó ella—. Qué terrible. ¿Cómo ha sido?

—Un accidente de coche.

Freddie vació su vaso de un trago y se volvió hacia su hija. A Grace se le heló el corazón al ver cómo la miraba.

—Dime, ¿por qué no puede volver?

—Al parecer, porque tiene que dirigir su patrimonio.

Freddie asintió despacio.

—Porque tiene que dirigir su patrimonio. —Miró a Grace casi acusadoramente.

—¿Cuál es su nombre completo, Beatrix?

—Jasper Duncliffe —respondió Trixie. De repente estaba empezando a inquietarse—. ¿Por qué? ¿Le conoces?

Grace sintió que el suelo giraba bajo sus pies. Jasper Duncliffe. Su mente empezó a acelerarse al tiempo que la sangre se le agolpaba en las sienes, donde empezó a palpitar dolorosamente contra el cráneo. Si el joven era quien ella creía que era, el hermano que había muerto sería su hermano mayor, de ahí que la responsabilidad de dirigir el patrimonio familiar hubiera recaído en él. Si Jasper tenía que gestionar el patrimonio, eso quería decir que su padre también estaba muerto. Entonces inspiró entrecortadamente, como si acabaran de apuñalarle el corazón. Se llevó bruscamente la mano al pecho. «No necesariamente. No necesariamente», pensó, buscando con desesperación otra posibilidad. Se levantó.

—Ahora vuelvo —jadeó, entrando apresuradamente en la cocina.

Se apoyó contra la encimera y reprimió un sollozo. Veía a Freddie y a Trixie hablando en el porche. Tenía que mantener la calma. Después de tantos años no podía permitirse bajar la guardia y rendirse al dolor. Abrió la nevera, buscó un vaso en el armario y lo llenó con gesto tembloroso. Tomó un largo sorbo. Le dolió el cuello al contraerlo contra la inminente oleada de emoción que amenazaba con derribar las barreras que se habían mantenido fuertes y firmes durante casi treinta años, y sintió que le palpitaba la cabeza. Habría dado lo que fuera por correr a la cama y llorar bajo las sábanas, pero no podía hacerlo. Tenía que volver y continuar con la conversación como si lo ocurrido nada tuviera que ver con su corazón roto, con su propio sufrimiento, con su propio pasado.

Inspiró hondo tres veces y se secó el sudor de la frente con el trapo antes de alzar el mentón y salir.

—Mandará a buscarme —estaba diciendo en ese momento Trixie, y habló con un hilo de voz, como si también ella se debatiera contra su propia marea de emociones.

—Beatrix, tú no tienes ni idea de lo que significa casarte con un hombre como Jasper. Él regresará a Inglaterra y en cuanto el funeral haya terminado y vuelva a la realidad, se dará cuenta de que no puede casarse con una voluble jovencita como tú. Un hombre como Jasper antepondrá el deber a sus propios deseos.

Grace volvió a sentarse en el balancín, pero esta vez su cuerpo estaba rígido, como si perteneciera a alguien mucho más fuerte que ella.

—Tu padre tiene razón —dijo. Freddie no había esperado recibir el apoyo de su esposa. Trixie tampoco. Por eso se echó a llorar—. Antepondrá el deber a sus propios deseos y se casará con una mujer de su clase. Eso es lo que hacen los hombres como él. La familia siempre va primero. Si hereda un gran patrimonio, se tomará su responsabilidad muy en serio.

—No entiendo a los británicos —replicó Trixie—. No sois humanos.

—Solo intentamos impedir que te hagan daño, niñata estúpida —gruñó Freddie.

—Porque te queremos —dijo Grace y empezaron a llenársele los ojos de lágrimas al mencionar la palabra «querer».

—Pues yo pienso esperarle. Le esperaré el tiempo que haga falta, pero me casaré con él.

Animado por el sorprendente apoyo de su esposa, Freddie decidió proponer un pacto que con toda seguridad acabaría por jugar a su favor.

—Si Jasper manda a buscarte, tendrás mi bendición —dijo despacio.

Grace tragó saliva.

—Y también la mía —añadió.

Freddie asintió y hubo un destello de afecto en sus ojos.

—Entonces, decidido.

Trixie se tranquilizó. Sus mejillas recuperaron el color.

—¿De verdad? —preguntó—. ¿Lo dices en serio?

—Totalmente —confirmó su padre. Sacó un cigarrillo del bolsillo de la camisa y lo encendió antes de volverse, apoyarse en la balaustrada y perder la mirada en el mar—. Si manda a buscarte, reconoceré que me he equivocado y que le he juzgado equivocadamente.

De pronto, Trixie no cabía en sí de la emoción.

—¡Entonces tengo que ir ahora mismo a decírselo a Jasper! —exclamó con el rostro teñido de rosa y una sonrisa exultante.

Corrió a la cocina, cogió de camino una manzana del frutero y salió por el vestíbulo. La puerta mosquitera repiqueteó antes de cerrarse de golpe tras ella. Luego la casa quedó sumida en el silencio y la calma.

Grace y Freddie siguieron en el porche. Los perros, que habían buscado refugio en la cocina, salieron tímidamente, quizá percibiendo que el ambiente estaba constreñido por cavilaciones demasiado angustiadas como para que pudieran ser formuladas. Freddie fumaba, pensativo, y Grace tomaba su vino a pequeños sorbos. Aunque se habían unido brevemente, se sentían a océanos de distancia. Ella intentaba no pensar en sí misma. Pensaba en su hija, que se embarcaba en la primera aventura de su vida, con el corazón rebosante de amor y optimismo, como lo había estado el suyo muchos años atrás. Trixie creía, como lo había hecho ella, que el amor tiene la potestad de derribar todos los obstáculos, que es una virtud que niega cualquier maldad cometida en su nombre. Podría haberle dicho que se equivocaba, como lo había hecho ella, pero ¿de qué serviría? Su padre le había dicho que la sabiduría no se enseña. «El conocimiento puede enseñarse, pero la sabiduría hay que adquirirla a través de la experiencia», sentenció. Trixie tenía que seguir su camino y aprender de sus propios errores. Ese era el sentido de la vida.

—¿Qué hay de cena? —preguntó Freddie, emergiendo de sus melancólicas cavilaciones.

Ella miró su reloj.

—La tarta de manzana debe de estar a punto —dijo.

—¿Tarta de manzana? Bien —respondió él.

—He preparado escalopes de pollo para freír.

Freddie sonrió.

—Bien. No creo que Trixie vuelva para la cena.

—No. Supongo que se quedará a cenar en casa de Joe. —Se levantó y le siguió a la cocina—. Qué triste para los chicos. ¿Crees que su sueño de convertirse en un grupo famoso ha terminado?

Freddie asintió.

—Creo que sí. Por lo que sé, Jasper es el cantante.

—Y tiene el dinero para financiarlo —se apresuró a añadir ella.

—Cierto. Creo que el más decepcionado será Joe. Debe de haber visto en Jasper una mina de oro.

—Pobre muchacho. Ha venido hasta aquí desde tan lejos para huir de su familia y vivir su sueño y ahora todo ha quedado hecho añicos.

—Ellos son distintos de nosotros, Grace.

—Lo sé —respondió ella en voz baja.

—Vamos a tener que ser fuertes por Trixie.

—Sí.

Freddie le dedicó una sonrisa triste.

—Jasper nunca mandará a buscarla.

—Los hombres como él nunca lo hacen. —Sacó los escalopes de la nevera y puso la sartén al fuego—. El deber ante todo —añadió, poniendo especial cuidado en mantener la amargura alejada de su voz.

—El deber ante todo —concedió él—. Trixie tendrá que aprender por las malas que sus padres tienen razón.

—Y que la queremos mucho —añadió ella con firmeza. Esa era la única forma de amor de la que estaba totalmente segura.

Trixie y Jasper se colaron a hurtadillas en el pequeño bote de remos del cobertizo para barcas de Joe. Era el único sitio donde podían estar totalmente solos y donde tenían la certeza de que nadie los molestaría. Estaban tumbados en la embarcación, entrelazados, conscientes de cada minuto que pasaba y que los acercaba a la hora de la despedida. No hicieron el amor. Ninguno de los dos estaba de humor para ello. De algún modo, les parecía inapropiado reducir su relación al plano simplemente físico cuando lo que realmente sentían, enfrentados a semejante incertidumbre, era mucho más espiritual.

A pesar de que Jasper le había asegurado que mandaría a buscarla en cuanto estuviera preparado para ello, en el fondo de su mente anidaba una pequeña mancha de duda. Contenido en esa mancha estaba el recuerdo de él diciéndole que su madre no la aceptaría y también el de su padre advirtiéndole de que, para un hombre como Jasper, el cumplimiento de sus obligaciones con su familia siempre iría por delante de todo lo demás. Pero no dio voz a sus temores porque temía que si los exponía quizá se hicieran realidad. Jasper le prometía una vida juntos y ella quería creerle.

Trixie habría dado lo que fuera por pasar toda la noche entre sus brazos, pero sabía que Jasper tenía que irse. Pronto se casarían y tendría todas las mañanas del resto de su vida para despertarse con él. A regañadientes, le pidió que la acompañara a casa. Empezaron a subir por la playa de la mano. El agua lamía la arena con olas tan silenciosas que eran apenas audibles. El cielo estaba tachonado de estrellas brillantes como el cuarzo y en medio de todo brillaba una luminosa luna circundada de niebla. Era una noche hermosa y, viéndose obligada a separarse de su novio rodeada de semejante magnificencia, se sintió aún más conmovida.

Jasper la besó debajo del porche y arrancó una rosa como ya lo había hecho en otra ocasión.

—Irás a despedirme mañana, ¿verdad? —preguntó, poniéndole la flor detrás de la oreja.

—Sabes que sí.

—Bien. Voy a echarte de menos, Trixie —gimió, mirándola.

—Yo también a ti. Pero pronto estaremos juntos.

—Sí, pronto estaremos juntos —la tranquilizó—. Muy pronto.

Esta vez, Trixie no subió a su habitación por la pared. No le pareció apropiado que una chica que estaba a punto de casarse volviera a su habitación por la ventana.

Abrió la puerta y lo besó por última vez.

—Hasta mañana —dijo.

Jasper la vio desaparecer dentro y volvió a bajar por la playa. Un terrible vacío se apoderó de él. El mundo le parecía menos amigable ahora que su hermano ya no estaba en él. Imaginó el dolor de su madre y sintió unas ganas terribles de estar en casa. Tendría que asumir el papel que hasta entonces había ocupado él y ser el hombre de la familia. No estaba seguro de cómo hacerlo. Siempre había sido el niño rebelde. Además, sus dos hermanas le necesitarían. Todos le necesitarían y sin embargo carecía de las cualidades que se requerían en una situación así. Maldijo a Edward por haberse muerto y haberle dejado en la temida situación de tener que ocupar su sitio. Le maldijo por morir y por haberle roto el corazón con su partida.

Pero Trixie era su tabla de salvación. Ella era la parte de Tekanasset y de su sueño al que podía seguir aferrándose. Para un hombre que se ahogaba en el mar de una inminente responsabilidad, ella era la pequeña balsa que prometía conservar intacto a Jasper Duncliffe. Mientras siguieran juntos, su sueño seguiría a flote. Quizá no podría ser ya el músico que deseaba ser y jamás recorrería el mundo con George y con Ben, pero Trixie y él vivirían su sueño en la campiña inglesa y él tocaría la guitarra y ella le escucharía, y quizás ella mantendría vivo su espíritu creativo. Estaba convencido de que podía ser feliz si tenía a Trixie a su lado.

Indudablemente, su madre no daría su aprobación. Trixie no era la clase de chica que pudiera gustarle, por razones que eran demasiado mezquinas e insignificantes para tan siquiera contemplarlas. Su madre era una mujer superficial y llena de prejuicios, que sin lugar a dudas consideraría que una chica como Trixie estaba por debajo de ella en todos los aspectos. Le habría gustado equivocarse y que su madre le sorprendiera y aceptara a la chica a la que él quería, pero en el fondo de su corazón sabía que la aceptación y la compasión no estaban incluidas entre las escasas cualidades positivas que tenía. Pero insistiría. A fin de cuentas, ahora él era el hombre de la familia y nadie podía decirle lo que tenía que hacer. Eso lo animó un poco.

Trixie durmió agitadamente esa noche. Se despertó continuamente y se vio asaltada por sueños confusos en los que perdía cosas y en los que gritaba y nadie la oía. Despertó cuando amanecía sobre el mar y el corazón le dio un vuelco en cuanto recuperó los recuerdos del día anterior, que no tardaron en cubrir de nubes el sol.

Se levantó y se puso la bata. La cocina se hallaba en silencio. Los perros no estaban. Olió a café. La débil luz entraba a raudales por las ventanas. Fuera, el mar estaba tranquilo como un lago. Entonces oyó el suave chirrido del balancín procedente del porche. Salió sin hacer ruido y se encontró a su madre, sola y en bata, con el pelo revuelto y cayéndole sobre los hombros y sus ásperas manos de jardinera abrazadas a un tazón de café. Su rostro, desprovisto de maquillaje, estaba pálido y macilento, pero parecía más joven, como una niña, en su desolación. Cuando la vio alzó los ojos enrojecidos y esbozó una frágil sonrisa.

—Hola —dijo—. Te has levantado muy temprano.

—Estoy demasiado nerviosa para poder dormir —respondió ella, sentándose a su lado.

Grace rodeó a su hija con el brazo y la atrajo hacia sí.

—Lo sé —replicó, pegando la mejilla al pelo de Trixie—. Siento que esta terrible tragedia haya arruinado tu felicidad.

—Todo se arreglará —respondió ella con firmeza—. Nos queremos. Nada podrá separarnos.

—Espero que tengas razón —dijo Grace.

—No tengo ninguna duda —mintió—. Es simplemente que todo ha ocurrido mucho más deprisa de lo que habíamos imaginado. —Soltó una risa amarga—. Yo tenía planeado irme de gira con ellos en otoño. Iba a ser todo un desafío colarle esa a papá, pero ahora resulta que en vez de eso me iré a Inglaterra y papá nos ha dado su bendición. De hecho, es mucho mejor. Me he ahorrado una discusión. Tendréis que venir a Inglaterra. No creo que la familia de Jasper se traslade aquí para la boda.

Trixie notó a su madre tensa y se incorporó.

—¿A ti todo esto te parece bien, mamá? Ya sé que me voy al otro confín del mundo, pero es tu país. Y eso debería alegrarte. Quiero decir que tampoco es que me vaya a vivir a Australia.

—Ya lo sé, pero me ha pillado un poco por sorpresa. Solo necesito tiempo para hacerme a la idea.

—Oh, mamá, sabes que te quiero —dijo Trixie con cara de pena.

Grace soltó una pequeña carcajada.

—Claro que lo sé, cielo. Y yo a ti, mucho.

—No me perderás.

—Aunque estarás muy lejos.

—Pero puedes venir a visitarme.

Grace asintió, pero en ese momento empezaron a escocerle los ojos. Volvió la vista hacia el océano y parpadeó con fuerza.

—Dime, cielo: ¿Jasper ha...? —Se interrumpió y se aclaró la garganta—. ¿Los padres de Jasper están al corriente de tus planes?

—No lo sé. Quiero decir que él no me ha hablado de ellos en ningún momento.

—¿Nunca? —Grace estaba tan asustada que casi no pudo respirar.

—Bueno, su padre murió y aunque dice que a su madre no le gustaré, estoy segura de que ella cambiará de opinión en cuanto me conozca.

Grace siguió mirando fijamente al agua.

—¿Su padre murió? —preguntó, y su voz sonó tan calmada y firme como el mar.

—Sí, eso me ha dicho.

—¿Cómo murió?

—No lo sé. No me lo ha contado.

Grace asintió, pero no se volvió a mirar a su hija. De haberlo hecho, ella habría visto el dolor crudo en sus ojos y los músculos tensos de su cuello en su lucha por contener las lágrimas. Trixie siguió hablando, cosa que le dio algo de tiempo para reprimir su dolor. Una pequeña abeja zumbaba alrededor de una de las flores de las hortensias. Grace se distrajo durante un instante y se volvió a mirarla. Un segundo después, la abeja voló hacia ella y se posó en la solapa de su bata, exactamente en el mismo lugar donde siempre llevaba el broche de la abeja. Contuvo el aliento y se quedó muy quieta.

—Mamá, tienes una abeja en la bata —dijo Trixie. Grace estaba demasiado conmovida para hacer nada salvo asentir—. ¿Estás bien? — Por fin se fijó en la extraña expresión de su madre. Parecía estar al borde de las lágrimas. La rodeó con el brazo y la abeja echó a volar—. ¿Mamá?

Grace soltó un aullido de dolor. El quejido emergió de las profundidades de sus entrañas y asustó a Trixie con su sonido primitivo y brutal.

—¿Qué pasa, mamá? —preguntó, pero Grace no podía contar su historia. Ni a su hija, ni a su marido, ni a nadie. ¿Por dónde empezaría? ¿Cómo transmitiría en palabras la inmensa profundidad de su amor? ¿Cómo podría describir la devastación de su pérdida? Así que no lo hizo.

Recobró la compostura y se secó los ojos antes de besar tiernamente a su hija.

—Espero que te salga bien, Trixie —dijo con delicadeza, borrando así las arrugas de confusión del rostro de su hija—. Espero que ambos viváis un amor duradero. No te mereces menos.

—Gracias, mamá —respondió ella—. Pero estoy segura de que así será.

Entonces acarició la rodilla de su hija.

—¿Por qué no vas a vestirte mientras te preparo el desayuno? Hoy vas a tener que echar mano de toda tu entereza.

Trixie dejó a su madre en el porche y subió a vestirse. Mientras se ponía unos shorts vaqueros y un jersey informal, oyó de nuevo el amortiguado sonido del llanto. Jamás había oído llorar de ese modo a su madre y la apenó en lo más hondo pensar que quizás era ella la causa de esa infelicidad. Estuvo a punto de bajar a consolarla, pero algo le dijo que no había nada que pudiera consolar a Grace.

Más tarde, en el muelle, Trixie y Jasper se despidieron con un beso.

—Si derramas lágrimas en el agua de este puerto, eso significa que volverás —le dijo Trixie con los ojos velados por la emoción—. Asegúrate de hacerlo, porque las mías no contarán.

—Haré lo que pueda —respondió Jasper—. Pero primero vendrás a reunirte conmigo. ¿Prometes que me esperarás?

—Te lo prometo.

La abrazó y pegó los labios a los suyos.

—Te quiero, Trixie Valentine.

—Yo también te quiero, Jasper Duncliffe.

Cuando subió a bordo del barco, las palabras de Trixie resonaron en su cabeza como una melodía caduca, una melodía que formaba parte de un mundo que ya no era real. Se despidió de ella con la mano y también de George, de Ben y de Joe. Se despidió de Jasper Duncliffe, músico, espíritu libre y muchacho, y se despidió asimismo de lord Jasper Duncliffe, pues ninguno de ellos existía ya. A partir de ese momento sería lord Penselwood, el nuevo marqués de Penselwood, y volvía a casa, a Walbridge Hall.

SEGUNDA PARTE

10

La primera vez que Grace lloró por Rufus fue el día del compromiso de él, en la primavera de 1938. No sería la última.

No había vuelto a verle desde aquel mes de julio, cinco años antes, cuando él la había acompañado a la Casa del Apicultor en su rutilante Alfa Romeo. Y aunque le había buscado en los años siguientes desde su atalaya en el bosque, no le había visto, ni a él ni a su automóvil. Si Rufus había pasado tiempo en casa, ella no se había enterado.

Ni que decir tiene que no había ningún motivo para que Rufus tuviera que buscar su compañía. Aunque Grace era ya toda una jovencita, desde el punto de vista de la clase social pertenecían a mundos que nada tenían en común. Aun así, ella suspiraba por él. Conservaba el recuerdo de su rostro, capturado aquel día en el descapotable, como una postal pegada a su corazón, y lo maravilloso de los recuerdos es que nunca se desvanecen. Las fotografías se estropean, se destiñen por el efecto del sol, pierden el lustre y se enroscan sus esquinas, pero los recuerdos permanecen siempre nuevos como el día que se hicieron. Los ojos de Rufus, oscuros como el chocolate y sonriéndole con afecto, brillaban como si los hubiera visto el día anterior.

Grace compartía sus sueños con su madre, a sabiendas de que aunque no pudiera verla estaba cerca, escuchándola con interés y queriéndola incondicionalmente. A veces, lloraba contra la almohada porque temía que el amor que sentía por Rufus le impidiera conocer un amor de verdad. Le preocupaba que nadie fuera capaz de inspirarle la embriagadora mezcla de felicidad y de deseo que

Rufus provocaba en ella. Aunque aceptaba que nunca la amaría, que jamás podría amarla, atesoraba un deseo secreto en su corazón, tan pequeño que apenas era consciente de él, de que por arte de magia el mundo cambiaría y algún día él la amaría como lo haría con una mujer de su mundo.

Pero entonces se enteró de que Rufus se casaba y todos sus sueños se rompieron en mil pedazos en un espantoso y devastador instante.

Fue un sábado por la noche en el Fox and Goose. Ella acababa de cumplir diecinueve años. Estaba en el pub con su padre, tía May y tío Michael, Freddie y su hermana menor, Josephine. A Grace no le caía bien Josephine. Era una amargada con la lengua afilada y la felicidad ajena la irritaba hasta el punto de la grosería. Freddie trabajaba ya a tiempo completo en la hacienda Walbridge. El señor Garner seguía vivito y coleando, de ahí que los sueños que Freddie albergaba de dirigir la granja todavía estaban por cumplirse. Ella lo hacía cuatro tardes a la semana en casa de un coronel retirado que vivía solo en una mansión situada en un extremo del pueblo. El reverendo Dibben la había recomendado para el puesto y el anciano coronel le pagaba bien por la sencilla labor de leer para él, porque su vista se deterioraba rápidamente y amaba los libros más que nada en el mundo. Con su dulce voz y su inteligente narración, se había convertido en la acompañante perfecta, que proporcionaba un gran deleite y satisfacción a un agradecido anciano.

Todo el mundo se preguntaba por qué Arthur Hamblin no había vuelto a casarse. El matrimonio no solo le habría dado compañía, sino que habría liberado a su hija de la responsabilidad de cuidar de él. Había quien decía que era porque todavía lloraba la pérdida de su esposa, otros afirmaban que era porque nunca había querido una madrastra para Grace. Fuera cual fuera el motivo, Grace cuidaba de él como lo habría hecho cualquier hija obediente. Le lavaba y le planchaba la ropa, limpiaba y ordenaba la casa, se encargaba de prepararle las comidas y le hacía compañía. Las tardes que pasaba con el coronel Redwood eran un bienvenido descanso de la domesticidad. Con él podía disfrutar de su amor por las novelas, pues los libros favoritos del coronel Redwood eran las mejores historias de amor jamás escritas. Mientras leía a Tolstoy, Dumas y Austen, las historias de anhelos y corazones rotos avivaban sus propias fantasías y la secreta esperanza de que, como los héroes y heroínas de esas novelas, también Rufus y ella, por algún maravilloso giro del destino, pudieran amarse.

Pero entonces Michael Valentine volvió de la barra con tres cervezas para Freddie, Arthur y para él y la feliz noticia que acababa de contarle el tabernero.

—Lord Melville ha encontrado esposa —anunció alegremente al tiempo que se sentaba.

—Qué maravilla —dijo May, encantada—. ¿Quién es la afortunada?

—La hija de un duque. No lo sé. —Michael se encogió de hombros y hundió el labio en la espumosa corona de su cerveza.

Josephine exhaló un chorro de humo por la comisura de su boca escarlata como un dragón.

—Qué espanto —dijo, burlona—. No hay nada de maravilloso en un matrimonio concertado, mamá. Esa gente son unos aburridos. Seguro que será una boda de lo más aburrida. —Grace les oía comentar la noticia entre la nube de humo, como si fuera un fantasma. Se había quedado muy callada, asimilando el dolor que la embargaba para que nadie supiera que la noticia acababa de romperle el corazón.

—Te equivocas, Josie —dijo Arthur—. Lord Melville no se parece en nada a su padre. Es un hombre jovial e ingenioso, como un personaje directamente salido de una obra de Noel Coward.

—No estoy diciendo que no sea divertido, Arthur. Desde luego, es guapo. Me estremezco al pensar en su obvia elección de esposa. —Sus labios perfilados se expandieron hasta esbozar una fina sonrisa—. Lo admiraría más si se fugara con una camarera o algo así. Casarse con la hija de un duque es algo condenadamente previsible.

—¿Y qué? —la interrumpió Freddie—. Tiene que casarse con alguien de su clase.

—¿Por qué? Para que cuando la marquesa muera y él herede el título familiar, ella pueda dar grandes fiestas en el jardín tan elegantemente como su suegra. Bueno, supongo que en eso llevas razón. Una camarera no sabría comportarse como una marquesa.

—Tú desde luego no sabrías comportarte como una marquesa, Josie —se rio Freddie. Luego se volvió hacia Grace, que seguía sentada en silencio y muy quieta a su lado, como si la noticia la hubiera dejado literalmente de piedra—. ¿Qué te parece, Grace? —La pregunta sonó más a desafío que a indagación.

—Supongo que en realidad no tengo ninguna opinión. Me refiero a que no los conozco a ninguno de los dos, así que… —Su voz se apagó y se encogió levemente de hombros para disimular su incomodidad.

—Ya veis, Grace tiene razón —exclamó Josephine—. ¿Por qué será que la gente se altera tanto por una boda cuando ni siquiera conocen a la pareja que se casa? Es la misma locura que cuando un miembro de la familia real se casa, aunque al menos ellos son figuras públicas y todos sabemos algo sobre sus vidas. Admiro al rey por haber abdicado para casarse con la caprichosa de Wallys. ¡A eso le llamo yo tener valor! ¡Lord Melville debería haberse buscado a una pícara divorciada norteamericana como ella!

Freddie propinó un codazo a Grace en las costillas.

—¿Te acuerdas de cuando te enamoraste de Rufus, como tú le llamabas? —preguntó, riéndose con desdén.

—¿Le llamabas Rufus? —preguntó Michael, arqueando las cejas, visiblemente sorprendido—. Eso es muy familiar.

—¿En serio? ¿Te enamoraste de él, Grace? —intervino Josephine, entrecerrando los ojos—. Dios, ¡qué calladito te lo tenías!

—No tengo ni idea de lo que estás diciendo —respondió Grace, sintiendo que le ardía la cara.

—Ya lo creo que sí. El marqués se acercó una vez a hablar con ella al salir de la iglesia —les contó Freddie.

—Y después trajo a casa a su abuela para que le picara una abeja porque quería curarse la artritis —añadió orgulloso Arthur.

—¡Lo que me faltaba por oír! —se rio Michael.

—¿La marquesa viuda en tu casa? —preguntó May, impresionada—. ¿Por qué nunca nos lo habías dicho?

—No había estado nunca en casa. Fue un gran honor —dijo Arthur.

—¿Cómo era? —preguntó May—. Solo la he visto de lejos en la iglesia.

—Estaba sorda como una tapia —añadió Arthur, entrando al trapo—. Había que gritarle, ¿verdad, Grace?

—No me lo habías contado —dijo Freddie a regañadientes, volviéndose hacia Grace.

Ella se encogió de hombros.

—No fue nada importante.

—Al día siguiente mandó a su chófer a buscar a Grace —prosiguió Arthur, dirigiéndose a May, que le miraba fascinada con los ojos como platos.

—¿Por qué? ¿Funcionó? —preguntó esta, encantada.

—Tanto que quería que le picara una abeja en la otra mano —dijo. Todos estallaron en carcajadas—. Así que mi Gracey se marchó en su Bentley y lord Melville le enseñó la casa y el jardín… mi jardín. Creo que enseguida le gustaste, Gracey —añadió, un poco animadillo por el alcohol.

—Si te viera ahora creo que cancelaría su compromiso —añadió Michael con una elogiosa inclinación de cabeza. Le tocó entonces a Freddie guardar silencio y asimilar su resentimiento.

—Esos jardines son los más hermosos de toda Inglaterra. ¿No crees, Grace? —dijo May—. Tu padre es un jardinero maravilloso. No hay más que ver vuestro jardín para saber que es un auténtico mago con las flores. ¡Arthur tiene muy buena mano para la jardinería! —Le sonrió con afecto.

—Eso es cierto —respondió Grace, reprimiendo las lágrimas que empezaban ya a escocerle tras los ojos.

—Entonces, ¿te besó detrás del muro del jardín? —preguntó Josephine, mirándose, ostensiblemente irritada, una mella en el esmalte de uñas carmesí.

—Pues claro que no —se defendió Grace, horrorizada—. Solo tenía catorce años.

—Eso jamás le ha impedido a nadie dar un beso —insistió Josephine.

Freddie se negó a seguir escuchando.

—¿Cómo? ¿Acaso crees que te habría besado si hubieras tenido veinte años?

Grace sintió que la burla de Freddie la sofocaba.

—Menuda estupidez —respondió tristemente, intentando mantener la cabeza alta.

—Quién sabe. Eres una chica guapa, Grace. Los hombres como lord Mellville pueden tener a quien quieran. —Los ojos grises como el hielo de Josephine se clavaron en los suyos por entre el lazo de humo que flotaba en el aire desde el cigarrillo que sostenía entre los dedos delante de su boca—. ¿Le habrías dejado hacerlo?

A Grace no le gustó su tono acosador.

—Solo tenía catorce años, Josie —repitió.

—Ah, pues yo desde luego le habría dejado —declaró ella con indiferencia—. Me da que debe de besar estupendamente. Tiene una buena boca. Lástima que la desperdicie con la frígida hija de un duque. Nunca conocerá la verdadera pasión.

—¿Y cómo sabes tú que su prometida no es apasionada, Josie? —preguntó su madre—. No sabes nada de ella.

—Simplemente saco conclusiones sin ton ni son —respondió Josephine con una sonrisa malévola—. Es mucho más divertido ser cínica. ¿Para qué está la aristocracia sino para que nos riamos de ella?

A las diez, cuando todos se marcharon del pub, Freddie ni siquiera le dijo adiós. May y Michael se despidieron de ella y de su padre con la mano mientras se alejaban en bicicleta por el camino al tiempo que Josephine entrelazaba su brazo con el de su hermano y bajaba la cabeza para compartir con él un chiste que, viniendo de ella, a buen seguro tenía a alguien como blanco.

Grace pedaleó con furia, deseando quedarse a solas con su infelicidad. Estaba demasiado oscuro para cruzar el bosque, así que decidieron tomar la ruta más larga, siguiendo el camino, dejando que los faros de las bicicletas les mostraran por dónde ir. Estaba rabiosa con Freddie por haber sido tan desagradable con ella y por haberla ignorado durante el resto de la noche, después de haberse burlado tan cruelmente de lo ocurrido con Rufus. Aunque le tenía un gran cariño, Freddie podía ser muy cruel. Intentó contener las lágrimas.

Cuando por fin pudo disfrutar de la intimidad de su habitación, se tumbó en la cama y rompió a llorar. Sabía que no tendría que haber albergado esperanzas, que no tendría que haberse permitido soñar. Esperar y soñar no hacían más que dar falsas esperanzas al corazón.

Arthur supuso que su hija estaba simplemente cansada y se fue a leer a solas al salón. Las noches todavía eran frías, así que encendió la chimenea y se sentó en su butaca a leer y a fumar en pipa como todas las noches. No imaginaba que Grace siguió llorando en su habitación hasta quedarse dormida, lamentando no tener a una madre con quien compartir su dolor. No sospechaba que quizá no era feliz del todo. *Pepper* dormitaba a sus pies. Arthur pasó la página. No volvió a pensar en lord Melville ni en su compromiso.

Hasta que una semana después llegó una invitación entregada en mano. El sobre iba dirigido al señor Arthur Hamblin, pero en la rígida tarjeta que contenía, el nombre de Señor Arthur Hamblin iba seguido del de Señorita Grace Hamblin, lo cual era toda una novedad, porque hasta ese momento Arthur siempre había sido invitado a Walbridge Hall solo. Ahora que Grace se había convertido en una jovencita, sin embargo, la invitaban a que acompañara a su padre en sustitución de la señora Hamblin. El placer de su compañía se requería el sábado, 7 de mayo, a las cuatro de la tarde, a un té para celebrar el compromiso del conde de Melville y lady Georgina Charlton. Arthur pronto descubrió que todos los hombres y mujeres que trabajaban en la propiedad de Walbridge habían sido invitados a conocer a la dama que algún día se convertiría en la nueva marquesa de Penselwood.

Grace recibió la invitación con una mezcla de júbilo y de espanto. La idea de ver a Rufus de nuevo le provocó un anhelo doloroso y profundo, pero saber que al lado de él estaría la mujer que había elegido para pasar con ella el resto de su vida la hirió en lo más hondo.

Freddie también estaba invitado, pero se quejó al recibir la invitación y fingió que le tenía sin cuidado y que solo asistiría por una cuestión de cortesía. May enseguida decidió ayudar a Grace a encontrar un vestido adecuado.

—Tienes que estar radiante —dijo, entusiasmada, llevándola a la única tienda del pueblo que vendía vestidos lo suficientemente elegantes para una ocasión como esa.

—Pero es que no tengo dinero para comprarme un vestido nuevo —protestó ella.

—Michael y yo te lo compraremos —insistió May—. Soy lo más parecido que tienes a una madre, así que es mi regalo. Afortunadamente, los vestidos de verano no son tan caros como los de invierno.

Grace se probó unos cuantos vestidos y se decidió por un precioso modelo amarillo y azul de té con un estampado floral, botones en el pecho y mangas cortas y abullonadas.

—Y tengo el sombrero perfecto para él —dijo May, dando un pequeño tirón a la tela aquí y allá. Retrocedió para admirarla—. Pareces una auténtica dama —añadió, conmovida—. Es una pena que tu madre no esté aquí para verte. Estaría orgullosísima de ti, ya lo creo que sí. Pero bueno, tienes a Arthur y me muero de ganas de ver la cara que se le queda cuando vea a su pequeña convertida en toda una mujer.

—Es un vestido bonito, tía May —dijo ella, mirando su reflejo en el espejo. May estaba en lo cierto: el vestido le daba un aire sofisticado y eso la animó. Quizá cuando Rufus la viera…

El día del té, May se pasó casi toda la mañana rizándole el pelo y recogiéndoselo a un lado de la cabeza en un gran bucle. Su pelo era espeso y lustroso y May tardó más tiempo del que había calculado. Luego le colocó su sombrero en la cabeza, inclinándolo con coquetería. Josephine llegó con su estuche de maquillaje e insistió en ser ella quien la maquillara. Grace miró sus cejas depiladas en exceso y el tono rojo chillón de su lápiz de labios, aplicado a imagen y semejanza del famoso «borrón Crawford» y se estremeció. Jamás se había maquillado y la idea de parecer cruel y falsa como Josephine la aterró. Pero May intervino y finalmente decidieron aplicarle un poco de rouge en los pómulos y un lápiz de labios de un hermoso tono rosa. No le tocaron las cejas y la sombra de ojos azul que Josephine sacó del estuche quedó de inmediato descartada.

Cuando Arthur entró a cambiarse desde el jardín, se quedó perplejo al ver a aquella joven que era prácticamente idéntica a su esposa. Se quedó sin palabras y le brillaron los ojos, presa de una mezcla de orgullo y de pesar. May corrió en su rescate.

—¿No está preciosa, Arthur? —preguntó, sin ocultar su entusiasmo—. Será la joven más hermosa de la fiesta, seguro.

—Tampoco es que vaya a tener mucha competencia —intervino amargamente Josephine.

—Oh, quién sabe. Cuando las señoras se emperifollan, te sorprendería lo guapas que algunas pueden llegar a estar —replicó May.

Arthur esbozó una pequeña sonrisa.

—Estás preciosa, Gracey —dijo con la voz entrecortada.

—¿Lo ves? Ya te dije que tu padre estaría orgulloso. Y tienes motivos para estarlo, Arthur, con Grace del brazo. —Se rio—. Freddie se pondrá celoso, ¿verdad, Josie?

—No va a ponerse celoso de Arthur, mamá.

—Pero querría ser él quien la llevara del brazo.

—Habérselo pedido, en vez de tragárselo todo como un niñato tímido.

May desestimó a Freddie con una sonrisa deliberada.

—Vas a pasarlo de maravilla. Quiero que me lo cuentes todo. Hasta el último detalle. No se te olvidará nada, ¿verdad? Estaré deseosa de oírlo.

—Le dejaré los detalles a Gracey —dijo Arthur—. Pero te lo contaré todo por la mañana.

May aplaudió la idea.

—Bueno, será mejor que vaya a ver qué hace mi Freddie. —Cogió su bolso para irse, pero vaciló al llegar a la puerta—. Pásalo bien, hazme el favor. —Sonrió a Arthur y su expresión estuvo colmada de melancolía. Grace supo que estaba pensando en su madre y lamentó no haberla conocido como lo habían hecho ellos.

Josephine salió detrás de May y se despidió con un despreocupado «pasadlo bien».

—Bueno, será mejor que vaya a vestirme o te dejaré en mal lugar, hija —dijo Arthur, dirigiéndose a las escaleras. Ella pasó al salón y se quedó delante del espejo que colgaba encima de la chimenea. El cristal estaba empañado y la luz era tenue, pero podía ver lo bastante como para quedar sorprendida por la transformación que vieron sus ojos. Comparándose con la foto de su madre, hasta ella era capaz de ver el parecido. Se observó con atención y poco a poco logró despegar la vista de su reflejo y ver en su lugar el afable rostro de su madre mirándola con cariño. Sintió que se le aceleraba el pulso y que el sudor empezaba a cubrirle la piel. Sonrió y su madre le sonrió a su vez. En su corazón rebosaba el amor por la mujer a la que, a pesar de no haber podido conocer, siempre se había sentido próxima, y cuando se le humedecieron los ojos, también lo hicieron los de su madre. Poco importaba que los pensamientos que intentaba reunir estuvieran demasiado enmarañados para poder comunicarlos, porque su madre comprendía las emociones que se ocultaban tras ellos.

—¿Estás bien, Gracey? —Era Arthur desde la puerta.

La visión se esfumó rápidamente al tiempo que ella emergía bruscamente del trance en el que estaba sumida y el rostro del espejo volvía a ser el suyo.

—Cuánto me gustaría que mi madre estuviera aquí —dijo en voz baja.

—Y a mí, Gracey —respondió él—. Le habría encantado ayudarte a vestirte. Le encantaba ponerse elegante.

—¿Me parezco a ella, papá?

El júbilo tiñó de rosa el rostro de su padre, que asintió.

—Mucho.

—A veces la siento. Sé que no nos ha dejado.

—Jamás lo haría, Gracey. También yo lo sé. Y hoy, especialmente, estará mirándonos desde donde quiera que esté. Vamos, ¿no querrás que lleguemos tarde?

—No.

—Espero que sirvan bizcochuelo.

—Ay, papá —se rio Grace—. ¡Tú siempre pensando en comer!

Arthur y Grace fueron en bicicleta a Walbridge Hall. Atajaron por el bosque y llegaron a la casa por el camino trasero. El sol bañaba la mansión y los invitados entraban ya por la puerta abierta en el seto directamente al césped. Grace reconoció a la mayoría, aunque algunas de las mujeres estaban irreconocibles con sus elegantes vestidos de té y sus espléndidos sombreros. Había una fila de anfitriones que recibían a los invitados y estiró el cuello para ver más allá de la multitud hacia donde estaba Rufus con su prometida, estrechando manos y saludando a los invitados. Todos tendrían la ocasión de conocer a la novia, pero ella no había pensado demasiado en eso. Volver a ver a Rufus era todo lo que había ocupado su mente desde la llegada de la invitación. De nuevo sintió el revoloteo de mariposas en el estómago a medida que avanzaba la fila y se acercaban al principio. Sintió también esa conocida punzada de celos al ver a la mujer alta y pálida, con la espesa mata de pelo rubio cortada en una moderna y elegante media melena. Entonces le sobrevino un pequeño mareo. Lady Georgina era una belleza, pero más que eso, tenía el aplomo y la elegancia de una mujer nacida en los estamentos más elevados de la sociedad, unos atributos que ella, por mucho que los anhelara, jamás poseería.

Arthur empezó a hablar con la pareja que tenían delante, pero ella no escuchaba. Seguía con la mirada fija en la impresionante figura de Rufus, que sonreía educadamente y parecía sinceramente complacido de verlos a todos. No había cambiado un ápice. Quizá las arrugas que la edad había cincelado en la piel alrededor de los ojos y de la boca no hacían sino ensalzar su apostura. Entonces se preguntó si se acordaría de ella e intentó prepararse para la decepción si él no recordaba su nombre.

Por fin les llegó el turno. Al principio, Rufus no la reconoció. Estrechó la mano de Arthur y después la suya, y cuando estaba a punto de presentárselos a lady Georgina se volvió rápidamente, su expresión se suavizó de pronto y el Rufus del que ella había quedado prendada aquel día delante de la iglesia le sonrió afectuosamente.

—Santo cielo, sí que has crecido, Grace —dijo, y pareció empaparse de sus rasgos, como si supiera que no tendría tiempo suficiente para paladearlos.

—Un poco —respondió ella, transmitiendo una seguridad en sí misma que no sentía.

Rufus siguió mirándola más tiempo del que resultó cómodo, como si de pronto hubiera sido víctima de un hechizo. Ella sintió que el color le teñía las mejillas y no supo adónde mirar. Pero no podía apartar la vista, como si también hubiera quedado prendida por la misma magia.

—Querido, ¿no nos vas a presentar? —Era lady Georgina, que en ese momento sonreía, expectante, a Grace.

—Naturalmente, Georgie. —Rufus rompió el hechizo—. Te presento a Grace, la hija de Arthur Hamblin, una diestra apicultora.

—Vaya —dijo lady Georgina, tendiendo la mano—. Qué fascinante. —Ella sintió que se marchitaba bajo la acerada mirada de la mujer. Le estrechó la mano. Era fría y delgada, y muy suave. Sus labios de color escarlata se curvaron para dibujar una sonrisa cortés y asintió brevemente antes de volver sus ojos aguamarina a la pareja que esperaba detrás de ellos. Arthur echó a andar de nuevo y Grace, sintiendo el frío de la suave despedida de lady Georgina, miró rápidamente a Rufus, que seguía mirándola con una expresión de asombro en el rostro. Entonces esbozó una sonrisa vacilante y siguió a su padre hacia el césped. El corazón le palpitaba con tanta fuerza contra las costillas que temió que la fiesta entera lo oyera.

—¡Qué bombón! —exclamó Arthur—. ¡Una auténtica belleza! —No esperó a que su hija respondiera, sino que prosiguió entusiasmado como si hubiera sido víctima de una clase de hechi-zo totalmente distinto—. Una auténtica dama, eso es lo que es. Qué placer haberla conocido. Creo que no he conocido a nadie tan despampanante en toda mi vida. Hacen una pareja estupen-da. Tendremos que acordarnos de todos los detalles para podér-selos contar mañana a May. Si no lo hacemos, se sentirá muy decepcionada.

Ella escuchaba a su padre, pero seguía pensando en Rufus. Cuando se volvió a mirar, en vez del rostro alargado de Rufus lo que vio fue la pecosa cara de Freddie que la observaba con una admi-ración mal disimulada.

11

—Caramba, estás distinta —dijo Freddie. Pero, a juzgar por su expresión, Grace se dio cuenta de que simplemente intentaba echarle un piropo.

—Gracias, Freddie —respondió, deseando mirar a Rufus por encima de su hombro, aunque sabiendo instintivamente que Freddie se enfadaría si lo hacía—. Te has dado un buen repaso —añadió.

—¿No es un bellezón? Me refiero a la futura esposa de lord Melville —intervino Arthur, apenas incapaz de quitarle los ojos de encima a la grácil lady Georgina.

—Es una pieza única —concedió Freddie—. Eso no lo supera nadie. De hecho, me atrevería a decir que no he visto a una mujer más hermosa en mi vida. —Se sonrojó, como si de pronto hubiera caído en la cuenta de que el comentario, soltado en un simple arrebato de rencor, le había delatado.

Grace ni se inmutó.

—Es verdad. Es muy guapa —dijo—. Es como una orquídea excepcional. Hacen una pareja encantadora.

—Bueno, es un bellezón, pero es gélida como el hielo —añadió Freddie, bajando la voz—. Yo no me casaría con ella.

—Tampoco creo que ella estuviera interesada en casarse contigo —dijo Arthur, escudriñando las mesas dispuestas bajo un viejo cedro en busca de un bizcochuelo—. ¿Os parece que sería una falta de educación acercarme a echar un vistazo a la comida? —preguntó. En ese momento se acercó un mayordomo con una bandeja con bebidas—. Ah, ¿qué tenemos aquí? —exclamó, barriendo con la mirada la bandeja de bebidas de aspecto exótico.

—Champán, cóctel de cerveza de jengibre, jerez, ponche y soda —respondió educadamente el mayordomo—. Si prefieren té, la señora Emerson lo está sirviendo debajo del árbol.

—Creo que tomaré un cóctel —dijo Arthur, sirviéndose—. ¿Grace?

—Ese ponche tiene un aspecto delicioso —respondió, alargando la mano hacia la bandeja. Al hacerlo, pudo ver a Rufus por encima del hombro del mayordomo. Seguía recibiendo y saludando a los invitados con el rostro encendido de satisfacción, como si realmente disfrutara estrechando la mano del fiel equipo de empleados que, como un ejército de hormigas, mantenían la magnífica propiedad de su padre en perfecto funcionamiento. A su lado, su glacial prometida estaba empezando a fundirse bajo el sol. Apenas podía ya esbozar una sonrisa y ella estaba segura de que tenía contraído el cuello, tales eran sus esfuerzos por reprimir un bostezo.

De pronto, Rufus alzó la vista y sus ojos se clavaron en los suyos con un sobresalto, como si los de ella surtieran un extraño efecto magnético al que él era incapaz de resistirse. Tan sorprendida se quedó al verse pillada mirándole, que se quedó helada, sin apartar de él una mirada perpleja y unos ojos como platos. Durante un breve y eterno instante sintió que el mundo se detenía a su alrededor. Solo existía Rufus y sus ojos oscuros e inquisitivos, abriéndose paso hasta su alma como si conocieran el camino desde siempre.

Enseguida el momento se perdió. El grupo de personas que la rodeaban volvieron a la vida y la voz de su padre penetró en su conciencia.

—¿Gracey? —dijo. La sangre acudió a sus mejillas en un torrente de vergüenza y, con un esfuerzo monumental, consiguió desviar la mirada—. ¿Estás bien? —preguntó.

Ella tomó un poco de ponche.

—¿Nos acercamos a donde están sirviendo el té? —sugirió, intentando estabilizar el temblor que tenía en la voz.

—Esa es mi chica —respondió Arthur—. ¿Freddie? ¿Te parece si vamos a ver qué nos ofrecen? Apuesto a que tienen unos bizcochos magníficos, ¿no crees?

Los tres cruzaron el césped en dirección a las mesas. Arthur se rio encantado en cuanto vio todos los bizcochos, panecillos y galletas servidos en hermosas bandejas de porcelana. Deambuló entre las mesas, negando con la cabeza de puro asombro, con las mejillas encendidas de alegría.

—¡Mirad esto! —exclamó Freddie—. Y somos los primeros.

—Alguien tenía que serlo —dijo Grace—. ¿Cuál te apetece?

—El de chocolate —respondió él—. ¿Y a ti?

—El de café.

—Mejor si los compartimos. Te doy un poco del mío y tú me das un poco del tuyo.

Grace se rio.

—¡Eres un hombre goloso, Freddie!

—¿Por qué conformarnos con probar solo uno si podemos probar dos?

Al verles a los tres junto a las mesas, otros se sintieron atraídos hacia allí y pronto las tartas quedaron rodeadas por ávidos invitados que charlaban entre sí o comentaban el delicioso banquete y la delicada belleza de la futura condesa de Melville. La señora Emerson, una mujer rotunda con los pechos como globos y las caderas anchas como la mesa, hablaba alegremente con todo el mundo, sirviendo té Earl Grey en delicadas tazas de porcelana. Arthur la conocía desde que era niño, puesto que había crecido en Walbridge, y se quedó a su lado, compartiendo con ella un par de bromas mientras terminaba su tarta y decidía qué esponjosa delicia probaría a continuación.

El perfume impregnó el aire a medida que las señoras empezaron a tener calor al sol. Grace se unió a Freddie y habló con todos sus conocidos, desde los mozos de granja que trabajan con él al aburrido señor Garner, a quien Freddie esperaba reemplazar algún día. No faltaba nadie: jardineros y guardabosques, criadas y personal de cocina, mayordomos y camareros. Entonces vio que el marqués y la marquesa de Penselwood habían aparecido para unirse a la fiesta. La marquesa estaba en compañía de un par de damas elegantemente vestidas a las que Grace no conocía. Parecían encantadas de hablar con ella, y ella asentía con la cabeza levemente gacha, prestándoles toda su atención y haciéndoles sentir que eran las únicas personas de la fiesta con las que deseaba hablar. El marqués se reía efusivamente con el coronel Redwood, a quien ella no había esperado ver en la fiesta, y con el reverendo Dibben, que estaba en todas las fiestas. Grace compartía su tarta con Freddie, que en ese momento regresó a la mesa a buscar otra porción de bizcocho de café. Pero al llegar allí se encontró con Arthur, que montaba guardia delante del bizcochuelo, y se quedó charlando un rato con él y con la señora Emerson, a quien le gustaban más los jóvenes como Freddie que las tartas.

—Hola, Abejilla —dijo una voz situada a su espalda. Al volverse, Grace se encontró con Rufus plantado tras ella. El corazón le dio un vuelco y parpadeó, sorprendida.

—¿Qué tal tus amigas peludas? Espero que no hayan picado a nadie —preguntó Rufus.

Ella sonrió y se sonrojó.

—No, se dedican tranquilamente a sus quehaceres.

—Bien. —Los ojos de Rufus se fijaron en sus rasgos y pareció sorprendido por lo que vio—. No hace mucho eras apenas una niña. Y mírate ahora. El tiempo vuela.

—Sí —respondió ella, intentando pensar en algo ingenioso que decir, pero encontrando tan solo una mente enturbiada por la confusión—. Enhorabuena por su compromiso —dijo, acordándose de que ya le había felicitado con su padre al llegar.

—Gracias —respondió él—. ¿Y tú? —Sus ojos parecieron horadarle la piel—. ¿Estás comprometida?

Grace se rio e hizo una mueca.

—No, no. Yo… —Miró a la mesa, donde su padre seguía conversando y zampándose una porción de bizcochuelo—. Todavía vivo con mi padre. Los dos solos contra el mundo. —Su rostro se ablandó al mirarle—. Le gusta su bizcocho.

—Ah, eso pertenece al departamento de la señora Emerson. Es una cocinera fantástica. Si yo viviera aquí permanentemente, tendría su misma talla. —Se rio tímidamente—. Ya sé que es una grosería terrible por mi parte, pero cuando yo era niño la llamaba Mantecosa.

Grace se tapó la boca con la mano.

—Oh, es terrible.

—Ya lo sé. Aun así, le tengo un cariño enorme.

—¿Cómo está su abuela?

—Viva, aunque parezca increíble. Todos los años, mamá dice que será el último que la tendremos entre nosotros y todos los años se equivoca. Si hay otra guerra, sugiero que se aliste. Si la ponen en primera línea de combate, les enseñará un par de cosas a esos alemanes.

Una sombra de ansiedad tiñó la expresión de Grace.

—¿De verdad cree que habrá otra guerra?

—Me temo que Hitler está intentando hacer todo lo posible por provocarla. Está armando a sus ejércitos. Ha engullido Austria y ahora planea hacer lo mismo con los Sudetes. Creo que es más que probable.

—Pero si acabamos de recuperarnos de la última —protestó ella.

—Lo sé, pero no creo que la gente aprenda de la historia.

—No diga eso.

—Los humanos somos muy estúpidos, Grace.

—No tanto como para enviar a los jóvenes a la muerte.

—Lo hemos hecho antes y volveremos a hacerlo una y otra vez. Es simplemente una cuestión de poder y la gente es capaz de hacer lo que sea para conseguirlo, incluso sacrificar a sus jóvenes.

A ella se le nublaron los ojos, presa de la ansiedad.

—¿Incluido usted?

El rostro de Rufus se tornó tierno y hubo algo muy íntimo en la sonrisa que le dedicó.

—¿Te importaría?

—Sí.

—Eres muy dulce, Grace. Créeme si te digo que no recuerdo haber conocido a nadie tan dulce como tú.

Ella volvió a sonrojarse.

—Eso no es verdad. Tendría el corazón muy duro si no me importara que los jóvenes partieran a morir al frente.

—Ocurrirá, pero Dios mediante no durará tanto como la Gran Guerra. Yo terminaré mis días aquí, en Walbridge, haciendo lo que mi padre ha hecho siempre y lo que hizo siempre su padre antes que él. Eton, Oxford, Sandhurst. Ya he marcado esas casillas. Hay en ello una satisfactoria sensación de continuidad, aunque, entre nosotros, debo reconocer que me espanta la monotonía. Todo eso es muy predecible. Prefiero anhelar toda suerte de imprevistos en mi vida que no hayan sido negociados desde mi nacimiento. ¿Sabes una cosa? Aunque resulte extraño, puede que incluso me alegre de que haya una guerra. Al menos la guerra terminará con el tedio. —Suspiró—. De todos modos, no puedo quejarme. Conozco mi futuro y sé que son muchos los que desconocen el lujo que supone tener esa seguridad.

—No se me ocurre nada mejor que vivir en este lugar tan hermoso.

—Lo odiarías, Grace. Es demasiado grande.

—Pero los jardines…

—Sí, los jardines son especiales. Están llenos de abejas. —Sonrió—. La artritis de la abuela mejoró durante un tiempo, pero después volvió a empeorar. Pidió verte, pero se lo quité de la cabeza. Sabía que sufrirías si tenías que enviar a la muerte a una más de tus criaturas favoritas.

—Lo habría hecho por ella. Esas pobres manos tenían un aspecto realmente doloroso.

—Son más garras que manos. Me sorprende que no haya ido a buscarte. —Cerró las suyas a modo de garras e hizo una mueca.

Ella se rio.

—¡Es usted muy malo, Rufus!

—Si la abuela supiera que estás aquí, ya te habría mandado a los parterres a buscar abejas. Pero odia a la gente, quiero decir en general. Por eso una fiesta como esta es para ella una pesadilla. Ni siquiera estoy seguro de si vendrá a la boda.

A Grace se le hizo un nudo en el estómago al oír mencionar la boda.

—¿Cuándo será?

—El próximo mayo. Todavía falta mucho, pero Georgie quiere casarse cuando florecen las campanillas y no puedo negárselo. La arrancaré de su casa para instalarla en una casa de Londres en la que las campanillas jamás florecen.

—Es una época del año preciosa para casarse.

—Sí. —De pronto pareció triste y un ceño se le dibujó en la frente—. A veces me pregunto…

En ese momento, Arthur y Freddie se unieron a ellos. Arthur lo estaba pasando en grande, pero a Freddie la irritación le había ensombrecido el semblante y Grace se preguntó qué podría haberle ofendido.

—Ahora que ha llegado tu padre, te dejo para seguir atendiendo a mis invitados. —Rufus miró a Freddie y sonrió—. No está bien dejar sola a una dama. —En cuanto se alejó cayó rápidamente en las manos de la señora Garner y de un par de amigas suyas profusamente maquilladas.

—¿Qué quería? —preguntó Freddie.

—Me ha estado preguntando por las abejas —respondió ella—. Recordándome la vez que llevó a su abuela a nuestra casa.

—Se acuerda de ti, Gracey —dijo Arthur sin ocultar su orgullo.

—No creas —mintió ella—. Solo estaba siendo educado.

—Supongo que tienen que hacer la ronda y hablar con todo el mundo —dijo Freddie—. Pero tiene razón. No debería haberte dejado sola. No he hecho más que impedirle que pudiera seguir con su ronda y hablar con otros invitados.

—Si lord Melville no hubiera querido hablar conmigo, no habría tenido el menor problema en presentarme a alguien —dijo Grace, y de pronto hizo algo absolutamente impropio de ella: se marchó. Simplemente dio media vuelta y desapareció entre la gente. ¿Cómo se atrevía Freddie a hacer que se sintiera siempre pequeña e inadecuada?, pensaba, furiosa. La conversación con Rufus le había conferido un repentino arrebato de seguridad en sí misma. Si él era capaz de tratarla con amabilidad, también tendría que hacerlo Freddie. No tenía ninguna necesidad de soportar el desprecio de nadie, y menos aun de alguien a quien conocía desde siempre.

Cuando se adentró con paso firme entre la multitud, fue presa de una explosión de triunfo. No se volvió a mirar, pero sabía que su pequeño gesto de desafío habría pillado a Freddie por sorpresa, casi tanto como la había sorprendido a ella. Por un momento, le preocupó con quién hablaría, pues no tenía el menor deseo de toparse con lady Georgina, pero de pronto lo vio. Allí estaba, con el rostro radiante de júbilo: el coronel Redwood.

Cuando llegó la hora de marcharse, se vio dominada por una espantosa sensación de derrota. Rufus iba a casarse. Quizá no volviera a verlo. Había dicho que envejecería y moriría allí, en Walbridge, pero no había mencionado que tuviera intención de vivir allí por el momento. Le había dicho que viviría en Londres y ella había dado por hecho que seguiría instalado en la ciudad hasta que su padre muriera y él heredara el título. Quizá pasaran años antes de que volviera a verle. Muchos años. Sintió una creciente desesperación en el pecho y una sensación de asfixia en la garganta. De haber estado sola, quizá se habría abandonado a las lágrimas, pero en su situación tenía que sonreír aunque le doliera el corazón.

Lord Melville y lady Georgina estaban ya en la puerta, estrechando la mano de los invitados a medida que se marchaban. No era una cola formal y había quien simplemente se despedía con la mano y les daba las gracias al pasar. Pero ella volvió a encontrarse delante de Rufus, junto con Freddie y su padre. Esta vez él no dejó reposar su mirada sobre ella. Se despidió educadamente y lady Georgina le dijo lo deliciosa que era la miel.

—Me aseguraré de que la señora Emerson nos envíe una caja a Londres —dijo, estrechando con su mano fría y delgada la suya.

—Les deseo muchos años felices juntos —dijo Arthur, ligeramente animado y parlanchín por efecto de los cócteles—. Espero impaciente su regreso a Walbridge.

—Yo también —dijo elegantemente lady Georgina—. Tendrá que seguir mandándonos miel. Será agradable tener un pedacito de Walbridge Hall en Edgerton Place. —Grace se tragó la desesperación que la abatía y cruzó la puerta. Abrumada de pronto por una oleada de tristeza, se dirigió a toda prisa hacia su bicicleta, que seguía apoyada contra la casa, tal y como la había dejado al llegar. No se despidió de Freddie ni esperó a su padre. Pedaleó con fuerza de vuelta a casa mientras las lágrimas le surcaban el rostro, destrozándole el maquillaje y esa recién descubierta seguridad en sí misma, ya hecha añicos.

Cuando Arthur llegó a casa, la encontró llorando junto a las colmenas.

—¿Gracey? —preguntó, corriendo a su lado—. ¿Qué te pasa?

—Me siento muy desgraciada —respondió ella.

—¿Desgraciada? ¿Por qué? —Estudió desconcertado su rostro emborronado por el maquillaje.

A punto estuvo de confesarle la verdad, pero algo la contuvo. Un hombre como Arthur Hamblin jamás entendería el amor que ella sentía por lord Melville. Para él, el amor entre dos personas de clase distinta era inconcebible y ridículo. Había comentado con él en profundidad la obra de Jane Austen como para estar segura de ello.

—Freddie ha sido muy cruel —dijo.

El rostro de Arthur se suavizó y asintió. Esa sí era una situación con la que podía bregar.

—Solo es cruel porque está enamorado de ti.

Grace clavó la mirada en él, genuinamente sorprendida.

—¿Enamorado de mí? —repitió.

—¿No te has dado cuenta? Yo sí. Y May también. —Se rio—. De hecho, creo que todo el mundo se ha dado cuenta menos tú.

—Entonces, ¿por qué es tan antipático?

—Porque está celoso.

—¿De quién?

—De lord Melville, naturalmente.

—¿Y por qué iba a estar celoso de Rufus?

—Porque cree que te gusta. —Prosiguió antes de que ella pudiera protestar—. Por supuesto, yo sé que no. Él es un caballero y las buenas chicas como tú siempre admirarán y respetarán a un caballero, pero Freddie es joven y está enloquecidamente celoso de cualquier otro hombre que se te acerque.

—¿Estás seguro?

—Sé más de lo que crees. Freddie siempre ha sido para ti como un hermano, pero ahora que te has convertido en una joven hermosa él lucha contra sus sentimientos. Es un hombre que te mira con ojos de hombre y para él resulta todo muy confuso. Obviamente, todo dejaría de ser confuso si le dieras alguna esperanza.

—¿Esperanza?

—Freddie sería un buen marido para ti, Gracey —le dijo muy serio—. Algún día, cuando el señor Garner se jubile, él se hará cargo de la granja. Tiene una inteligencia natural y comprende la tierra con el instinto de un hombre de campo. Además, todo el mundo le quiere. Es un buen chico. Harías bien casándote con un hombre como él, que pudiera cuidar de ti… y así no tendrás que irte de Walbridge.

—Ni tú —respondió Grace, dedicándole una pequeña sonrisa.

—Bueno, no quiero que me dejes, Gracey, pero lo harás algún día. Es ley de vida. Te casarás, te irás de casa y me quedaré solo.

—¿Por qué no has vuelto a casarte, papá? Eres un hombre guapo y también bondadoso y divertido. Cualquier mujer sería afortunada de tenerte. Además, todavía eres joven.

Arthur se encogió de hombros y desvió la mirada.

—Nunca quise sustituir a tu madre —respondió, apoyando la mano en lo alto de la colmena.

—¿No ha sido por mí?

—No, te habrías criado estupendamente con una buena madrastra que cuidara de ti.

—Me gusta estar contigo, los dos solos. Somos un equipo.

Arthur sonrió.

—Un buen equipo.

—Si me caso algún día, nunca me iré lejos de aquí. No podría alejarme de ti, papá.

—No hagas promesas que no puedas cumplir, Gracey. Pero te agradezco que lo pienses. —La acarició con cariño—. Eres una buena chica. No dejes que Freddie te haga enfadar. Es simplemente inmaduro. Quizá podrías mirarle con otros ojos ahora que ya eres una mujer. La vida es un largo camino, y a veces duro. Elegir recorrer ese camino con un hombre que te conoce, que te entiende y que comparte tu misma cultura sería sin duda una sabia elección.

—Pero ¿y ese amor apasionado y arrollador que los escritores han descrito a lo largo de los siglos? ¿No debería reservarme para él?

—La pasión no dura, Grace. No hay más que ver a Vronsky y a Anna Karenina. Esa clase de pasión forma parte del amor prohibido.

—¿Elizabeth Bennet y Darcy, quizá? —sugirió ella entonces.

Su padre sonrió.

—Qué aburridas habrían sido sus vidas después de casarse. Darcy no tenía sentido del humor y Elizabeth Bennet era demasiado buena para él. —Ahora la miraba muy serio—. Lo que tú necesitas es amor, naturalmente, pero el amor firme, leal y constante de un amigo. Creo que, aunque no lo sepas, quizá ya ames a Freddie. De hecho, estás mirando por encima de su hombro cuando tienes a tu hombre delante de las narices.

—Jamás había pensado en Freddie de ese modo.

—Eso es que he plantado la semilla. No hace falta que volvamos a hablar de ello. Jamás te obligaría a casarte con alguien con quien no desees casarte, pero sí puedo aconsejarte. Y ahora vamos a sacar al perro. Podríamos llevarlo a dar un paseo por el bosque, si quieres. Le irá bien correr un poco y a mí me convendría hacer algo de ejercicio después de todo el bizcocho que me he comido. Te hablaré del libro que estoy leyendo. Creo que te gustará. Es una historia inspiradora e inteligente.

Esa noche, cuando su padre se acomodó en la butaca y abrió su libro, Grace se sorprendió de pronto pensando en Freddie. Desde luego jamás se le había pasado por la cabeza que sus comentarios desagradables fueran fruto de los celos y menos todavía ver en él a un pretendiente. Más inconcebible aún era pensar en él como esposo, aunque también era una idea aleccionadora. ¿Era Freddie lo único a lo que podía aspirar? Recordó el comentario que había hecho Rufus sobre la monotonía de su predecible vida y en ese momento cayó en la cuenta de que entendía a lo que se refería. Para ella lo predecible era casarse con Freddie. Se pasaría el resto de su vida en Walbridge. Sus hijos nacerían allí, se criarían allí y ella terminaría enterrada en el cementerio del pueblo como todos los que habían vivido la misma vida protegida y habían muerto antes que ella. Era sin duda un planteamiento solitario y cuanto más vueltas le daba más sola se sentía. Pero ¿qué alternativa tenía? ¿Vivir una vida soñando con un hombre al que nunca podría tener? No, eso se había acabado. Tenía que borrar a Rufus de su corazón o de lo contrario jamás habría en él sitio para nadie más, y la posibilidad de vivir una vida sin amor le resultaba insoportable.

Al menos, si se quedaba en Walbridge podría verle de vez en cuando. Sus vidas avanzarían por carriles paralelos y ocasionalmente, al doblar una esquina o al subir a la cima de una colina, le vería y eso ya era algo.

12

Grace intentó olvidar a Rufus. Retomó su vida —leía para el coronel Redwood, cuidaba de su padre y se reunía con sus amigos en el Fox and Goose— y enterró en las profundidades de su mente el breve instante que había vivido en el césped con lord Melville. Descubrió que al centrarse en el presente podía impedir que su mente se perdiera en el pasado. Cuando no estaba ocupada, observaba a las abejas. Cada vez que veía emerger el rostro de Rufus, concentraba toda su atención en las pequeñas criaturas que tanto amaba. Las veía trabajar en los parterres y después entrar y salir de la colmena. Escuchaba su suave zumbido y a medida que los días de verano se acortaban y las noches eran más frías, descubrió que si se aplicaba con tesón, conseguía su propósito. Pero la empresa exigía de ella un esfuerzo monumental y de noche, tumbada en la cama con tan solo su fuerza de voluntad para controlar los decididos devaneos de su mente, terminaba por rendirse. Estaba demasiado cansada y se sentía muy desgraciada para seguir luchando.

Freddie estaba ocupado con la cosecha. Se levantaba al amanecer y se pasaba los días en el campo, retechando los pajares, segando el trigo y la cebada y atándolos después para secarlos al sol. May le preparaba unos sándwiches que él se comía a la sombra con los demás jornaleros y le daba de cenar cuando volvía ya entrada la noche con la ropa cubierta de polvo y la cara manchada de sudor y fango, agotado y con ganas de acostarse. Ella apenas le veía. Tampoco veía casi nunca a su padre, porque estaba demasiado ocupado en el huerto, recogiendo fruta y verdura para abastecer las grandes fiestas que se celebraban en Walbridge Hall. Empezó a ocuparse del mantenimiento de las colmenas y se pasaba las horas en el cobertizo lavando frascos, pegando nuevas etiquetas y preparándolo todo para la recolecta. Cuando, a principios de septiembre, extrajeran la miel, la llevarían en cajas a la oficina de la granja. Le habría gustado saber si, tal como había dicho, lady Georgina mandaría llevar parte de la miel a Londres y si los frascos que tenía en sus manos llegarían en algún momento a tocar también las de Rufus. Esa fue una ocurrencia que la pilló desprevenida y que, precisamente por eso, derribó su resistencia. Con el cristal del frasco en la mano, casi llegó a sentir el calor de los dedos de él sobre los suyos. Se tomaba su tiempo en la preparación de cada frasco, colocándolos con cuidado en filas sobre los estantes del cobertizo con una silenciosa plegaria por su amado.

Al final del verano, el pueblo celebraba el festival de la cosecha con una misa en la iglesia. Grace se encontró sentada al lado de Freddie, que estaba delgado y bronceado, con el pelo castaño aclarado por el sol y cayéndole sobre la frente en espesos mechones. Sus ojos, más azules que nunca, brillaban contra la piel morena y las pecas se le habían multiplicado hasta cubrirle la nariz y las mejillas. El trabajo duro le había convertido en un hombre y por primera vez se fijó en lo guapo que era.

—¿Cómo estás, Grace? —preguntó Freddie en voz baja.

—Bien —respondió ella—. Ocupada, preparando la recolecta de la miel y leyendo en casa del coronel Redwood. —Se fijó en que tenía las piernas más largas. Parecía ocupar más espacio en el banco. Y también reparó en su olor—. ¿Qué te has echado? —preguntó, olisqueando el aire. Vio que Freddie se acaloraba y lamentó la pregunta.

—Espuma de afeitar —respondió él, frotándose tímidamente la barbilla.

Ella lo miró y vio que estaba rojo como la grana.

—Huele bien —dijo, riéndose de sí misma al oírse dedicarle un cumplido. Nunca le había dicho a Freddie que olía bien.

Creyó que él la menospreciaría o la haría sentirse estúpida por haber soltado un comentario tan inusual como aquel, pero no fue así. Sorprendentemente, le dedicó una sonrisa afectuosa.

—Tú hueles a jardín estival —dijo antes de sonrojarse aún más.

—¿En serio?

—Sí. Cuando pienso en ti... —parecía avergonzado— pienso en flores.

Grace le miró, perpleja.

—Qué bonito —dijo. Le habría gustado ser más efusiva, pero no encontró las palabras.

En ese momento, el marqués y la marquesa de Penselwood avanzaron por el pasillo en majestuosa procesión con la frágil y encogida marquesa viuda a su lado y ocuparon sus sitios en el banco delantero. La congregación guardó silencio. A Grace no le sorprendió la ausencia de Rufus. En esos días nunca estaba en Walbridge. Entonces se vio de pronto estudiando atentamente los rostros del grupo del marqués, pues parecía estar siempre acompañado de un círculo de invitados a la casa, aunque definitivamente Rufus no estaba entre ellos. Sin embargo, le sorprendió no sentir la habitual punzada de desilusión y enseguida la distrajo la suave presión de la rodilla de Freddie contra la suya. No apartó la pierna. La mantuvo donde estaba, presa de una excitación extraña y desconocida hasta entonces al tiempo que el calor parecía subirle por el cuerpo, provocándole un hormigueo en la columna. Si Freddie tuvo la misma sensación, desde luego no lo demostró. Pero ella sí notó que cada vez que volvían a sentarse después de cantar un salmo, la rodilla de él tocaba la suya, y en cuanto sentía la presión de su proximidad, el calor entre ellos se intensificaba.

Después de misa, salieron todos al cementerio para socializar y charlar. Freddie estaba deseoso de hablar con ella.

—¿Vendrás al río esta tarde? —preguntó esperanzado, mirándola—. Tengo la sensación de que llevo meses sin verte.

—Eres tú el que no tiene tiempo para mí —respondió ella.

—Ya lo sé. Ha sido una locura.

Grace sonrió, insegura ante la extraña energía nueva que vibraba entre ambos.

—Has estado trabajando duro —dijo, mirándole de arriba abajo y pensando en lo mucho que había adelgazado—. ¿Tía May no te da de comer?

—No había trabajado tan duro en toda mi vida, pero me encanta, Grace. —El entusiasmo brilló en sus ojos—. Me encanta estar en el campo. Y el desafío físico que implica. Es lo mejor que he hecho nunca.

—Qué bien, Freddie. El señor Garner ya puede andarse con ojo.

—Ya lo creo. Llegará el día en que sea yo quien lleve la finca.

—Yo también apuesto a que sí. —Le ardían las mejillas de pura admiración. La dinámica entre los dos había cambiado en apenas unos meses. Ahora ya no se sentía mayor que él. Freddie le había dado alcance y la había adelantado, pasando de niño a hombre en tan solo unos pocos y gigantescos pasos.

—¿Vendrás? —insistió él.

—Sí, iré —respondió, y la sonrisa que causó su respuesta provocó en ella un inesperado escalofrío de alegría.

Poco después, Grace regresaba a casa por el atajo en compañía de su padre. Aunque las hojas todavía no habían cambiado de color, la luz tenía ese tinte dorado y más suave de principios del otoño. La siega había terminado y los rastrojos brillaban al sol. Pensó en Freddie y en las horas que había pasado trabajando en esos campos. El trabajo físico le había fortalecido los hombros y le había tonificado el cuerpo, dándole cierta vivacidad que le había resultado muy atractiva. Se volvió a mirar a su padre y reparó en que, en su caso, el trabajo físico lo dejaba exhausto. Parecía cansado.

—¿En qué piensas, papá? —preguntó.

—Oh, en nada —respondió Arthur, emergiendo bruscamente de sus cavilaciones.

—Yo pensaba en lo hermoso que está el bosque con esta luz. Aparte de la primavera, el principio del otoño es mi estación del año favorita.

Arthur sonrió y miró en derredor.

—Tenemos muchos motivos por los que dar gracias. —Asintió—. El festival de la cosecha nos lo recuerda.

—Es verdad. Tenemos todo lo que necesitamos —añadió ella.

—Las personas felices no son necesariamente las que lo tienen todo, sino las que saben sacar el mejor partido de lo que tienen —dijo sabiamente—. Estamos bien, tú y yo, ¿no te parece, Grace?

—Mejor que bien. Las cosas que me hacen feliz no pueden comprarse con dinero, papá. La felicidad consiste en aceptar lo que tenemos. Tú me lo has enseñado.

—Me habría gustado que tuvieras una madre —dijo Arthur, cuyo rostro volvió a ponerse solemne—. Pero Dios tenía un plan y eso no formaba parte de él.

—Tía May ha sido una madre para mí —respondió Grace.

La expresión de Arthur se suavizó. Luego volvió la cara hacia el sol y suspiró.

—Siempre ha estado pendiente de ti. No creo que hubiera podido arreglármelas sin ella. —Se metió las manos en los bolsillos del pantalón.

—Ella también ha estado siempre pendiente de ti, ¿verdad?

Arthur la miró y frunció el ceño.

—Ha sido una amiga fiel. Es difícil criar a una hija solo. Tu abuela y tu tía intentaron ayudar al principio, y lo hicieron durante un tiempo, pero querían controlarlo todo, ¡no solo a ti sino también la casa y a mí con ella! Las mandé de vuelta. Yo no sé nada sobre cosas de mujeres. Si May no hubiera intervenido, no sé lo que habría hecho.

—Te habrías manejado perfectamente, papá. Nos las habríamos arreglado.

—Pero es que yo no quería conformarme con arreglárnoslas, Grace. May es un buen ejemplo. Es una mujer buena, cariñosa, trabajadora y divertida. Recuerdo que cuando eras pequeña pensé que si de mayor eras como May, tu madre y yo estaríamos orgullosos de ti. May era la mejor amiga de tu madre y sé que tu madre habría consentido que ella ocupara su lugar y te diera un ejemplo a seguir.

—¿Y cómo te parece que he salido? —Grace esbozó una pequeña sonrisa, pero su padre la miró muy serio.

—Me siento orgulloso —respondió—. Sé que puedo hablar por tu madre. También ella se siente orgullosa allí donde esté.

—No creo que esté muy lejos —contestó ella.

—Siempre está con nosotros, Grace. No lo olvides nunca. Que no puedas verla, no significa que no esté aquí en espíritu. El cuerpo no es más que un cascarón y ella ya no lo necesita donde está. Puede estar en cualquier sitio en todo momento, en un suspiro.

—Es una idea preciosa.

—Es cierto. Hemos venido a aprender, Gracey. A crecer en el amor. De eso se trata. No es complicado. Y la forma de crecer es mediante la generosidad, el perdón y la compasión: el amor. Y no hay más. Ponernos siempre en segundo lugar, no en el primero. Y cuidar los unos de los otros, como las abejas.

Arthur miró a su hija y sonrió.

—¿Te parece que las abejas están a punto para la recolecta? —preguntó.

—Todavía siguen alimentándose un poco, pero cada vez hace más frío, sobre todo por la noche.

—Propongo que empecemos la semana que viene. —Apretó el paso—. Echemos un vistazo cuando lleguemos a casa. Pero apuesto a que ya es hora de extraer la miel.

—Todo está a punto. Ya he preparado los frascos.

—Eres una buena chica, Gracey. Podría haber tenido una hija rebelde o difícil, y en cambio te he tenido a ti.

—Hecha a tu imagen y semejanza, papá —replicó ella y se rio.

—Quizás en el interior, Gracey. Pero en el exterior, eres la viva imagen de tu madre.

Después del almuerzo, fue en bicicleta a casa de Freddie. Conforme se acercaba a la casa, el corazón empezó a latirle desbocadamente. «Y todo por Freddie», pensó, riéndose de lo absurdo que resultaba ponerse nerviosa por el chico que era como un hermano para ella. Pero cuando le vio salir a la calle, fue un Freddie muy distinto del muchacho al que siempre había esperado ansiosa para pasar con él un rato. Ante el nuevo Freddie, se sintió incómoda y un poco tímida. Su mirada era más intensa, la actitud más segura y la sonrisa había desterrado definitivamente la vieja mueca de resentimiento que ella jamás había entendido. Cuando le propuso ir en bicicleta al río, a Grace se le erizó la piel, presa de una mezcla de recelo y de excitación. No se dio cuenta de que ya no tenía que concentrarse en mantener a Rufus fuera de su cabeza. Freddie había ocupado todo ese espacio.

Mientras bajaban a toda velocidad por el sendero que serpenteaba junto al río, empezó a sentirse menos incómoda. Él pedaleaba delante de ella, charlando como de costumbre al tiempo que las bicicletas corrían sobre las piedras y las raíces de los árboles que cruzaban el sendero. Freddie iba más deprisa que antes y tuvo que gritarle que frenara un poco. Él se burló de ella por ser una chica, pero el tono de su voz y el modo en que se reía estaban impregnados de afecto y Grace fue más que nunca consciente de que él era un hombre y ella una mujer. De repente, Freddie ya no era simplemente Freddie.

Llegaron al lugar que solían frecuentar y dejaron las bicicletas apoyadas contra el árbol. Él desató la manta que llevaba en la parte trasera de la bicicleta y la extendió sobre la hierba.

—¿Vas a nadar? —le preguntó Grace.

—Puede, si tengo calor —respondió él.

—¿Te acuerdas de cuando te tiraste del puente?

—Y de que casi me dejo la piel en el intento.

—No, eras demasiado bueno. Rozabas la superficie del agua como un cisne.

Freddie sonrió y se sentó junto a ella.

—Siempre fuiste la mejor espectadora, Grace.

—Bueno, es que siempre me quedaba impresionada —respondió sinceramente, abrazándose las rodillas.

Él se tumbó boca arriba y se apoyó sobre los codos.

—Fueron tiempos felices.

—Y lo siguen siendo. Pero creo que la cosa mejorará —dijo ella, feliz.

—No mejorarán si hay una guerra.

—¿Una guerra? No va a haber ninguna guerra —replicó ella, de pronto atemorizada—. Nadie quiere otra guerra.

—No creo que tengamos elección, Grace.

—No digas eso. —Se volvió a mirar el agua—. No hablemos de cosas tristes. Diviérteme, anda.

—¿Cómo? —se rio Freddie.

—No lo sé. Vuelve a zambullirte desde el puente.

—De acuerdo —respondió él, aceptando el reto—. Por ti, lo que sea, Grace.

De repente, ella vio una figura que parecía ser la de su padre de pie en la orilla opuesta del río. Se cubrió los ojos con la mano a modo de visera para protegerlos del sol y los entrecerró.

—¿Papá? —preguntó, ceñuda.

Freddie siguió su línea de visión.

—¿Arthur? ¿Dónde?

Grace señaló con el dedo.

—Allí. En la orilla.

—No veo a nadie.

—Es papá.

Freddie se rio por lo bajo.

—No es más que la luz y la sombra jugando contigo.

La visión desapareció.

—Estoy segura de que era él —insistió ella en voz baja.

—¿Qué iba a hacer tu padre en la orilla del río?

—No lo sé.

—Son solo imaginaciones tuyas.

—O quizá fuera otra persona que nos espiaba. ¿Qué te parece, Freddie? ¿Crees que nos espían?

—Estás loca. Allí no hay nadie. Nunca ha habido nadie. Estamos solos tú y yo.

—Eso espero. —Soltó una risa incierta—. Pues se parecía a él.

—¿Quieres que me tire del puente, sí o no?

—Sí. Pero ten cuidado.

Freddie se levantó y se quedó en calzoncillos. Grace se olvidó por completo de la visión de su padre en la orilla y se rio nerviosa cuando él arrojó a un lado la ropa y se plantó delante de ella, bronceado de cintura para arriba, ancho y musculoso.

—¿Tú no te bañas? —le preguntó con una sonrisa.

—No, está demasiado fría. —Le apremió a que se marchara con un gesto de la mano—. ¡Vete!

Entonces se adentró entre los árboles y volvió a aparecer un momento más tarde en el puente. Grace vio que la miraba para asegurarse de que no le quitara los ojos de encima. Él no se daba cuenta de que, aunque hubiera querido, ella era incapaz de apartar la vista de aquel Freddie nuevo e imponente.

Y de pronto fue presa del pánico al verlo subirse a la balaustrada. Cambió de postura y se arrodilló sobre la manta, rezando para que no cometiera ninguna estupidez y se hiciera daño. Había pasado mucho tiempo desde la última vez que había saltado al agua desde el puente y desde entonces había ganado en peso y también en corpulencia.

Freddie extendió los brazos sobre la cabeza e inspiró hondo.

—¿Preparada? —gritó.

—¡Ten cuidado! —le gritó Grace a su vez. Cuando se dio impulso y saltó en el aire, ella se tapó la boca con las manos y contuvo un gemido. Él saltó muy alto y planeó como una golondrina, extendiendo los brazos como si fueran alas antes de volver a unirlos y surcar el agua, justo por debajo de la superficie. Luego desapareció, dejando tras de sí una leve estela allí por donde había entrado en el agua.

Grace se tranquilizó y estuvo a punto de aplaudir, pero él no aparecía. Luego se levantó y escudriñó ansiosa el río. Seguía sin aparecer. Sintió que el corazón se le paraba en el pecho y que el miedo ennegrecía la felicidad que, apenas unos minutos antes, lo había colmado hasta que creyó que le explotaría.

—¡Freddie! —gritó. Cuando el miedo casi la asfixiaba, lo vio plantado a un par de metros delante de ella, sonriendo encantado.

Entonces rompió a llorar.

—¡Eres un idiota! —gritó, furiosa—. ¡Me has asustado!

—No pretendía asustarte, Grace. —Y vadeó hasta salir del agua con la cara contraída de remordimiento. Luego, antes de que ella pudiera responder, la había atraído hacia él, estrechándola entre sus brazos y besándola tan apasionadamente que ella no supo si enfadarse o alegrarse. La boca de Freddie estaba caliente y húmeda y a Grace le resultó sorprendentemente excitante. Freddie dejó de besarla durante un instante. Se miraron a los ojos, sorprendidos y un poco asustados. Grace ya no lloraba. Se había tranquilizado, demasiado perpleja para estar enojada. Sintió una creciente oleada de deseo y dio un paso adelante. Aunque apenas fue perceptible, bastó para animar a Freddie, que le rodeó el cuello con las manos y volvió a besarla.

Verse entre los brazos de Freddie le parecía lo más natural del mundo. Estaba tumbada sobre la manta y el cuerpo mojado de Freddie se secaba despacio al sol y contra su vestido de verano. Él le recorrió con los labios las mejillas, siguiendo después por la mandíbula y bajando por el cuello, y Grace se rio suavemente cuando la sensación provocó un hormigueo en su cuerpo que le bajó hasta los dedos de los pies. Fue su primer beso. A menudo se había imaginado siendo besada, pero la realidad superó con creces las expectativas, despertando en ella sensaciones que desconocía, y recordó enternecida que Freddie había dicho que cuando pensaba en ella pensaba en flores.

Su padre tenía razón: quizás había amado a Freddie desde siempre y no se había dado cuenta. Había estado tan ocupada mirando detrás de él que no se había fijado hasta que un verano trabajando en la granja lo había convertido en un hombre, y lo había hecho hasta el punto de que había llamado su atención.

Se quedaron tumbados sobre la manta, besándose durante lo que parecieron horas. Embriagados por el olor y el tacto de sus pieles, se besaban y se tocaban con una insaciable sed de más. Pero llegó el final del día, las sombras se alargaron y el aire se enfrió. Freddie se levantó y se vistió.

—No vuelvas a asustarme así —dijo ella, viendo cómo él se abotonaba la camisa.

—Me alegro de haberlo hecho —respondió Freddie—. De lo

contrario, quizá no habría tenido el valor de besarte. Llevo deseando hacerlo desde que tenía quince años —confesó.

—¿En serio? ¿Tanto tiempo?

—Siempre has sido la chica para mí, Grace. Siempre. —Se sentó junto a ella y le apartó el pelo de la cara. Tenía los ojos colmados de emoción—. Te quiero desde que tengo uso de razón. Temía que nunca llegaras a corresponderme.

—No sabía que te quería hasta hoy.

Freddie se iluminó, feliz.

—Entonces, ¿me quieres, Grace?

Ella sonrió con timidez.

—Sí, Freddie. Te quiero. Eres diferente. Ya no eres un niño.

—Ni tú una niña.

—Nuestros juegos se han vuelto mucho más excitantes.

—Pues juguemos un poco más. No me apetece llevarte a casa todavía.

—¿Vas a llevarme a casa, Freddie?

—Ahora eres mi novia. No voy a dejar que vuelvas sola a casa en bici. A partir de este momento voy a cuidar de ti. —Ella sonrió, encantada, y se tumbó para que él pudiera besarla—. Eres mi novia, Grace —repitió Freddie—. Me encanta cómo suena, y me encanta cómo suena «te quiero». Hasta ahora solo lo había dicho en mi cabeza.

—¿A mí?

—A ti.

—Y yo sin saberlo.

—Ahora ya lo sabes. —La besó—. Te quiero. —Volvió a besarla—. Te quiero—. Y enseguida volvió a besarla…

13

Era casi de noche cuando Grace y Freddie regresaron en sus respectivas bicicletas a la Casa del Apicultor. Pedaleaban uno al lado del otro, riéndose y charlando alegremente, intentando pedalear e ir de la mano a la vez. Se tambaleaban y avanzaban serpenteando, y cuando Grace por poco se cae, él lo impidió, sujetándole el manillar y devolviéndola al camino. Ya no había barreras entre los dos, nada que les impidiera sentirse totalmente íntimos el uno con el otro. Se habían declarado su amor y la noche parecía más hermosa por ello.

Llegaron a la casa. Las ventanas estaban a oscuras. Grace apoyó la bicicleta contra la pared y entró distraídamente en el jardín.

—¡Papá! —gritó. No hubo respuesta desde los parterres y no vio actividad procedente de las colmenas—. ¿Dónde está? —le preguntó a Freddie, que cruzaba a grandes zancadas el césped tras ella. *Pepper* apareció un instante después y meneó el rabo, contento de verlos. Ella se agachó y le acarició las orejas—. ¿Dónde está tu dueño? —preguntó, pero el perro la miró con unos ojos grandes y brillantes, comunicándole tan solo su deseo de que lo acariciaran.

—Vayamos a ver dentro —sugirió Freddie. Entraron a la casa y encendieron la luz. En cuanto entró, Grace supo que su padre no estaba allí. La casa estaba en silencio y vacía, como una tumba. Empezó a ser presa de la ansiedad. Si Arthur había salido, bien podría haberle dejado una nota. En ningún caso habría dejado que *Pepper* vagara libremente por el jardín.

—Oh, Freddie, estoy preocupada —dijo.

—Tranquila. Probablemente haya ido al pub.

—Me lo habría dicho. Y habría encerrado al perro en la cocina.

—Quizás haya salido a buscarte.

—Puede ser —respondió ella, sintiéndose un poco mejor—. Probablemente esté en tu casa.

—Vayamos a ver. No sé tú, pero tanto beso me ha dejado hambriento.

—Vosotros, los chicos, solo pensáis en comer. —Grace se rio a pesar de lo preocupada que estaba.

Él la atrajo entre sus brazos.

—¿Cómo voy a pensar en comer estando contigo? —Le besó la nariz—. Qué poco galante.

Pero algo seguía inquietándola.

—Salgamos a echar otro vistazo al jardín. —Se separó de él y salió apresuradamente.

Caminó entre los macizos de flores, percibiendo algo extraño, aunque incapaz de descifrar lo que era. *Pepper* olisqueó la hierba y acto seguido se marchó en dirección a las colmenas. El instinto la llevó a seguirlo. Con el corazón encogido de miedo, vio desaparecer al perro entre los arbustos. Luego vislumbró un par de pies que asomaban por debajo de un seto. Los zapatos y los calcetines eran inconfundibles.

—¡Papá! —gritó, echando a correr hacia el lugar donde su padre yacía inerte en el suelo. Freddie estuvo a su lado un instante después. Grace soltó un aullido y se abalanzó sobre el pecho de Arthur. No oyó ningún latido. Ningún sonido de vida. Nada salvo una concha vacía y laxa—. ¡Está muerto! —exclamó, horrorizada—. ¡Está muerto!

Freddie se arrodilló y buscó el pulso en el cuello de Arthur. Luego acercó la mejilla a la nariz y a la boca, intentando saber si respiraba. Nada. Ni un susurro del hombre. Tan solo el hondo silencio de la muerte.

—Lo siento mucho, Grace, cariño —dijo. Ella se abandonó a un arrebato de dolor y cayó de lado en los brazos de Freddie. Se aferró a su cuerpo, desesperada, y lo único que él pudo hacer fue estrecharla con fuerza entre sus brazos y esperar a que el dolor se apoderara de ella por completo.

Ella se abrazó a Freddie con todas sus fuerzas. Cerró los ojos, apretándolos cuanto pudo, y dejó que una terrible soledad la engullera. Su padre lo había sido todo para ella: padre, madre, hermano, hermana y amigo. Sin él, no sabía cómo podría seguir adelante. Cual barco perdido en altamar, la habían despojado del timón y de las velas, y ya no sabía en qué dirección estaba su casa.

—Estaba en la orilla del río, Freddie —susurró—. Ha venido a despedirse.

—¿Qué hacemos? —preguntó Grace por fin.

—Espera aquí. Iré a pedir ayuda.

—¿Cómo ha muerto? ¿Por qué…?

—No lo sé, cariño. Eso solo puede decírtelo un médico.

Los ojos de ella volvieron a llenarse de lágrimas y le tembló el mentón.

—Era todo lo que tenía —dijo con un hilo de voz.

Freddie le sostuvo con firmeza la cara y la miró con convicción a los ojos.

—No, Grace. Me tienes a mí. Siempre me tendrás.

Cuando ella por fin se calmó, Freddie desapareció en su bicicleta en busca de ayuda. Prometió tardar lo menos posible. Grace le vio irse, temerosa de quedarse sola, y volvió a centrar la atención en su padre, apenas incapaz de creer que se lo hubieran quitado tan de repente, sin previo aviso. No había podido despedirse de Arthur y en cuanto lo pensó, volvió a llorar. Tomó su mano y se la llevó a la mejilla, maldiciendo en silencio a Dios por haberle arrebatado al único progenitor que la vida le había permitido conocer.

Entonces permaneció sentada en la hierba, con su ligero cárdigan insuficiente contra el aire fresco de la noche y el frío que parecía brotar de la mismísima médula de sus huesos. El perro de su padre se había hecho un ovillo contra su cuerpo y la miraba con ojos de absoluta resignación.

—Ahora eres mío —le dijo. El perro dejó escapar un profundo suspiro, como para hacerle saber que se conformaba con la segunda mejor opción. Ella miró las colmenas y de nuevo a su padre. No había signos de picaduras en su piel. Las abejas no habían sido la causa de su muerte. Recorrió su rostro con la vista. La expresión de su cara era serena, como si simplemente se hubiera quedado dormido. Si no hubiera tenido en la suya su mano glacial quizás habría esperado que despertara en cualquier momento y preguntara a qué venía tanto alboroto. Se acordó de pronto de que habían vuelto andando a casa de la iglesia esa mañana y de lo cansado que le había parecido. En ese momento ya no lo parecía, ni tampoco viejo. Tenía la piel traslúcida y las arrugas alrededor de la boca y de los ojos se habían suavizado. Los profundos surcos que le cruzaban la frente se habían relajado hasta desaparecer. Volvía a parecer un niño. Fuera cual fuera la causa de su muerte, no había sufrido, de eso estaba segura. Quizá simplemente había extendido el brazo y había tomado la mano de su madre.

Freddie regresó acompañado de sus padres y del vicario, los cuatro apretujados en el pequeño Austin del reverendo Dibben. Cuando May vio a Arthur, soltó un jadeo y rompió a llorar. Ayudó a Grace a levantarse de la hierba y la estrechó entre sus brazos.

—Estás helada, querida. Vamos, entremos ahora mismo o te morirás de frío aquí fuera. —Su voz era tranquilizadoramente maternal, firme y competente, y Grace dejó que la llevara adentro y la acomodara en una de las sillas de madera con respaldo de barras de la cocina—. Debe de haber sido un ataque al corazón —dijo May mientras trajinaba en la cocina, sacando tazas de los armarios y llenando el hervidor de agua. Era una mujer eficiente y conocía bien la cocina. El calor de su presencia impregnó la habitación y descongeló los fríos huesos de Grace, disipando su desesperación como el sol lo hace con la niebla.

Los hombres trasladaron a Arthur al interior de la casa y lo acostaron en su cama, entrecruzándole las manos sobre el pecho. May prendió una vela y el reverendo Dibben pronunció una oración. Todos bajaron la cabeza y Grace lloró calladamente al ver a su padre allí tumbado, sabiendo que no volvería a despertar.

Se congregaron en la pequeña cocina y tomaron el té que había preparado May.

—Pediré que una ambulancia pase mañana a recoger a tu padre —dijo Michael—. No te preocupes, Grace, nosotros nos ocuparemos de todas las disposiciones para que no tengas que ocuparte de nada.

—¿Por qué no vienes y pasas la noche en casa, cariño? —sugirió May—. No me parece una buena idea que te quedes aquí sola.

—No estoy sola —respondió Grace.

May sonrió compasivamente.

—Ya sabes a qué me refiero, cariño.

—No puedo dejar a papá —protestó la chica.

Michael cruzó una mirada con su esposa.

—Arthur estará bien aquí. No tienes de qué preocuparte. Eres tú quién nos preocupa.

—Yo me quedaré con ella —sugirió Freddie—. Dormiré en el sofá. Si Grace quiere quedarse aquí con Arthur, me quedaré con ella y le haré compañía.

A May le pareció bien la idea, aunque el reverendo Dibben arrugó los labios.

—Tu padre ya está con Dios, Grace —dijo.

—No pienso dejarle aquí solo. No soportaría imaginarle… —Su voz se apagó.

May le acarició la mano.

—No te aflijas, cariño. Si quieres quedarte, te quedarás. Freddie te hará compañía.

Grace sonrió a Freddie agradecida.

—Gracias —dijo y los ojos de ambos se llenaron de un afecto mutuo que nadie más pudo ver.

Antes de irse, Michael encendió el fuego del salón y May bajó una manta extra del armario del descansillo y la extendió en el sofá para Freddie. Después fue a la nevera y dejó pan, queso y jamón en la mesa para la cena y metió un par de patatas en el horno.

—No te preocupes por nosotros, mamá —dijo Freddie, mirando divertido a su madre.

—Solo quiero asegurarme de que coméis algo, sobre todo Grace. Ocúpate de que coma, ¿quieres?

—Descuida.

—Eres un buen chico, quedándote a cuidar de ella.

—Me hace muy feliz poder hacerlo. —Su madre no podía imaginar hasta qué punto.

May puso el salero y el pimentero en la mesa y se incorporó con una expresión de tristeza en el rostro.

—Qué desgracia. Pobre Grace, no tuvo madre y ahora pierde a su padre. Es tan injusto...

—Nos tiene a nosotros, mamá —dijo Freddie.

May asintió.

—Nos tiene a nosotros. Ya lo creo. Cuidaremos de ella. —Bajó la voz—. No puede quedarse aquí sola.

—No digas eso.

May frunció los labios y no hizo ningún comentario más al respecto.

—Ahora nos iremos. Espero que estéis bien.

—Ya no somos unos niños, mamá.

—Lo sé, pero nunca dejaré de ser tu madre. —Tuvo que ponerse de puntillas para darle un beso en la mejilla—. Portaos bien.

Freddie la vio salir. Encontró a Grace sentada en la butaca de su padre. El resplandor dorado del fuego saltaba y parpadeaba sobre su rostro, que seguía pálido a pesar de la luz. Cuando ella le vio, apartó la vista de las llamas y sonrió.

—Gracias, Freddie —dijo calladamente. Él se sentó en el sofá y ella se acurrucó contra su cuerpo, apoyando la cabeza en su hombro.

—Ahora estamos solos —dijo Freddie, atrayéndola más hacia él y besándola en la cabeza.

—Salvo por *Pepper* —respondió ella.

—Salvo por él. —Miraron al perro, que dormía plácidamente delante del fuego.

—Tenemos que aprovechar al máximo cada día, Freddie —dijo Grace con firmeza—. No sabemos cuándo llegará nuestra hora. Papá estaba limpiando de rastrojos el jardín y un minuto después estaba muerto. Qué raro que me hayan quitado al único hombre que tenía en la vida justo cuando me han dado a otro.

—Esa es una bonita forma de verlo. A Arthur le será más fácil marcharse si sabe que no estás sola.

—Voy a tener que buscarme un trabajo de verdad, Freddie. Voy a tener que…

—Calla, no pienses ahora en eso. Estás afligida. Cuando Arthur descanse en paz hablaremos de tu futuro. Pensar en eso en tu estado solo conseguirá afligirte más.

Grace suspiró y volvió a relajarse, sabiendo que contaría con Freddie para que la ayudara a tomar decisiones. Ya no se sentía tan sola.

—Esta tarde lo he pasado muy bien —le dijo—. Ojalá papá nos hubiera visto juntos. ¿Sabes?, te quería mucho, Freddie. Decía que no encontraría a un hombre mejor que tú. Te tenía en muy alta estima.

—Yo también a él. —Freddie se rio entre dientes—. Y le respeto aún más por su buen juicio. Obviamente, tenía razón. No encontrarás a un hombre mejor que yo.

—¿Freddie?

—¿Sí?

—¿Todavía tienes hambre?

—Sí.

Grace se incorporó y le sonrió.

—¿Te parece entonces que celebremos nuestra primera cena? Freddie le tomó la mano.

—Es nuestra primera cita. —Sonrió tiernamente y ella lo miró con idéntico afecto. Las llamas bailaron en sus ojos y él le rodeó el cuello con el brazo y le besó los labios. Grace entendió entonces que era posible ser feliz en la estela de tan terrible tristeza.

Cenaron sentados a la mesa de la cocina y ella prendió una vela y la puso en el centro. Tomaron cerveza de jengibre y dieron cuenta de la cena que May les había preparado. Hablaron mucho de Arthur. Grace compartió sus recuerdos con Freddie y él le tomó la mano mientras ella lloraba. Pero también se rieron y, a pesar de la tragedia, o quizá precisamente a causa de ella, sintió que su corazón rebosaba de amor por Freddie.

Ya era pasada la medianoche cuando decidieron acostarse. Freddie se detuvo en la puerta de Grace y la besó delicadamente. A ella no le gustaba la idea de dormir sola. Vaciló y dejó que él la besara hasta que el agotamiento que la embargaba la obligó a separarse de él. Le oyó en el piso de abajo mientras se desvestía y se preparaba para acostarse. Fue un sonido tranquilizador, pero también extraño, pues estaba acostumbrada a la rutina habitual de su padre y a su ritmo lento y familiar. Se quedó tumbada debajo de las sábanas, pensando en Freddie acostado en el sofá de abajo. Esperó que estuviera lo bastante abrigado con la manta y el fuego de la chimenea, que ya agonizaba. Aguzó el oído, intentando captar sus movimientos, pero lo único que alcanzó a oír fue el tic tac del reloj del abuelo desde el vestíbulo. Poco después la casa se quedó en silencio como si también ella se hubiera abandonado al sueño.

Cerró los ojos e intentó no pensar en su padre, cuyo cuerpo descansaba al fondo del pasillo. Intentó no pensar en su futuro sin él. Intentó no pensar en todas las cosas que echaría de menos. Habría dado cualquiera de ellas por poder dejar de pensar, pero su mente bullía, infeliz, en la oscuridad mientras su cuerpo exhausto esperaba el alivio que había de darle el sueño.

Debió de quedarse dormida en algún momento, porque la despertó un deslumbrante resplandor que llenaba la habitación. Al abrir los ojos, vio, desconcertada, a su padre al pie de la cama, rodeado de una luz blanca como la niebla. Parecía más joven y más apuesto y le sonreía, jubiloso, como si quisiera hacerle saber lo feliz que era. Ella parpadeó, convencida de que estaba soñando, pero Arthur siguió irradiando un amor profundo e intenso. Entonces sintió que su corazón empezaba a latir desbocado, aunque instintivamente supo que si tenía miedo su padre desaparecería, que de algún modo su temor le impediría verle, por lo que se quedó totalmente quieta, con los ojos como platos y el corazón abierto, absorbiendo su amor como una esponja seca. Luego, poco a poco, Arthur empezó a desvanecerse y ella no supo con seguridad si era debido a su propio cansancio o al de él. Deseó más que nada en el mundo que se quedara, pero un instante después la oscuridad llenó la habitación de nuevo y una vez más se vio engullida por la soledad, preguntándose si había sido el dolor el que la había llevado a soñarlo todo.

Salió de la cama y bajó de puntillas las escaleras. Las ascuas todavía ardían en la chimenea y Freddie dormía bajo la manta. Se quedó en la puerta, sin saber qué hacer. No quería estar sola, pero era inapropiado dormir con él, aunque ella no lo sintiera así. Se conocían desde niños. Hasta esa tarde, él había sido como un hermano mayor para ella. Se mordió las uñas al tiempo que se le enfriaban los pies. Luego inspiró hondo y se deslizó debajo de la manta para acurrucarse a su lado. Al hacerlo lo despertó, pero Freddie no tardó en quedarse profundamente dormido y ella por fin entró en calor, reconfortada contra su cuerpo. Cerró los ojos y sintió que la envolvía una tranquilizadora sensación de seguridad.

Por la mañana se despertó antes que él y siguió acostada contra su estómago. Freddie le rodeaba despreocupadamente la cintura con un brazo. El otro hacía las veces de almohada para ella. Le habría encantado quedarse así, pero sabía que era muy posible que May apareciera temprano. A regañadientes, se separó de Freddie sigilosamente, bajando del sofá y molestándole lo menos posible. Freddie se movió, pero no se despertó. Sin hacer ruido, se deslizó entonces sobre el suelo de tarima, encogiéndose cada vez que lo oía crujir bajo sus pies.

Subió a su cuarto y descorrió las cortinas. Fuera, brillaba el sol como si no supiera que su padre había muerto. Se puso un vestido, se recogió el pelo y se maquilló un poco para disimular su horrible palidez. Dejó salir a *Pepper* de la cocina y el spaniel corrió hacia el vestíbulo, a la espera de que lo dejaran salir al jardín. La ruidosa cerradura despertó a Freddie, que se incorporó bruscamente en el sofá, sin saber del todo dónde estaba. Tenía el pelo castaño revuelto y las mejillas sonrosadas. El azul oscuro de sus ojos brilló aún más contra la piel sonrojada.

—¿Has dormido conmigo esta noche o lo he soñado? —preguntó, pasándose los dedos por el pelo.

—Lo has soñado —respondió ella.

Freddie inclinó la cabeza y sonrió.

—No es verdad.

De pronto apareció May en la puerta con una cesta de panecillos, seguida a pocos pasos de su hija Josephine.

—Os hemos traído el desayuno —dijo con tono enérgico—. Cariño, estás muy pálida. Freddie, ¿te aseguraste de que Grace comiera anoche?

—Por supuesto que comió, mamá —contestó él cohibido, estirando el brazo que se le había quedado rígido allí donde ella había reposado la cabeza.

—Estoy bien —les interrumpió Grace.

Entonces intervino Josephine.

—Pobre Grace. ¡Menudo golpe! Qué golpe más terrible. No puedo imaginarte sola en esta casa sin Arthur. Es sencillamente espantoso. —Apartó de un empujón a su madre y a Grace y entró en la casa—. ¿No os parece que está muy vacía?

—Os he traído unos panecillos —anunció May—. Están recién hechos en mi cocina. Los he horneado al amanecer. No podía dormir. —Se reunió con su hija en el pequeño vestíbulo—. Esta mañana vendrá la ambulancia para llevarse a Arthur. Michael la llamó en cuanto pudo. De todos modos, deberías comer algo. Los dos. No se puede hacer nada con el estómago vacío. Ven con nosotras, Grace. —May y Josephine se dirigieron hacia la cocina.

Ella las siguió y empezó a preparar una tetera. Tía May parecía ocultar su dolor tras una máscara de eficiencia y actividad. Se había maquillado, pero ni el lápiz de labios ni la sombra de ojos podían disimular la evidencia de las lágrimas vertidas durante la noche. Josephine había elegido el Grawford Smear en un tono carmesí intenso. Estaba más radiante que nunca, obviamente entusiasmada al verse implicada en un drama. Grace puso la mesa y le dio a *Pepper* su galleta matutina. Freddie entró distraídamente en la cocina, después de haberse vestido y de haberse mojado el pelo. Tenía las mejillas encendidas a causa del agua fría que se había echado en la cara.

—Ahora sentaos, los dos, y comed algo —ordenó May. Freddie y Grace se miraron y, sin pronunciar palabra, se comunicaron la preocupación que ambos compartían. May se comportaba de un modo muy peculiar, incluso para ser una mujer que acababa de perder a un amigo querido. Josephine encendió un cigarrillo y estudió con detenimiento su esmalte de uñas. Ellos dos se comieron los panecillos y tomaron el té. May ni siquiera se sentó. Iba de un lado a otro de la habitación, fingiéndose ajetreada.

—Mamá, tienes que decírselo —dijo Josephine, echando la ceniza en el cenicero que su madre le había puesto delante—. Me estoy mareando viéndote dar vueltas de un lado a otro.

—¿Decirme qué? —Grace miró inquisitiva a May.

Esta cogió una silla y se sentó.

—Tendrás que venir a vivir con nosotros —manifestó con firmeza.

—Seremos una gran familia feliz —añadió Josephine—. Podrás compartir mi habitación hasta que echemos a Freddie. —Sonrió provocadora hacia él, que no parecía oírla.

Grace miró a May, absolutamente conmocionada.

—¿Por qué no puedo vivir aquí?

—¡No puedes vivir aquí sola! —la interrumpió Josephine—. Da miedo vivir sola en una vieja casa de campo.

—No da ningún miedo. Es mi casa. Quiero vivir aquí. Ya no soy una niña.

—Me temo que el señor Garner no dejará que te quedes. —May la miró y frunció los labios con una furia dirigida al señor Garner—. Esta casa estaba vinculada al puesto de tu padre. Como él ya no trabaja en la finca, no dejarán que te quedes.

—Es un mundo de hombres —comentó Josephine con un suspiro—. Si fueras un hombre, no soñarían con echarte.

Grace palideció todavía más.

—Pero ¿quién cuidará de las abejas?

—No lo sé, cariño. Ese es su problema —contestó May.

—Jamás habría imaginado que te importaran tanto las abejas —interrumpió Josephine.

—Alguien tendrá que cuidar de ellas, ¿no? —jadeó Grace—. Esta semana íbamos a recoger la miel. —Contuvo un sollozo.

—Encontrarán a un apicultor —sugirió May.

—Pero yo sé más de abejas que nadie. —La voz de Grace se redujo a un simple susurro y las lágrimas le velaron los ojos—. No pueden echarme de mi casa. Ni siquiera hemos enterrado a papá. No pienso irme.

—Michael ha hablado esta mañana con el señor Garner. Naturalmente, no harán nada de inmediato. Pero no podrás quedarte indefinidamente. En algún momento tendrás que encontrar un sitio donde vivir. Pero no te preocupes: Michael y yo nos ocuparemos de todo.

—Hasta entonces, puedes venir a vivir con nosotros —propuso Josephine, encantada.

—Gracias por el ofrecimiento, pero me quedo aquí. Esta es mi casa. —Grace volvió sus febriles ojos hacia Freddie—. ¡No pueden obligarme a que deje mi casa! Por favor, no dejes que me echen.

Freddie estaba rojo de indignación.

—Iré a hablar con él —dijo, levantándose de un brinco.

—¿Y qué puedes hacer tú, Freddie? —preguntó Josephine con un pequeño bufido escéptico—. Eres casi tan útil como un susurro en el viento.

—¡Y no os habéis terminado el desayuno! —exclamó May.

Freddie miró su reloj.

—No tengo tiempo para desayunar. Tengo trabajo que hacer. —Sonrió a Grace y la determinación brilló en sus ojos—. O mejor, tengo dos trabajos que hacer. El más importante es rescatarte a ti, Grace. No te preocupes, el señor Garner no sabe la que se le viene encima.

—Oh, Freddie, ¡no cometas ninguna estupidez! —exclamó Grace, entrelazando nerviosa las manos.

—No será ninguna estupidez, Grace. Será lo mejor que haya hecho en toda mi vida.

Las tres mujeres le vieron marcharse, preguntándose qué diantre podía hacer él para que el señor Garner cambiara de idea. Pero Freddie sabía lo que hacía. Había solo una cosa que podía hacer y, cuando montó en su bicicleta y empezó a alejarse por el camino, se dio cuenta con el corazón inflamado de que no había estado más seguro de nada en toda su vida.

14

El funeral de Arthur Ramblin fue muy discreto. Se celebró una breve misa vespertina en la iglesia del pueblo, durante la cual el reverendo Dibben parloteó sin cesar de tal modo que hasta la mente de la propia Grace empezó a distraerse. May se pasó la misa secándose los ojos y sonándose mientras Josephine la consolaba ruidosamente, sin importarle lo más mínimo llamar la atención. Los bancos de la iglesia estaban llenos de amigos y de gente con la que Arthur había trabajado, y a Grace le emocionó saber que su padre había sido realmente muy querido. Hasta el mismísimo señor Garner se había dignado aparecer para presentar sus respetos, y la madre y la hermana de Arthur habían viajado en tren desde Cornwall, aunque tras los comentarios amables de rigor del primer momento, ella no supo qué decirles. Estaba sentada entre Freddie y Michael y tuvo que resistirse a la tentación de darle la mano a Freddie, aunque él pegó su rodilla a la suya y solo ellos estaban al corriente de la importancia del gesto.

Enterraron a Arthur en el cementerio al lado de su esposa. Junto a todas las flores, Grace había puesto un frasco de miel y una copia de «La canción del pequeño apicultor» de Rudyard Kipling, que a Arthur tanto le gustaba. Aunque la lápida todavía no estaba hecha, Michael había encargado una de madera hasta que la de mármol estuviera acabada. En ella aparecía solamente su nombre y la fecha de su nacimiento y también la de su muerte. Grace fijó la vista en esas cifras mientras pensaba en lo fugaz que era la vida cuando la veíamos de ese modo tan primario. Las frías cifras labradas en la madera nada decían sobre el afecto que impregnaba su ser, el amor que había dado y recibido y la valiosa contribución que había hecho a su pequeño mundo. De pronto le pareció desesperadamente importante que la gente lo recordara, porque sin recuerdos Arthur dejaría de existir del todo y, para ella, eso era insoportable. Recorrió con la vista los ojos de todas las personas a las que conocía desde siempre y fue presa de un arrebato de afecto por todos ellos, pues en cada una de esas mentes brillaban pequeños fragmentos de la existencia de su padre, y por extraño que pueda parecer, Grace creía que, mientras esos fragmentos siguieran brillando, Arthur viviría.

Sintió tras ella la poderosa presencia de Freddie, que se erigía como una roca, protegiéndola contra el viento. Mientras él siguiera allí ella estaría a salvo… y no estaría sola. Se movió en el asiento y pegó delicadamente su brazo al suyo. El calor de la piel de Freddie traspasó la tela de su chaqueta y la reconfortante vibración que manaba de su cuerpo la envolvió como una capa. No necesitó mirarle para saber lo que pensaba, pues sentía su amor como algo físico.

En cuanto el funeral tocó a su fin, se fueron todos a tomar algo al Fox and Goose. El señor Garner había dispuesto que la casa pagara los costes y muy pronto el pub se había llenado de gente que salía al jardín del local. Un sol radiante calentaba con fuerza, reflejándose en el río, aunque cada día que pasaba se hundía un poco más en el cielo, proyectando sombras más alargadas en la hierba. Sobre ella había un puñado de crujientes hojas marrones, arrastradas de vez en cuando por un viento fresco que anunciaba la llegada del otoño en su aliento.

Grace hablaba con todo el mundo, agradeciendo las palabras de consuelo y los recuerdos compartidos. Cada vez que alzaba la vista, de un modo u otro siempre terminaba posándola en Freddie, que la miraba desde el otro extremo del jardín. Y cuando sus miradas se encontraron, sintió un escalofrío de alegría y la balsámica sensación de que alguien cuidaba realmente de ella. Le habría gustado estar en la orilla del río, solos los dos, y habría dado cualquier cosa por poder hacer retroceder el reloj hasta la tarde en que su vida había parecido idílica y serena como aquel claro del bosque cubierto de hierba.

—Lord y lady Penselwood le mandan sus condolencias —dijo el señor Garner, acercándose cojeando hacia ella. Era un hombre hosco y corpulento, con el cuello corto y unos ojos pequeños y zorrunos.

—Gracias —respondió ella. Enseguida pensó en la casa y en el hecho de que el señor Garner le había dicho a Michael que tendría que dejarla. Esperó, ansiosa, a que él lo mencionara.

—Su padre era un hombre muy valioso para la hacienda. Le echaremos tremendamente de menos. Cuesta encontrar a hombres leales y trabajadores.

—Gracias —repitió Grace.

—Freddie me ha dicho que es usted una experta apicultora. Supongo que su padre le enseñó todo lo que sabía.

—Así es, señor Garner. —Apenas se atrevió a respirar. ¿Sería posible que el señor Garner le permitiera seguir en la casa?—. Durante los meses de verano estaba tan ocupado en los jardines de Walbridge Hall que yo me encargaba del cuidado de las abejas. No hay nada que no sepa sobre ellas.

—Walbridge Hall siempre ha tenido a su apicultor. Es una costumbre que se remonta a unos cuatro siglos, señorita Grace. El marqués está muy interesado en que la tradición no se pierda. Creo que puedo contar con que usted se encargará de que así sea.

Entonces sintió que la alegría le inundaba el corazón.

—Por supuesto que puede, señor Garner. No le defraudaré.

Los pequeños ojos del señor Garner se volvieron rápidamente hacia Freddie, que los miraba mientras fingía escuchar a su padre y al coronel Redwood.

—El señor Valentine es un buen hombre —comentó.

—Sí, lo es —concedió Grace.

—Tiene un instinto natural para la tierra. Veo para él un futuro brillante aquí, en Walbridge Hall, señorita Grace. —Tomó un trago de cerveza—. Qué callado se lo tenía. El año pasado, por estas fechas, no hubiera dado un centavo por él, pero se ha convertido en un gran muchacho, lleno de ambición y con un gran futuro por delante. Puede estar usted orgullosa.

—No sabe cuánto me alegro —respondió Grace, preguntándose por qué se lo decía a ella y no a la madre de Freddie.

—Bien, le sugiero que venga a verme a mi oficina mañana por la mañana y discutiremos las condiciones de su puesto con más detalle.

—Gracias, señor Garner.

—No me las dé a mí, señorita Grace, sino al señor Valentine. Me ha ahorrado el problema de tener que buscar a otro apicultor. Como en el caso de los empleados trabajadores y leales, cuesta encontrar apicultores.

El señor Garner se alejó cojeando y Grace serpenteó entre el gentío hacia Freddie. Tuvo que detenerse en un par de ocasiones para atender a personas que querían darle el pésame, pero por fin llegó hasta Freddie y tiró de él hacia un lugar tranquilo junto a la pared.

—¡Oh, gracias, Freddie! —exclamó—. Me gustaría abrazarte, pero no puedo.

—Así que ahora eres la apicultora oficial —dijo él con una sonrisa triunfal.

—Sí. A los diecinueve años. Estoy a cargo de las colmenas y puedo quedarme en la casa. Es demasiado bueno para ser cierto, y todo gracias a ti.

—De ninguna manera iba a permitir que te echara de tu casa, Grace.

—Papá estaría tan orgulloso…

—Te lo mereces. Mentiría si dijera que les tengo cariño a esas pequeñas criaturas, pero sé que te hacen muy feliz.

Grace se rio.

—Oh, Freddie, ahora que ya eres un hombre, seguro que una picadura de abeja no te afectaría nada.

—No estés tan segura. Sigo traumatizado.

—¡No seas bobo!

Freddie sonrió y las pecas se le expandieron por las mejillas.

—Lo único bueno de las abejas es la miel que fabrican. Mentiría si dijera que no me gusta.

—Pues si es así, la semana que viene apartaré un frasco. Uno especial para ti.

Él recorrió furtivamente el jardín con la mirada.

—¿Vendrás a encontrarte conmigo en el río cuando todo esto haya terminado?

—¿Por qué susurras?

—Tengo una sorpresa para ti y no quiero que nadie se entere, sobre todo Josephine. Si se entera de dónde vamos, también querrá venir. Me temo que vas a ser su proyecto de mascota a partir de ahora. Quiere ser la plañidera mayor y eso implica estar al corriente de todo. Está furiosa porque no vas a venir a vivir con nosotros.

—No entiendo por qué. La verdad es que nunca me ha parecido que le cayera demasiado bien.

—Está celosa de ti, no es más que eso.

—Pues no tiene ningún motivo.

Freddie la miró con cariño.

—Tiene motivos de sobra para estar celosa. —Vio que el coronel se dirigía despacio hacia ellos—. Reúnete conmigo a las cinco —siseó—. ¡Ni un minuto más tarde!

A las cinco menos diez, Grace pedaleaba en su bicicleta con *Pepper* corriendo a su lado. En cuanto tomó el sendero que cruzaba el bosque, dejando el río a su izquierda, el perro desapareció entre la maleza. El único signo que delató dónde estaba fue el aterrado faisán que echó a volar entre los árboles. Entonces se acordó de que Freddie la esperaba en la orilla, en el mismo sitio donde se habían encontrado a menudo. A medida que se acercaba, su excitación iba en aumento. Delante de ella, entre los árboles, pudo verle preparando un picnic. Había traido una manta, una botella de vino y dos copas.

Cuando la vio, la saludó enérgicamente con la mano. Grace olvidó por completo la sombra de dolor que constantemente amenazaba con asfixiar cualquier atisbo de alegría y le devolvió el saludo. El claro parecía ajeno a la tragedia de la muerte de Arthur, como si fuera un lugar mágico en el que los pensamientos tristes se disolvían al entrar en él. Para ella fue un alivio poder dejar su aflicción fuera.

Freddie la ayudó a bajar de la bicicleta y la apoyó contra el árbol junto a la suya. Luego la estrechó entre sus brazos y la besó apasionadamente.

—¡Llevo todo el día queriendo hacer esto! —exclamó.

Ella cerró los ojos y dejó que su amor la envolviera en una cálida manta de seguridad y familiaridad. Por fin, cuando la dejó hablar, se rio.

—Papá siempre decía que para evitar pensamientos tristes debemos concentrarnos completamente en el momento. Contigo eso es fácil. Cuando estoy contigo, Freddie, no quiero estar en ningún otro sitio. Ni tampoco pienso en ninguna otra cosa.

La cara de él estaba radiante de júbilo.

—Llevo todo el día deseando tenerte para mí solo. Dime la verdad: ¿dormiste conmigo en el sofá anoche?

Ella sonrió tímidamente.

—No quería estar sola.

—Eso me pareció. Menos mal que no estabas allí cuando mamá y Josephine aparecieron.

—¡Nos fue de un minuto!

—Qué lástima que me quedara dormido.

—Dormías profundamente —dijo Grace—. Probablemente fue mejor así.

—Lástima.

—No creo que podamos volver a hacerlo.

Freddie sonrió y la acompañó hasta la manta de picnic.

—Deja que te sirva una copa de vino.

—¿Vino? —Cogió la botella—. Qué sofisticado.

—Sí, y un picnic. Nos lo ha preparado mamá, así que no me felicites a mí. —Abrió la cesta para dejar a la vista unos sándwiches y una tarta.

—¿Le has dicho que íbamos a escaparnos?

—No te preocupes. Es muy discreta. Ha preparado un picnic especial y me ha prometido no decirle nada a Josephine.

Le sirvió una copa y Grace probó un sándwich de pollo. Lo encontró delicioso. Había olvidado lo hambrienta que estaba. Entrechocaron sus copas y ella tomó un sorbo del Sauvignon ligeramente temperado. A pesar de su temperatura, paladeó el exquisito sabor y sintió un agradable cosquilleo en el estómago.

Pepper regresó del bosque con la lengua colgando y jadeando ostensiblemente. Bajó trotando al río para beber de sus aguas frías y cristalinas. Freddie charló con ella como siempre, aunque parecía un poco tenso. Sus movimientos eran ligeramente abruptos y le temblaron las manos cuando le pasó las cosas de la cesta. Ella se preguntó por qué estaría tan nervioso. En todo caso, suponía que el vino le relajaría. Después de dar cuenta de la tarta y de otra copa de Sauvignon, pareció calmarse, pero tenía las mejillas encendidas y seguía mirándola con una expresión extraña, casi tímida. Entonces ella se acordó de que le había hablado de una sorpresa y empezó a sentir un nudo en el estómago y también las manos comenzaron a temblarle cuando tomó un sorbo de vino de su copa.

A medida que la tensión crecía entre ellos, el sol empezó a ponerse y a proyectar largas sombras sobre la hierba. Aun así, el claro donde estaban sentados seguía caldeado y dorado, pues el último suspiro de luz se negaba a dejarse consumir. Por fin, Freddie se levantó, y se dirigió tras el árbol donde habían dejado aparcadas las bicicletas para volver a aparecer con un ramo de rosas rojas.

—Son para ti —dijo, sentándose a su lado y poniéndoselas en las manos.

—Son preciosas, Freddie —manifestó ella, conteniendo el aliento y acercándoselas a la nariz—. ¿Era esta la sorpresa?

—No —respondió él—. La sorpresa es esta. —Sacó algo del bolsillo delantero de la chaqueta y al abrir los dedos mostró un anillo hecho con paja trenzada. Era precioso.

—¿Qué es? —le preguntó, perpleja—. ¿Lo has hecho tú?

—Sí —respondió él y volvieron a temblarle las manos. Cogió el anillo de su palma y le tomó la mano al tiempo que se ponía de rodillas.

—¡Oh, Freddie! —susurró ella mientras las lágrimas le velaban los ojos.

Él habló con voz solemne.

—¿Quieres, hermosa Grace Hamblin, casarte conmigo, Freddie Valentine, tu amigo más antiguo y más devoto? —Deslizó el improvisado anillo en el tercer dedo de la mano izquierda de Grace.

—Oh, Freddie, sí, lo haré... —Se rio, rodeándole con los brazos—. O sea: sí, quiero.

Freddie temblaba en ese momento tanto como ella. Se abrazaron, asombrados y felices.

—¡Has dicho que sí! —exclamó, estrechándola con fuerza entre sus brazos.

—¿No creías que lo haría?

—No estaba seguro.

—Nacimos para estar juntos, Freddie. Siempre hemos estado juntos, ¿no?

Él se rio.

—Sí. Espero que envejezcamos juntos. —La besó tiernamente y Grace se preguntó por qué había tardado tanto en fijarse en él cuando siempre había estado a su lado, esperando pacientemente.

—¡Me encanta el anillo! —exclamó, levantando la mano.

—No me ha dado tiempo de comprarte uno de verdad.

—Este es más perfecto que uno de verdad, porque lo has hecho con tus propias manos.

—Te compraré uno de verdad en cuanto pueda pagarlo. Quiero comprarte algo especial.

—¡Este es especial! ¿Cómo podría ser algo comprado en una tienda más especial que esto?

Freddie se rio.

—Te quiero, Grace. Es tan fantástico poder decirlo. ¡Te quiero! —gritó a los árboles.

—¡No puedo esperar a contárselo a tía May!

—Estará encantada. Ahora serás para ella una auténtica hija.

Grace le miró muy seria.

—Vendrás a vivir conmigo a mi casa cuando nos casemos, ¿verdad?

—Claro.

Entonces ella entrecerró los ojos y se acordó de la extraña conversación que había tenido con el señor Garner en el funeral.

—Le has dicho al Viejo Pata de Palo que ibas a pedirme que me casara contigo, ¿verdad?

La culpa tiñó de rojo la cara de Freddie.

—Sí. Lo he hecho para que te dejara quedarte en tu casa.

—Pero no te casas conmigo solo porque quieres ser bueno conmigo ¿no?

Freddie frunció el ceño.

—Querida Grace, hace años que te quiero. Para mí nunca ha habido nadie más que tú. No te he pedido que te cases conmigo solo porque quiera ser bueno contigo. Si te lo he pedido es porque quiero pasar el resto de mi vida contigo y solo contigo. Podría haber esperado a que hubieras tenido tiempo para llorar a tu padre, pero cuando el señor Garner ha amenazado con echarte de tu casa, he tenido que actuar deprisa. Todo es un poco precipitado, pero está bien así. —Sonrió con picardía—. Me ha gustado tenerte tumbada conmigo en el sofá. Quiero volver a hacerlo. ¿Para qué esperar? —En ese momento fue ella quien se sonrojó. Freddie le apartó el pelo, sujetándoselo tras la oreja—. Voy a cuidarte como nadie, Grace.

—Sé que lo harás —respondió ella con suavidad y bajando avergonzada la vista.

Un poco más tarde, regresaban pedaleando al pueblo con el corazón pletórico de una desconocida suerte de exuberancia. Entraron apresuradamente en casa de Freddie y contaron la noticia. Tía May se echó a llorar. Tío Michael se sonrojó de alegría, le dio unas enérgicas palmadas a Freddie en la espalda y envolvió a Grace en uno de sus abrazos de oso. Josephine estaba tan sorprendida que la rodeó con los brazos y la besó en la mejilla con sus pegajosos labios, dejando en ella un borrón carmesí.

—¡Una boda! Oh, qué emocionante. ¿Qué voy a ponerme?

Grace se quedó a almorzar y todos hicieron planes sentados a la mesa del comedor. May intentó convencerla de que se quedara a pasar la noche, pero ella se negó con firmeza, insistiendo una vez más en que estaba muy feliz sola en su casa. De hecho, estaba más feliz allí que en ninguna otra parte, porque en cada rincón de la pequeña casa reverberaban los recuerdos de su padre. Había sido un día tan ajetreado que apenas había tenido tiempo para pensar. En cuanto estuviera sola en su habitación, reviviría todos los buenos momentos e intentaría no llorar su pérdida.

Más tarde, después de que tío Michael la llevara a casa, se encontró metida en la cama con *Pepper* acurrucado a sus pies. No dejaba de juguetear con el improvisado anillo y pensaba en Freddie. No podía creer que fuera a casarse. En la silenciosa oscuridad de su cuarto, sonrió al pensar en su boda. Tía May la ayudaría con el vestido y ella misma se encargaría de cortar unas bayas del jardín para el ramo. Todo le pareció realmente emocionante hasta que de repente pensó en el momento de recorrer el pasillo de la iglesia. ¿Quién la acompañaría al altar? Fue entonces cuando lloró en silencio contra la almohada.

A la mañana siguiente, la despertó el repiqueteo de la lluvia contra los cristales de las ventanas. Se levantó para evitar holgazanear en la cama con la sensación de vacío en el estómago. Cuanto antes se pusiera en marcha, mejor se sentiría. No se volvió a mirar al pasillo cuando se dirigía al cuarto de baño e intentó que su mirada no reparara en el jabón de afeitar y en la navaja de su padre. Una vez en la planta baja dejó salir a *Pepper* al jardín y puso a calentar el hervidor de agua. Luego se sentó sola a la mesa de la cocina y recorrió con la vista las paredes, que de pronto, con la ausencia de su padre, parecían mucho más grandes. Echó de menos a Freddie y también el familiar sonido de otro ser humano moviéndose por la casa. Anheló la compañía para desbaratar así la sensación de soledad que la colmaba.

De pronto llamaron a la puerta. Grace supuso que debía de ser tía May con otra cesta con desayuno. Sin embargo, cuando abrió se encontró al gruñón Cummings con su gorra de chófer y un sobre de papel duro y blanco en la mano.

—Es para usted, señorita Grace —dijo solemnemente el hombre. Ella miró por encima del hombro del chófer al lustroso Bentley negro y se preguntó por qué no lo había oído llegar. *Pepper* estaba ocupado olisqueando las ruedas. Entonces cruzó los dedos para que Cummings no se volviera de espaldas y le viera levantando la pata junto a una de las ruedas.

—Gracias —fue su respuesta. Cummings asintió brevemente y se marchó. Ella llamó al perro y cuando éste entró en la casa cerró la puerta. Luego pasó los dedos por su nombre, que estaba pulcra y ostentosamente escrito con tinta negra en el sobre. El corazón se le aceleró cuando vio el escudo con el león y el dragón de la familia Penselwood repujado en oro al dorso. Levantó la solapa y extrajo la correspondencia. Inmediatamente vio que coronaba la misiva la letra R, también repujada en oro. Se sentó en una silla y empezó a leer.

Querida Grace:

Siento terriblemente la triste noticia sobre tu querido padre. Debes de estar destrozada. Arthur era un gran hombre, muy respetado y querido por quienes trabajaban con él en Walbridge y por los numerosos amigos que tuvieron la suerte de conocerlo. Espero que seas fuerte, Grace, y que encuentres consuelo en esas encantadoras y pequeñas abejas a las que tanto quieres. Odio imaginarte sola en esa casa, pero el señor Garner me ha dicho que vas a quedarte allí para cuidar de las colmenas. Eso me llena de alegría, porque perder a tu padre y a tus abejas a la vez sería insoportable.

Si hay algo que pueda hacer, por favor, házmelo saber. Ahora que sirvo en el regimiento de tanques de Bovington pasaré más tiempo en Walbridge y viviré en casa. Papá se está haciendo mayor y ve con buenos ojos que empiece a familiarizarme con el negocio familiar para que, cuando él muera, pueda llevarlo yo (y lo haga decentemente, ¡evitando con ello que el pobre hombre se revuelque en su tumba!). Espero verte y encontrarme con una cara animada y no con un semblante triste. El dolor pasará, Grace, y quedarán los preciosos recuerdos de un padre maravilloso. Al menos eso es lo que dice la abuela, y seguro que no se equivoca.

Te envío mis mejores deseos.

RUFUS

Grace volvió a leer la carta, esta vez más despacio. Sintió que la emoción de Rufus reverberaba desde la página como un fuego cálido y familiar y se le encogió el corazón en respuesta a una pauta de conducta perfectamente establecida. Pero el anillo amarillo captó entonces su atención y alzó la mano para mirarlo. Ese anillo era real y Rufus no, o al menos no era una opción. Dobló la carta y la guardó en el sobre. Luego subió a su cuarto, la metió en el cajón de su tocador y lo cerró. Abrió entonces la ventana de la habitación y se asomó a respirar el aire húmedo. Freddie era su futuro. Freddie era el hombre al que amaba de verdad. Rufus no había sido más que una fantasía, una fantasía infantil que por fin había superado. Dejó escapar un profundo suspiro de satisfacción.

En ese momento, una abeja se acercó zumbando desde las rosas trepadoras de la pared que llegaban junto a la ventana y fue a posarse en su cárdigan amarillo. Vio cómo el cuerpo gordo y peludo de la criatura trepaba torpemente por la lana. La cogió con suavidad y sacó la mano por la ventana. Todavía llovía y la pequeña abeja no pareció demasiado complacida, pero finalmente echó a volar y, por asombroso que pareciera en una criatura tan rotunda, ascendió en el aire propulsada por sus alas increíblemente diminutas hasta desaparecer entre la neblina.

15

Después de la de Big, la casa más grande de la isla era la de Bill y
Evelyn Durlacher. Se trataba de una resplandeciente casa blanca re-
vestida de tablillas y construida en el siglo XIX, con un tejado de tejas
grises, altas ventanas de guillotina y un porche que recorría la mayor
parte de la pared sur y cuyo techo de celosía estaba cubierto de rosas
trepadoras de color rosa. El interior había sido decorado por un famoso diseñador que había viajado desde Nueva York y que se había
dejado llevar de tal modo por su gusto por la náutica que las habitaciones parecían las de un barco en vez de las de una casa: la lustrosa
tarima de madera, la tapicería de rayas azules y blancas y los muebles
rescatados de viejos barcos. Las estanterías estaban llenas de brillantes ediciones de tapa dura compradas a peso y las mesitas auxiliares
abarrotadas de gigantescos libros de arte e historia, elegidos por su
distinción más que por su contenido, aunque Bill y Evelyn no mos-
traban el menor interés por las unas ni por los otros. Todas las paredes estaban cubiertas de cuadros, sobre todo de barcos, y las mesas
adornadas con caras chucherías elegidas por el diseñador. De hecho,
cuando la casa estuvo terminada apenas había en ella nada que
Evelyn hubiera visto antes. En cualquier caso, estuvo encantada porque el lugar le parecía «acondicionado», y es que no había nada que
temiera más que la gente pudiera creer que había cometido la vulga-
ridad de decorarla ella misma.

Los jardines no habían sido nada del otro mundo hasta que,
veinte años atrás, Grace Valentine los había transformado. Evelyn le
había dicho sin vacilar que quería algo «magnífico», no «singular»,
así que ella había dividido el terreno en tres jardines separados. En el

centro de uno de ellos había colocado una fuente de piedra y había plantado boj y rosas dibujando motivos geométricos a su alrededor, creando así la más espléndida rosaleda de la isla. En el segundo había diseñado un jardín de corte muy inglés, con un parterre herbáceo de vivos colores que era la envidia de todos, y en el tercero había creado un huerto alrededor de la pista de tenis, plantando cerezos que florecían en primavera y que eran como la nieve.

Evelyn, Belle, Sally y Blythe dejaron a un lado sus raquetas de tenis y cedieron la pista a Bill y al trío de hombres altamente competitivos. Eran pocas las ocasiones en que Bill se dignaba a jugar con su esposa, pues no consideraba que las mujeres fueran un desafío digno de ser tenido en cuenta, y cuando lo hacía, ella se quejaba de la condescendencia con la que jugaba, y normalmente daba por terminado el partido antes de su conclusión, abandonando la pista hecha una furia. Bill entró con paso firme en la pista de hierba inmaculadamente mantenida y abrió una nueva lata de bolas Slazenger.

—Vamos a tomar una copa en la terraza —sugirió Evelyn, llevando a las señoras por el sendero que conducía a la casa. Belle admiró los jardines, pero Evelyn no reparó en los vibrantes colores ni en las abejas que zumbaban a su alrededor, porque estaba demasiado concentrada en decidir qué vestido se pondría esa noche para la cena.

—Creo que tienes uno de los jardines más bonitos de Tekanasset —dijo Belle, sabedora de que Evelyn solo apreciaría un halago formulado en superlativo.

—Bueno, le dije a Grace que quería un Versalles, no un Le Petit Trianon —replicó Evelyn con un pequeño sorbido—. Y creo que captó el mensaje.

—Sin duda —intervino Sally—. Debo decir que es espectacular.

—Temo que todo se salga un poco de madre en agosto —dijo Belle—. Al menos, mi jardín se descontrola y tengo que rendirme y ceder ante el poder de la naturaleza.

—Aquí eso no ocurre —replicó Evelyn—. El viejo Tom Robinson y su hijo Julian arrancan las malas hierbas como derviches. ¿Sabíais que Tom está a punto de cumplir los setenta?

—Es el oxígeno del invernadero lo que lo mantiene joven —dijo Belle.

—En ese caso, todas deberíamos tener más plantas de interior —sugirió Evelyn.

—O hacernos algunos retoques —añadió Blythe.

—No serías capaz, ¿verdad, Blythe? —preguntó Belle.

—Oh, yo vendería mi alma por conseguir la eterna juventud —se rio.

Se sentaron en la terraza. Evelyn cruzó sus bronceadas piernas. La falda blanca apenas le cubría sus flacos muslos. Llevaba zapatillas de tenis blancas con calcetines cortos que sujetaba en su sitio con un par de bolas de color rosa pálido sobre el talón. Apenas tenía sudado el polo de tenis blanco y las muñequeras de color rosa claro estaban secas. La prioridad de Evelyn era estar «perfecta», fueran cuales fueran las circunstancias. De ahí que lamentara tanto que la hubieran visto en la playa en camisón a las tres de la mañana.

—¿Os habéis enterado de que el grupo de rock de Joe se ha disgregado? —preguntó Evelyn al tiempo que un mayordomo aparecía enfundado en un frac para servir las bebidas. Las tres mujeres lo estudiaron con la mirada, perplejas. El pobre hombre estaba achicharrado en su uniforme, en gran parte porque estaba gordo y falto de forma—. Pues deja que te diga que Jasper, el muchacho del que Trixie está enamorada, ha tenido que volver a Inglaterra porque su hermano ha muerto en un accidente de coche.

—Sí, eso he oído —dijo Belle con voz triste—. Pobre muchacho. Qué tragedia más terrible.

—Tengo también entendido que no volverá. Al parecer, tiene que ponerse al frente de un inmenso legado —comentó Blythe.

—¿Quién habría imaginado que venía de esa clase de familia? —intervino Sally, encendiendo un cigarrillo.

—Oh, seguro que si lo hubiéramos conocido bien nos habríamos dado cuenta de que era de buena cuna. Lucy dijo que sus modales eran impecables —intervino Evelyn.

Belle vio que el mayordomo se retiraba y entraba en la casa.

—¿Quién es? —le siseó a Evelyn.

Evelyn sonrió con suficiencia.

—Es mi nuevo mayordomo. Se llama Henderson y trabajaba en la casa real británica.

—¿Y eso qué significa? —preguntó Blythe.

—Que trabajó para la familia real.

Belle cogió un cigarrillo del paquete que le ofreció Sally.

—¿Cómo lo has encontrado? —preguntó.

—Gracias a una maravillosa agencia de Nueva York —respondió Evelyn—. Cuando me conozca un poco mejor, le pediré que me cuente todos los chismes.

—Oooh, compártelos —dijo Sally, incapaz de disimular su entusiasmo y exhalando una nube de humo.

—Siempre puedes contar conmigo —terció Evelyn. Se llevó el cóctel a los labios rojos, teniendo especial cuidado en no dejar una marca en el cristal.

—Entonces, ¿su carrera musical está terminada del todo? —preguntó Belle—. Pobres muchachos. Menuda desilusión.

No hubo demasiada compasión en la voz de Evelyn.

—Lucy me dijo que Trixie espera reunirse con él en Inglaterra. ¿Qué posibilidades creéis que tiene eso de ocurrir? ¿Hmmm? —Dejó escapar un pequeño resoplido—. Supongo que envejecerá esperando a que ese muchacho haga de ella una mujer honesta. Trixie es la clase de chica con la que un hombre se divierte, pero con la que jamás se casa.

—Totalmente de acuerdo —concedió Sally. Jamás se había mostrado en desacuerdo con Evelyn—. Los hombres se casan con las buenas chicas, no con las malas.

—Pobre Trixie —suspiró Belle—. Debe de estar desconsolada.

—Más desconsolada ahora que sabe que Jasper es dueño de una gran mansión. ¿Creéis que es noble? —preguntó Blythe—. Me refiero a que, ¿las mansiones no incluyen un título nobiliario?

—Sin duda —zanjó Evelyn—. Se lo preguntaré a Henderson. Él debe de saber esa clase de cosas. —Se miró la manicura—. Ese muchacho habría hecho mejor enamorándose de Lucy. Algún día será una gran esposa para algún hombre.

—Oh, ya lo creo —dijo Sally efusiva—. Has hecho de ella una buena chica.

Trixie esperó. Confiaba en que Jasper mandaría a buscarla y la pena que la había embargado al separarse de él quedó reemplazada por un optimismo ciego en su futuro común. Jasper le escribía cartas desde Inglaterra, que tardaban más de una semana en llegar. A ella le impresionaban los sobres blancos de papel grueso, con el escudo de un león y un dragón grabado en el dorso, y le encantaba el papel de carta en el que le escribía, coronado por la letra jota en un destellante tono rojo. Si bien su letra era ostentosa, el contenido de sus cartas resultaba deprimente. Escribía en ellas sobre la desesperación de su madre, las peleas con su hermana y los problemas que tenía intentando ocupar el puesto de su hermano cuando no tenía la menor noción de cómo gestionar una finca. Escribía también sobre las grandes expectativas que todo el mundo había puesto en él y su temor a decepcionarlos.

Trixie empezó a recelar. A juzgar por el magnífico papel de escribir y por el hecho de que la propiedad iba pasando de una generación a la siguiente de mano de los herederos varones, estaba claro que los Duncliffe debían de ser una familia importante y de categoría. Mientras que Jasper dudaba de ser capaz de dirigir la gestión de la propiedad, ella lo hacía de ser lo bastante buena para su familia. Él había dicho que su madre no la vería con buenos ojos y ahora por fin sabía por qué. No procedía de una familia rica. Su padre era granjero, su madre jardinera y ella una simple camarera. Su confianza se desinfló como se desinfla un globo la mañana después de una fiesta. Jasper tenía la obligación de casarse con una chica de su clase. Hasta él le había dicho que no encajaría con la vida que él tenía en Inglaterra. Y empezó a pensar que quizá tuviera razón.

Aunque el optimismo de Trixie sobre su futuro con Jasper flaqueaba, la confianza que tenía en su amor se mantenía firme. Añoraba de tal modo su presencia física que le dolía el cuerpo entero. Le escribía cartas colmadas de emoción y silenciaba sus reservas. Jasper siempre concluía las suyas con un párrafo en el que le decía lo mucho que la quería y la echaba de menos y cuánto deseaba que llegara el día en que pudieran volver a estar juntos. Ella leía y releía esas partes, gastando el nombre de Jasper con sus besos y sustituyendo sus temores por la esperanza de que al final todo saldría bien.

Cuando habían pasado cuatro semanas desde que se había marchado, Jasper telefoneó. Grace llamó a Trixie a gritos desde el pie de la escalera, apremiante, y Freddie salió de su oficina para ver cuál era la causa de tanta excitación.

—¡Es Jasper! —exclamó Grace—. ¡Llama desde Inglaterra!

Trixie bajó corriendo las escaleras y entró en la cocina, donde su madre sostenía el auricular con cara de estar tan sorprendida como lo estaba ella.

—¿Hola? —dijo al teléfono.

Hubo un corto lapso y por fin se oyó débilmente la voz de Jasper al otro lado de la crepitante línea.

—Solo quería oír tu voz, Trixie.

—Oh, Jasper, suenas tan lejos.

—Es que estoy muy lejos.

—¡Te echo de menos!

—Yo también a ti. No sabes cuánto. Daría lo que fuera por estar ahora mismo en el cobertizo de las barcas de Jack contigo entre mis brazos.

—Yo también —jadeó al auricular—. ¿Van mejor las cosas?

—Un poco. Estoy aprendiendo el oficio. Afortunadamente, tengo a un montón de gente a mi alrededor que sabe lo que hace. La que me está volviendo loco es mi madre.

—¿Por qué? ¿Qué hace?

Jasper vaciló.

—Simplemente dificultarme mucho la vida.

—¿Le has hablado de nosotros?

—Claro.

Hubo una larga pausa. Ella pudo sentir la ansiedad de Jasper a través de la línea.

—No podemos esperar que le guste alguien a quien no conoce, y probablemente no le guste demasiado que seas norteamericana. ¿Le has dicho que mis padres son ingleses?

Jasper suspiró.

—Todo irá bien. No te preocupes. Me encantan tus cartas.

—Oh, y a mí las tuyas. ¿Has puesto tú el león al dorso del sobre?

Jasper se rio.

—No. El león y el dragón son el escudo de armas familiar, Trixie.

—¿Eso qué es?

—Será tu escudo de armas cuando nos casemos.

—Ah, bien. ¿Quiere decir eso que tendré también material de oficina elegante, con la letra be grabada en el papel?

—Sí, Beatrix, lo tendrás.

—Estoy tan emocionada… Por favor, manda a buscarme pronto. Te echo tanto de menos que me estoy volviendo loca.

—Lo sé. Espera solo un poco más. Y sigue escribiéndome, ¿lo harás?

—No lo dudes ni por un segundo.

—Pienso en ti continuamente, Trixie.

—Y yo en ti. —La emoción le contrajo la garganta—. Te quiero, Jasper.

—Y yo a ti. No lo olvides nunca.

—No lo haré.

—Y te cubro de besos.

Trixie se rio entre las lágrimas que le bañaban el rostro.

—Y yo atesoro cada uno de ellos.

Grace estaba sentada en el balancín y aguzó el oído para escuchar la conversación de su hija. Por lo poco que pudo oír, parecía positiva. Desde la noticia de que Rufus había muerto no había vuelto a conciliar el sueño. Se pasaba las noches en el balancín, mirando al océano y recordando. Nunca se sentía sola. Siempre la acompañaba la silenciosa presencia de su invisible compañero. En cierto modo, en la oscuridad lo sentía más fuerte, más cercano, y había algo en la compañía de Rufus que le resultaba reconfortante.

Si Trixie se casaba con Jasper, ella tendría que regresar a Walbridge y enfrentarse a su pasado. Tendría que revisitar la casa, la escena donde había tenido lugar la muerte de su padre, el río donde Freddie le había pedido matrimonio, la iglesia donde se habían casado... y tendría que enfrentarse a la obligación de desvelar todo lo que había sucedido después.

Cuando Trixie colgó, ella volvió a entrar.

—Dice que tengo que esperar un poco más —le dijo a su madre.

—Oh, cielo, estoy segura de que no tardará mucho —comentó ella.

—Creo que su madre está poniendo difíciles las cosas, pero estoy convencida de que cuando me conozca le gustaré.

—Claro que sí —se apresuro a decir, recordando a la glacialmente hermosa lady Georgina con un escalofrío. No creía que, a pesar de los más de treinta años que habían pasado, fuera menos formidable que antaño.

—Todo saldrá bien —sentenció Trixie, feliz—. Jasper me quiere. Tanto como para haberme telefoneado desde Inglaterra para oír mi voz.

—No dudo de que te quiera, cielo. Pobre muchacho. Tener que lidiar con una muerte en la familia y con un cambio repentino en sus planes profesionales. Desde luego, menudo vuelco ha dado su vida.

—Pero iré a reunirme allí con él y volveré a enderezársela.

—Estoy segura.

—No estés tan triste, mamá. Yo no tengo ninguna duda de que todo saldrá bien, así que tú tampoco deberías tenerla. —Trixie la estrechó entre sus brazos—. Voy a convertirme en la señora de Jasper Duncliffe. ¿Qué tal suena eso?

—Diferente —respondió Grace, reprimiendo el impulso de contarle la verdad. Pero si lo hacía, tendría que confesar también por qué lo sabía. Y si confesaba ese por qué, Trixie querría saber por qué sus padres no habían mencionado la coincidencia. Si, en efecto, se casaba con Jasper, tendrían que contarle que también ellos procedían de Walbridge y esperar que Trixie no se sintiera dolida al descubrir la verdad. Y ella tendría que contarle lo ocurrido con Rufus.

Sintió temblar a su hija de emoción. ¿Por qué Jasper no se lo había dicho? ¿Creía acaso que Trixie le querría menos si sabía que era el marqués de Penselwood? ¿O quizá sabía en el fondo de su corazón que un hombre de su condición jamás podría casarse con una chica como ella?

Pasaron los días, que fueron acortándose a medida que el verano dejaba paso al otoño. Grace extrajo la miel de las colmenas. Trixie trabajaba duro en el Captain's Jack. Agosto había llenado la isla de turistas y de residentes de las ciudades durante sus vacaciones estivales. Trabajaba largas horas, sirviendo a exigentes clientes con una sonrisa inquebrantable. No tenía mucho tiempo para extrañar a Jasper. Pero cuando todo el mundo se marchó, la isla se quedó ligeramente agitada, como una ciudad después del carnaval. Las primeras hojas empezaron a teñirse de marrón. El viento soplaba, fresco y húmedo, y Trixie sintió que la embargaba la primera punzada de duda sobre Jasper.

Al principio, Grace no se dio cuenta, porque su hija o bien estaba trabajando o salía con Suzie, pero cuando octubre engulló los últimos albores de septiembre y Jasper seguía sin mandar a buscarla, vio que se volvía retraída y extrañamente solitaria. Se pasaba las horas sentada en la playa, mirando al mar, fumando sin parar, o paseaba por la orilla como un alcatraz solitario, buscando cristales erosionados en la arena. Dejó de salir con Suzie y se acostaba temprano, ocultándose bajo el edredón y durmiendo hasta mediodía los domingos. Intentó darle ánimos, pero hasta ella notaba que las cartas de Jasper eran cada vez más breves y escasas, mientras que las suyas más frecuentes y desesperadas.

Freddie estaba preocupado, aunque resignado. No dijo en ningún momento «te lo dije», porque no tuvo necesidad de hacerlo. Grace sabía tan bien como él que Jasper estaba perdiendo el interés. No iba a mandar a buscar a Trixie. Antepondría el deber a la felicidad, como lo hacían siempre los de su clase. Pensó en Rufus. ¿Cómo había podido pensar que Jasper sería distinto? Se compadeció profundamente de su hija. Si hubiera podido agitar una varita mágica, le habría concedido a Trixie la vida con Jasper que tanto anhelaba. Volvería a Walbridge si tenía que hacerlo y revisitaría sus recuerdos, a pesar de lo mucho que sin duda dolería cada paso. Pero no había ninguna varita mágica, solo una terrible incertidumbre hasta que a principios de noviembre Trixie recibió una última carta de Jasper.

Estaba demasiado dolida por el contenido para leerla en voz alta. Se la dio a su madre y salió corriendo al porche para llorar sentada en el balancín. Freddie miró la carta por encima del hombro de Grace y leyó las palabras que llevaba esperando ver desde hacía mucho tiempo.

Mi querida Trixie:

Esta es la carta más difícil que tendré que escribir en mi vida. Durante los últimos meses todo se ha complicado mucho. He luchado sin tregua con mi madre y he intentado desesperadamente que las cosas funcionen para nosotros, pero me temo que he perdido la batalla. No puedo traerte, mi amor, sabiendo lo infeliz que serías aquí. No puedo dejar que sacrifiques tu vida por mí. He renunciado a cantar y he guardado mi guitarra, porque verla, no solo a ella sino también todo lo que representa, hace que me sienta desgraciado. Te quiero con toda mi alma y atesoro los recuerdos de esas preciosas semanas juntos en Tekanasset. Nunca te olvidaré. Pero te pido por favor que me olvides. Mereces algo mejor.

Con todo mi amor, siempre
JASPER

—Ya te lo había dicho —gimió Freddie—. ¡Cuánto daría por haberme equivocado!

—¿Cómo ha podido? —preguntó Grace—. Le ha roto el corazón, tal y como lo predijiste. —Se volvió a mirarle—. Oh, Freddie, ¿podría haber hecho algo para impedirlo?

—Es una chica muy testaruda, Grace, bien que lo sabes. Intenté avisarla, pero no quiso escuchar.

—¿Qué va a hacer ahora?

—Hará lo que hacemos todos cuando nos decepcionan, nos defraudan o nos parten el corazón. Seguir adelante. —Apretó los dientes y frunció el ceño—. Nos levantamos, nos sacudimos el polvo de encima e intentamos aprender la lección. Trixie irá a la universidad y terminará por olvidarle, y quizá no volvamos a oír mencionar nunca los apellidos Duncliffe, Melville o Penselwood.

Grace sintió que le ardía la cara.

—Iré a hablar con ella —replicó, antes de salir.

Se sentó junto a su hija y estrechó a la sollozante muchacha entre sus brazos.

—Lo siento —dijo con suavidad.

—Tendría que haberle hecho caso a papá. Él lo sabía. ¿Por qué no le escuché?

—Porque estabas enamorada —respondió Grace.

—¡Le odio!

—No es cierto. Deberías, pero no le odias.

—No lo entiendes, mamá. Tú no has pasado por esto. Solo has querido a papá. No sabes lo que es. Le odio con toda mi alma. No quiero volver a saber de él ni volver a verle nunca. —Hundió la cara en el suéter de su madre y Grace sonrió con tristeza, porque a pesar de padecer el peor de los sufrimientos, el corazón sigue amando: esa es la belleza del amor.

16

Hay muchas formas de romper un corazón, porque donde hay amor siempre existe la posibilidad del dolor. Trixie había sufrido un golpe directo en el suyo, pero a Evelyn Durlacher el corazón se le rompería de un modo distinto. Mientras Grace se aseguraba de que la infelicidad de su hija no se convirtiera en carne de la rumorología local, la noticia de que Lucy Durlacher se había fugado con uno de los dos miembros restantes del grupo era la comidilla del club de golf Crab Cove. Y no se trataba del muchacho con el que *supuestamente* había estado saliendo la muchacha, sino de Ben, el que *supuestamente* había estado saliendo con Suzie Redford.

Big declaró que estaba cantado.

—Siento cierta compasión por Evelyn. Tendría que ser muy despiadada para no sentirla. Pero al mismo tiempo tengo la sensación de que la muy idiota se lo ha buscado. Si no se hubiera cebado como un viejo buitre avaricioso con los débiles y con los heridos, quizá no habría atraído sobre ella este desastre. Lo que va, vuelve. Hay mucha verdad en ello. —Big y Grace estaban sentadas en el salón de té del club de golf, y aunque la mayoría de la gente hablaba en voz baja, ella intuía que lo hacían de Evelyn y de Bill.

—Supongo que Evelyn siempre se ha nutrido de las desgracias ajenas —dijo Grace.

—Desde luego. Aun así, su hija se ha fugado y ninguno de los dos tiene idea de dónde está. La chica ha dejado una nota, pero no decía adónde iba. Está claro que no quiere que la encuentren y más claro aún que no quiere volver.

—Pobre Suzie —suspiró Grace—. Menudo par de desgraciadas son Trixie y ella, ¿no?

Big hizo una mueca.

—Oh, Suzie se recuperará. Tiene un corazón muy superficial. Pero Trixie…, ella es la que más pena da.

—Está desesperada, Big, y me rompe el corazón verla así.

—Menudo cretino, prometerle matrimonio y dejarla luego plantada. —A Big se le endureció la expresión del rostro—. Si yo fuera su madre…

—Mucho me temo que es su madre la que ha impedido la boda —la interrumpió Grace.

—¿En serio? ¿Y por qué iba a hacer algo así?

Ella dejó la taza en el plato.

—Porque son una familia muy importante y el deber de Jasper es casarse con alguien de su clase.

—¿Cuál es el apellido?

—Penselwood. El hijo mayor de lord Jasper Duncliffe murió sin dejar heredero, así que su hermano ha heredado el título. Jasper es ahora el marqués de Penselwood. —Grace bajó la mirada y la clavó en su taza de té.

—Vaya, conozco ese nombre —dijo despacio Big, entrecerrando los ojos.

—¿Ah, sí? —preguntó ella, sorprendida.

—Por supuesto. Mi padre conoció al marqués de Penselwood. ¿Cómo se llama? Tenía un nombre muy peculiar.

—¿Aldrich?

—Eso es. Aldrich Penselwood. No sé si sabes que tenía una casa aquí, en Tekanasset. Solía veranear aquí con Arabella, su maravillosamente excéntrica esposa, y sus hijos. Recuerdo a tres o cuatro niños realmente guapos. Uno de ellos era muy travieso. Un pequeñuelo encantador llamado Rufus. Sí, Rufus, ahora lo recuerdo. Era un encanto.

—Jasper es hijo de Rufus —dijo Grace—. Qué coincidencia que veranearan aquí.

—¿Coincidencia? No me lo parece. Seguramente ese es el motivo principal de que Jasper estuviera aquí.

Grace sintió como si la acabara de picar algo. ¿Cómo no se le había ocurrido antes?

—¿Y por qué dejaron de venir? —preguntó.

—Por la guerra, supongo. No lo sé. Cuando la guerra terminó ya no volvieron más y perdimos el contacto con ellos. Mi padre le tenía mucho cariño a Aldrich. Los dos eran muy aficionados al golf, y si no recuerdo mal, a Aldrich le apasionaban los barcos. Los coleccionaba y los mandaba a Inglaterra. Y también le gustaba construir barcos en miniatura. Arabella me daba pena. No creo que él le prestara mucha atención. —Se encogió de hombros—. Aunque claro, quizás era muy fría en el dormitorio y eso llevara a Aldrich a buscar consuelo en sus barcos. No recuerdo haberla visto sonreír a menudo. Aunque él tenía una mirada pícara. —Llamó a un camarero y pidió dos porciones de tarta de arándano.

Grace estaba concentrada en intentar darle sentido al hecho de que Rufus hubiera estado en Tekanasset. Se acordaba de la vez que había ido a Walbridge Hall y había vislumbrado fugazmente el estudio de su padre, con todos los barcos en miniatura y las marinas. Cayó en la cuenta de que debía de haberlos comprado en la isla.

—Ahora que lo pienso, estoy segura de que debo de tener fotos de Aldrich. Mi padre era aficionado a la fotografía y mi madre conservó todas las que hizo muy escrupulosamente —prosiguió Big. Pero Grace no la escuchaba. ¿Sería pura coincidencia que Freddie hubiera decidido mudarse allí?—. ¿Qué estás pensando, Grace? —preguntó Big, mirándola fijamente con los ojos entrecerrados.

Ella parpadeó y se sonrojó.

—Ah, nada. Solo que Trixie no sabe que Jasper es noble —dijo.

—¿Por qué no? ¿Qué es lo que tiene que ocultar?

—Creo que él sabía desde el principio que no podría casarse con ella.

—Entonces, ¿para qué hacerle pasar por esta agonía?

—Porque Jasper lo deseaba, y mientras estaba aquí parecía posible. Pero al volver a casa y enfrentarse a su madre, que debe de ser una mujer formidable como lo fue su suegra, se dio cuenta de que no funcionaría.

—Escucha, soy una mujer anticuada, pero no me creo que todavía estén en vigor los matrimonios concertados.

—Y haces bien. Ya no existen. Aun así, la aristocracia conserva cierto sentido del deber. Jasper tendrá que encontrar a una mujer que le ayude a gestionar el legado. La mujer en cuestión deberá encargarse de organizar magníficas cenas para los peces gordos del condado, celebrar funciones de beneficencia en el salón de baile de la casa, la *fête* estival en el jardín, almuerzos para recaudar dinero para la iglesia. Deberá asimismo codearse con la familia real en Royal Ascot y alternar con duques y duquesas durante la temporada de Londres. ¿Te imaginas a Trixie llevando esa clase de vida? Odiaría la formalidad y tantas obligaciones. —El ánimo le decayó bruscamente cuando la voz de Rufus pareció reverberar desde varias décadas atrás—. Las únicas mujeres capaces de eso son las que han sido criadas para ello —añadió, aunque bien podría haber sido Rufus hablando por su boca.

—En ese caso, Trixie se ha librado de una buena —dijo Big con firmeza.

—Yo también lo creo, pero en este momento ella está convencida de que nunca volverá a amar a nadie.

—Lo hará, y si no lo hace terminará como yo, y tampoco me han ido tan mal las cosas.

Ella le sonrió cariñosamente.

—¿Alguna vez estuviste cerca?

—Oh, sí. —A Big le chispearon los ojos y cortó la esquina de su tarta de arándanos con el tenedor—. He tenido muchos pretendientes.

—Pero ¿ninguno fue lo bastante bueno?

—Ninguno de ellos estaba a la altura de mi padre. —Se metió el trozo de tarta en la boca y masticó con entusiasmo—. Los empequeñecía a todos. Era tan gran hombre, que a su lado todos parecían unos mequetrefes. Pero no me arrepiento. Mi padre fue el mayor regalo que Dios podía darme y no pasa un día sin que le eche de menos.

Grace se acordó de su padre y la embargó una punzada de añoranza.

—Yo también echo de menos al mío, Big. ¿Crees que llegará el día en que seamos demasiado mayores para seguir añorándolos?

—¡Nunca! —Big estaba convencida—. Son nuestro primer amor, y en mi caso, el único, aunque el pobre de papá nunca dejó de intentar casarme. Mamá y él querían tener nietos. Al final, se dieron por vencidos. Pero así fueron las cosas. Yo no estaba dispuesta a dar mi brazo a torcer. —Big le acarició la mano y se rio entre dientes—. Pero basta de hablar de mí. Trixie volverá a amar y un día recordará su pasado y dará gracias a Dios por no haberse casado con Jasper, porque habrá encontrado la felicidad con alguien mejor. Hay que tomarse las cosas con filosofía.

—Trixie no lo hace. Suzie y ella están hablando de irse a Nueva York. A Freddie le gustaría que fuera a la universidad, pero ella se niega. Quiere que su vida empiece enseguida.

—Supongo que ha llegado el momento de que espabilen solas en el mundo.

—De hecho, quiere trabajar para la revista *Vogue*. Si tiene la suerte de encontrar trabajo, empezará por abajo, preparando los tés. Pero ascenderá, y si es lo bastante inteligente, llegará donde quiera.

—¿A dónde quiere llegar exactamente?

—Probablemente le gustaría ser editora, aunque es más probable que quiera escribir sobre moda y ver mundo.

Hubo un destello en los acerados ojos de Big.

—¿Cuando dice que quiere trabajar en el mundo de la moda, habla en serio?

—Sí, es una chica brillante y escribe bien.

—Pues deja que vea qué puedo hacer por ella. Conozco a un par de personas que quizá le sean útiles.

—Gracias, Big. Sería maravilloso.

—Faltaría más —contestó ella—. Para eso estamos las amigas.

Oscurecía cuando Grace volvió a casa. Al llegar llamó a Trixie, pero, salvo por el entusiasta jadeo de los perros, todo estaba en silencio. Miró su reloj. Tenía el tiempo justo para sacarlos a dar un paseo por la playa antes de que se ocultara el sol. Los canes agitaron el rabo y saltaron a la arena. Soplaba un fuerte viento y se arrebujó bien en el abrigo. Pensó en Evelyn y se compadeció de ella, pues sabía por experiencia propia lo que era sufrir. Por mucho que la mujer le desagradara, no le deseaba a nadie esa clase de sufrimiento.

Paseando por la arena se acordó de Rufus. Cuando al terminar la guerra se había marchado de Inglaterra, había creído que dejaba tras de sí hasta la última sombra de él. Y es que el recuerdo de Rufus rondaba por todos los rincones de Walbridge y ella sabía que mientras siguiera allí jamás se libraría de él. Pero ahora acababa de entender que su sombra tambíen había llegado a Tekanasset. Quizás él hubiera paseado por esa misma playa. Sin duda habría estado en el club de golf Crab Cove. Pensó en lo extraño que era que todos esos años que se había sentido tan lejos de él quizás en realidad había estado pisando sus huellas.

El hecho de que la familia de Rufus hubiera tenido en su día una casa allí explicaba por qué Jasper habían recalado en la isla con su grupo. Quizá los padres de Rufus había conocido a Joe Hornby y le habían dado sus señas a Jasper. A Grace le habría gustado saber dónde y cómo había muerto Rufus. En su recuerdo, él seguía siendo el joven del que ella se había enamorado. No podía imaginarlo mayor, y mucho menos muerto. La idea la hizo estremecerse y tuvo que bajar la cabeza para avanzar contra el viento.

Anochecía. Apenas podía ya ver a los perros. Dio media vuelta y caminó de espaldas al viento, con lo cual le fue más fácil avanzar. Cavilaba sobre todas esas nuevas e inquietantes revelaciones mientras los perros saltaban sobre las dunas, retozando entre las hierbas altas. Freddie salió a recibirla cuando llegó a casa, saludándola con la mano desde el porche. Ella apretó el paso con la esperanza de que Trixie estuviera bien. Últimamente la veía muy desanimada. No alcanzó a ver la expresión de Freddie desde donde estaba, pero al acercarse vio por la cristalera a otra persona que estaba de pie en la cocina.

Subió apresuradamente por el sendero del jardín con los perros pisándole los talones. Su marido le abrió la puerta. Allí de pie, con la espalda apoyada contra la encimera, estaba Evelyn Durlacher. Grace se quedó de piedra. En todos los años que llevaba viviendo en Sunset Slip, no recordaba que Evelyn hubiera visitado su casa ni una sola vez.

—Hola, Grace —la saludó Evelyn con una sonrisa tensa.

Grace estudió su pelo inmaculadamente peinado, el lápiz de labios y el esmalte de uñas perfectamente aplicados, las perlas y el traje de chaqueta gris claro de cachemir y no pudo sino devolverle la sonrisa.

—Hola, Evelyn. Qué sorpresa.

—Lo sé. Hace tiempo que debería haberos visitado. Freddie ha tenido la delicadeza de ofrecerme una copa. Debes de haberte enterado ya de lo de Lucy. Supongo que en la isla no se comenta otra cosa. Nunca había necesitado una copa más que ahora.

—¿Te parece que pasemos al salón? Aquí, en la cocina, no estaremos muy cómodas.

—Oh, estoy bien —respondió ella, pero Grace la llevó de todos modos al salón. Evelyn era la clase de mujer para quien las cocinas eran territorio extraño, sobre todo la suya.

Grace tenía un don especial para los jardines, pero no para la decoración de interiores. Aunque el salón era a todas luces el más acogedor de Tekanasset, nada en él conjuntaba demasiado y, a pesar de la obsesiva pulcritud de Freddie, era un espacio agradablemente descuidado y desorganizado. Su marido soltó un gruñido de irritación y desapareció en su estudio, donde no había nada fuera de su sitio. Pero el salón era su rincón, lleno de macetas con sus plantas, de abejas ornamentales y libros en las estanterías y ocupando todas las superficies a la vista junto con periódicos, revistas y sus diseños de jardines, dibujados en hojas de papel.

Evelyn apartó un montón de bocetos que estaban encima del sofá y se sentó. Grace eligió el sillón y los perros se tumbaron en la alfombra, delante de la chimenea vacía.

—Qué preciosidad de salón —comentó ella, recorriéndolo con la mirada.

Grace sabía que simplemente pretendía ser educada. Había visto su salón exquisitamente decorado.

—Gracias —respondió de todos modos. No tenía intención de disculparse por el caos que reinaba en la habitación.

—Me gustan tus abejas. Las coleccionas, ¿verdad?

Ella se llevó los dedos al broche con la abeja que llevaba siempre debajo del hombro derecho.

—Siempre me han gustado mucho las abejas —respondió con suavidad.

—Eres una gran apicultora. Tu miel es la mejor de la isla. —Evelyn suspiró y pareció un poco incómoda—. Debes de preguntarte por qué estoy aquí.

—Bueno, supongo que tiene que ver con Lucy. ¿Esperas que pueda ayudarte a encontrarla?

—Dios, no —dijo Evelyn—. No quiero encontrarla si ella no quiere que la encontremos. —Dejó escapar una risa triste y se miró la manicura—. Tengo que dejar de intentar controlarla. Eso dice Bill y estoy segura de que tiene razón. Si Lucy quiere fugarse con un músico, es cosa suya. Bill también ha dicho eso. «Deja que se vaya», han sido sus palabras. Así que eso es lo que he hecho.

—Oh, Evelyn, lo siento mucho —dijo ella con la voz colmada de compasión.

El brillo de las lágrimas asomó a sus ojos.

—Perdona. Pareces muy afectada —dijo, tomando un poco de vino.

—No puedes hacer más de lo que ya haces. Lucy es mayor. Podemos guiarlas, pero al final harán exactamente lo que decidan hacer.

—¿Cómo se encuentra Trixie? ¿Está bien?

—Sí, gracias —respondió cautelosamente Grace. No quería que Evelyn fuera por la isla contando la tristeza de su hija.

Pero entonces suspiró y sus hombros se encogieron.

—Quizá no te sientas muy afortunada, pero lo eres. Por lo menos no has perdido a Trixie.

—Si ella hubiera sido feliz, habría dejado que se fuera —dijo Grace—. Eso es lo único que queremos para nuestros hijos, ¿no te parece?

—Claro —concedió rápidamente ella—. El problema es que yo creía saber lo que le hacía feliz. Y resulta que no tenía ni idea. Pero ¿qué va a ser de ella? No sé nada acerca de ese joven, salvo que es inglés y que toca la guitarra y el teclado. Lucy me escribió una nota en la que decía que está enamorada y que no me preocupe por ella. No decía adónde iba. Prácticamente no se ha llevado nada, solo una maleta. No sé cómo piensa mantenerse. Bill está totalmente dispuesto a encargarse de eso. Quizá Lucy se ponga en contacto con nosotros cuando se le acabe el poco dinero que llevaba encima cuando se fue. —Se encogió de hombros en un gesto de impotencia y sorbió—. Al menos eso espero.

—¿Cómo puedo ayudarte, Evelyn? —dijo Grace, preguntándose cuándo iba Evelyn a decirle el motivo de su visita.

—Simplemente escuchándome ya estás siendo de gran ayuda, Grace.

—Me gustaría poder hacer más. ¿Le has preguntado a Joe adónde han ido?

—Sí, pero dice que ya no tiene relación con ellos. Creo que Jasper era quien pagaba sus servicios, así que se ha dado de baja, por decirlo así. Están solos.

—¿Se ha llevado el pasaporte?

—No.

—Entonces, ¿no tiene pensado volver con él a Inglaterra?

—No lo creo. —Esbozó una sonrisa triste—. ¿Sabes?, después de la fiesta del verano en la que fui a buscar a Lucy a la playa en camisón y la encontré con el otro chico… ¿cómo se llamaba?

—George.

—Eso, George. Estaban fumando cannabis y haciendo todo tipo de cosas, y yo perdí los nervios. Probablemente te enteraste de todo. Me puse como una fiera. No pensé en Lucy. Pensaba en mí y en lo que diría la gente cuando corriera el rumor de que mi hija estaba metida en líos. Me encargué de dejarle muy claro a todo el mundo que no contaban con mi aprobación. —Se sacó un pañuelo de algodón blanco de la manga y se sonó—. Disculpa —dijo educadamente—. No les di ninguna oportunidad. Fue una estupidez, la verdad, teniendo en cuenta que Jasper pertenecía obviamente a una muy buena familia. Me refiero a que es dueño de una mansión y eso, así que supongo que debe de haber recibido una buena educación, ¿no?

Grace no quería entrar a hablar del pedigrí de Jasper.

—Era un chico muy agradable —dijo sin más.

—Bueno, sé que supuestamente estamos viviendo tiempos de grandes cambios, pero soy una chica anticuada y he criado a Lucy para hacer de ella una señora. Me temo que... —Casi no pudo articular las palabras. Recobró la compostura y dejó escapar un pequeño sorbido—. Ha mancillado su reputación —añadió con la voz sofocada.

Grace casi se echa a reír, pero consiguió controlarse.

—Vivimos en la década de 1970, Evelyn, no en 1870. Nadie va a pensar que Lucy se ha echado a perder por haberse fugado con un chico. Yo creo que está bien experimentar un poco. En nuestra época estábamos demasiado controladas.

—¿De verdad lo crees?

—Sí. Solo espero que no le partan el corazón. Los corazones jóvenes son muy tiernos.

—Pues ella me ha partido el mío —dijo Evelyn, secándose con el pañuelo la piel bajo los ojos, intentando que no se le estropeara el maquillaje. La mujer tenía un aspecto tan patético que fue a sentarse a su lado en el sofá.

Acarició compasivamente el huesudo hombro de Evelyn.

—No te lo tomes así. ¿Sabes lo que creo?

—No. ¿Qué es lo que crees?

—Que si la aceptas tal como es, y realmente consigues hacerle saber que lo único que te preocupa es su felicidad, creo que volverá.

—¿De verdad?

—Claro. Ha huido porque reprobabas tanto su actitud que ella sabía que la única posibilidad que tenía de estar con el hombre al que ama es huyendo con él.

Evelyn tragó saliva.

—Creo que tienes razón.

—Todo se arreglará.

Evelyn esbozó una débil sonrisa.

—Eso espero.

—Y dime, ¿para qué querías verme? —volvió a preguntarle.

Evelyn pareció tímida de pronto.

—Siento que no seamos amigas, Grace —respondió, visiblemente tensa—. Tenemos muchas cosas en común. Mi Lucy y tu Trixie... —Se interrumpió—. Con esos chicos ingleses. Las dos hemos sufrido como madres. Solo quería hablar contigo. No puedo hacerlo con mis amigas.

—¿Por qué no?

—Oh, no podría ser tan cándida. A ti sí puedo contarte todo esto. Tú comprendes y ves. Ellas serían incapaces.

—Creo que deberías darles la oportunidad de demostrarte que te equivocas. Belle no tiene un solo gramo de maldad en el cuerpo.

—Pero es que he sido tan... ya me entiendes. No he sido muy bondadosa con esos muchachos.

—Pues diles que estabas equivocada. Las amigas debemos ser sinceras entre nosotras y saber compartir nuestros problemas y también nuestros triunfos. No podrás intimar con nadie a menos que te abras y te muestres un poco. Creo que descubrirás que son muy compasivas. Nadie juzga a alguien que reconoce haber cometido un error.

Grace sintió que Evelyn rebosaba gratitud.

—Oh, gracias, Grace. Eres muy bondadosa.

—Estoy segura de que todo se arreglará.

—Le deseo lo mismo a Trixie. Espero que encuentre a un hombre bueno.

—Seguro que sí.

Evelyn volvió a meterse el pañuelo en la manga e inspiró hondo.

—Eres una buena mujer, Grace. Esta isla está llena de gente complicada, pero de ti jamás he dudado.

—¿Qué quería? —preguntó Freddie cuando Evelyn se marchó.

Grace frunció el ceño.

—Creo que, a su manera, ha venido a disculparse por haber juzgado mal a esos chicos.

—¿Qué ha dicho?

—Ha hablado de Lucy.

—¿Creía acaso que tú sabrías cómo dar con ella?

—No, solo quería hablar con alguien que la entendiera. Según me ha dicho, no puede hablar con sus amigas.

—Claro que no puede hablar con sus amigas. Es demasiado orgullosa. Pero tú no perteneces a su círculo, Grace. Contigo no necesita mantener las apariencias.

—En ese caso, me siento halagada.

—La he visto intimidada.

—Creo que ha aprendido lo que es la compasión.

Freddie soltó una risilla cínica.

—Ha aprendido que cuanto más alto subes, más dura es la caída.

Grace quiso preguntarle cómo había tomado la decisión de trasladarse a Tekanasset después de la guerra, pero de eso hacía tanto tiempo que se sintió estúpida sacando el tema. A fin de cuentas, la respuesta no iba a cambiar nada, o al menos eso creía.

Freddie arqueó las cejas.

—¿Sí? —preguntó.

—Nada —respondió ella.

—Parecía que ibas a preguntarme algo.

Negó con la cabeza.

—No. Estaba pensando en Evelyn. Me ha sorprendido verla. Creo que siempre me ha mirado un poco por encima del hombro.

—Pues se equivoca de medio a medio —declaró Freddie categóricamente—. Esto es Estados Unidos, a Dios gracias. Evelyn Durlacher no es más que la señora Durlacher, igual que lo eres tú. —Y dicho esto, volvió a retirarse a su estudio.

Pero Grace no podía dejar de pensar en el pasado. Si lord Penselwood les había ayudado a instalarse en Estados Unidos, ¿por qué Freddie no se lo había dicho? ¿Qué ocultaba? Se sirvió una copa de vino y regresó al salón. Había estado trabajando en el diseño de un jardín para una pareja joven que acababa de comprar una propiedad en Halcyon Street. Se sentó en el sofá y cogió el boceto. En cuanto hubiera decidido lo que haría, trasladaría la idea a un plano formal para presentárselo a sus clientes. Sin embargo, por mucho que miraba el papel, era incapaz de ver otra cosa que no fuera el jardín de Walbridge Hall. Dejó a un lado el boceto y tomó un poco de vino. Luego encogió las piernas hasta quedar sentada sobre los pies y apoyó la cabeza sobre la almohada. Cuando cerró los ojos, el pasado volvió a estar allí como siempre, justo debajo de sus párpados.

17

May le había sugerido a Grace que ordenara las pertenencias de su padre antes de la boda.

—Esta va a ser muy pronto tu casa y la de Freddie. No creo que quieras tener la única otra habitación de la casa llena de las cosas de Arthur. —Le había sonreído con complicidad—. A fin de cuentas, no pasará mucho tiempo antes de que tengáis pequeños en los que pensar. —Ella le había sonreído a su vez, con los ojos colmados de ternura al pensar en niños—. Freddie y tú tendréis unos niños preciosos —había dicho May sin ocultar su entusiasmo—. Y yo seré abuela. Santo cielo, ¡quién habría imaginado que llegaría a ser tan vieja!

En su testamento, Arthur se lo había dejado todo a ella. Afortunadamente, no era un hombre que tuviera por costumbre acumular cosas. Su dormitorio había sido siempre un lugar pulcro y ordenado, y guardaba todas las cosas importantes en una cómoda que estaba al pie de la cama.

Así que las dos se pusieron manos a la obra un sábado de finales de noviembre. La lluvia repiqueteaba contra los cristales de las ventanas y el sol no consiguió en ningún momento atravesar la espesa nube que colgaba como una espesa crema de avena justo encima de las copas de los árboles.

Grace preparó una taza de té para cada una. Había estado tan ansiosa por tener que revisar las pertenencias de su querido padre que no había pegado ojo en toda la noche. *Pepper* había roncado ruidosamente a los pies de su cama, lo cual no dejaba de ser para ella un gran consuelo, pues estaba sola en la casa, y por mucho que quisiera que su padre apareciera, como estaba segura que así había ocurrido la noche de su muerte, lo único que había visto eran las sombras de siempre en la pared. Ahora se sentía vulnerable a causa del cansancio y emocionalmente frágil.

—Vamos —dijo May, llevándose su taza de té escaleras arriba—. *Pepper* nos hará compañía, ¿verdad, *Pepper*? Tú piensa que dentro de un mes te habrás convertido en la señora Valentine, Grace. Señora de Freddie Valentine. No puedo creer que mi niño vaya a tener una esposa. —Siguió parloteando y ella entendió que simplemente intentaba darle ánimos. Llegaron a la puerta del dormitorio de Arthur y May la empujó con suavidad. El olor familiar de su padre la envolvió en un miasma de recuerdos y sintió que la pena le subía desde el estómago en una gran oleada, pero tomó un sorbo de té caliente y tragó saliva, logrando contenerla.

May encendió la luz y barrió la estancia con la mirada.

—Vaya, era muy ordenado, ¿verdad?

—Sí —respondió ella—. No tardaremos. No tenía muchas cosas.

May se sentó en la cama y miró la fotografía en blanco y negro de sus padres.

—Qué hermosa era tu madre. Igual que tú.

—Me pregunto si estarán juntos ahora, en el cielo.

—Por supuesto que sí —respondió ella, cogiendo la foto—. Creo que deberías conservarla. Es preciosa. —Se la dio a Grace, que la miró con tristeza—. Y ahora empezaremos por su ropa. ¿Qué quieres que haga con ella?

Grace pareció dudar.

—No lo sé. ¿Qué te parece a ti? ¿Crees que tío Michael se pondría alguna de sus cosas? Tenía un par de jerséis bonitos.

—Veamos. Todo lo que no queramos, podemos donarlo.

Cuando terminaron con la ropa se concentraron en la cómoda. Grace abrió el cajón y sacó una caja de madera de nogal. Dentro había un pañuelo de seda, una cajita de terciopelo, una libreta y un sobre blanco con su nombre. Volvió a dejar con cuidado la caja en el cajón y abrió el sobre. Dentro había una carta.

Mi querida Gracey:

Por mucho que nos guste creer que viviremos eternamente, somos mortales y llegará el día en que deberé dejarte. Con eso en mente te escribo, aunque me duela mucho hacerlo.

Te lo dejo todo, Gracey. Me complace pensar en que cuidarás de todos mis libros. Como sabes, aparte del contenido de esta caja y de mis colmenas, son mis posesiones más preciadas. Lo único que quiero más eres tú.

Como bien sabes, quise mucho a tu madre. Ella no tuvo tiempo de acumular demasiadas cosas en vida, así que estas son las pocas pertenencias de ella que he ido atesorando. Escribo esta carta como medida de precaución, porque espero estar vivo para darte estas cosas personalmente. Me gustaría llegar a verte casada con un buen hombre que cuide de ti. Espero disfrutar algún día de mis nietos, pero solo Dios sabe cuándo nos llega la hora, así que no doy nada por supuesto. Ya sé que parece macabro escribirte así, cuando estoy aquí arriba y tú estás en el jardín con las abejas. Pero hay que ser práctico.

Si ocurre lo peor y me muero antes de que te cases, soy consciente de que te quedarás sin un techo sobre tu cabeza. Tío Michael y tía May cuidarán de ti, así que te ruego que no seas demasiado orgullosa para pedir ayuda. Tampoco quiero que por mirar lo que está demasiado lejos pierdas de vista lo que tienes delante de tus narices. Freddie es buen chico. Creo que la bondad es una cualidad muy infravalorada hoy en día. No soy un gran experto en romances, pero sí sé lo suficiente sobre la amistad, el respeto y el amor como para saber que Freddie y tú poseéis las cualidades necesarias para formar una unión feliz. No intento decirte lo que debes hacer, solo intento empujarte un poco en la que creo que es la dirección correcta. Si estoy muerto, ¡no tendrás que decirme que me ocupe de mis cosas!

Querida, te dejo esta caja, con todo mi amor y el amor de tu madre. No olvides que siempre te querremos.

Tu padre, que te adora.

Apenas pudo leer las últimas líneas de la carta debido al velo que le empañaba los ojos. Se la dio a May, sacó el pañuelo de seda de la caja, se lo llevó a la nariz y cerró los ojos al aspirar su olor. Tuvo la certeza de poder oler el ligero aroma a rosas en la tela. May dobló la carta y volvió a meterla en el sobre.

—Ven. Deja que te lo ponga —dijo con suavidad, cogiéndole el pañuelo de las manos y rodeándole holgadamente el cuello con él—. Los azules, los turquesas y los verdes son también tus colores, Grace —dijo—. Te favorece mucho.

Se levantó y se miró en el espejo de la pared.

—Es precioso —respondió con un hilo de voz—. Lo guardaré como un tesoro.

Lo siguiente fue abrir la libreta. En ella, con la letra de su madre, encontró páginas y páginas llenas de recetas. Las hojeó.

—¡Santo cielo, me habrían ido de perlas hace unos años! —exclamó—. Papá habría comido mucho mejor. Mira: suflés, tarta de merengue y pastelitos de miel.

—Freddie va a ser un hombre feliz —dijo May.

—A papá le encantaría saber que Freddie y yo nos casamos, ¿no crees? Es lo que quería. Él sí que lo sabía. Freddie estaba delante de mis narices.

—Debió de haber escrito esto no hace mucho, ¿no te parece? —dijo May—. Seguro que fue este año.

—Me gustaría saber por qué. No era un hombre mayor.

—No, no lo era, y tenía buena salud. Pero a medida que envejecemos vamos tomando más conciencia de nuestra mortalidad.

—Ojalá estuviera aquí ahora para ver lo feliz que me hace Freddie.

May la rodeó con los brazos.

—A mí también me gustaría tenerlo aquí —respondió, y pudo sentir su aflicción cuando May apoyó en ella la cabeza durante un largo instante.

—¡Hola! —Era Freddie desde el vestíbulo de la entrada. *Pepper* saltó de la cama y bajó corriendo a saludarle. Lo oyeron hablar con el perro y el sonido del roce de las patas del animal en el suelo de piedra.

—Estamos aquí arriba —gritó May.

Un instante más tarde, Freddie apareció en el umbral.

—¿Cómo va? ¿Estás bien, Grace?

—Lee esto —dijo ella, dándole la carta.

Freddie la cogió y la leyó rápidamente. Se sonrojó un poco al ver su nombre mencionado en ella.

—Es como si hubiera sabido que iba a morirse —comentó.

—No, no es eso, Freddie —replicó su madre—. Simplemente era previsor, como dice.

—¿Y qué hay en la caja? —preguntó.

Grace le enseñó el pañuelo y la libreta.

—Solo queda esto —dijo, sacando la pequeña caja de terciopelo. La abrió despacio y dejó dos cosas a la vista. Una era una sencilla alianza de oro. La otra, un pequeño solitario de diamantes—. Los anillos de mi madre —precisó, conteniendo el aliento—. ¡Oh, Freddie! ¡Mira!

—Qué sortija más bonita —dijo May con admiración.

Grace se la puso en el dedo medio de la mano izquierda.

—Me queda bien. ¿Podría ser nuestro anillo de compromiso? ¿Te importaría?

—Si a ti te hace feliz, por supuesto que no me importa.

—Has estado ahorrando para un anillo, Freddie. Ahora podrás gastarte el dinero en otra cosa —dijo su madre feliz. A Freddie se le ocurrió una idea. Sabía exactamente en qué se lo gastaría.

El día antes de la boda nevó. Unos copos grandes y esponjosos descendían flotando desde un cielo blanco como si Dios estuviera vaciando el relleno de sus almohadas y cubriendo el mundo de plumas de ganso. Entusiasmada, Grace salió corriendo al jardín mientras *Pepper* saltaba de un lado a otro en el suelo helado, loco de contento. Era su último día como Grace Hamblin. No le entristecía renunciar a su apellido. La boda sería el principio de una nueva vida con Freddie y encaraba el futuro con esperanza y optimismo. Todo el mundo hablaba de una guerra inminente, pero ella se negaba a dejar que esos pensamientos negativos invadieran la paz que la habitaba. Su padre había muerto y ella había sobrevivido. Si estallaba la guerra, también sobreviviría. Freddie y ella vivirían juntos hasta el fin de sus días. Nada conseguiría separarlos. Estaba firmemente convencida de que Dios no le debía menos que eso.

—¡Grace! —Era Freddie, que llegaba en su bicicleta.

—¡Mira la nieve! —exclamó ella—. ¿No es maravillosa?

—Vamos a tener una boda nevada —dijo él, apoyando la bicicleta contra la pared—. Te he traído un regalo.

—¿Un regalo? ¿Para qué? No tendrías que haberlo hecho.

Freddie se acercó apresuradamente a ella con un paquete envuelto en papel marrón y atado con un cordel.

—Iba a comprarte un anillo, pero como tienes el de tu madre se me ocurrió gastarme el dinero en otra cosa.

—Pero es que no necesito nada —se rio ella.

—Puede que no lo necesites, pero quiero que lo tengas —insistió él, besándola—. Desde que tenía quince años quería comprártelo. Vamos dentro. No quiero que la nieve lo estropee.

Cuando entraron en la cocina, Grace tiró del cordel.

—¿Qué será? Ah, Freddie, eres lo que no hay. —Él estaba acalorado de contento mientras la veía desenvolver el paquete. Grace vislumbró un destello de color y sacó del papel un vestido rojo cereza—. Oh, santo cielo, es un vestido rojo. ¿Cómo sabías que siempre he querido tener un vestido rojo?

—Me lo dijiste tú. En el río. Y no lo he olvidado desde entonces. De hecho, quise ir directamente a comprarte uno, pero no tenía dinero.

—Es precioso. ¿Me lo pruebo?

—Espero que te quede bien. Mamá me dio tu talla y la señora de la tienda también sabía cuál era.

—No te imagino en una tienda, Freddie. —Grace se rio y subió corriendo al piso de arriba—. Espera aquí. Tardaré solo un minuto.

Pero Freddie estaba demasiado impaciente. Abrió de un empujón la puerta del dormitorio en el preciso instante en que ella se abrochaba los botones de la parte del vestido que le cubría el pecho. La expresión que asomó en su rostro fue el claro reflejo de lo hermosa que estaba.

—¿Te gusta? —preguntó ella, sabiendo de antemano la respuesta.

—No es que me guste, es que me encanta —respondió él—. Pero quiero desabrochar esos botones.

—Tendrás que esperar, Freddie —dijo ella, volviéndose de espaldas.

—No tienes ni idea de lo paciente que estoy siendo. —La hizo volverse de frente y la atrajo entre sus brazos—. El rojo es un color atrevido —dijo él con los ojos brillantes de deseo.

—Por eso quería un vestido. Quería sentirme atrevida, para variar.

—Jamás imaginé que tuvieras una faceta atrevida, Grace.

—Es increíble lo que el color rojo puede hacer en una chica.

Freddie se sentó en la cama y tiró de ella hasta sentarla sobre su rodilla.

—Este es mi regalo —dijo, deslizando la mano por debajo de la tela y subiendo con los dedos por la media.

Grace le apartó la mano.

—Freddie, tienes que esperar —insistió.

—Entonces, al menos bésame. Me estás volviendo loco.

Grace se quedó esa noche sola en la casa. May había intentado convencerla para que durmiera la noche previa al día de la boda con ellos, pero ella le había dicho que quería pasar su última noche como Grace Hamblin en casa. A partir del día siguiente, compartiría la Casa del Apicultor con Freddie para el resto de su vida.

Encendió la radio del salón. La voz grave de Ella Fitzgerald resonó en las habitaciones, haciendo que se sintiera menos sola. Encendió el fuego y vio que *Pepper* se acomodaba delante de la chimenea. Todavía no se había acostumbrado a ver vacía la butaca de su padre. Parecía más grande sin Arthur sentado en ella. Grace había guardado la pipa y las gafas de leer de su padre en la caja de nogal junto con otros efectos personales suyos que deseaba conservar. Le resultaba más fácil aceptar su muerte si no tenía esas cosas repartidas por la casa.

Durante un rato estuvo leyendo la novela que tenía entre manos, pero pronto se dio cuenta de que su mirada deambulaba por las palabras sin absorber su sentido. Su mente vagó hasta los jardines de Walbridge Hall y también hasta Rufus, con sus ojos brillantes y su sonrisa contagiosa. Dejó el libro sobre su regazo y conscientemente aparcó a un lado su autocontrol. Desde que había tomado la decisión de casarse con Freddie, apenas había pensado en Rufus. Había conseguido borrarlo de sus pensamientos, guardando en el fondo de un cajón la carta que él le había escrito y con ella sus propios sueños. Sin embargo, la irrevocabilidad de su inminente boda la llevó de pronto a centrar su atención en el hombre al que había amado en secreto desde que tenía catorce años. No había habido ninguna posibilidad de que él le correspondiera sus sentimientos, pero de repente, a unas horas de que su existencia de mujer soltera estuviera a punto de expirar, se vio repentinamente reticente a renunciar del todo a sus esperanzas.

Apagó la radio, subió a su cuarto y abrió el cajón donde había guardado la carta que le había escrito tras la muerte de su padre. Se sentó en la cama y la sacó despacio del sobre. Acarició con las yemas de los dedos la erre grabada en el papel y leyó las palabras de Rufus por la que creyó que sería la última vez. Al día siguiente se convertiría en la esposa de Freddie, dejando tras de sí los imposibles deseos de Grace Hamblin y aceptando su futuro como Grace Valentine para no volver la vista atrás.

Cuando volvió a guardar la carta en el cajón algo en la puerta le llamó la atención. Se volvió bruscamente, presa de una punzada de culpa, como si alguien la hubiera sorprendido leyendo aquella carta. Allí no había nadie y todo estaba tranquilo, con excepción del tic tac habitual del reloj del abuelo procedente del vestíbulo. Salió despacio al pasillo. Encontró abierta la puerta del dormitorio de su padre. Estaba convencida de haberla dejado cerrada. Al poner la mano en el pomo, vio uno de los pañuelos de su padre en el suelo, junto a sus pies. Qué extraño. Habría jurado que el pañuelo no había estado allí antes. Se asomó a la habitación para asegurarse de que nadie hubiera entrado sin ser visto, pero la habitación estaba vacía y en silencio, tal y como la había dejado. Recogió el pañuelo del suelo y vio las iniciales que ella misma había bordado en una de las esquinas años atrás: «*A. H. H.*» Arthur Henry Hamblin. Se lo acercó a la nariz y reprimió un sollozo.

A la mañana siguiente, Michael pasó a buscarla en su automóvil y la llevó por caminos nevados hasta su casa, donde May y Josephine esperaban ya para ayudarla a vestirse para la boda. Como daba mala suerte ver a la novia el día de la ceremonia, Freddie se había despertado temprano y lo habían mandado a reunirse con sus amigos al Fox and Goose a tomarse una copa antes del enlace. Michael abrió una botella de jerez y sirvió cuatro copas. May encendió el gramófono y la música resonó por toda la casa mientras le rizaban el pelo, la maquillaban y bailaban excitadas por la habitación. A pesar de la gruesa capa de nieve que cubría el suelo en el exterior, en la casa reinaba un ambiente primaveral. Desde el amanecer no habían dejado de llegar los ramos de flores, pues ella era muy popular y el dulce perfume de las flores impregnaba el aire.

Unas semanas antes, Grace y May habían tomado el tren a Dorchester y habían comprado un vestido en los grandes almacenes de la ciudad. Era un vestido sencillo de tono marfil con adornos de perlas. Después habían celebrado juntas la compra almorzando en el Regis Hotel antes de tomar el tren de la tarde de regreso a casa. Ahora se puso el vestido y May le abrochó los botones de la espalda. Entonces se quedó plantada delante del largo espejo y ni siquiera Josephine encontró nada desagradable que decir.

—Oh, Grace —suspiró—. Estás preciosa.

—Así es —concedió May—. Arthur estaría muy orgulloso.

Le abrochó el último botón del vestido y se retiró un poco para admirar a la muchacha que estaba a punto de convertirse para ella en una hija de verdad al tiempo que se enjugaba los ojos con un pañuelo.

Grace se quedó mirando su reflejo en el espejo y durante un fugaz instante vio el rostro de su madre mirándola desde el cristal. A sus labios asomó una dulce sonrisa y le brillaron los ojos de emoción. Y contuvo el aliento cuando del rostro materno reflejado en el cristal irradió un amor que la envolvió en una luz cálida y reconfortante.

—No sé a qué viene tanta sorpresa —dijo May—. Eres una chica preciosa, Grace.

—El que se va a quedar sorprendido va a ser Freddie —intervino Josephine—. No reconocerá a la chica que irá a su encuentro por el pasillo de la iglesia.

Por una vez, May la reprendió, visiblemente enojada.

—Eso no es justo, Josie. ¿Por qué no vas a ver si queda más champán? Creo que Grace necesita otra copa, y yo también.

Ella se volvió a regañadientes de espaldas al espejo y la visión de su madre se disipó tan bruscamente como había llegado.

—Gracias, tía May. No sé qué haría sin ti.

May se rio entre dientes.

—Eso decía a menudo tu padre.

—Me gustaría tanto que estuviera aquí… —Un sollozo escapó de su pecho y soltó un gemido. May la estrechó en sus brazos y las dos mujeres buscaron consuelo mutuo, haciendo un gran esfuerzo para no dejar que las lágrimas les estropearan el maquillaje.

—Él está aquí, ¿no crees, Grace? Eso es lo que decía en su carta, ¿verdad? «Siempre estaremos contigo.» Y creo que Arthur sabía de esas cosas, ¿no te parece? Tenía una sabiduría que nosotras no tenemos. Estoy segura de que sabía de lo que hablaba y también de que debes confiar en él.

—Pues me gustaría poder verle. Creer y ver no es lo mismo.

—Ya lo sé, pero es lo único que tenemos. —Se separó de ella y la miró a los ojos—. Y ahora quiero que recorras ese pasillo del brazo de Michael y que sepas que mi Freddie cuidará de ti en lugar de tu padre y que hará lo que esté en su mano para hacerte feliz. Debes pensar en el futuro. Eres una mujer y algún día fundarás tu propia familia. Estás preciosa y Freddie es el hombre más afortunado del mundo casándose contigo.

Por fin Michael anunció que era hora de partir hacia la iglesia. Josephine fue andando con su madre, dejando que Grace viajara en el automóvil con Michael. Justo cuando estaban a punto de salir, el Bentley negro del marqués entró ronroneando en el estrecho callejón, impidiéndoles la salida. El vehículo se detuvo y Cummings, el chófer, bajó, rodeó el coche hasta el maletero y sacó el ramo de flores más enorme que Grace había visto jamás.

—Buenos días, señor Valentine —le dijo a Michael—. Son para usted, señorita Grace.

Ella supo enseguida que las flores eran de Rufus y sintió un nudo en la garganta. Michael las llevó dentro y Cummings le dio la nota a ella. Estaba escrita con la letra inconfundible de Rufus: «SEÑORITA GRACE HAMBLIN», decía el sobre. Con dedos temblorosos extrajo la pequeña tarjeta. Bajo la ya conocida erre dorada grabada en la parte superior del papel, había escrito en tinta negra:

Mi querida Grace:

Te deseo toda la suerte del mundo en el día de tu boda.
Que disfrutes de muchos años felices de risa, alegría y el bendito zumbido de las abejas.

Tu amigo,
RUFUS

Grace estaba tan concentrada leyendo la nota una y otra vez que se olvidó de dar las gracias a Cummings, y cuando recuperó sus modales y alzó la vista, el vehículo retrocedía ya marcha atrás por el callejón y era demasiado tarde. Rufus habría dicho que Cummings se había mostrado demasiado agrio para merecer su agradecimiento y eso hizo que se sintiera un poco mejor. Sonrió al recordar la expresión de su cara cuando había decidido rebautizar al chófer con el apodo de «Limón».

—Es un ramo de flores enorme, Grace. ¿Las envían lord y lady Penselwood? —preguntó Michael.

El color le inundó las mejillas.

—No, son de lord Melville. En una ocasión le curé la artritis a su abuela.

—Ah, es cierto. Ahora lo recuerdo. Qué detalle de su parte pensar hoy en ti.

—Nos desea buena suerte, a mí y a Freddie —dijo, volviendo a meter la tarjeta en el sobre.

—La pondré con las flores en la cocina.

—¿Las has puesto en agua? —le preguntó, temiendo ansiosa que se marchitaran.

—He llenado el fregadero. Estarán bien metidas allí hasta que puedas llevártelas a casa. Ya han impregnado la casa entera con su olor. Deben de haberlas traído desde Londres. ¡No se consiguen flores así en Dorset en pleno invierno! Imagino que deben de haber costado una fortuna.

—El marqués es muy amable.

—Mucho. Y ahora, subamos al coche. No hay que hacer esperar a la gente.

Cuando Grace entró en la iglesia del brazo de Michael, pensó primero en su padre, después en Rufus y finalmente, al acercarse al final del pasillo y ver el rostro entusiasmado de Freddie sonriéndole con admiración y afecto, en el hombre al que estaba a punto de jurar amar y venerar hasta que la muerte los separara una inaudible vocecilla gritó en su cabeza: «Huye, huye, el único hombre al que has amado de verdad es Rufus». Pero había llegado junto a Freddie, Michael la estaba entregando al novio y ella repetía palabras sin saber lo que decía, porque tan solo era capaz de pensar en el hermoso ramo de flores primaverales que estaba en la cocina de May y en la repentina posibilidad de que quizá, después de todo, quizá Rufus también la quisiera un poco.

Entonces, cuando Freddie le puso delicadamente en el dedo la alianza de oro de su madre, volvió bruscamente en sí. Se le llenaron los ojos de lágrimas al ver el anillo que su padre le había dejado en la caja de nogal y las palabras de Arthur reverberaron ruidosamente en su cabeza, apagando la voz que la apremiaba a huir. «Lo que tú necesitas es amor, claro, pero el amor inalterable, leal y constante de un amigo.» Grace confiaba en su padre. Sabía que él había entendido mejor que nadie sus necesidades. Ella jamás podría tener a Rufus. Freddie la haría feliz. Era una locura desear más. Entonces lo miró a los ojos y vio el mismo amor inquebrantable, leal y constante que su padre había reconocido en él.

—Yo os declaro marido y mujer —dijo felizmente el reverendo Dibben. Freddie le estrechó la mano entre las suyas en un gesto tranquilizador y ella sintió que su cuerpo se relajaba y que sus labios esbozaban una sonrisa, rebelándose contra su corazón, que deseaba gritar su anhelo a las bóvedas de la iglesia.

—Hola, señora Valentine —susurró Freddie con sus ojos de color añil brillando de felicidad, y ella no tuvo tiempo de llorar la pérdida de su apellido ni de reflexionar sobre lo que eso podía conllevar antes de que la llevaran a la parte trasera de la iglesia para firmar en el registro. Escribió obedientemente su nombre, recibiendo la felicitación de May y de Michael con dignidad y también con cierto aturdimiento, como si estuviera bajo el agua. Luego, al ritmo de las reverberantes notas del órgano, avanzó por el pasillo central del brazo de Freddie, pasando por delante de la gente a la que conocía desde que era una niña y que la acompañaría por el camino hacia el final de sus días hasta salir a su futuro convertida en la señora de Freddie Valentine.

Sabía que había actuado correctamente, pero las flores habían vertido su luz sobre la diminuta semilla de esperanza que yacía oculta en el fondo de su corazón. La semilla acababa de resquebrajarse y un brote verde emergió de su interior, asomando su cabeza desde la oscuridad.

18

Esa noche, por fin solos en la Casa del Apicultor, Freddie le desabrochó los botones del vestido y la llevó a la cama. Resultó ser un amante tierno y sensible, y compensó con creces con su entusiasmo la experiencia que le faltaba. Las pequeñas torpezas provocaron en ellos la risa en vez de una sensación de incomodidad, pues se conocían demasiado bien como para sentirse avergonzados. En los brazos de Freddie, Grace hizo la transición de niña a mujer sin lamentar en ningún caso la pérdida de la virginidad ni el marido elegido para ello. Bajo las caricias de Freddie se olvidó de Rufus y se abandonó al embriagador surtido de nuevas sensaciones que le abrieron una puerta a un mundo totalmente nuevo cuya existencia desconocía. Hacer el amor la centró en el presente, que saboreó agradecida.

No tardó en acostumbrarse al ritmo de la vida de casada. En vez de cocinar y de lavar para su padre, horneaba y zurcía para Freddie. Sin Arthur que cultivara el jardín, era ella quien se encargaba de su cuidado. No pasó mucho tiempo hasta que se vio desbrozando, plantando, podando y cortando las flores muertas como lo había hecho su padre antes que ella. Le echaba terriblemente de menos, pero el cuidado de sus amadas abejas y de sus jardines la conectaba con él, porque si hubiera seguido vivo, sin duda estaría allí, entre las cosas que más quería.

En la primavera de 1939, Rufus se casó con lady Georgina en Thenfold, la propiedad que la familia de ella tenía en Hertfordshire, la marquesa viuda de Penselwood sufrió en el huerto un ataque cardiaco que resultó fatal y el ejército de Hitler invadió Checoslovaquia.

La guerra estaba en boca de todos y el Fox and Goose vibraba con las voces de los jóvenes que declaraban su lealtad al rey y al país con celo patriótico y atolondrada inocencia. Entre ellos estaba Freddie.

—Todos se están alistando —le dijo a Grace y a su madre—. Hasta tu amigo, Rufus Melville, irá a combatir —añadió, dirigiéndose a ella. Grace sintió un temor frío y húmedo en la boca del estómago y no supo si era por Rufus o por Freddie—. Será excitante. Voy a unirme al Cuerpo de Caballería Voluntaria de Dorset —declaró con orgullo—. No permitiremos que nos invadan los alemanes. Sacrificaremos nuestras vidas por la verde y apacible tierra inglesa.

May había palidecido, pues recordaba la primera guerra y también a los padres e hijos que se habían ido a combatir con el mismo ímpetu para no volver. Pero Freddie nada sabía sobre la guerra y para él y para otros jóvenes como él, la guerra era una promesa de aventura y de excitación y una liberación más que bienvenida de la monotonía de sus corrientes vidas. Su padre jamás le había hablado de la Gran Guerra y ella sabía, por el modo en que desviaba la vista y apretaba los labios hasta dibujar con ellos una delgada línea, que la guerra era un tabú impronunciable. Tomó la mano de Freddie, pero él estaba inmerso en una nube de entusiasmo y de fervor patriótico y apenas reparó en ella. Entonces fue de pronto presa de un terrible temor. Si perdía a Freddie, no le quedaría nada.

A medida que los nubarrones de guerra se oscurecían más y más en el horizonte, intentaba vivir como siempre lo había hecho, con alegría y optimismo. Aun así, el disfrute que encontraba en los árboles y las flores, las aves y las abejas, estaba impregnado de melancolía, porque la guerra amenazaba todo lo hermoso. Se sentía vulnerable y asustada, y por mucho que centrara su atención en el momento presente, como le había enseñado a hacerlo su padre, el futuro la invadía como los tentáculos de un pulpo, arrastrándola aún más a las profundidades de sus temores.

Entonces, una tarde de principios de verano, Freddie volvió a casa en su bicicleta y gritó alarmado por la ventana de la cocina:

—¡Grace! Te necesitan en Walbridge Hall. Hay un enjambre y tú eres la única que sabe qué hacer con él. Lady Georgina está fuera de sí. Date prisa. —Ella se quitó el delantal, se recogió el pelo y dejó a *Pepper* en la cocina. Freddie la esperaba con su bicicleta.

—No la habrán picado, ¿verdad? —le preguntó Grace, montándose en la suya.

—No, pero está aterrada.

—¿Me acompañas?

—Iré contigo a la casa, pero será mejor que vuelva después a la granja.

—Atajaremos por el bosque, es más rápido. —Se marcharon juntos, cada uno en su bicicleta—. Entonces, ¿se han instalado aquí? —preguntó.

—Lord Melville quiere que lady Melville esté en el campo, ahora que va a haber una guerra. Londres no será un lugar seguro.

—Todavía mantengo la esperanza de que no ocurra.

—No malgastes tu energía, Grace. Ocurrirá, y pronto. —Le sonrió—. Podrías alistarte en la sección femenina de la Marina.

—Alguien tendrá que llevar la granja mientras los chicos jugáis a ser soldados. Yo haré tu trabajo y cuando la guerra haya terminado me darán a mí el puesto del señor Garner y te arrepentirás de haberte ido a combatir.

—Me gustaría verte trabajar en los campos.

—Pues creo que lo disfrutaría, la verdad.

—El señor Garner está hablando de comprar algo de ganado. Vacas para la leche y cerdos para tener jamón.

—Ya tienen pollos.

—Y tú tendrás que cuidar de todos ellos.

—¡Lady Georgina y yo cuidando cerdos y ordeñando vacas! —Grace se rio de buena gana—. Menuda idea más divertida.

Cuando Freddie y Grace llegaron a la casa, el señor Swift, el guardabosque, les esperaba con el señor Heath, el nuevo jefe de jardineros. El señor Heath había conocido a Arthur hacía muchos años y al ver a Grace sonrió afectuosamente.

—Ah, Grace, justo a tiempo. Su señoría se ha retirado a sus aposentos. —Se rio entre dientes, pues el señor Swift era un hombre juicioso y apacible como lo había sido Arthur—. Cualquiera diría que nos han invadido los alemanes —dijo en voz baja—. Tanto alboroto por nada, la verdad.

—Será mejor que me acompañe a la parte de atrás de la casa, señora Valentine —sugirió el señor Heath, cuyo acento típicamente rural se envolvió sobre sus vocales como suaves colas de ardilla—. Hay una nube de abejas. Una nube negra. Están por todo el jardín. Es todo un espectáculo. No sé lo que va a hacer con ellas.

—Deje que lo vea y se lo diré —respondió ella.

Freddie se marchó a la granja y Grace siguió a los dos hombres hacia la parte de atrás de la casa. Los jardines tenían un aspecto espléndido. Las flores brillaban al sol y las hojas de los árboles mantenían su verde reluciente y fosforescente. El césped estaba recién cortado y en la ladera que llevaba al potrero, entre los geranios azules y las silenes blancas, asomaban los dientes de león y las pamplinas. Durante un instante, se olvidó de su misión y aminoró el paso para admirar la magnificencia del jardín que había sido en su día el dominio de su padre.

En la parte trasera de la casa había una gran terraza donde era evidente que lady Georgina había estado sentada hacía apenas unos minutos, pues sus revistas seguían desparramadas encima de la mesa junto con una hermosa tetera de porcelana, una delicada taza con su platito y una pequeña jarra para la leche, mientras que los cojines cubrían todas las sillas y los bancos para su comodidad. La música sonaba en el interior de la casa desde un gramófono, pero las notas no dejaban de repetirse una y otra vez como si se tratara de un disco rayado.

La nube de abejas seguía delante del muro donde crecían en abundancia las clemátides violetas y la madreselva impregnaba el aire con su perfume cálido y afrutado. Grace puso los brazos en jarras y miró a un punto situado justo debajo de las ventanas de la segunda planta. Allí, como había imaginado, había un amasijo de abejas del tamaño de un balón de rugby. A ojos de un lego podía parecer que simplemente estuvieran trepando unas sobre las otras en una lucha desesperada por penetrar entre los ladrillos, pero ella sabía que no era así.

—Protegen a la reina —informó a los hombres—. La reina estará debajo de ese grupo.

—Lady Penselwood no querrá tener un nido de abejas en su pared, Grace —dijo el señor Swift—. Tendrás que deshacerte de ellas.

—Lady Melville no saldrá hasta que se hayan ido —añadió el señor Heath—. Le aterran las abejas.

El señor Swift se quitó la gorra y se pasó los curtidos dedos por el pelo gris y lanoso.

—Pues no parece que tengan ninguna intención de irse a ninguna parte esta noche. —Volvió a ponerse la gorra—. Entonces, ¿qué piensas hacer, Grace?

—Podría hacer dos cosas. Podría hacer tintinear unas latas para apagar el sonido de la reina y eso las dispersaría. Pero creo que lo que haré será volver a casa y regresar al anochecer con mi ropa protectora. Para entonces, ya habrán formado una gran bola de abejas dormidas y simplemente las despegaré de la pared y las meteré en una cesta. Quizás intente construir una nueva colmena. Depende de la clase de abejas que sean. Pronto lo sabremos.

Se acordó entonces de uno de los refranes de su padre: «Un enjambre en mayo una carga de heno vale. Un enjambre en junio, una cuchara de plata vale. Un enjambre en julio ni una mosca vale». En cuyo caso, el enjambre estaría muy feliz en su nuevo hogar.

—Bien. Se lo diré a lady Melville —comentó el señor Swift.

—No volverá a salir esta tarde —intervino el señor Heath.

—En ese caso, dígale a la criada que puede salir sin miedo a recoger las cosas del té. No van a picar a nadie. Están demasiado ocupadas con el nido —dijo ella—. Bien, volveré a casa y regresaré cuando empiece a anochecer.

Fue a buscar su bicicleta en compañía del señor Heath.

—Su padre era un hombre inteligente —le dijo muy serio—. Sentía por él una gran admiración.

—Gracias, señor Heath. Le encantaba este lugar.

—Se nota. Los jardines han estado tratados con mucho cariño, de eso no hay duda.

—Ahora soy yo quien cuida del jardín en casa. Papá me enseñó bien, pero todavía me queda mucho por aprender.

—Si quiere venir de vez en cuando por aquí, estaría encantado de aconsejarla. Cuando estalle la guerra, los jóvenes se irán al frente y necesitaré jardineros. Además, le agradecería su ayuda.

A ella se le iluminó la cara.

—Me encantaría. ¿Lo dice en serio?

—Del todo —respondió con una sonrisa—. El señor Garner, el señor Swift y yo seremos los únicos hombres que quedarán por aquí. Somos demasiado mayores y no estamos en condiciones de combatir.

—Pues diría que es una bendición.

—Luché en la Gran Guerra, señora Valentine, y no me gustaría volver a hacerlo en otra, pero mi corazón llora por esos jóvenes que desconocen los horrores que les esperan, cegados por el patriotismo y por un erróneo sentido del romance. La guerra no tiene nada de romántico.

—Me temo que mi Freddie sea uno de esos hombres.

—En ese caso, espero que tenga a un ángel cuidando de él.

—Yo también, señor Heath.

Cuando cogió la bicicleta su mente volvió una vez más a concentrarse en Rufus y se preguntó dónde estaría. Lo imaginó partiendo al frente y el miedo le encogió el corazón. No hacía tanto tiempo desde que habían estado charlando en el césped. Él la había llamado «Abejilla». Ahora lo recordaba.

Más tarde, cuando regresó con su ropa de protección y con una colmena de paja en la mano, vio el Alfa Romeo de Rufus aparcado en la grava, delante de la casa, y el estómago le dio un vuelco. Esperó y deseó que le dijeran que había venido a ocuparse de las abejas y que quizás eso le motivara a salir y hablar con ella. Con esa idea en mente, se dirigió a hurtadillas hacia la parte trasera de la casa.

Nadie había recogido las revistas de lady Georgina ni tampoco el juego de té, pero la música había dejado de sonar. Anochecía. El aire era balsámico y estaba densamente perfumado por el dulce aroma de todas las flores del jardín. El señor Heath se había ocupado de conseguirle una escalera, pero no había nadie a la vista dispuesto a sujetarla para que pudiera subir por ella. Hasta que Rufus apareció como un fantasma y entonces, de pronto, ya nada pareció importante. Ni las abejas, ni el temor de lady Georgina, ni tan siquiera la guerra.

—Caramba, das miedo con ese traje —le dijo con una suave risilla al tiempo que la punta de su cigarrillo se encendía, tiñéndose de escarlata en la penumbra.

—Es mi traje de apicultora —respondió ella, cuyo corazón se había acelerado al verle, tan alto y elegante con su esmoquin de terciopelo y las zapatillas a juego con el escudo de armas del león y el dragón bordados en la parte delantera.

—Por supuesto. La apicultora eres tú.

—Allí hay un enjambre.

—Eso me ha dicho Georgie. —Miró al tejado—. Parece que están durmiendo.

—Por eso estoy aquí. Para llevarlas a su nuevo hogar. Les he preparado una colmena en mi casa.

—¡Qué lista eres! ¿Y cómo piensas hacerlo?

—Poniéndome el sombrero, llevando allí esta colmena y despegándolas literalmente de la pared. Saldrán en una sola bola.

—¿Y cómo te propones llevarlas de regreso a su colmena?

—Andando.

—¿De verdad pensabas volver andando? ¿A oscuras? —Arqueó una ceja.

—Todavía no está oscuro. Esperaba llegar a casa antes de que fuera de noche.

Rufus sonrió y sus dientes brillaron en toda su blancura contra la piel, sombreada de marrón por la noche inminente.

—Pero ahora estás hablando conmigo.

Ella se rio, visiblemente nerviosa.

—Sí, eso quizá me retrase un poco.

—Y si te retrasas por mi culpa, tendré la obligación de llevarte a casa.

—Oh, no se moleste… —empezó.

—Insisto —la interrumpió con decisión antes de dejar escapar un suspiro cansado—. Cualquier cosa antes que volver al salón. Mamá y Georgie están teniendo una fuerte discusión sobre lo que piensan hacer cuando se declare la guerra. Son agotadoras. ¿Cerdos o cabras u ovejas o vacas? Ninguna de las dos tiene la menor idea de lo que es una vaca, así que estamos ante uno de esos casos en los que un ciego guía a otro. Papá está encerrado en su estudio, montando la maqueta de un barco, y yo: bueno, yo no aguanto seguir escuchando a esas dos grullas, la verdad. Eso si no quiero perder la cabeza, claro. Así que aquí me tienes, al servicio de la apicultora. Y la verdad es que me encanta el plan. Dime: ¿cómo puedo ayudar? Quizá te entretengas un poco más por culpa de mi ineptitud. —Su monólogo la había dejado sin palabras. Lo miraba fijamente, con la perplejidad reflejada en el rostro—. Necesitas ayuda, créeme, aunque solo sea para sujetarte la escalera mientras trepas a esas mareantes alturas. —Arrojó los restos del cigarrillo a los eléboros.

—Sí, la escalera —respondió ella por fin—. Santo cielo, parece realmente desesperado.

—Lo estoy, Grace. Si la abuela siguiera viva habría buscado refugio en ella. Me habría comprendido.

—Siento lo de su abuela.

—Yo también. Mucho. La echo de menos todos los días. Supongo que tú también echas de menos a tu padre.

—Sí. Voy a visitarle siempre que puedo.

El rostro de Rufus se ablandó y la miró con atención.

—¿De verdad? ¿Lo dices en serio?

—Sí. Solo tengo que ir al cementerio.

—Qué cariñoso de tu parte, Grace —replicó Rufus con suavidad.

—¿Usted no visita a su abuela?

—Desde el funeral, no.

—¿Por qué?

—Supongo que he estado ocupado en Bovington. —Bajó la mirada—. No me gustan las iglesias ni los cementerios, Grace.

Esa es la verdad. Me aterra la muerte. —Alzó la vista y esbozó una sonrisa triste—. ¿Te parezco un insensible por no haber ido a visitarla?

—Claro que no. De todos modos, ella no está allí.

—¿Ah, no? ¿Y dónde está?

—Con usted.

—Admiro tu certeza. Espero que tengas razón, Grace.

—Estoy segura de que papá está conmigo. Me gusta pensar en él en nuestro jardín o con las colmenas. Estoy convencida de que está en todos los sitios que más quería.

—Te has casado —dijo Rufus de pronto.

—Sí. Gracias por las flores. Fue muy amable de su parte.

—Me alegra que las recibieras. ¿Te gustaron?

—Mucho.

Se le iluminó la cara, encantado.

—Bien.

—Y gracias también por la carta que me mandó cuando murió mi padre. Es muy atento conmigo. No creo poder darle nada a cambio.

—No quiero nada a cambio, Grace.

—Bueno, en cualquier caso, es muy amable de su parte. —Se produjo una pausa incómoda, pero ella le puso fin rápidamente—. Usted también se ha casado. Olvidé felicitarle. Qué boba.

—Sí, estamos los dos casados.

Grace habría jurado que había cierta sombra de melancolía en esas palabras.

—Sí, ¿no es maravilloso? —respondió, avergonzada al darse cuenta de lo poco convincente que había sonado su voz.

Rufus la miró con afecto, como si su inocencia le divirtiera.

—En fin, dime lo que tengo que hacer. Ahora soy tu ayudante. ¿La escalera? Supongo que no hay modo de convencerte para que no trepes por ella como una ardilla.

—Sí, la escalera. Tengo que subir por ella para llegar a las abejas.

—En ese caso, la sujetaré para que no tiemble cuando lo hagas. No hay nada peor que una escalera tembleequeando cuando uno está en lo alto. —Se rio y se agachó para levantarla del césped.

Cuando la colocó, fijándola contra la pared de la casa, tan cerca de las abejas como fue posible sin llegar a molestarlas, se volvió triunfalmente hacia ella—. ¿Contenta con el servicio?

—Mucho. Es perfecto.

—¿Vas a subir con esa cesta? ¿O «colmena de paja», como tú la llamas? ¿No sería mejor que te la aguantara yo hasta que llegues arriba?

—Me las arreglaré, gracias. —Dicho esto, se acercó a la escalera y puso el pie en el primer escalón. Rufus estaba justo a su lado. Hasta ella llegó el olor a lima de su colonia y el olor a tabaco de su aliento.

—Ten cuidado ahí arriba —le dijo.

Empezó a subir. Él sujetó la parte inferior de la escalera y mientras ella ascendía hacia el enjambre de abejas dormidas, no dejo de mirarla.

—¿Ya has llegado? —preguntó—. No te caigas, porque no prometo poder cogerte, aunque lo intentaría con toda mi alma. —Cuando llegó hasta las abejas, Grace se afianzó, colocó la cesta debajo de ellas y las despegó hábilmente de la pared con la otra mano. Rufus la vio separar las dos manos de la escalera y la sujetó por la base con todas sus fuerzas—. Grace, me estás poniendo muy nervioso. ¿Cómo demonios se le ocurre al señor Heath dejar que arriesgues así la vida? Date prisa en bajar. Insisto. No pienso permitir que sigas ahí arriba ni un minuto más.

Pero cuando ella llegó al pie de la escalera se estaba riendo tanto que le dolía el estómago.

—¿De qué te ríes? —le preguntó él indignado.

—De usted —respondió ella—. No se ha callado ni un segundo... —añadió, volviendo a reírse.

—Es que me tenías preocupado, eso es todo. —La vio cerrar la tapa de la cesta—. ¿Las tienes todas?

—Todas. —Se quitó el sombrero—. Gracias, lord Melville.

—Rufus. Santo cielo, nos conocemos lo bastante bien como para llamarnos por nuestros nombres. Te dije que me llamaras Rufus hace seis años. Además, no puedo llamarte señora Valentine. Es absurdo. Acabo de salvarte la vida. —Ahora sonreía con ella—. Te burlas de mí, Grace.

—Deberías oírte.

—Te estoy mostrando que me preocupo por ti. Deberías estar agradecida.

—Y lo estoy, muy agradecida. Me has alegrado el día. —Rufus no podía imaginar hasta qué punto eso era cierto. Ambos se rieron juntos.

—Ven, te llevaré a casa.

—¿No sería mejor que dejaras dicho adónde vamos?

—Oh, seguirán tomando champán y hablando sobre vacas durante un buen rato más. Además, le he dicho a Johnson que salía a ayudar con las abejas. —Le puso la mano en la cintura y la condujo por el jardín.

—La noche tiene algo de seductora, ¿no crees? —Rufus inspiró el aire con entusiasmo—. Todos esos animalillos correteando por ahí a hurtadillas. Imposible saber cuántos pares de ojos nos observan desde los arbustos. ¿Zorros, tejones, conejos, faisanes, ratones? Me gustan las estrellas y el cielo azul y aterciopelado. Provoca en mí una sensación de peligro y de romance.

—A mí también me gusta —concedió ella—. A mucha gente le da miedo la oscuridad.

—Pero a ti y a mí no, Grace. Apuesto a que te encantan los olores y los sonidos que solo aparecen durante la noche. Georgie tiene que dormir con la luz del pasillo encendida. A mí eso me agota, porque me encanta dormir con todas las luces apagadas para poder así experimentar la noche en toda su gloria. —Se rio entre dientes—. Quizá tú y yo seamos criaturas de la noche. Únicas en nuestro disfrute y en nuestra capacidad de asombro.

—Es muy misteriosa, cierto —concedió ella, embriagada por la profunda reverberación de la voz de Rufus. Era suave y granular, como el caramelo líquido.

—Si yo no tuviera que volver a cenar a casa y tú no tuvieras que volver con Freddie, te invitaría a sentarte en un banco conmigo a escuchar los susurros del jardín.

—Eso me habría gustado —dijo ella.

—Te juro que se puede oír respirar a los árboles. En la oscuridad, nuestro oído es más agudo, porque nuestros ojos no pueden ver y los oídos tienen que esforzarse mucho más. Se puede oír respirar al jardín —inspirando, espirando, inspirando, espirando—, y es el sonido más misterioso del mundo.

—¿De verdad? ¿De verdad puedes oír cómo respira el jardín?

—Te aseguro que es cierto, Grace. Quizás una noche, si estamos solos en este pequeño paraíso, te lo enseñaré.

Llegaron al coche, que estaba aparcado delante de la casa, y Rufus puso con cuidado la cesta en el asiento trasero.

—Espero que no se despierten con el rugido del motor —dijo.

—No lo harán —respondió ella—. Están muy dormidas, y de todos modos la tapa de la cesta está bien cerrada. —Entonces abrió la puerta del copiloto y Grace subió al vehículo. Una vez más paladeó el olor a cuero y a abrillantador, casi incapaz de creer que estaba a solas con Rufus y que él le estaba prometiendo que le enseñaría el jardín de noche.

—¿Y qué piensas hacer con las abejas cuando llegues a casa? —le preguntó, subiendo al coche y sentándose a su lado.

—Las pondré en una nueva colmena.

—¿La has construido expresamente para ellas?

—No. Papá tenía algunas que no usaba, así que he elegido una de esas. Espero que les guste y que empiecen a producir miel.

—Y llegará en frascos a nuestra mesa del desayuno para las tostadas y el té. —Suspiró y clavó la vista al frente, en la carretera—. Espero que Freddie sepa lo afortunado que es.

—Estoy segura de que sí —respondió ella. Y enseguida añadió—: Y yo también lo soy.

—Claro que sí. Y yo estoy encantado, porque eres un tesoro, Grace. Espero que no te importe que te lo diga. Sé que estoy siendo demasiado directo, pero nunca se me ha dado bien callarme las cosas. Eres una muchacha especial. Lo vi cuando no eras más que una niña y esa cualidad sigue ahí. De hecho, ha florecido. Te has convertido en una mujer muy especial y espero que Freddie lo vea, lo valore y lo atesore, porque mereces que te quieran así.

Grace se había acalorado mucho. Le ardía la cara y sentía el pecho como un horno dentro del traje protector.

—Oh, Freddie es muy cariñoso —respondió, deseosa de que Rufus hablara de otra cosa.

—Te he avergonzado. Lo siento —dijo él de pronto—. Ha sido un error dar por hecho que Freddie no había sabido reconocer tus cualidades. Claro que las reconoce. De lo contrario estaría ciego. Dime, ¿te ayudará a meter a las abejas en su nueva colmena o puedes arreglártelas sola?

—Puedo arreglármelas sola.

—¿Las echas ahí dentro como si fueran grava?

—Sí. —A Grace se le escapó la risa al oír el símil. Rufus tenía una forma muy curiosa de describir las cosas.

—Estarán muy desorientadas cuando se despierten por la mañana.

—Sospecho que sí, pero se acostumbrarán muy rápido. Mientras tengan a la reina con ellas, sabrán exactamente lo que tienen que hacer.

Rufus detuvo el coche delante de la casa de Grace. Las luces estaban encendidas, pero Freddie no había llegado aún, porque su bicicleta no se veía en su lugar habitual. Ella imaginó que seguía en el pub y se sintió aliviada. Sabía que se pondría celoso si veía que Rufus la había acompañado.

—Mandaré a Lemon con tu bicicleta mañana.

—No te preocupes. Puedo pasar a recogerla.

—¿Y por qué ibas a hacer eso? Si yo estuviera aún en casa, insistiría en que pasaras a recogerla, simplemente para poder volver a hablar contigo, pero a primera hora me marcho a Bovington.

Grace sintió que una oleada de miedo empezaba a crecer en su pecho. Pensó en la guerra inminente y en la participación que Rufus tendría en ella. Estuvo a punto de decirle que tuviera cuidado, pero no era su esposa. No tenía ningún derecho a decirle nada.

—Gracias por traerme a casa —dijo por fin.

—No, gracias a ti por llevarte las abejas. Todos dormiremos mejor esta noche sabiendo que Georgie está contenta. —Esbozó una sonrisa melancólica y bajó del automóvil. Luego la ayudó a llevar la cesta hasta las colmenas—. Me gustaría ver cómo lo haces, pero me temo que llegaré tarde a cenar.

—Quizá podrías decirles a tu madre y a lady Georgina que si están preocupadas por el cuidado de los animales, me encantaría ayudar.

—Se lo diré —dijo Rufus con firmeza—. Eso pondría fin a su discusión.

La miró durante un largo instante. Solo la oscuridad llenaba el espacio que los separaba y la sensación era de misterio y también excitante. Grace contenía el aliento. El peso de la mirada de Rufus era casi insoportable.

—Buenas noches, abejilla —le dijo finalmente.

—Buenas noches, Rufus.

Y de pronto él se había marchado y el jardín pareció encogerse y enfriarse para volver a quedar vacío y en silencio. Grace inspiró hondo y luchó contra el anhelo que en ese momento trepaba por ella con su abrazo afilado y cada vez más asfixiante. Estaba casada. No estaba bien pensar en Rufus de ese modo. Y peor aún, amarle. Pero en cuanto depositó a las abejas en la colmena y volvió a ponerle la tapa, se quedó muy quieta e intentó captar la susurrante respiración nocturna del jardín.

19

Las abejas se acostumbraron a su nuevo hogar, tal y como Grace había esperado. Se sentaba y las observaba, recordando su noche con Rufus y volviendo a reproducir la conversación que habían mantenido una y otra vez hasta lograr oír el timbre profundo de su voz como si lo tuviera sentado a su lado. Visualizaba el modo adorable en que él se encogía de hombros cuando se reía, y la expresión tímida que suavizaba su rostro delicadamente cincelado, encontrando en ella una sorprendente vulnerabilidad en la que no había reparado antes. Ese momento junto a la escalera en que se habían reído de lo preocupado que estaba los había puesto a ambos al mismo nivel. Ya no era el arrogante aristócrata en su pedestal, sino un hombre que, por motivos que no conseguía entender, se preocupaba por ella.

Por las noches, mientras Freddie estaba en el pub con su padre y sus amigos, ella empezó a hacerle a Rufus una bolsa de lavanda de seda que le ayudara a dormir por la noche. Le habría gustado bordar una erre en la parte delantera, pero temía que Freddie la descubriera, así que se decidió por el retrato de una abeja. Justificó su proyecto diciéndose que era simplemente un modo de darle las gracias por las espléndidas flores que él le había enviado el día de su boda. No había motivo alguno para que se sintiera culpable. No estaba traicionando a Freddie. Simplemente estaba haciéndole un regalo a un amigo.

Tras la excitación de esa noche, volvió a centrarse en su vida matrimonial e intentó dedicarse a su marido y a sus obligaciones de esposa. Aceptó la oferta del señor Heath y empezó a recibir lecciones de jardinería, pero cada vez que llegaba a Walbridge Hall, el automóvil de Rufus no se veía por ningún lado. No podía evitar esperar verlo aparecer por la esquina como había ocurrido la noche del enjambre, pero eso jamás ocurrió. En cambio, sí vio de vez en cuando a lady Georgina en la terraza con su suegra, lady Penselwood, y otras mujeres bien vestidas con pálidas pamelas que se alojaban en la casa. Las risas de las mujeres reverberaban sobre el césped al tiempo que Johnson y el resto de los criados les servían bebidas y cosas de aspecto delicioso para comer. Ella era invisible para esas señoras mientras seguía el rastro al señor Heath, vestida con un pantalón de peto marrón y el pelo recogido con un pañuelo. En una ocasión, sin embargo, cuando por casualidad estaba ayudando al jefe de jardineros en el parterre de hierbas aromáticas que estaba junto a la casa, alzó la vista y vio que lady Georgina la miraba fijamente con un cigarrillo humeando en la pitillera de marfil a escasos centímetros de sus labios rojos y un ceño arrugándole la delicada piel blanca entre las cejas. Volvió a bajar la vista hacia la *alchemilla mollis*, pero pudo sentir su mirada clavada en la espalda como si le abrasara la ropa. Se preguntó febrilmente si a lady Georgina le habría importado que su marido la hubiera llevado a casa con las abejas, ¿o quizá les había oído hablar cuando subía la escalera? Mientras su mente barajaba cientos de posibilidades, no escuchaba una sola palabra de lo que el señor Heath le decía. Por fin, el anciano se volvió a mirarla y sonrió.

—¿Qué te ronda por la cabeza, Grace? Porque estás a kilómetros de aquí...

Junio dejó pasó a julio y los días de Freddie se alargaron hasta fundirse con las largas tardes en los campos, cosechando el trigo y la cebada y volviendo después a casa cubierto de polvo y oliendo a sudor. Nunca estaba demasiado cansado para preguntarle cómo le había ido el día ni para escuchar sus historias mientras ella le servía la cena en la cocina.

A veces, cuando hacía mucho calor, sacaban los platos y comían en el jardín, y él le cogía la mano y recordaba. Lo que más le gustaba del mundo era recordar la primera vez que la había besado en el río.

La luz iba tornándose más suave y Grace se preguntaba si aquel sería el último verano de su vida como la había conocido hasta entonces. La guerra era una certeza. Freddie se había alistado en el cuerpo de caballería voluntaria de Dorset. La señora Emerson le había dicho que Rufus había seguido los pasos de su padre y se había alistado en un regimiento de tanques con los Blues & Royals. Los hombres ya no jugaban a ser soldados. Realmente lo eran, y muchos sacrificarían sus vidas en una guerra que era demasiado real. Ella intentaba no pensar en ello, pero cuando iba a ver las colmenas y lo único que oía era el suave golpeteo de un pájaro carpintero, el ligero trino del pinzón y de los herrerillos azules y la melodiosa canción del mirlo, la tristeza le inundaba el corazón por todo lo que quizá se perdería. Desde la serena belleza de su jardín, contemplaba un horizonte de oscuridad y muerte, presa de un espantoso temor. La guerra estaba cada día más cerca, y, cual poderoso ciclón, barrería a su paso todo lo que ella más quería.

El tres de septiembre, Gran Bretaña declaró la guerra a Alemania. Ella se apiñó alrededor de la radio con Freddie, May, Michael, Josephine y los habituales del Fox and Goose. La mejor opción era oírlo todos juntos en el pub, donde podían buscar consuelo y apoyo mutuo. Recorrió con la vista los rostros sonrosados y los ojos enfebrecidos de los jóvenes, sumidos en un estado de fiebre patriótica e indignación ante la audacia de Adolf Hitler. Pero ella no veía aventura ni entusiasmo como lo veían ellos. Lo único que pudo ver fue la muerte segura y la desgracia de quienes, como ella, se quedarían atrás. Miró a May y vio que lloraba.

Y por fin, cuando Grace se despidió de Freddie, lo abrazó con fuerza, esperando compensar de algún modo con su fuerte abrazo la bolsa de lavanda y el cariño que le profesaba a Rufus. Cerró los ojos y sintió que las lágrimas se abrían paso entre sus pestañas, derramándose sobre la chaqueta de su marido, y en silencio le pidió a Dios que la perdonara y que protegiera a su querido Freddie, cuyo amor no merecía. Él la besó apasionadamente, pero en sus ojos brillaba la excitación y el llanto de su mujer no hizo sino incrementar su decisión de ponerse a prueba en el campo de batalla y volver a sus brazos convertido en un héroe, un héroe al que ya no habría de afectarle la picadura de una abeja.

Con la partida de todos los jóvenes, el viejo señor Heath y el señor Swift fueron los únicos hombres que quedaron para encargarse de los jardines; al señor Garner le habían abandonado sus mozos de granja. Les tocó entonces a Grace y a las demás mujeres de Walbridge sustituirlos y evitar que el lugar cayera en el abandono. La marquesa de Penselwood, que no disponía de su marido ni de su hijo para que tomaran las decisiones, se puso manos a la obra con el imperturbable estoicismo que había hecho famosa a su clase y galvanizó a las mujeres como un coronel animando a sus tropas. Las congregó a todas en el césped, donde la señora Emerson servía el té y pastas bajo un árbol como lo había hecho en la fiesta de compromiso de Rufus y lady Georgina el verano anterior, y las apremió a unir fuerzas, pues la guerra había que lucharla en todos los frentes.

Aunque era un caluroso día de septiembre, una brisa fresca barría la hierba para recordarles que el verano, y también sus despreocupadas vidas, había tocado a su fin. Lady Penselwood, con sus cincuenta años ya cumplidos, unos pómulos bien marcados y una boca de labios carnosos y arqueados, seguía siendo una mujer deseable. El pelo suave y los hermosos ojos marrones no ocultaban la fuerza de la mandíbula y de la barbilla, y si alguien dudó en algún momento de su capacidad como mujer para dirigir la propiedad, su actitud decidida y formal bastó para convencerles cuanto menos de su intención. Estaba allí de pie cuan alta y elegante era, con una falda y chaqueta de tweed de color claro, blusa de seda de color crema abrochada hasta el cuello y unos sobrios zapatos marrones de cordones. Le cubría la cabeza un sencillo sombrero, también marrón, con un llamativo abanico de plumas de faisán sujetas a un lado. Tenía un aspecto circunspecto y fiable. Inspiraba en todas ellas el convencimiento de que eran capaces de cualquier cosa, incluso de vencer a los alemanes si estos se atrevían a poner los pies en Walbridge. De modo que

Grace se tragó las lágrimas y decidió concentrarse en el regreso de Freddie. Seguramente la guerra no tardaría en acabar y todo volvería a la normalidad.

La Navidad llegó y pasó y ella esperaba ansiosa la llegada de las cartas de Freddie. En ellas, él no contaba mucho sobre la vida en la guerra. Estaban llenas de recuerdos: del lago, de la granja, del bosque en primavera y, sobre todo, de su amor por ella. La única reflexión que incluyó en sus misivas fue cuando mencionó que sus cartas le ayudaban a no «dejarse vencer por la soledad y la añoranza» y que las guardaba junto a su corazón para leerlas una y otra vez. Soñaba con cosas sencillas, decía en ellas, y atesoraba aún más intensamente la vida que tenían juntos.

Grace le echaba de menos, pero no tenía tiempo para sentirse sola. Era parte de un numeroso y alegre grupo de mujeres. —El Ejército de Tierra Femenino, las había llamado el Gobierno— que trabajaban en la granja y en los huertos, aumentando la producción de comida para el esfuerzo bélico. Llegaban a ayudar mujeres desde Londres, y entre ellas se encontraba una chica de Bow llena de vida llamada Ruby, que se alojó en su casa. En un principio, no había querido que nadie ocupara la antigua habitación de su padre, pero lady Penselwood había hablado con ella personalmente y la había convencido de que mantener clausurada una habitación por la memoria de un muerto no era saludable.

—Estamos en guerra, querida. No es momento para sentimentalismos —había dicho, y ella había visto a Rufus en la intensa mirada de sus ojos marrones y en sus cincelados rasgos y había accedido de inmediato.

Ruby era una chica jovial de diecinueve años que buscaba aventura. Con sus rizos rubios, los ojos azules de muñeca y la piel de porcelana, la podría haber definido como el vivo retrato de Ricitos de Oro de no haber sido por sus labios, que pintaba de color escarlata incluso para trabajar en el campo y del cigarrillo que llevaba permanentemente encajado entre los labios, a un lado de la boca, como un vendedor de un puesto callejero. Grace le tomó afecto enseguida, sobre todo porque no sabía nada sobre el trabajo en el campo y se moría de la risa cada vez que arrancaba un hierbajo y descubría que al final había una zanahoria o un rábano. Las dos se quedaban despiertas hasta tarde, escuchando la radio y contando chismes, pues los había, y muchos, corriendo por Walbridge Hall.

Walbridge Hall se llenó de pronto de niños, enviados por su seguridad desde Londres con sus prendas de punto Fair Isle y sus zapatos de cordones. Grace, cuya misión era principalmente la de ayudar al señor Heath en los huertos, llevaba los productos en cajas a las cocinas, donde la señora Emerson le preparaba una taza de té y charlaban un rato. Ella le había contado entre susurros que lady Penselwood siempre había querido tener más hijos, por eso había elegido deliberadamente a tres pares de hermanos, sumando a siete el número de niños evacuados.

—Santo cielo, esta casa es lo bastante grande para el doble de eso —le dijo con un resoplido. Luego tomó un par de sorbos de té y prosiguió en voz baja—: Lady Melville se quedó tan horrorizada con la repentina invasión de los pequeños que se encerró en su cuarto durante dos días enteros. Me parece que no le gustan los niños. ¿Qué te parece eso? No le gustan los niños. El problema es que es una malcriada. Lady Penselwood, por otro lado, está más que dispuesta a remangarse y a trabajar con el resto de nosotras. ¿Sabías que ayer vino a ayudarme a darle el té a los niños? ¡Imagínate tú! Se sentó con ellos y los pequeños se reían y parloteaban como una gran familia feliz. La señora ha encontrado su razón de ser. Esta guerra le ha dado un nuevo aliciente. Ha comprado esas vacas para tener leche. Le ha pedido al señor Garner que le enseñe a ordeñarlas. ¿Te imaginas? La marquesa de Penselwood ordeñando una vaca. Eso jamás habría ocurrido antes de la guerra. En cuanto a lady Melville, jamás se acerca a un animal. Dice que le irritan los ojos. Ni siquiera recoge los huevos. Tenemos huevos suficientes para preparar tortillas para el país entero. Lady Penselwood vuelve a montar a caballo y sale con el señor Swift. Es una buena manera de ver las tierras y de supervisar las cosas. La admiro. No me ocurre lo mismo con lady Melville, aunque supongo que aporta su granito de arena tejiendo calcetines para obras de beneficiencia del Women's Institute.

Freddie volvió de permiso en primavera, con su uniforme marrón con cinturón y su gorra. No quiso hablar de la guerra. Solo quería hacer el amor con su esposa, beber con los amigos y la familia en el Fox and Goose e inspeccionar la granja con el señor Garner. Ella estuvo encantada de verle. Los meses en el Frente Oeste le habían oscurecido la piel y le habían dejado los huesos sin un ápice de grasa, pero seguía siendo el mismo, con su pícaro encanto y sus dulces bromas. Fumaba mucho y, con Ruby, llenaba la cocina de humo en cuestión de minutos. Ella le preparaba copiosas comidas, usando el libro de recetas de su madre. El racionamiento afectaba en menor medida a la gente del campo que a la de las ciudades, gracias a las verduras y a los productos lácteos que proporcionaba Walbridge Hall, y ella usaba la miel que recolectaba de las colmenas en vez de azúcar, de modo que Freddie comía bien. Devoraba enormes cantidades de comida, y cuando regresó a su regimiento al término del permiso estaba más relleno de cara y volvía a tener las mejillas sonrosadas de antaño.

Grace había estado encantada de tener a su marido en casa y cuando por fin se marchó, la invadió una tremenda soledad que ni May ni tampoco Ruby pudieron llenar. Una parte de ella anhelaba un hijo para tener a alguien a quien querer y a quien cuidar, pero la idea de traer a un niño a aquel mundo tan incierto y aterrador la asustaba demasiado, de modo que, con sentimientos encontrados, un mes después de que Freddie se marchara descubrió que no estaba encinta. Se dedicó con ahínco renovado al cuidado de las abejas y de los huertos de Walbridge Hall y escribía largas cartas a su marido en papel de carta especial para enviarlas por avión con su letra más pequeña, sin dejar de rezar por él todas las noches al acostarse.

Hacía mucho tiempo que había terminado de confeccionarle la bolsita de lavanda a Rufus, pero no sabía cómo acceder a él. La bolsa seguía encima del tocador, junto con los cepillos para el pelo y el perfume, inspirando en ella recuerdos y anhelos que habría hecho mejor en desestimar. Pero con el paso de las semanas se vio acudiendo con creciente regularidad al cajón para leer la carta que él le había escrito tras la muerte de su padre y la tarjeta que había acompañado a las flores en el día de su boda. En silencio, pedía también al Señor que lo protegiera, y en las mismas ardientes plegarias pedía perdón por su enfebrecido y alocado corazón.

Y entonces, un día de verano, llegó Rufus.

Grace iba en bicicleta por el bosque después de un largo día en los jardines de Walbridge Hall. La humedad impregnaba el aire y pequeños mosquitos revoloteaban en nubes, pillados en la luz de los rayos que el sol poniente colaba entre los huecos de las hojas. Escuchó encantada el susurro de los animales en el sotobosque y volvió a reflexionar sobre la respiración nocturna que Rufus había afirmado detectar cuando la oscuridad agudizaba el sentido del oído. Y justo cuando pensaba en él, apareció delante de ella, emergiendo de un estrecho sendero adyacente al suyo.

La pilló tan desprevenida y la sorpresa fue tan inesperada y tan inmensa que borró en ella cualquier asomo de inhibición.

—¡Rufus! —gritó, feliz—. ¡Estás en casa!

El entusiasmo de Grace le agradó. Sonrió de oreja a oreja y se quitó el sombrero.

—He vuelto a casa —respondió—. Y es fantástico estar aquí.

Ella recorrió de arriba abajo con la vista su uniforme de capitán. Estaba más impresionante que nunca y sintió que la adrenalina le corría por las venas.

—¿Estás de permiso?

—Me han reasignado al cuartel general del general Doncaster en Bovington —fue su respuesta.

—Eso es maravilloso —exclamó ella.

—Solo una breve visita. No tardaré en volver a marcharme. A África.

—Oh. —Los ojos de Grace traicionaron su decepción y él sonrió cariñosamente, como si viera a todas luces el amor apasionado que ella sentía por él y la visión le conmoviera.

—Pero ahora estoy aquí —dijo, bajando la voz.

—¿Cuándo has vuelto?

—Esta tarde.

—Tienes buen aspecto.

—No me quejo, aunque la comida es deplorable. Echo de menos el filete y el pastel de riñones de la señora Emerson. Es toda una aventura salir ahí fuera, pero me temo que va a ser una labor ardua y larga.

—No digas eso —gimió ella—. No creo que pueda soportarlo.

—En ese caso, no hablemos de la guerra. ¿No es precioso esto? —Suspiró, feliz, barriendo con la mirada los helechos y las zarzas como si los viera por primera vez—. Baja de la bici, Grace. Quiero enseñarte algo.

Ella dudó durante un instante, cayendo de repente en la cuenta de que estaba a solas con él y temerosa de cómo se entendería la situación si alguien los veía.

—Será solo un minuto —dijo Rufus, y su rostro era tan adorable que soltó la bicicleta sobre la hierba y le siguió por el sendero por el que él acababa de bajar y que se adentraba en el bosque.

Los helechos les cubrían hasta la cintura y el sendero era tan estrecho que tuvieron que avanzar en fila india. Rufus subió con grandes zancadas una cuesta, llevándola a una parte del bosque que ella conocía bien, pues había acompañado algunas veces allí al señor Swift para ayudarle con los faisanes. Pero de pronto él se desvió del sendero y empezó a avanzar vadeando por el sotobosque. Le siguió sin decir nada hasta que los árboles se abrieron a un pequeño claro. En un extremo había una casita de madera para niños.

—Papá me la construyó cuando era pequeño —le dijo—. En aquel entonces me parecía maravillosa.

—Qué hombre más hábil.

—Le apasiona construir cosas. Por supuesto, le habría hecho más ilusión si hubiera sido un barco. —Se rio entre dientes, encogiéndose de hombros—. Pero ven a ver lo que acabo de descubrir. —Le tomó la mano y al sentir el contacto de la piel contra la suya, le ardieron las mejillas. Sabía que tendría que haber retirado la mano, pero la sentía tan cómoda en la de él que la dejó donde estaba, intentando convencerse de que Rufus simplemente pretendía ser amigable.

Él se volvió y se llevó un dedo a los labios. El gesto avivó la curiosidad de Grace, que al instante se olvidó de su mano. Despacio, Rufus abrió la puerta con el pie y le indicó con un gesto que le siguiera. Ella dio un paso adelante, soltándole por fin la mano. En el rincón superior de la casita había un nido lleno de pequeños y peludos polluelos cuyos picos amarillos se abrían, reclamando ansiosos su comida. Grace se quedó quieta durante un instante, mirándolos, y todo el miedo que había sentido al quedarse a solas con Rufus se disolvió ante la conmovedora escena que tenía ante sus ojos.

—¡Qué extraordinario ver un nido lleno de polluelos a finales del verano! —susurró, retrocediendo—. Qué suerte hemos tenido de poder acercarnos tanto. Pero ¿cómo se las ingenia la madre para entrar?

—Por la ventana. No necesita mucho espacio. He venido a ver la casa porque me apetecía sumergirme un momento en mi infancia y pasar un rato entre mis recuerdos. La vida es demasiado seria para mi gusto. —Esbozó una sonrisa triste y ella atisbó en sus ojos una sombra oscura que no había estado antes ahí—. He venido huyendo y te he oído canturrear por el camino.

—¿Yo canturreaba?

—Sí.

—No me había dado cuenta.

—He pensado que te gustaría ver los polluelos. «De toda la gente que conozco, Grace Valentine es la única persona que realmente sabría apreciarlos», me he dicho.

—Son adorables —respondió ella, halagada.

Rufus la miró y la ternura que asomó a sus ojos era flagrante y sin rastro alguno de vergüenza.

—No, tú eres la adorable —dijo con suavidad. Ella le miró, perpleja ante la inesperada declaración—. Que Dios me asista, Grace, pero te amo. No puedo negarlo y no puedo seguir reprimiéndolo. Te amo con toda mi alma.

Asustada, dejó escapar un jadeo.

—¡No! —exclamó, pero hasta ella percibió la debilidad en su voz y supo al instante que Rufus veía que le correspondía en su amor, pues este quedaba declarado en el sonrojo que le había encendido las mejillas. Resuelto por su débil protesta, se inclinó sobre ella y pegó sus labios a los suyos con un suave beso.

Los despegó.

—Si no sientes lo mismo, dilo y no volveré a besarte. Te lo prometo. Podemos fingir que esto jamás ha ocurrido.

Grace negó despacio con la cabeza.

—Te amo, Rufus —respondió lentamente. Las palabras, pronunciadas en voz alta, fueron como palomas liberadas de su jaula y supo entonces que no podría volver a recuperarlas. Supo también, cuando él la estrechó entre sus brazos para volver a besarla, que no desearía hacerlo.

20

Grace no pensó en Freddie mientras Rufus la besaba. Era como si él fuera parte de otra vida, como un sueño, y únicamente ese momento con Rufus fuera real. Con los brazos de él rodeándola y sin nada entre ambos salvo el latido de sus acelerados corazones, se fundieron en un solo cuerpo. No había ya distinciones de clase ni de educación que pudieran separarlos. Eran tan solo dos personas cuyo mutuo amor había crecido firme e irrevocablemente desde el primer instante en que, ocho años antes, se habían conocido junto a la iglesia. Ella había imaginado ese instante mil veces, y en su cabeza siempre se había sentido bien. Ahora sabía que su imaginación no la había traicionado. Eran dos almas perdidas que por fin se habían encontrado.

—Oh, Grace —suspiró Rufus, apartándole los mechones sueltos de cabello que le cruzaban la frente—. Amado por ti me siento el hombre más afortunado del mundo. Hace mucho que debería haberte llevado conmigo al anochecer y haberte reservado para mí.

—Te amé desde el momento en que te puse aquella abeja en el brazo. ¿Te acuerdas?

Rufus se rio.

—Mi querida Grace, claro que me acuerdo. Por aquel entonces eras una niña encantadora. Sabía que te convertirías en una hermosa mujer. Y mira lo preciosa que eres. Quiero saber lo que has hecho durante mi ausencia. Quiero oírlo todo. No omitas un solo detalle. ¡Quiero saberlo todo sobre las abejas y el brócoli! Quiero llevármelo todo conmigo cuando regrese a esa condenada guerra espantosa. —Le tomó las manos—. Pero no hablemos de eso. Ven, pasea conmigo. Conozco hasta el último palmo de este bosque y quiero disfrutar de él contigo donde nadie pueda encontrarnos. Esta casita, en este precioso claro, será nuestro lugar secreto. Nadie nos descubrirá aquí. Mientras estemos aquí podemos fingir que no existe ninguna Georgie ni ningún Freddie, solo tú y yo. —Le besó la frente—. Mi abejilla.

Grace trabajaba como siempre durante el día y luego, durante la noche, al volver andando a casa por el bosque, Rufus aparecía como uno de los galantes caballeros del rey Arturo y la estrechaba entre sus brazos, llevándosela con él al reino de la fantasía. Había guardado mantas en la casita de muñecas que extendían sobre la hierba y se tumbaban entrelazados sobre ellas, saboreando el breve tiempo que pasaban juntos. Rufus jugaba con los largos mechones de su pelo, pasándoselos por detrás de la oreja o enroscándoselos en los dedos, y le decía lo hermosa que era y cómo lo había rescatado de una vida gris y sin sentido. Ella le hablaba de las abejas y de Ruby, del trabajo en el huerto y en la granja, y le contaba los chismes de Walbridge Hall. A él le encantaba oír lo que decía sobre ellos la señora Emerson, aunque ella se cuidaba mucho de no repetir lo que le contaban sobre lady Georgina. Era mejor que no mencionaran a sus respectivos cónyuges.

Como su madre, la marquesa, Rufus adoraba a los pequeños refugiados que habían llegado para quedarse. Grace le oía hablar de ellos y sentía un débil estremecimiento en las profundidades de su vientre, pues también ella deseaba cada vez más tener hijos. Anhelaba como nada en el mundo poder tener un hijo de Rufus, aunque fuera del todo imposible. Lady Georgina le daría un heredero y, Dios mediante, ella le daría un hijo a Freddie y nada del amor que compartía con Rufus se perpetuaría. Nadie llegaría nunca a saber de su existencia. Permanecería oculto para siempre y algún día moriría con ellos. Pero ella deseaba más que nada que perdurara una pequeña manifestación.

Le dio a Rufus la bolsita de lavanda la noche antes de que él se marchara a África.

—Querida mía, qué atenta. La conservaré siempre —dijo él, pegándosela a la nariz y oliéndola—. Eres tan lista... —Luego hundió la cara en su cuello y la besó—. Cuánto me gustaría que pudieras meter este olor en una bolsita para que así pudiera llevarme conmigo un poco de ti a la guerra.

Ella se agitó sobre la manta.

—Me haces cosquillas.

Rufus rugió como un oso.

—¿Y aquí? —Deslizó los labios sobre su clavícula.

Grace se rio descontroladamente.

—¡Sí, para! —Pero la verdad es que no quería que lo hiciera.

Entonces le desabrochó el pantalón de peto y le abrió la blusa, un botón perlado tras otro, hasta que el pecho de Grace y el algodón blanco del sujetador quedaron a la vista. Despacio y deliberadamente, le besó la suave piel entre los pechos. Ella dejó de reírse. Jamás la había tocado ahí. Sin una sola palabra, Rufus le pasó la mano por la espalda para desabrocharle el sujetador. Ella no hizo nada por detenerle. El aire se había calmado por completo a su alrededor y el bosque se había quedado de pronto en silencio, como consciente de la sagrada naturaleza del momento. Cuando sus pechos quedaron a la vista, Grace contuvo el aliento. Rufus volvió a unir su boca a la suya y con la mano le acarició la suave inflamación del seno hasta que la respiración de ella se volvió rápida y entrecortada y dejó escapar un gemido contenido. Luego la lengua reemplazó a los dedos y Grace alzó la barbilla y cerró los ojos al tiempo que sentía que la tensión se le arremolinaba en el centro del vientre como un fuego que ardía fuera de control.

Sabía que no volvería a verlo durante meses. Podía quizá ser la última vez. La guerra volvía el futuro muy incierto y el presente era lo único que importaba. Lo único que importaba era el ahora, pues eso era todo lo que tenía. Por fin, con los sentidos inflamados y presa de un irrefrenable deseo, dejó que Rufus la desnudara. Le quitó los pantalones de peto y ella misma se sacó la blusa y el sujetador. Luego, él le acarició las bragas con los dedos hasta introducirlos por el borde y tirar de ellas, bajándoselas por las piernas y arrojándolas a la hierba. Tendida desnuda en la luz moteada que temblaba entre las hojas, dejó que la consumiera con los ojos. Su marido había sido hasta entonces el único hombre que la había visto desnuda. En ese momento estaba expuesta, vulnerable y desnuda para su amante, que no dejó pasar un solo instante para explorar cada curva y pliegue con ávido deleite, provocando en ella suspiros y gemidos como no habían salido jamás de su garganta.

Cuando terminaron de hacer el amor, Rufus buscó en el bolsillo de la chaqueta y sacó un paquete de cigarrillos Camel. Encendió uno y aspiró el humo.

—Llevaré conmigo el recuerdo de este día para acallar los horrores de la guerra —le dijo—. Ahora me siento más cerca de ti, Grace. Te he tomado en mis brazos y te he hecho mía.

—¿Cuándo volverás?

—No lo sé.

—Pensaré en ti todos los días.

—Me gusta eso. Me gusta pensar en ti pensando en mí. Y tengo algo que quiero darte para que no dejes de recordarme. —Introdujo la mano en otro bolsillo y sacó una caja de terciopelo roja—. Me alegró mucho encontrarla. La compré en Londres antes de la guerra y la he estado guardando durante todo este tiempo. Pero por aquel entonces no era apropiado dártela.

—Oh, Rufus. No tendrías que haberlo hecho.

—Ya sé que no tendría que haberlo hecho, pero eso nunca ha impedido a nadie hacer lo que quiera, y yo lo deseaba mucho. Me ha estado quemando en el bolsillo.

Grace pulsó el pequeño botón de oro y levantó la tapa. Dentro, brillando y refulgiendo, había un broche de diamantes con forma de abeja. Ella contuvo el aliento, maravillada.

—¡Oh, es muy hermoso! —exclamó, presa de la admiración—. Es perfecto. No se me ocurre nada en el mundo más apropiado para mí que esto. Debe de haberte costado muy caro, Rufus. Me da mucha vergüenza…

—Qué dulce eres, cariño.

—Pero es que… son diamantes, ¿verdad?

—Por supuesto que son diamantes. Amarillos y blancos. Para mí tú vales más que el cristal tallado. Ya lo ves: ya te quería entonces y no lo sabías.

—Y yo te quería a ti y tú tampoco lo sabías —se rio ella.

—Tienes que llevarlo siempre.

—Oh, lo haré.

—¿Y si Freddie pregunta?

—Inventaré algo.

—Puedes decirle que te lo ha dejado mi abuela en agradecimiento por haberla ayudado a mitigar los dolores de la artritis.

—Buena idea. Eso es lo que le diré. No sospechará nada.

—Cada vez que vea una abeja te la compraré hasta que tengas la casa llena de pruebas de mi amor. Te compraré una colección tan enorme que jamás te olvidarás de mí.

—Pero si yo no quiero olvidarte, nunca —protestó ella, sintiéndose ligera como el algodón de azúcar.

—Y yo jamás te olvidaré. Lo sabes, ¿verdad? Sabes que, pase lo que pase, jamás olvidaré a mi abejilla. Siempre serás mi único y verdadero amor.

En ese momento oyeron voces procedentes de la espesura. Se miraron, horrorizados.

—Vístete —susurró Rufus, arrojando el cigarrillo entre los arbustos. Se vistieron a toda prisa. Grace había palidecido de miedo. Se guardó la caja de terciopelo rojo en el bolsillo de los pantalones de peto y se sujetó el pelo con un pañuelo. Las voces no parecían acercarse más. Oyeron de pronto una risa suave que llegó hasta ellos transportada por la brisa con el murmullo grave de una voz masculina. Rufus le tomó la mano.

—Ven —susurró. Ella negó con la cabeza—. No temas, sé dónde están. Son ellos los que no saben dónde estamos nosotros. Confía en mí. —La condujo despacio hacia las voces. Grace se estremecía cada vez que el suelo crujía bajo sus pies. Quería decirle a Rufus que aquello era una insensatez. ¿Qué dirían si los descubrían? Pero él la llevaba firmemente de la mano y con paso decidido se abría paso sigilosamente por el sotobosque. Por fin le dijo que se agachara. Juntos, miraron entre los árboles.

Lo que vieron la alarmó más que la posibilidad de que los pillaran. Pero Rufus se lo estaba pasando en grande.

—¡Cielo santo! —exclamó, divertido—. ¿Quién lo habría dicho? ¡Mamá y el señor Swift!

—¡Vámonos! —susurró ella, mortificada por haber sorprendido a la marquesa de Penselwood con la espalda contra un árbol por obra del guardabosques. Había leído a escondidas *El amante de lady Chatterley* porque Josephine se lo había prestado, pero jamás habría imaginado que algo así pudiera ocurrir, y mucho menos a lady Penselwood.

—Ya ves, todo el mundo lo hace. Apuesto a que no hay una sola esposa fiel en todo el país. No creo que papá excite demasiado a mamá. El pobre y viejo señor Swift. Nunca lo habría dicho. El amante de lady Penselwood —dijo, intentando contener la risa y dando voz a lo mismo que ella estaba pensando.

—No podemos mirarlos. Es irrespetuoso —murmuró Grace, preguntándose si Rufus incluía a lady Georgina en su rotunda afirmación sobre las esposas infieles.

—De acuerdo. Ven. Vámonos de aquí. —Se incorporó y regresó caminando tranquilamente por donde habían venido.

—No hagas tanto ruido —le susurró ansiosa.

—Oh, están demasiado ocupados para oírnos. —Rufus volvió a reírse y negó con la cabeza—. Mamá ha subido muchos enteros en mi estima. ¡Menuda chica!

—¿No estás enfadado?

—¿Y por qué iba a estarlo? Sería un auténtico idiota si me enfadara por la infidelidad de mi madre. Papá nunca ha sido un marido atento, eso en el mejor de los casos. Pasa todo su tiempo libre construyendo maquetas de barcos cuando debería estar haciendo el amor con su mujer. No la culpo por buscar el cariño en otro sitio. Lo que me sorprende es que sea con el señor Swift. Supongo que todos los hombres de su clase se han ido a la guerra. —Le tomó la mano y se la llevó a los labios—. Tú tienes una nobleza natural, Grace. Hay muchas condesas que no son damas. Y luego estás tú: una dama salvo que sin título y, por Dios que desearía tener la potestad de darte uno. Te haría condesa y tendrías más elegancia y refinamiento que todas las damas de la aristocracia. —La besó tiernamente—. Para mí eres una dama, Grace.

De pronto, la idea de separarse de Rufus la sobrecogió. Se echó en sus brazos.

—Ojalá nos perteneciéramos —dijo—. Ojalá fuera posible. Pero estamos condenados a vivir separados para siempre. Y ahora te marchas y quizá no vuelva a verte.

—Cariño, deberías tener más fe en la Vieja Inglaterra —dijo él, estrechándole la mano—. Cuando regrese te empotraré contra un árbol como el señor Swift con mamá.

Ella se rio a pesar de la tristeza que la invadía.

—Eres malo.

—Le dijo la sartén a la olla.

Ella alzó hacia él sus ojos brillantes.

—Oh, te amo, Rufus.

—Lo sé, y eso me ayudará a aguantar hasta el final de la guerra, cuando volvamos a reunirnos aquí, en nuestro lugar secreto, donde nadie salvo mamá y el señor Swift pueda encontrarnos. —Su mirada se tornó seria al tiempo que le acariciaba el contorno del rostro—. Siempre que me eches de menos, pon los dedos sobre el broche que te he dado y eso me enviará un mensaje telepático directamente al corazón.

—Oh, Rufus. No digas eso. Vas a hacerme llorar.

Se inclinó sobre ella para volver a besarla.

—Si Dios me salva de la muerte, Grace, volveré para casarme contigo. Te lo prometo. Me divorciaré de Georgie. Tú te divorciarás de Freddie. No hay nada en el mundo que pueda separarnos.

Al día siguiente Rufus regresó a la guerra y ella volvió al trabajo. Aparentemente nada parecía haber cambiado un ápice. Interiormente, sin embargo, todo había cambiado. Grace descubrió que tenía una sorprendente capacidad para vivir dos vidas paralelas. Una exterior, en la que escribía largas cartas a Freddie, se lamentaba delante de Ruby, de Josephine y de May de lo mucho que le echaba de menos, y una interior, en la que su corazón languidecía por Rufus. Descubrió, avergonzada, que poseía también una sorprendente facilidad para mentir.

Rufus le escribía largas cartas desde África, siempre dirigidas a la señorita Bernadette Short, el nombre que se habían inventado por si Freddie estaba en casa de permiso y por casualidad encontraba alguna. Siempre podía decir que la tal Bernadette era una de las trabajadoras de la granja que, procedente de Londres, se había alojado temporalmente en su casa, pero ya se había marchado. La idea había sido de Rufus y era buena. Él mismo le escribía la carta a «MI QUERIDA Y PEQUEÑA B», y firmaba «TU FIEL BRODERICK», en referencia al nombre de uno de sus ancestros que a ella le resultaba especialmente gracioso. Grace atesoraba cada una de las cartas, ocultándolas con las dos que anteriormente había estado guardando en el cajón del tocador en el hueco de un tablón suelto que tenía debajo de la cama. A diferencia de Freddie, que nunca compartía sus experiencias, Rufus las compartía sin freno, en la medida en que lo permitían los censores. Parecía querer desahogarse y a Grace le halagaba que le escribiera sobre sus sentimientos tan detalladamente, compartiendo con ella sus éxitos y también sus fracasos. Era un joven muy inteligente e ingenioso y sus cartas parecían más relatos breves en los que los hombres que Rufus describía se convertían en personajes sobre los que ella anhelaba leer y, a medida que la guerra seguía librándose sin cesar, en personajes cuya ausencia lloraba cuando encontraban una muerte trágica. Rufus escribía filosóficamente y con gran juicio, pero hubo un párrafo que no pudo olvidar durante varios días y que la hizo llorar contra la almohada.

> El ruido de la guerra es tal que destruye todas la cosas vivas. A veces creo que la propia Tierra ha dejado por completo de respirar, porque cuando me siento bajo las estrellas y lo único que consigo ver son mis miedos, intento oírla respirar —inspirando y espirando, inspirando y espirando— y no oigo nada salvo un silencio mortal y mi débil corazón que sigue palpitando aún por mi único y verdadero amor.

Entonces salió y se sentó en el jardín en mitad de la noche, arrebujada en un abrigo de moutón, y cerró los ojos. Al principio, lo único que alcanzó a oír fue aquel irritante latido en los oídos, pero luego, a medida que el ritmo de los latidos del corazón empezó a menguar y pudo agudizar el oído, empezó a oír el suave correteo de un animalillo en el seto. No abrió los ojos, sino que dejó que los sentidos conectaran con la secreta vida nocturna del jardín. Deseaba oír la respiración de la que Rufus había hablado, pero la tranquilizó saber que la guerra todavía no había despojado a su jardín de su propia vida.

A Grace le alegró saber que la señora Emerson, que era la fuente de todos los chismes de Walbridge Hall, no estaba al corriente del romance entre lady Penselwood y el señor Swift. La cocinera tampoco la trataba a ella de forma distinta, lo cual confirmaba que no sospechaba nada de su romance con Rufus. La única persona a la que ella intentaba evitar por todos los medios era a lady Georgina. La mayor parte del tiempo, la mujer de Rufus no salía del ala privada que ocupaba en la casa. Mientras la marquesa recorría con paso firme la granja y los jardines, dirigiendo a las mujeres, ordeñando las vacas, recogiendo los huevos de las gallinas y cabalgaba con el señor Swift, su taciturna nuera tejía supuestamente calcetines para el Instituto de la Mujer en su pequeño salón de la primera planta. La señora Emerson estaba harta de ella, como lo estaban también las campesinas que conocían las historias de grandes damas de todo el condado que se ponían los pantalones de trabajo y se ensuciaban las manos con la gente de pueblo. Pero, según decía la señora Emerson, lady Georgina tenía un carácter fuerte y una voluntad de hierro, y ni siquiera lady Penselwood había logrado que participara en las labores de la granja.

Entonces, un día de primavera de 1942, lady Georgina la buscó en los jardines. Parecía realmente decidida a hablar con ella. Para entonces, el compartimento secreto que tenía debajo del tablón de su cuarto contenía no solo las cartas de Rufus, sino un buen número de pequeñas abejas ornamentales que él había conseguido enviarle. Entre ellas había una caja de porcelana, una pitillera, una baratija de plata y un colgante de oro. También había empezado a dibujar abejas en sus cartas, provocando con ello su sonrisa.

—Necesito hablar contigo —dijo lady Georgina con su altanería habitual.

A ella casi se le salió el corazón por la boca.

—¿Sí, mi señora? —respondió, intentando vislumbrar algún signo de sospecha en sus rasgos. Pero lady Georgina la miraba impasible, sin mostrar nada.

—Necesito mandar una caja de miel a lord Melville.

—Entregué la miel a la señora Emerson en septiembre. Debería de quedar mucha todavía en el armario de la despensa.

Lady Georgina pareció aturullada.

—Quiero unas etiquetas especiales para los frascos —dijo.

Ella sabía que los prisioneros de guerra, acantonados en una granja de las proximidades, pintaban a mano etiquetas para los frascos de miel de Walbridge.

—Si quiere, puedo organizárselo —respondió—. Tendré que recolectar antes este año. Podría llenarle algunos frascos, sin duda, pero no antes de mayo.

—Pero ¿las abejas no producen miel todo el tiempo?

—Sí, pero solo la recolectamos una o dos veces al año.

Lady Georgina sonrió, desanimada.

—Creía que se podía recolectar la miel en cualquier momento.

—A las abejas no iba a gustarles mucho —dijo ella—. ¿Qué le gustaría poner en las etiquetas para que pueda organizarlo?

—Quiero unas especiales para mi marido. Será un regalo. De repente muestra un gran interés por las abejas.

Grace sabía que se delataría si se mostraba nerviosa, de modo que respondió sin dudar:

—Probablemente porque lady Penselwood se hizo picar por unas para curarse la artritis.

Lady Georgina arqueó las cejas.

—¿Y funcionó?

—Creo que funcionó, sí. —Entonces vio que la mirada de lady Georgina se posaba en el broche de la abeja que siempre llevaba sobre su seno derecho.

Y entrecerró los ojos.

—Qué broche más bonito llevas.

—Gracias.

—¿Quién te lo ha regalado?

Grace sabía que era lógico que lady Georgina diera por hecho que no se lo había comprado ella, y que su padre jamás habría tenido suficiente dinero para darse el lujo de adquirir un broche tan extravagante.

—Lady Penselwood me lo regaló en agradecimiento por haberla ayudado a mitigar su artritis. Fui yo quien le administró las picaduras de abeja. —Al menos la anciana ya estaba muerta y no podría refutar su historia.

Lady Georgina pareció sorprendida.

—Qué generoso por su parte. Debiste de haberla hecho muy feliz para que te hiciera un regalo tan considerado y generoso.

—Lo llevo siempre puesto —contestó ella.

—Espero que no se te caiga mientras trabajas. Sería una lástima que lo perdieras. Te aconsejaría que lo reservaras para ponértelo con tus mejores vestidos y chaquetas.

—Está bien sujeto —respondió, tocándolo con los dedos. A punto estuvo de añadir que nada podría hacer que echara a volar y casi sonrió para sus adentros porque esa era la clase de comentario jocoso que habría hecho Rufus.

—¿Cómo está tu Freddie? —preguntó lady Georgina—. ¿Te escribe a menudo?

—Siempre que puede.

—Lord Melville parece tener mucho más tiempo en sus manos, porque no paro de recibir cartas suyas. —Dejó escapar una pequeña risilla triste y Grace supo ver lo que se ocultaba tras la hueca fanfarronada.

De pronto sintió lástima por ella.

—Rezo para que esta guerra absurda termine de una vez —manifestó con vehemencia—. Rezo para que nuestros maridos regresen y todo vuelva a ser como antes. No puedo soportar vivir siempre temiendo lo peor, intentando mantener la mente ocupada en otras cosas mientras no dejo de preocuparme porque creo que quizá Freddie esté herido o tenga miedo o se sienta nostálgico. —Soltó una risa amarga—. Me siento tan inútil aquí, y este no saber podría volverme loca.

La mirada de lady Georgina se suavizó y durante un instante fueron dos mujeres asustadas por la suerte de sus hombres, y la distancia que sus diferencias de clase imponía entre las dos quedó de pronto anulada.

—Todas estamos juntas en esto —dijo lady Georgina—. Tú con tu Freddie, yo con mi Rufus, Arabella con Aldrich y tantas otras que, como nosotras, están ansiosas. Es un horror.

—¿Y cuántos frascos querría? —Retomó el tema de la miel. No quería intimar demasiado con la esposa de Rufus. El rostro de lady Georgina volvió a endurecerse y Grace supo que su expresión poco tenía que ver con ella y mucho con su propia infelicidad.

—Seis. Al parecer la miel puede usarse para vendar las heridas.

—Tiene propiedades antisépticas —comentó ella.

—Desde luego, la miel es una auténtica maravilla. ¿No te parecen inteligentes las abejas? No sabes cuánto envidio tu vida simple.

—¿La suya es muy complicada? —le preguntó.

—Oh, sí, ni te lo imaginas. Pero todo es una cuestión de expectativas, y no creo que tú, con tus abejas y tu pequeño jardín, tengas demasiadas expectativas incumplidas. —Grace no entendió lo que quería decir y frunció el ceño—. Quiero que las etiquetas sean bonitas. Un dibujo de unas campanillas para que le recuerden nuestra boda en Thenfold, y quiero también que incluyan nuestras iniciales. La «R» y «G» entrelazadas. ¿Crees que podrán hacerlo?

—Por supuesto —respondió ella, que de repente se sintió incómoda. Por mucho que Rufus la amara, su vida siempre estaría entrelazada con la de lady Georgina, como las letras de las etiquetas.

—Bien. Si no te importa, preferiría que me las trajeras tú personalmente. No quiero que se mezclen con las de la casa. A veces a la señora Emerson se le va un poco la cabeza.

—Lo haré.

—Bien, no quiero entretenerte más. Seguro que debes de tener algo útil que hacer en el jardín. —Grace vio cómo se alejaba. Le habría gustado saber si su conversación había estado motivada por las sospechas de lady Georgina o si realmente solo quería mandar los frascos de miel al frente. Si, en efecto, albergaba alguna sospecha, esperaba haber logrado apaciguarla.

Presa de un creciente temor por su cada vez más frágil estado de ánimo, fue testigo de los devastadores efectos de la guerra sobre quienes la rodeaban. La señora Emerson perdió un nieto en Francia y lady Penselwood a un sobrino en África. Hubo otras mujeres que recibieron cartas informándolas de que sus maridos e hijos habían muerto, habían caído en combate o estaban espantosamente heridos. Walbridge lloraba a los suyos y el llanto se eternizó durante meses. Ella pasaba noches enteras de rodillas junto a la cama, rezando por Rufus y por Freddie, negociando con Dios con la esperanza de que su infidelidad no le llevara a quitarle a Rufus movido por el rencor. Sabía que tenía que prometer poner punto y final al romance, pero esa era una promesa que en ningún caso podría cumplir.

Escribía cartas a Freddie y a Rufus sentada a la mesa de la cocina y las enviaba a la vez. A veces se preguntaba cómo era posible amar a dos hombres al mismo tiempo, pero es que hay muchas formas de querer y el amor entre hermanos, padres e hijos, amigos, esposos y amantes es siempre distinto, del mismo modo que los siete colores del arco iris son parte del mismo arco de color. A ella se le antojaba natural decirles a los dos hombres que los quería, y esa era la verdad.

Y entonces, en otoño de 1942, recibió una carta en la que se le informaba de que Freddie había sido herido en combate en el norte de África. Ella ni siquiera sabía que él estaba en África. Fue presa de una extraña sensación al caer en la cuenta de que los dos hombres que amaba habían estado combatiendo en el mismo sitio. Freddie estaba en ese momento en un hospital militar, su estado era estable y en cuanto fuera posible volvería a casa. Grace buscó consuelo en su familia. Ninguno de ellos estaba todavía al corriente de ningún detalle. Pero, aun así, daba gracias de que estuviera vivo, aunque la aterrorizaba pensar cuáles podían ser sus heridas. Sabía de hombres que habían regresado sin alguno de sus miembros, brutalmente desfigurados o mentalmente enfermos. Se despertó en mitad de la noche después de haber soñado que no le reconocía. Mientras estudiaba los sanguinolentos y monstruosos rasgos del rostro de Freddie, sus ojos de color añil se transformaron en los ojos marrones de Rufus y soltó un grito de horror.

Sus plegarias por Rufus se volvieron más insistentes. Su ansiedad iba en aumento a medida que pasaban las semanas sin recibir una sola palabra de él. ¿Cómo iba a enterarse de si lo habían matado, si estaba herido, o si le habían dado por desaparecido en acción? Mientras esperaba el regreso de Freddie, esperaba también noticias de su amante, pero esas nunca llegaron. Se hacía la encontradiza con lady Georgina o con la marquesa, inventándose cualquier excusa para entrar en la casa. No había nada en la actitud de las dos mujeres que pudiera hacer creer que a Rufus le había ocurrido algo terrible. Entonces le escribió, suplicándole que le diera noticias y dando rienda suelta a su angustia con frases más enrevesadas que nunca.

Empezó a preguntarse entonces si lady Georgina habría descubierto su romance con Rufus. Enfebrecida, repasó mentalmente la conversación que había mantenido con ella, intentando recordar si por un simple descuido los había delatado. ¿Acaso lady Georgina había visto el broche de la abeja antes de que él se lo regalara? ¿Lo habría dejado Rufus por ahí, a la vista? ¿Había amenazado lady Georgina con dejarle si él volvía a ponerse en contacto con ella? Esas posibilidades se barajaban incesantemente en su cabeza como una baraja de cartas llenas de espadas. Rufus había dicho que nada ni nadie podría separarlos, pero lo cierto es que había muchas cosas que podían hacerlo.

Freddie volvió a casa después de Navidad. Aparte de la herida en la parte izquierda de la cara y del parche en el ojo, seguía siendo el mismo por fuera. Pero no era así por dentro. Se había vuelto agrio, resentido y triste. Era como si le hubieran arrancado el corazón al tiempo que el ojo. Y, peor aún, se había vuelto silencioso.

La miraba como si ella tuviera la culpa de lo ocurrido. May la tranquilizaba, diciéndole que era normal pagar con quienes estaban más cerca el dolor propio, pero Grace se preguntaba si Freddie podía leerle el alma y si veía allí a Rufus.

Anhelaba saber de él, pero no había nadie a quien preguntar. Pasaron los meses y seguía sin llegar ninguna carta suya. Por fin, dejó de escribirle. Era más difícil con su marido en casa. Nunca dejó de creer que Rufus la amaba, y cuando Freddie iba al pub a ahogar sus penas, ella abría el compartimento secreto que tenía debajo de la cama y ahogaba las suyas con sus cartas. Quizá Rufus se había enterado de que Freddie había vuelto a casa y le parecía que no era seguro mandarle allí las cartas, incluso aunque estuvieran dirigidas a otra mujer. No había nada que ella pudiera hacer, salvo esperar a que terminara la guerra y que regresara Rufus. Se tocaba tanto el broche con la abeja que el gesto se convirtió en un tic nervioso y Freddie, si en algún momento reparó en él, nunca preguntó de dónde lo había sacado.

TERCERA PARTE

21

Trixie no podía dormir. Sentía una extraña tensión en la boca del estómago, como solía ocurrirle en el instituto la noche antes de un examen importante. Miró al hombre que dormía tranquilamente a su lado. Estaba tumbado boca arriba, con las sábanas apartadas a un lado de cualquier manera, dejando a la vista su torso musculoso y la lustrosa textura de la piel, que brillaba bajo la luz que entraba desde la calle. Se llamaba Leo y era norteamericano de origen italiano. Atractivo, atlético y divertido, contaba con todos los atributos por los que cualquier mujer mataría. Pero ella no le amaba. No había amado a ninguno de los hombres que habían calentado su cama, y habían sido muchos. Pero le tenía cariño. Él la hacía reír y no la fastidiaba, y era agradable tener a alguien con quien compartir su vida. Le había durado ocho meses. Sabía que no tardarían en romper. Catorce meses había sido el tiempo máximo que había estado con un hombre.

Se levantó y se dirigió sigilosamente al salón, envolviendo su cuerpo en el salto de cama de velvetón. Se sentó delante del gran ventanal que refulgía con las luces eternas de una ciudad a la que durante los últimos diecisiete años había considerado su casa. Miró el bosque de altos edificios y sintió una afilada punzada en el corazón al pensar en el mar abierto y el cielo tachonado de estrellas de su juventud.

Al principio había huido de su infelicidad. Creía que si se perdía en Nueva York, el dolor no la encontraría. Las drogas, el alcohol y las continuas fiestas parecieron cumplir con su cometido, y durante un tiempo enmascararon la sensación de muerte en lo más profundo de su ser, convenciéndola de que era feliz y de que se sentía satisfecha con su suerte. Big había tirado de los hilos pertinentes y le había conseguido un puesto que no requería mayor preparación en una revista de moda, que consistía a grandes rasgos en preparar el té y estar a cargo de los archivos, y ella se había acostado con todos los hombres olvidables que pudo encontrar en un intento por borrar a Jasper de su mente. Había sido Suzie Redford quien la había hecho entrar en razón, arrojando las drogas al lavabo y gritándole que se pusiera las pilas antes de que perdiera el trabajo y también su futuro. Ningún hombre era merecedor de su autodestrucción.

Poco a poco el trabajo la salvó. Adoraba la moda y las chicas de su departamento no tardaron en convertirse en buenas amigas. Quería triunfar y paso a paso la ambición suplantó a su hedonismo. Mientras lograra centrar su atención en algo, podría evitar volver a caer en las garras de la melancolía. Y mientras siguiera en Nueva York, podría ser otra persona. Volvía de visita a casa lo menos posible, porque no quería seguir siendo la chica del corazón partido que había dejado en la isla, luchando contra los recuerdos en cada duna de arena.

Ahora ya tenía treinta y seis años. La mayoría de sus amigas estaban casadas y tenían hijos, pero ella se había casado con su trabajo. Había trabajado duro para llegar donde estaba. No había conseguido su puesto de editora de moda de la noche a la mañana. Era de todos sabida su entrega a su profesión, aunque nadie sospechaba el motivo. Para el mundo exterior, lo tenía todo: belleza, un buen trabajo, un novio atractivo, un círculo de amigos fieles, un amplio *loft* en el Soho y un armario lleno de ropa de marca. Para el mundo exterior lo tenía todo. Para ella, a su vida le faltaba lo único realmente importante.

El teléfono sonó cuando estaba en su despacho. Le sorprendió oír la voz de su padre al otro lado de la línea. Muy pocas veces la llamaba.

—Hola, papá. ¿Cómo estás?

Él vaciló un instante y el nudo que ella tenía en el estómago se tensó.

—Siento decirte que tengo una mala noticia —dijo—. Tu madre tiene cáncer.

Fue como si acabara de anunciar su sentencia de muerte.

—¡Oh, Dios mío! —jadeó ella, agarrándose a la mesa al tiempo que el despacho giraba a su alrededor—. ¿Es muy grave?

—No hay un buen diagnóstico. Le detectaron tarde el tumor y al estar en el cerebro, es inoperable. Le han dado quimioterapia, pero el tumor no se ha reducido. No pueden hacer más.

—¿Le han dado quimioterapia? ¿Cuánto tiempo hace que lo sabéis?

—Unos seis meses.

—¿Por qué no me lo habías dicho?

—Ella no quería. No quería preocuparte.

—¿Que no quería preocuparme? ¿Estás de broma?

—Nos pareció que era lo mejor.

—Esto es terrible. Tendríais que habérmelo dicho. Habría estado allí. Vuelvo a casa ahora mismo —declaró con decisión—. Tomaré el próximo vuelo.

Trixie voló a Boston en estado de *shock* y tomó allí un vuelo que la llevó a la isla. Mientras miraba el refulgente océano que se extendía bajo el avión, se acordó de las palabras con las que se había despedido de Jasper. «Si derramas lágrimas en el agua de este puerto, eso significa que volverás.» Había llorado muchas lágrimas la primera vez que se había ido a Nueva York. Ahora las lágrimas eran por su madre. Lamentaba desesperadamente haber cortado los lazos que la unían a los suyos. Se había olvidado de sus padres y la realidad de su mortalidad la golpeó como una fría bofetada. En ningún momento se le había ocurrido que llegaría el día en que la red de seguridad que ellos le proporcionaban dejaría de estar ahí. Tendría que haber pasado más tiempo con ellos, se dijo, enfadada. Mientras lloraba silenciosamente con el rostro hundido en su pañuelo, pensaba en el amor incondicional de su madre y se avergonzó al caer en la cuenta de lo poco que le había dado a cambio. Grace no solo era su madre, sino también su mejor amiga. Imaginar la vida sin ella era algo inconcebible. No podía permitirlo. Costara lo que costara, no iba a dejarla morir.

Era otoño y un viento frío barría el agua. Su padre había ido a recogerla al aeropuerto. Trixie le dio un beso y se fijó en lo desmejorado que estaba, como si fuera su cuerpo el que hubiera sido asolado por el cáncer. Lamentó amargamente no haber vuelto a casa más a menudo.

—Tu madre no quiere que te preocupes en exceso —dijo Freddie—. Ya sabes cómo es. Lo último que quiere es tenernos a todos dando vueltas por la casa con caras largas.

—¿No se puede hacer nada? —preguntó ella.

—Ahora solo un milagro puede salvarla. —Desvió la mirada—. Así que reza para que acaezca.

Recorrieron en coche las calles adoquinadas de hermosas casas con las paredes cubiertas con tablones grises y en las que los árboles habían empezado a perder sus hojas naranjas y amarillas como lágrimas y fue presa de un arrebato de nostalgia al pensar en su infancia, en esos años en que su corazón rebosaba optimismo. Vio a la gente deambular alegremente por la acera, riendo bajo el débil sol del atardecer, paseando perros con sus correas, llevando a niños de la mano, y sintió nostalgia por lo que podría haber sido. Contempló el interior de los escaparates de las boutiques e imaginó las vidas serenas y relajadas de las dependientas. Había pasado tanto tiempo en Nueva York que había olvidado lo seductora que era Tekanasset.

Su madre estaba en el abigarrado salón, tumbada debajo de una manta en el sofá. El fuego de la chimenea estaba encendido y desde el reproductor de cedés llegaba la música clásica. Las flores adornaban todas las superficies y su perfume impregnaba el aire con el aroma de un verano que había quedado atrás hacía tiempo. Su perro dormía plácidamente a sus pies. Cuando la vio, le tendió los brazos y sonrió, feliz.

—Cielo, ¡qué fantástica sorpresa! —Trixie se inclinó sobre ella y le dio un beso. No tenía tan mal aspecto como se había temido. De hecho, su padre estaba mucho peor que ella. Grace simplemente parecía mayor.

—Tendrías que habérmelo dicho...

Su madre la interrumpió.

—Oh, vamos, tampoco es tan terrible. —Pero la exhausta resignación que se ocultaba tras su sonrisa traicionó la gravedad de su enfermedad.

—¡Qué flores más hermosas! —exclamó Trixie, intentando contener las lágrimas.

A ella le alegró poder cambiar de tema.

—¿Verdad? Como no podía ser de otro modo, el ramo más grande es de Big. Se ha portado maravillosamente. Todos han sido muy buenos conmigo. —Sonrió pícara a su hija—. Evelyn se ha ofrecido a dejarme a una de sus cocineras. ¿Qué te parece? Por supuesto, le he dicho que no.

—Menuda tonta. Supongo que quiere ser la jefa de las plañideras —dijo Trixie.

—Bueno, desde luego quiere estar al corriente de todo.

—Para poder chismorrearlo a todos los demás.

De repente, Grace pareció un poco cansada.

—Cielo, qué maravilla verte. Y qué buen aspecto tienes. ¿Cuánto tiempo te quedas?

—Me he tomado una semana libre. He traído el portátil para poder trabajar aquí.

—Bien. Necesito ayuda con las abejas. Tenemos que recluirlas antes de que llegue el invierno, y no me siento con fuerzas para hacerlo sola.

Trixie agradeció sobremanera poder sentirse útil. Siempre le había gustado ayudar a su madre con las abejas cuando era pequeña y Grace le había hecho un traje de apicultor extra pequeño especialmente para ella.

—Me encantaría —respondió entusiasmada—. Tenemos que asegurarnos de que no haya polillas de la cera y de que tengan suficientes provisiones.

Grace sonrió, encantada.

—¡Cielo, me has leído la mente!

Le sonrió tímidamente.

—Un poco. Ojalá lo hubiera hecho más a menudo.

Durante los días siguientes, ayudó a su madre con las abejas. Por si lo había olvidado, Grace le contó por qué era importante supervisar regularmente las colmenas para ver si las abejas almacenaban polen y néctar, si la reina estaba sana y ponía huevos, si las abejas estaban anidadas o si parecían a punto de formar un enjambre. Ella se expresaba con una voz tierna y paciente, como si estuviera hablando de sus hijos, y Trixie sintió un nudo en la garganta cuando vio lo mucho que le importaba que las abejas quedaran a buen recaudo si le llegaba la muerte.

—No se aprende apicultura en los libros, Trixie —le dijo—. Hay que ver trabajar a un apicultor experto y aprender así, como yo lo hice de mi padre. Se trata de tener contentas a las abejas. Y la forma de conseguirlo es molestarlas lo menos posible. Tienes que actuar con suavidad. Las abejas tienen su carácter y algunas de las mayores son muy conflictivas. Hay que tenerlas especialmente contentas.

Trixie se dio cuenta de que su madre estaba débil y de que se cansaba fácilmente, aunque sonriera constantemente para disimular cualquier malestar y sus abejas parecían darle más satisfacción que cualquier otra cosa. Pero cuando realmente tomó conciencia de lo enferma que estaba fue cuando la vio tomar una insufrible cantidad de pastillas por la mañana. Se preguntó si sería capaz de funcionar sin ellas.

Observó también el cariño con que su padre la cuidaba. Freddie siempre había sido frío y distante, pero ahora, a sus setenta y tres años, se estaba ablandando y un cálido afecto parecía crecer entre ellos, como la floración tras un duro invierno. Lo sorprendió mirándola con una expresión melancólica en el rostro y con los ojos colmados de pena y de arrepentimiento. Después de haberse preguntado qué era lo que les había unido hacía tantos años, de repente obtuvo la respuesta. El amor. Nada más importaba.

—Mamá, ¿qué es lo que tanto te fascina de las abejas? —le preguntó la tercera noche, después de haber levantado las tapas de las colmenas y de que ella le contara todo lo que un apicultor tiene que tener en cuenta antes de recluirlas hasta la primavera.

—Bajemos a sentarnos a la playa, ¿te parece? —le sugirió ella—. Me encanta sentarme en las dunas y mirar el mar. Ven, nos llevaremos un par de mantas y no se lo diremos a tu padre para que no se preocupe.

Un viento frío barría la playa y el mar estaba oscuro y revuelto. Las nubes cruzaban veloces el cielo, jugando al escondite con las estrellas. Se sentaron en una duna cubierta de hierba y se cubrieron los hombros con las mantas. Trixie encendió un cigarrillo. Grace fijó la vista en el confín del mundo y se preguntó qué ocurriría al otro lado. ¿Qué ocurría después?

—¿Sabes lo que me fascina de las abejas, Trixie? La vida. Eso es lo más asombroso de ellas. Su providencial creatividad. Los seres humanos podemos construir coches y aviones y volar a la luna, pero es una inteligencia que escapa a nuestra comprensión la que hace que el mundo funcione. Probablemente los científicos puedan crear un cuerpo y un cerebro, pero jamás podrían crear la inteligencia, no podrían dar vida al cuerpo. La que gobierna a las abejas y su intricada forma de vida es una inteligencia que escapa a nuestra comprensión. Podríamos producir miel, pero estas diminutas criaturas la fabrican en cantidades suficientes para abastecernos a nosotros y a ellas y no se quejan. Eso me parece extraordinario. —Se volvió hacia su hija y esbozó una sonrisa triste—. Y me conectan además con mi juventud y con mi padre, al que quería mucho.

—¿A él le gustaba papá?

—Adoraba a Freddie. Supo mucho antes que yo que era el hombre para mí. —Se rio entre dientes—. Me dijo que no cometiera el error de mirar demasiado lejos y perdiera de vista lo que tenía delante de las narices. Tenía razón, claro. Yo conocía a Freddie desde siempre. Éramos muy amigos, pero nunca había pensado en él de ese modo. Siempre había sido como un hermano para mí.

—Llevas casada unos cincuenta y cinco años, mamá. Todo un logro.

—Ya lo creo —respondió ella con suavidad.

—Papá siempre ha sido un hombre muy distante. Ya me entiendes: es difícil acercarse a él. Aunque creo que se ha ablandado con los años.

—Por dentro es un hombre dulce y bondadoso.

—Eso has dicho siempre.

—Porque lo conozco.

—¿Y porque le quieres?

—Sí, le quiero. Hemos pasado épocas duras, pero nunca me he planteado dejarle. La gente de tu generación tiráis la toalla en cuanto las cosas se ponen difíciles. Nosotros tenemos un sentido del deber del que vosotros carecéis. Hasta cuando… —Vaciló y la noche se tragó su mirada—. Hasta cuando las cosas se pusieron muy difíciles, nunca, jamás me planteé dejarle. —Su voz entonó una pregunta, como si realmente no pudiera creerlo del todo. O como si acabara de caer en la cuenta de lo que realmente significaba.

Trixie la observó con detenimiento. Sabía muy poco del pasado de sus padres porque ellos en rara ocasión hablaban de él. Pero la frase no podía ser más sugerente y abría una grieta en una puerta por la que ella pudo intuir la alusión a una vida secreta.

—Me gustaría que encontraras a alguien con quien pudieras compartir tu vida, Trixie —le dijo al fin—. Me iría más feliz sabiendo que estás bien acompañada.

—Mamá, la felicidad no depende solo de encontrar un hombre. No necesito un marido ni hijos que me hagan feliz. Tengo mi trabajo y mis amigos. Estoy muy bien así.

Grace miró a su hija con el semblante muy grave.

—Escúchame, cielo. La vida no es nada si no quieres a alguien.

—Te quiero a ti —respondió ella, encogiéndose de hombros al tiempo que las lágrimas le escocían tras los ojos.

—Lo sé, cielo, y sé que quieres a Jasper.

Trixie apagó el cigarrillo en la arena.

—De eso hace mucho tiempo —respondió con un hilo de voz.

—Cielo, el amor no necesariamente disminuye con el tiempo y el primer amor es a veces el más intenso. Pero tienes que olvidarte de él. No puedes dejar que un desamor del pasado destruya tus posibilidades del presente. —Cerró los ojos y se rio amargamente. Esa era una lección que, de haber estado con vida, su padre quizás habría intentado enseñarle.

—Nadie puede compararse con Jasper, mamá. Esa es la verdad. Nadie. —Los ojos de Trixie brillaron a la luz de la llama al ahuecar las manos alrededor del encendedor—. Ya está, ya lo he dicho. Nada puede compararse con él. —Parecía derrotada. Pequeña, de pronto, y perdida.

Grace rodeó a su hija con el brazo y la atrajo hacia sí. Pegó la mejilla contra su pelo y dejó escapar un suspiro.

—No puedo decirte a quién debes amar. El corazón escoge por nosotros y nadie puede hacer nada sobre eso. Te quiero, Trixie. Siempre serás mi pequeña, aunque te hayas hecho mayor y tengas tu propia vida, independiente de la mía. Estoy orgullosa de ti. —Cerró los ojos y los apretó con fuerza, incapaz de soportar la idea de la separación—. Solo quiero asegurarme de que estás bien.

Esa noche, Trixie no podía dormir. Bajó y se sentó a fumar en el balancín, mirando al jardín y al mar, que se extendía más allá. Se acordó del amor y de cómo había sido sentirlo. Por mucho que se repitiera que no deseaba casarse ni tener una familia, lo cierto era que lo deseaba, y mucho. No anhelaba tener hijos, pero sí alguien a quien amar. Deseaba rodear a un hombre entre sus brazos y saber que él la correspondía. Se acordó de Jasper, como ocurría siempre que bebía demasiado y se ponía de mal humor. Se preguntó qué estaría haciendo y si se había casado y tenía hijos. Si seguía tocando la guitarra o si la habría perdido también al perder Tekanasset y a ella.

Mientras dejaba vagar la imaginación, le pareció ver una sombra junto a las abejas. Al principio creyó que era su madre, pero Grace dormía en el piso de arriba y por algún motivo le pareció que la presencia era un hombre. Se levantó y rodeó la casa hacia la fachada lateral. No vio a nadie, solo las colmenas y el viento frío que soplaba desde el océano. Se quedó donde estaba durante un instante, escuchando las olas y el lento ritmo de su respiración. Aunque no veía a nadie, seguía teniendo la sensación de que no estaba sola. Un escalofrío le recorrió la piel. Dio una última calada al cigarrillo y lo arrojó entre la hierba. Al hacerlo, el cobertizo que estaba al fondo del jardín captó su atención. Era como si alguien le hubiera dado un pequeño golpe en el hombro con la mano y hubiera señalado hacia allí. Como si alguien quisiera que mirara hacia la puerta, que estaba entreabierta y repiqueteaba despacio a merced del viento.

Despacio, avanzó por el sendero. La oscuridad era absoluta, salvo por la luz plateada de la luna que se reflejaba y brillaba en las ramas húmedas de los setos desprovistos de hojas. Durante todos los años que había vivido en esa casa, jamás había puesto los pies en el cobertizo del jardín de su madre. En ningún momento había tenido motivo para ello. Al llegar a él, encendió la bombilla que pendía de un cable del techo y miró en derredor. El corazón empezó a latirle con fuerza, presa de la culpa, cuando tomó plena consciencia de que aquel era el lugar privado de su madre. Como el salón, allí en el cobertizo reinaba el desorden. Contenía herramientas de jardinería, sacos de fertilizante y semillas, cajas de bulbos secos, material para las colmenas, frascos de miel vacíos y bandejas separadoras para colmenas y armazones en desuso. Un olor dulce y almizclado impregnaba el aire. Recorrió la estancia con la mirada, sin saber con seguridad qué era lo que supuestamente debía buscar.

De nuevo percibió la fuerte presencia de alguien cerca de ella. Se volvió a mirar y no vio nada salvo la brisa colándose por la puerta. Inspiró hondo y se limitó a preguntar:

—¿Qué quieres que encuentre?

Aguardó durante un instante sin moverse, a la espera de recibir una respuesta, pero nadie habló. La puerta repiqueteó, sobresaltándola, y alzó la vista hacia una caja de caoba que estaba en el estante situado encima del marco. Era el último sitio donde se le habría ocurrido mirar, puesto que estaba por encima de su cabeza y oculta bajo un montón de libros de jardinería. Se le aceleró el pulso cuando levantó la mano y la bajó del estante. Rápidamente, levantó la tapa. Contuvo un jadeo al descubrir en su interior dos gruesos fajos de cartas enviadas por vía aérea sujetos con un cordel.

Sacó el primer montón de la caja y vio que las cartas iban dirigidas a la señorita Bernadette Short, a la Casa del Apicultor de Walbridge. El corazón le dio un vuelco. Walbridge: de allí era Jasper. Temblando, miró la dirección del otro montón de cartas. «CAPITÁN RUFUS MELVILLE», vio escrito en ellas con la inconfundible letra de su madre. Estaban dirigidas a la Oficina de Correos de las Fuerzas Armadas Británicas. Trixie no reconoció el nombre y no recordaba haber oído hablar de él a su madre. Al fondo de la caja había otras dos cartas escritas con la misma letra que las que iban dirigidas a Bernadette, aunque estas tenían por destinataria a la señorita Grace Hamblin. En el dorso de los sobres aparecía el mismo escudo de armas con el león y el dragón que figuraba en los sobres de Jasper. La sangre le palpitó en las sienes. No podía preguntarle a su madre qué significaba todo aquello, porque si ella hubiera querido que lo supiera se lo habría dicho.

Se sentó en el suelo y leyó primero las dos cartas dirigidas a la señorita Grace Hamblin. Una había sido escrita tras la muerte de su padre y la otra era una nota en la que le deseaban suerte en el día de su boda. Ambas las firmaba Rufus y llevaban una erre grabada en la parte superior de la página, como la jota en las de Jasper. Debían de ser familia, pero ¿cómo? Uno se apellidaba Duncliffe y el otro Melville.

Confundida, desató el fajo de cartas dirigidas a Bernadette, que estaba holgadamente sujeto con un cordel del que se emplea en jardinería. Inmediatamente cayó en la cuenta de que «la pequeña B» no era Bernadette, sino Grace, y que habían inventado el nombre falso para que no los descubrieran. A juzgar por las manchas y las arrugas del papel, intuyó que su madre debía de haberlas leído muchas veces durante años.

Las cartas de Rufus Melville eran románticas y dulces e incluían bosquejos de abejas colocados al azar entre las palabras. Escribía con profusión sobre la guerra y sus experiencias, y también sobre la ferocidad de su amor. En todas ellas reiteraba el deseo de tener un futuro juntos. La fecha de la última era septiembre de 1942.

Cuando terminó de leer las cartas de Rufus a su madre, cogió el otro fajo e intentó desatar el cordel. A diferencia del de las de Rufus, el cordel del segundo montón estaba firmemente anudado y no era el mismo que se utiliza en jardinería. La sangre empezó a latirle de nuevo en las sienes cuando entendió que esas eran las cartas que Grace le había escrito a Rufus y que por alguna razón le habían sido devueltas. A juzgar por el papel inmaculado y lo que costaba deshacer el nudo que las sujetaba, parecía que ella no las había abierto y simplemente se había limitado a meterlas en la caja para salvaguardarlas. Entonces se puso manos a la obra e intentó deshacer el nudo. Habría preferido simplemente cortar el cordel.

Le llevó un buen rato, pero estaba decidida a leerlas. De pronto le parecía de vital importancia, como si la supervivencia de su madre dependiera de ello. Por fin, el cordel cedió y con cuidado deshizo el nudo y empezó a leer. Ya desde las primeras líneas se hizo evidente que su madre amaba a aquel hombre. A ella se le aceleró el corazón mientras las leía ávidamente. Eran poéticas y encantadoras y estaban llenas de novedades, así como de recuerdos sobre un enjambre de abejas y sobre la primera vez que la había besado en el bosque. Los ojos se le llenaron de lágrimas. No sabía si lloraba por el amor de su madre o por la pérdida que había sufrido su padre.

Trixie estaba tan absorta en el montón de cartas de amor de su madre que no se dio cuenta del paso de las horas. Cuanto más leía, más perpleja estaba viendo cómo la vida secreta de Grace se presentaba ante ella. De pronto, una carta destacó entre las demás. El sobre, como el resto, iba dirigido al capitán Rufus Melville, pero la carta que contenía era para Freddie. Entonces sintió que le ardía la cara cuando entendió horrorizada que si su madre le había enviado la carta de Freddie a Rufus, era muy posible que le hubiera enviado a Freddie la carta que le había escrito a Rufus. Se tapó la boca con la mano y contuvo un jadeo al entender lo que eso implicaba. ¿Estaría al corriente su madre de lo ocurrido? ¿Para qué iba a leer las cartas que le había escrito a Rufus? No, no tenía sentido. En todo caso, leería las cartas que él le había escrito a ella.

¿Qué posibilidades había de que no supiera que había cometido un error tan terrible? ¿Y qué posibilidades había de que lo supiera Freddie?

La última carta que Grace le había escrito a Rufus tenía fecha de marzo de 1943, siete meses después de que él hubiera dejado de escribirle. En esos sietes meses las cartas de Grace se habían vuelto cada vez más frenéticas. ¿Por qué había dejado de escribirle? ¿Por qué las cartas de Grace le habían sido devueltas? ¿Acaso había muerto él en combate?

Eran más de las cuatro de la mañana cuando terminó de leer la última carta. No estaba en absoluto cansada. Le temblaba el cuerpo como el de un caballo en la casilla de salida, casi tanto como en la época en que había sido consumidora habitual de cocaína. Estaba enfebrecida y tenía un montón de preguntas que requerían respuesta.

Su mente regresó de pronto a la vez que su madre había llorado descontroladamente ante la posibilidad de perderla en manos de Jasper. Estaban sentadas en el balancín. Ella recordaba la escena muy claramente, porque el dolor de su madre había sido tan agudo que le había parecido totalmente desproporcionado. ¿Y si en realidad no lloraba por ella, sino por el padre de Jasper, *que estaba muerto*? Se llevó las manos a la cabeza y soltó un gemido. De repente todo encajaba. Todo tenía sentido. Rufus debía de haber sido el padre de Jasper. Por eso sus padres sabían que jamás se casaría con ella. Conocían a la familia. Sabían cómo eran y sabían también que Grace había amado a Rufus. En cuanto a la disparidad de apellidos, debía de haber una explicación sencilla. Alguna tradición inglesa referente a los títulos que ella desconocía.

Pero eso no daba respuesta a la pregunta de por qué Rufus había devuelto todas las cartas de Grace. Si no había muerto en la guerra, ¿qué era lo que había puesto fin al romance? No podía preguntárselo a su madre y, por supuesto, tampoco a su padre, aunque de todos modos tenía la sensación de que su madre no lo sabía.

Solo había una persona que quizá podía ayudarla a llegar al fondo de la cuestión y esa persona era Jasper, el hijo de Rufus Melville. Era una posibilidad remota: a fin de cuentas, ella había ignorado hasta ese mismo instante la existencia del romance de su madre, de modo que lo más probable era que Jasper no tuviera la menor idea del que había vivido su padre. A pesar de todo, decidió que merecía la pena intentarlo.

22

Trixie no conocía Inglaterra. Hasta entonces eso era algo que no la había extrañado: al fin y al cabo, Inglaterra estaba muy lejos y sus padres en raras ocasiones se habían referido a ella, aunque sí resultaba cuanto menos peculiar, teniendo en cuenta que ambos habían crecido en ese país y que era allí donde se habían casado. Ella se arrepentía de no haberles preguntado nunca por sus vidas, pero había estado tan centrada en sus pequeños dramas que jamás se le había ocurrido pensar que su madre había vivido el suyo propio. Tampoco se le había ocurrido que su madre hubiera podido sufrir un desamor. La había creído incapaz de entenderla cuando Jasper había puesto fin a su relación con ella. Qué equivocada había estado.

Pero ahora que había descubierto el romance de su madre, entendía por qué nunca la habían llevado a Inglaterra: sus padres no querían remover el pasado. Probablemente el traslado a Estados Unidos les había dado la posibilidad de empezar de cero. El cambio de país había puesto distancia entre Grace y Rufus y había dado a Grace y a Freddie una oportunidad de reconstruir su relación. O al menos eso pensaba ella mientras miraba por la ventanilla del avión, que había iniciado su lento descenso hacia el aeropuerto de Londres.

Se sentía culpable por haber viajado al pueblo de sus padres sin haberles dicho nada. Actuaba como una fisgona y una entrometida, como ya lo había hecho al curiosear entre las viejas cartas de amor de su madre, pensó, incómoda. Le habría gustado saber hasta qué punto su visita tenía que ver con Rufus Melville y en qué medida aún mayor con Jasper Duncliffe.

Organizar el viaje había sido tarea fácil. Rifat Ozbek, el diseñador afincado en Londres, era popular en Nueva York, y le había concedido una entrevista en el Claridge's. Al terminar, tomaría el tren a Dorchester, en Dorset. Su ayudante le había reservado habitación en el Fox and Goose Inn de Walbridge. Exploraría desde allí. No sabía lo que podía esperar y no se había atrevido a preguntar a nadie de la oficina, a pesar de que dos de las chicas eran británicas.

Desde la ventanilla del avión, la primera impresión que tuvo de Londres fue la de una ciudad triste y gris, con sus casas como de muñecas y las calles bordeadas de árboles cuyas hojas otoñales rompían la monotonía con bienvenidos destellos en tonos naranjas y amarillos. Una espesa capa de nubes bajas y persistentes lo cubría todo, como si estuvieran siempre allí, al igual que el asfalto mojado que brillaba débilmente bajo la luz mortecina.

Pasó el control de pasaportes y el de aduanas y salió a la fila de taxis que esperaban en el exterior. Se animó al ver un típico taxi londinense y disfrutó del trayecto en coche hasta la ciudad como una niña que sube por primera vez a un tiovivo. No le parecía real. Miraba maravillada por la ventanilla, recorriendo con la vista los grandes autobuses rojos, los pintorescos edificios y las hermosas y estrechas calles rebosantes de paraguas. Había cometido el error de decirle al taxista que era su primera vez en Londres, y él había decidido hacerle de guía, indicándole todos los lugares típicos con un acento cockney tan marcado que ella apenas conseguía entenderle.

Pasaron por delante del Museo de Historia Natural, Harrods, la casa del duque de Wellington, situada en Hyde Park Corner, y, dando un caro rodeo, el taxista la llevó por delante de los palacios de Buckingham y de St. James hasta que finalmente llegaron al Claridge's desde el sur. Londres era apasionante. Le habría gustado disponer de más tiempo para disfrutar de su visita. Y lamentó no tener a nadie con quien compartirla.

El Claridge's no la decepcionó. Con sus alfombras escarlata y las blancas molduras fue como retroceder en el tiempo a una época de elegancia y esplendor. Se acordó al entrar de la serie de televisión favorita de su madre, *The Pallisers*, que ella tenía en vídeo y que veía de vez en cuando. Ambientada a mediados del siglo XIX, le había dado su primera y perdurable impresión de Inglaterra. Ahora, al entrar por las puertas giratorias, saboreó los familiares sonidos de los acentos ingleses y el tintineo de las cucharillas de plata contra las tazas de porcelana, presa de una agradable sensación de nostalgia y de *déjà vu.*

Entregó la maleta al conserje para que se la guardara y se llevó un pequeño neceser al lavabo para refrescarse antes de la reunión. Había sido un largo vuelo y se sentía como un vestido arrugado necesitado de un buen planchado. Mientras contemplaba su rostro en el espejo, se preguntó si Jasper la encontraría muy cambiada.

Rifat era un hombre encantador y cautivador que la divirtió durante el almuerzo. No fue hasta que estuvo a bordo del tren a Dorset cuando volvió a concentrarse en su misión. Empezaría por la Casa del Apicultor. Si Jasper vivía en una gran casa o en una magnífica mansión, supuso que no le costaría demasiado dar con él. A juzgar por el alboroto que habría provocado con su regreso, dudaba mucho que se hubiera ido a ninguna parte. «Los de su clase», como le gustaba llamarlos a su padre, anteponían el deber a todo lo demás. Quizás era el deber lo que había llevado a Rufus a devolver todas las cartas de Grace. ¿Habría sacrificado su amor por el bien de la tradición, como lo había hecho también su hijo? ¿Lo habría hecho con pesar o calculando fríamente su decisión? ¿Se habrían arrepentido los dos hombres de su decisión?

A medida que el tren se adentraba en la campiña inglesa, los suburbios fueron dejando paso a los verdes bosques y a las ondulantes colinas. Incluso a pesar de la llovizna, los vibrantes colores otoñales parecían refulgir como llamas contra el acuoso cielo gris. Los edificios de la ciudad fueron reemplazados por las granjas y las casas de postal, y los coches cedieron su lugar a las vacas y las ovejas que pastaban tranquilamente en las suaves colinas. Las vallas demarcaban los campos y desde la distancia esos cuadrados parecían una manta de *patchwork* en varios tonos de verde. Trixie no apartaba la vista de la ventanilla, animada por la melancólica belleza de Inglaterra, al tiempo que se preguntaba cuán a menudo sus padres habrían recorrido con la mirada aquel mismo paisaje.

Había oscurecido cuando llegó a Dorchester. No llovía, pero el aire era frío y húmedo. Le recordó al invierno de Tekanasset, cuando el frío calaba los huesos. Se ajustó la bufanda, metiéndosela por dentro del abrigo, y tiró de la maleta hacia la fila de taxis. Un hombre de aspecto porcino que olía a tabaco y a comida para llevar la condujo por unas estrechas carreteras hasta Walbridge, haciéndole una docena de preguntas cuando ella habría preferido contemplar el lugar en silencio. De haber estado en Estados Unidos le habría pedido que se callara, pero siendo extranjera en el país se sentía menos segura.

—Eso de ahí es Walbridge —le dijo el taxista con su marcado acento típico del campo cuando cruzaban un puente de piedra gris en dirección al pueblo. La carretera pasaba entre hileras de tiendas y de casas, trazando una suave curva, y ella se acordó de la calle Mayor de Tekanasset, porque parecía que el tiempo también se hubiera olvidado de Walbridge. Las casas estaban construidas con una piedra desgastada de color amarillo claro y algunas incluso tenían el techo de paja y unas desvencijadas y viejas chimeneas humeaban como serenos que hubieran hecho una pausa en su ronda. Un par de ellas parecían habitadas por *hobbits*, porque las puertas de entrada eran diminutas y tenían las ventanas a escasos metros del suelo. Las farolas proyectaban su luz naranja sobre las aceras, donde las hojas se habían amontonado como juguetes desechados por el viento. Trixie lo miraba todo sin disimular su asombro. Aquel era el pueblo de Jasper. Allí era donde ella quizás habría vivido de haberse casado con él. Por increíble que pudiera parecer, aquel pintoresco pueblo de Dorset era lo que sus padres habían dejado tras de sí al partir.

El Fox and Goose Inn era un pub anticuado, pintado de blanco y con vigas negras y un bamboleante rótulo con un taimado zorro que contemplaba su cena. Las ventanas eran de aspecto medieval, con pequeñas vidrieras de colores en forma de diamante insertadas en la profundidad de los gruesos muros. Trixie pagó al taxista y se quedó un momento mirando la estrecha calle. Las casas situadas a ambos lados se inclinaban hacia delante como ancianos que ya no pueden mantenerse erguidos, y se preguntó si las habrían construido así o si se habrían ido inclinando con los años.

Había dos puertas: una que era la entrada al pub y otra, situada más a la izquierda, pintada con las letras B & B en blanco. El resplandor dorado procedente de la primera era más tentador y prometía compañía y un trago bien cargado, pues oyó el runrún de voces en el interior y olió el humo de leña que impregnaba el aire. Pero era tarde y estaba cansada después del viaje. Nueva York parecía muy lejano. Abrió por tanto la segunda puerta y entró a un vestíbulo.

—Usted debe de ser la señorita Valentine —dijo una atractiva señora desde detrás de un mostrador.

—Sí, soy yo —respondió ella.

La señora sonrió afectuosamente.

—Eso me ha parecido. Deje que la ayude con la maleta, cielo. ¿De dónde viene? Por su acento, no parece inglesa. —Empezó a subir por una estrecha escalera.

—De Estados Unidos.

—¿De vacaciones?

—Solo unos días.

—Qué curioso que haya elegido Walbridge. No es un destino muy turístico. La gente viene a ver las aves. Tenemos muchas especies raras en los alrededores del río. Y también vienen por la pesca, claro. No estamos lejos del mar, si le gustan esa clase de cosas.

—Mis padres se criaron aquí.

—¿Ah, sí?

—Sí. Me gustaría encontrar a alguien que pueda haberlos conocido.

—¿Cómo se llaman, cielo?

—Freddie y Grace Valentine. —Al ver que el rostro de la mujer no daba signos de reconocimiento, añadió—: Se marcharon justo después de la guerra, pero la familia de mi padre se quedó.

—Bueno, en ese caso no puedo ayudarla. No soy de aquí. Vinimos hace doce años desde Sussex para estar cerca de nuestra hija, que se casó con un hombre de Walbridge. Tiene que hablar con los más viejos. Los encontrará en el pub. —Soltó una risilla—. Son los que están apoyados en la barra. No hay pérdida.

—Gracias, lo haré.

—Debe de tener hambre.

—Un poco.

La mujer abrió una puerta roja y la hizo pasar a una pequeña habitación con una cama doble y una ventana.

—El baño está al fondo del pasillo. Me he tomado la libertad de correr las cortinas, pero por la mañana verá el río. Es muy hermoso. Baje al pub cuando se haya instalado y le prepararé algo de comer. ¿Qué le parece un buen pastel de carne para hacerla entrar en calor? Supongo que no están demasiado acostumbrados al frío en Estados Unidos.

Grace sonrió. Obviamente, la mujer no había estado allí.

—Gracias. Me encantará el pastel de carne. —Aunque no sabía lo que era, la palabra «caliente» se le antojó prometedora.

Se sintió mucho mejor después de un largo baño y de cambiarse de ropa y bajó al pub. Los grupos de clientes ocupaban las pesadas mesas de madera y los taburetes junto a la barra. Alzaron la vista cuando entró. Ella supuso que no debían de recibir muchos visitantes en un pueblo como aquel. Un intenso olor a humo llenaba la habitación, procedente del fuego que ardía reconfortantemente en la chimenea y de los cigarrillos que se consumían entre los dedos de la gente. Se sentó en un taburete y encendió uno. El camarero la miró sin ocultar su admiración y le tomó la comanda. Era un hombre que rondaba los cuarenta años, con una calva incipiente y un rostro despejado y agradable. Ella supo que no tardaría en darle conversación. Entonces le sirvió un cóctel de ron y la señora, a la que el camarero se refirió como Maeve, llegó con el pastel de carne, que además de sabroso estaba caliente.

—Y bien, ¿de dónde es? —le preguntó por fin, incapaz de disimular que la encontraba atractiva.

—De Estados Unidos —respondió ella, y repitió la conversación que había tenido con Maeve.

El hombre asintió, deseando ser de ayuda.

—Valentine —balbuceó, entrecerrando los ojos, que eran de un intenso tono azul nomeolvides—. Había una tienda en la calle principal llamada Red Valentine. Vendían ropa de mujer, aunque de eso hace muchos años, cuando yo era niño. Se lo preguntaré a mi madre. Quizás ella lo sepa. Estoy casi seguro de que aquí ya no hay nadie llamado así. Y conozco a la mayoría de la gente que vive en el pueblo. Este pub es el corazón de Walbridge, y este es un pueblo pequeño. Probablemente la familia se marchó.

—Encontraré a la persona de más edad de la sala y se lo preguntaré —dijo Trixie con una sonrisa, recorriendo el pub con la mirada.

—Yo haré las presentaciones —le dijo él, visiblemente entusiasmado—. Lo único que los ancianos tienen en común es que a todos les gusta hablar del pasado. —«A mis padres no», pensó ella con tristeza—. ¿Cuánto tiempo piensa quedarse?

—Unos días.

—¿Conoce a alguien aquí?

—No.

El hombre sonrió, feliz.

—Pues a partir de ahora sí. Mi nombre es Robert Heath, por cierto. —Le tendió la mano.

Ella se la estrechó.

—Hola, Robert. Me llamo Trixie. —Él frunció el ceño—. De Beatrix, añadió afablemente.

—¿Cómo Beatrix Potter?

—O como Beatrix Reina. —El camarero volvió a fruncir el ceño—. De Holanda.

—La única reina que yo conozco es la nuestra —dijo él, cogiendo un vaso mojado y secándolo con un trapo—. ¿Y qué piensa hacer cuando encuentre a alguien que haya conocido a sus padres?

—Hacerle un montón de preguntas.

Robert arqueó las cejas.

—Cuánto misterio.

Trixie sonrió con ironía.

—¡No lo sabe usted bien!

—Bueno, espero que encuentre las respuestas que busca.

—Lo haré —respondió ella—. No pienso irme sin ellas.

Apagó el cigarrillo y encendió otro.

—¿Le suena el nombre de Jasper Duncliffe? —preguntó.

A Robert se le iluminó la cara al reconocer el nombre.

—Se refiere a Jasper Penselwood. Viven en el Hall.

El corazón de Trixie empezó a latir con fuerza.

—¿Walbridge Hall?

—Eso es.

—Pero su apellido era Duncliffe, no Penselwood, ¿verdad?

—Era, usted lo ha dicho. Ahora es Penselwood. Marqués de Penselwood.

Le tocó a ella sentirse confusa.

—No lo entiendo. ¿A qué obedece ese cambio de nombre?

—Los títulos ingleses son muy complicados —dijo Robert, disfrutando de la ignorancia de su clienta—. Si mi familia no tuviera a sus espaldas un largo historial trabajando para aristócratas tampoco yo lo sabría. Deje que se lo explique. El hijo del marqués de Penselwood es el conde de Melville. El hijo de lord Melville es lord Duncliffe. Tres apellidos para la misma familia. Absurdo, sin duda. Jasper Duncliffe venía a menudo a beber al pub con sus amigos cuando empecé a trabajar detrás de la barra. Luego se marchó a Estados Unidos para tocar en un grupo. Antes de que todo se fuera al traste, a menudo tocaba aquí. Tenía una buena voz. Creía que llegaría lejos, todos lo creíamos. Pero entonces murió su hermano. —Robert negó con la cabeza con gravedad—. Fue una tragedia. No era la clase de muchacho al que le gustaba conducir demasiado rápido. No era un tipo alocado. Fue un accidente. Era un buen hombre. Recuerdo el funeral... —Dejó de secar durante un momento y frunció una vez más el ceño—. Un día triste para todo el pueblo.

—¿Qué ocurrió cuando Jasper regresó de Estados Unidos?

Robert dejó el vaso en el mostrador y empezó a secar otro.

—Se convirtió en el marqués de Penselwood y se casó con Charlotte Hanbury-Johnson.

—¿Y su esposa cómo es?

—¿Conoce a lord Penselwood? —La miró sin ocultar su recelo y ella se dio cuenta de que tenía que reconocer que conocía a Jasper si quería sacarle más información.

—Lo conocí en Estados Unidos cuando intentaba convertirse en estrella del rock. —Se rio melancólica—. De eso hace ya muchos años. Éramos amigos. ¿Sigue tocando la guitarra?

—Lo dudo. Le recuerdo sentado donde está usted ahora mismo, inclinado sobre un vaso de whisky y lamentándose de que sus padres no le comprendían. Querían que fuera al ejército.

—Lo habría odiado.

—Por eso se marchó a Estados Unidos. Fue una lástima que tuviera que volver. Podría haberse hecho famoso.

—Como los Beatles.

Robert sonrió reflexivo.

—Sí, como los Beatles. Habría sido fantástico. Entradas gratis para los conciertos.

—¿El Hall queda cerca de aquí?

—Puede llegar a pie. Los jardines están abiertos al público durante el verano, así que hay carteles marrones por todas partes. Es imposible no dar con ellos.

—Supongo que ahora no estarán abiertos, ¿verdad?

Robert negó con la cabeza.

—No. Tendría que haber venido en mayo o junio. Esos jardines son espectaculares.

—¿Últimamente viene al pub?

—No. —Robert esbozó una gran sonrisa—. Pero su hijo viene a comprar cigarrillos.

—¿Qué edad tiene?

—Unos quince años. Yo me hago el sueco.

—¿Y la mujer de Jasper cómo es?

Robert se encogió de hombros en un gesto que pretendía huir del compromiso.

—Nada que objetar, supongo. Ocupada, como es de esperar. Es clavada a su suegra, lady Georgina. Están cortadas por el mismo patrón. Las dos siempre muy ocupadas. —Dijo «ocupadas» con énfasis y ella dedujo que debían de ser las dos insoportables. Robert dejó el vaso en el mostrador—. ¿Le apetece otra copa?

—Por qué no —respondió Trixie—. Pero no la cargue mucho.

—Como desee. —Desenroscó el tapón de la botella de Bacardi y le sirvió una nueva copa—. ¿A qué se dedicaba su padre?

—Trabajaba en la granja.

—¿En la finca de Walbridge?

—Sí. Mi madre era la apicultora.

En el rostro de Robert se dibujó una amplia sonrisa y se llevó las manos a la cintura.

—Pero bueno, ¿por qué no lo había dicho antes? Mi abuelo era el jefe de jardineros durante la guerra. Seguro que conocía a sus padres. Qué lástima que ya no esté entre nosotros. Pero quizá mi madre lo sepa. Ha trabajado muchos años para la familia. Ahora trabaja para la anciana lady Penselwood, que tiene una casa en la otra punta del pueblo. Tiene más de noventa años y está fuerte como un roble.

—Esa es la abuela de Jasper, ¿verdad? —le preguntó.

—Así es. No se lleva bien con el resto de las mujeres de la familia. Por eso vive en la otra punta del pueblo. Es una vieja dura de pelar. Indestructible, como uno de esos tanques Sherman.

—Me alegro por ella si ha conseguido llegar a una edad tan avanzada.

—Esa clase de mujeres duran eternamente. Apuesto a que la Reina Madre llegará a los cien.

—¿Y por qué cree que es así?

—Son los genes. Nosotros, la gente del pueblo, estiramos la pata mucho antes. —Se inclinó sobre la barra y bajó la voz—. O quizá sea simplemente porque son demasiado condenadamente testarudas para tirar la toalla ni un solo instante antes de estar a punto.

Cuando Trixie apoyó la cabeza sobre la almohada pensó en Jasper. ¿Cómo iba a dar con él? ¿Podía simplemente aparecer en su casa y llamar al timbre? ¿No sería eso un *faux pas* terrible?

Supuso que la vida en Walbridge Hall debía de ser formal, como la de la casa de Plantagenet Palliser del drama televisivo y, además, ¿qué pensaría su esposa al verla aparecer así, sin haber sido invitada? Su esposa… Ocultó la cara en la almohada y contuvo un gemido. ¿En qué estaba pensando? Era una locura haberse presentado allí. Habían pasado diecisiete años desde que Jasper y ella se habían declarado su amor. Diecisiete años desde que él le había dicho que no podía casarse con ella. Diecisiete años de sequía para su sediento corazón. ¿Qué esperaba exactamente que ocurriera? ¿Acaso creía que Jasper se arrepentiría de su decisión y dejaría a su esposa y a sus hijos por ella? Eso jamás ocurriría, y por mucho que le echara de menos —y ah, cuánto le echaba de menos—, tampoco pretendía destrozar su familia.

Lejos de verla como la chica de la que se había enamorado, Jasper la miraría como una figura digna de lástima. Mientras que él se había casado y había tenido hijos, ella se había quedado en el mismo sitio como un estanque de aguas estancadas, regodeándose en la autocompasión y en el arrepentimiento. Lo cierto era que ella no había seguido adelante con su vida y él sí. ¿Qué sentido tenía volver a verlo? ¿Adónde llevaría? A ninguna parte, esa era la verdad. Sería como arrancar una costra y dejar a la vista la llaga, simplemente para volver a iniciar desde el principio el proceso de curación. Trixie no había pensado en ello. No había pensado en nada salvo en volver a ver al hombre que amaba. De pronto cayó en la cuenta de lo absurda que era la idea.

La cabeza le decía que lo que le convenía era hacer las maletas por la mañana y tomar el tren de regreso a Londres, pero el corazón insistió en que se quedara. Allí estaba ella, en el pueblo donde sus padres se habían criado y se habían casado; donde su madre se había enamorado del conde de Melville y donde aquel romance había terminado dramáticamente, sin explicación alguna. Su madre se había marchado de Inglaterra para siempre, desconsolada. ¿Y su padre? ¿Qué papel había jugado él?

Mientras se rendía al sueño, el recuerdo de su madre sollozando en el balancín flotó en su mente y fortaleció su decisión de hacer todo lo posible para descubrir la verdad. Trixie sabía que era importante. Alguien aguijoneaba su conciencia, guiándola en el camino e insistiendo en silencio en que sin duda era muy importante. Antes de sumergirse en la fría oscuridad de la inconsciencia, vio en su imaginación la silueta de un hombre que estaba de pie junto a las colmenas. Aunque no podía verlo con claridad, lo reconoció. Sí, lo conocía a un nivel profundo e inconsciente, y el hombre le sonreía con amor.

23

El amanecer se abrió paso entre la oscuridad con un entusiasmo propio del verano. El sol iluminaba ya los árboles y las gaviotas chillaban tristemente al tiempo que planeaban sobre el río. Trixie descorrió las cortinas y el júbilo le inflamó el corazón al contemplar la tranquila escena que tenía ante sus ojos. Una fila de ánades reales flotaba en la superficie del agua como un convoy de barquitos y un sauce sumergía sus delicadas ramas en el agua. Las hojas anaranjadas se acumulaban junto a la orilla, donde un perro joven jugaba entusiasmado hasta que su dueño lo llamó con un silbido. Alzó la vista hacia el cielo celeste, donde jirones de nubes blancas se mecían a merced de una suave brisa, y suspiró, feliz. Entendió en ese momento por qué la gente consideraba Inglaterra un país hermoso. La llovizna había cesado y el sol había transmutado el gris en una radiante luz dorada.

Desayunó abajo, en el pub, y Robert le contó con orgullo que lo había dispuesto todo para que ella y su madre se conocieran a la hora del almuerzo.

—Conoció a su madre —dijo—. Se llamaba Grace, ¿verdad? Y eso no es todo: trabajó para Josephine Valentine un tiempo, cuando tenía poco más de veinte años. Red Valentine, ese era el nombre de la tienda. Tengo una memoria tremendamente buena.

Sonrió, jocoso.

Ella se quedó impresionada.

—Josephine es la hermana de mi padre. Recuerdo que vino a visitarnos con mis abuelos cuando yo era pequeña. Llevaba un lápiz de labios de un rojo muy intenso y un perfume que me daba dolor de cabeza. Pero me pareció increíblemente fascinante. Parecía una estrella de cine. Me pregunto dónde estará ahora.

—Puede preguntárselo a mi madre. Le encanta hablar del pasado. En cuanto empieza, no la para nada. Y dígame, ¿qué piensa hacer esta mañana?

—Buscar la Casa del Apicultor.

—¿Tiene idea de dónde está?

—No. Esperaba que usted me iluminara.

Robert se rio.

—Maeve seguro que lo sabe. Está en el Comité Parroquial, así que ha visitado todas las casas de Walbridge.

Maeve entró al pub desde el vestíbulo.

—¿Estoy oyendo pronunciar quizá mi nombre en vano?

—Trixie busca la Casa del Apicultor —replicó Robert—. Le he dicho que tú sabrías dónde está.

—Y así es —respondió Maeve altiva. Luego, dirigiéndose a ella—: Es que me encargo de distribuir la revista de la parroquia. No hay una sola casa en Walbridge en la que no haya estado.

—Mi madre era apicultora —anunció Trixie.

—Oh, me encantan las abejas. Son unos insectos absolutamente fascinantes —dijo Maeve con un murmullo de admiración—. Y pensar que fabrican miel ellas solas. Unas criaturas muy inteligentes, sin duda. Todavía tenemos colmenas aquí. Robin Arkwright es ahora el apicultor. Y es además el guardabosques. No hay nada que no sepa sobre pájaros. A veces mando a nuestros huéspedes a verle, a los que les interesan las aves, claro está, porque es una auténtica enciclopedia. Pregúntele por el zampullín de pico grueso o por la pardela balear. Unos nombres maravillosos, ¿no le parece?

—Maravillosos —respondió ella, siguiéndole la corriente—. ¿Dónde puedo encontrar la casa?

—Hace un hermoso día para acercarse hasta allí a pie. Puede ir por la carretera, pero es el camino más largo. Yo en su lugar tomaría el sendero que corta por la finca. Es la ruta panorámica y la que siempre recomiendo a mis inquilinos. Deje que le dibuje un mapa. —Empezó a escribir en la libreta de notas que estaba junto a la caja—. Después de la iglesia, gire por la entrada de esta granja de aquí. Verá un cartel que indica claramente el sendero. Al parecer, fueron a juicio para intentar impedir que el público cruzara sus tierras, pero lo perdieron. El juez dijo que la gente tenía derecho a admirar una casa tan hermosa y tan histórica. Qué le parece, ¿eh? Así que está usted en su pleno derecho. Disfrute.

Trixie tomó el estrecho callejón que desembocaba en la calle Mayor, ancha y pintoresca, con sus tiendas de colores ocres y las casas levantadas al azar a ambos lados, cuyos tejados y chimeneas se elevaban hacia el cielo a diferentes alturas y ángulos, dando al lugar una encantadora inconsistencia. Unos pocos vecinos recorrían relajados la acera y pasaron un par de coches, pero era un lugar eminentemente tranquilo.

Llegó a la iglesia. El cementerio estaba en silencio, con sus lápidas bañadas por el sol de la mañana. Los cuervos picoteaban entre las hojas caídas sobre la hierba y se preguntó si su abuelo estaría enterrado allí. Echaría un vistazo más tarde. En ese momento, la puerta de la iglesia se abrió y salió el vicario, acompañado de una anciana señora que llevaba un pañuelo en la cabeza, falda de tweed y botas de goma. Se apoyaba en un bastón y gesticulaba enérgicamente con la otra mano. El vicario echó la cabeza hacia atrás y estalló en carcajadas. A ella le intrigó saber qué era lo que tan gracioso les parecía y se detuvo a escuchar. Cuando se acercaron despacio por el sendero hacia ella, pudo oír sus voces. El tono de la anciana era estridente. Se trataba sin lugar a dudas de una mujer acostumbrada a salirse con la suya.

—Así que el doctor me vendó la pierna y me dijo que debía descansar durante unos días. ¡Condenado idiota! Cuando llegué a casa me quité el vendaje, me tomé un buen jerez y saqué a *Magnus* a dar un paseo. Si fui al médico fue solo para complacer a Georgie, que insistió una y otra vez. Hay que ver, hoy en día la gente se alborota por cualquier cosa. Mi generación se las apañaba mejor. No teníamos tiempo para sentarnos en las salas de espera de los médicos. Lottie lleva a esos niños al médico cada vez que sorben, que es muy a menudo. Tengo que mantener la boca cerrada. A fin de cuentas, soy solo su abuela, así que ¿qué puedo saber yo? —Soltó una risotada satisfecha—. Entonces, ¿quedamos así?

—Sí, lady Penselwood.

—Bien.

—Espero que no sea pronto.

—«*Que sera, sera*», como dice el viejo refrán. «Más vale prevenir, que curar», dice otro. Y no permita que Georgie cambie nada. Puede que yo esté a cuatro metros bajo tierra, pero no me gustará que me contradiga. ¿Entendido?

—Por supuesto, lady Penselwood.

—Tiene un gusto nefasto para la música, siempre lo tuvo. —Lady Penselwood sorbió—. Ojalá Rufus… —Su voz se apagó y Trixie se tiñó de rosa al oír el nombre de Rufus, como si ella y no su madre fuera la culpable de haber tenido un romance. El vicario y la señora llegaron a la calle y lady Penselwood volvió su formidable mirada hacia ella, que reculó—. Hola —le dijo—. Una mañana preciosa, ¿no le parece?

—Desde luego —concedió Trixie. Lady Penselwood entrecerró los ojos, probablemente preguntándose quién podía ser aquella desconocida con acento norteamericano, antes de seguir caminando hacia el coche que la aguardaba y dejando tras de sí un ligero olor a lilas.

Ella vio alejarse el coche. Así que aquella mujer era la madre de Rufus, se dijo. Qué confuso resultaba que hubiera tres lady Penselwood. Lottie, la esposa de Jasper; Georgie, que debía de ser su madre, y aquella gran señora, la suegra de Georgie. Le habría gustado descolgar el teléfono y preguntarle a su madre sobre ellas, pero no podía revelar su paradero. Tendría entonces que reconocer que había leído las cartas. No, debía averiguarlo por sí misma, sin la ayuda de las dos personas que más sabían.

Siguió las indicaciones del mapa que le había dibujado Maeve y se adentró por el sendero que cruzaba los campos hacia el bosque. Las ovejas pastaban y los pájaros trinaban y disfrutó de la tranquilidad del campo. No podía compararse a nada de lo que había visto en Estados Unidos. Todo parecía estar hecho a una escala menor y a sus ojos de extranjera se le antojaba encantador y anticuado.

Subió una colina, deteniéndose de vez en cuando para recobrar el aliento y admirar el entorno. Supuso que su madre debía de haber tomado esa ruta que cruzaba la granja muchas veces. ¿Habría vuelto alguna vez con la imaginación? ¿Lo echaba de menos? Poco después, avanzaba por el borde de un campo arado recientemente. A su izquierda había un seto alto que llegaba hasta el bosque. Cuando alcanzó el final del seto vislumbró entre las delgadas ramas unas chimeneas que se alzaban desde el valle situado más abajo. La curiosidad la llevó a colarse por un hueco del seto. Cuando salió por el otro lado, la vista le cortó la respiración. Debajo de ella, rodeada de infinitos jardines, había una magnífica y vieja mansión.

Trixie caminó por el campo situado justo debajo del linde del bosque hasta detenerse y dejar que la mirada abarcara la hermosura de Walbridge Hall, la propiedad de la familia Penselwood. Jamás había visto una casa tan espléndida salvo en la televisión y en los libros. Con las manos en la cintura, soltó una sonora carcajada al caer en la cuenta de su ignorancia. Así que aquella era la casa por la que Jasper había renunciado a su carrera. Aquel era su legado, la propiedad que demandaba su total dedicación. La sede familiar que obligaba a sus herederos a renunciar a su felicidad personal para poder sobrevivir de generación en generación, como un minotauro de ladrillo y piedra. Jasper la había sacrificado a ella. ¿Habría hecho Rufus lo mismo con su madre?

Dejó de reírse y miró con acritud la casa que le había robado a su único amor verdadero. En ese momento vio más allá de su belleza hasta alcanzar su despiadado y frío corazón. ¿Sería feliz Jasper? ¿Pensaría alguna vez en ella? ¿Habría cogido alguna vez la guitarra y habría tocado la canción que le había escrito? ¿Cantaría siquiera?

Se obligó a batirse en retirada, pues temía que si seguía allí más tiempo quizá lo vería y no sería capaz de contenerse. Echó de nuevo a andar por el sendero, bajando por la colina hasta el pie del bosque, donde otro sendero la condujo entre los espesos helechos y los viejos y nudosos robles que la escudriñaban altivos como viejos duques que cuestionaran su presencia. El bosque susurraba, dando voz a criaturas que no podía ver, y empezó a asustarse.

Por fin, alcanzó a ver el final del bosque y un tentador atisbo de nuevos campos bañados por la luz del sol. Al salir a la luz vio una pequeña casa, situada no muy lejos de allí y parcialmente oculta por un grupo de árboles. En cuanto la vio, la reconoció: era la Casa del Apicultor. Se dirigió despacio hacia ella y la certeza de estar desandando los pasos de su madre la puso inesperadamente sensible. La casa tenía el techo de paja, las paredes blancas y unas aletargadas ventanas. Habría dado cualquier cosa por saber lo que habían visto esas ventanas.

Llamó a la puerta y esperó. Nadie acudió a abrir. Entonces siguió donde estaba, sin saber qué hacer. No tenía intención de que la sorprendieran espiando, pero las ganas de ver las colmenas la llevaron a actuar con temeridad. Rodeó lentamente el edificio hacia la parte trasera.

—¿Hola? —gritó—. ¿Hay alguien?

Justo en ese instante una cabeza lanosa asomó por encima de un arbusto como un espantapájaros.

—¿Quién lo pregunta?

—Ah, hola —respondió ella, sorprendida—. Maeve me ha dicho que le encontraría aquí.

—Es usted huésped de la posada, ¿verdad?

—Sí. Me ha dicho que manda a gente a hablar con usted sobre aves.

—Ah, ¿así que le interesan las aves? —preguntó el hombre en un tono más amigable al tiempo que bajaba al césped desde el parterre.

—De hecho, lo que me interesa son las abejas.

El rostro del hombre se iluminó.

—Mejor aún. Tengo muchas abejas. —Se limpió la mano en los pantalones—. Robin Arkwright.

Ella se la estrechó con fuerza.

—Trixie Valentine.

—Valentine, qué nombre más romántico.

—Gracias. Mis padres vivieron aquí.

—Ah, ¿de esos Valentine?

—Mi madre fue la apicultora durante la guerra.

—Grace Valentine —dijo él, asintiendo.

A Trixie el corazón le dio un pequeño vuelco.

—¿La conocía?

—No. Llegué en 1962, pero Tom Garner era el hermano de mi madre y a menudo hablaba muy bien de Grace y de Freddie.

—Qué alegría oírlo. ¿Quién era Tom Garner?

—Fue el administrador de la finca hasta los años setenta. Tuvieron que obligarle a jubilarse. En cuanto lo hizo, le dio un síncope y la palmó. Fue él quien contrató a su padre, Freddie Valentine. —Se rascó los rizos entrecanos y sonrió—. Qué curioso se me hace oír ese nombre después de tantos años.

—Se marcharon a Estados Unidos.

—Eso es. Desaparecieron de la noche a la mañana. A él lo hirieron en la guerra, ¿verdad?

—Sí. Solo tiene un ojo.

Robin negó con la cabeza.

—Pobre diablo. Tío Tom solía referirse a él como a un héroe.

—¿En serio? ¿A papá?

—Ya lo creo. Fue un héroe de guerra, ¿no se lo ha dicho?

—Nunca habla de la guerra.

—Supongo que no. Mi tío jamás hablaba de Ypres después de haber perdido la pierna. Supongo que lo único que querían era volver a casa y olvidarse de todo aquello.

—¿Vive aquí desde 1962?

—No, al principio vivía con mi tío. Era un muchacho sin experiencia en las tareas de guardabosques y de apicultor, pero trabajé con el señor Swift, que por aquel entonces era el guardabosques, y el viejo Benedict Latimer, el apicultor, me lo enseñó todo sobre las abejas. Cuando se jubiló, ocupé su puesto. Mi tío no pudo encontrar a nadie que supiera de apicultura, o quizá no tuvo la energía suficiente para buscarlo, así que me vi de pronto en la envidiable situación de mudarme aquí.

—Es una casa muy bonita.

—A mi esposa le parecía muy pequeña, así que construimos un invernadero. Aparte de eso, probablemente no ha cambiado mucho desde que sus padres vivieron aquí.

—Me encantaría ver las colmenas.

—Claro. Se las enseñaré. —La condujo por el jardín—. Usted sabe algo de apicultura, ¿verdad?

—Sí, mi madre tiene colmenas y yo la ayudo a cuidarlas.

—Es un pasatiempo adictivo el de la apicultura. Cuando empiezas, es imposible parar. Son unas criaturas fascinantes, ¿no le parece?

—Sin duda.

Robin le mostró, visiblemente orgulloso, una hilera de ocho colmenas colocadas contra un seto que recorría el fondo del jardín.

—Apostaría a que la mitad de estas colmenas estaban aquí cuando su madre tenía abejas. Aparte de algún que otro arreglillo y de alguna sustitución, son las mismas. He añadido algunas y estoy seguro de que el señor Latimer añadió también otras nuevas, pero mire esas tres de allí: ¡parece que llevaran aquí siglos! —Se rio—. Entonces, ¿está de visita?

—He venido a ver el lugar donde mis padres se criaron y se casaron.

—¿Están...?

—No, están muy vivos. Estaba en Londres por trabajo y he decidido dar un pequeño rodeo.

—Ah, qué buena idea. Pues puede decirle a su madre que las abejas de Walbridge siguen prosperando. Apuesto a que le gustaría saberlo.

—Sin duda.

Charlaron sobre las abejas, la reciente cosecha y el problema de los pesticidas y las polillas. Trixie se preguntó qué pensaría su madre de su visita. Le habría encantado poder compartirla con ella. Era media mañana cuando regresó cruzando el bosque. Pensaba en lo que Robin le había dicho sobre que su padre había sido un héroe. Él nunca lo había mencionado ni tampoco su madre, lo cual resultaba extraño, porque esa era la clase de cosas de las que un hombre tendría que estar orgulloso. Hasta el momento sus preguntas no habían encontrado ninguna respuesta, más bien habían generado más preguntas.

Mientras cruzaba el bosque oyó un jadeo entre los helechos. Las verdes ramas empezaron a separarse cuando la criatura se dirigió brincando por el sotobosque hacia ella. En un primer momento, temió que fuera un zorro o un jabalí, pero entonces un hocico negro, seguido de unas grandes patas negras y un lustroso manto también negro aterrizó en el sendero en la forma de un labrador. Aliviada, se agachó para acariciarlo. El perro no parecía tan sorprendido de verla como lo estaba ella de verlo a él. Meneó el rabo y le metió el hocico entre las rodillas del modo más amistoso imaginable. Trixie miró en derredor, buscando al dueño del labrador, pero el bosque permaneció quieto y en silencio.

No tardó en darse cuenta de que el perro estaba solo. Vio que del cuello le colgaba una placa. «*Ralph*, la Casa Blanca, Walbridge Hall.» Incluía un número de teléfono.

—Bueno, *Ralph*, será mejor que te lleve a casa, ¿no? —dijo, bajando decididamente por el sendero. A pesar de que desconocía dónde estaba la Casa Blanca, sí conocía Walbridge Hall. No tuvo otra opción que dirigirse hacia allí. Quizá, después de todo, su destino fuera ver a Jasper.

Con varios nudos en el estómago, bajó la colina hacia Walbridge Hall con el perro pisándole los talones. Ahora tenía una razón legítima para estar allí. El temor a dar un paso en falso había desaparecido por fin. Llamaría al timbre y preguntaría por la Casa Blanca. Imaginó a Jasper en la puerta y la expresión de su mirada cuando la viera allí con el perro. Iba a quedarse de piedra, caviló. Se pasó las manos por el pelo, alisándoselo con timidez.

La casa era mucho más formidable de cerca. Los muros de color arena eran altos y austeros y las ventanas miraban imperiosamente al mundo. A ella el corazón se le aceleró a causa de los nervios. Justo cuando estaba a punto de llamar al timbre, tirando del grueso cordón que colgaba a la derecha de la magnífica puerta, oyó una voz que le habló desde atrás.

—¿Puedo ayudarla?

Se volvió al instante, decepcionada al ver que quien se dirigía a ella era un jardinero.

—He encontrado al perro en el bosque. He venido a devolverlo —dijo.

—Es *Ralph*. Hola, *Ralph*. —El hombre se dio una palmada en las rodillas y el perro saltó sobre él, excitado.

—Perro tonto. Siempre se va por ahí. Es lo que tienen los machos. Las hembras dan menos problemas. Es el perro de lady Georgina. ¿Sabe dónde está la Casa Blanca?

A Trixie no le hizo la menor ilusión la idea de tener que conocer a la mujer que había convencido a Jasper de que no se casara con ella.

—No. No soy de aquí —respondió, retrocediendo—. Quizá puedo dejárselo a usted.

—Venga, se la enseñaré. Tiene que cruzar el jardín. Está al otro lado del huerto.

A regañadientes, lo siguió y rodearon la casa hasta uno de los laterales. Un césped inmaculadamente cortado se extendía en la distancia hasta donde una estatua de un caballo encabritado sobre un pedestal se perfilaba contra el rojo intenso de un arce. Los parterres eran un estallido de flores violetas, rojas y amarillas y unos árboles inmensos perdían sus hojas doradas a merced del viento, que las zarandeaba, juguetón. El efecto era tan dramático que parecía que los jardines ardieran. Trixie tuvo la certeza de que jamás había visto un lugar más hermoso. Fue entonces cuando cayó en la cuenta de que todos los jardines que su madre había diseñado en Tekanasset eran una pobre imitación de aquel y que cada flor, arbusto y árbol había estado plantado con nostalgia y añoranza. Quizá se hubiera marchado de Inglaterra para siempre, pero los jardines que creaba la devolvían constantemente allí.

Vio una pista de tenis por un hueco abierto en un seto de tejo y oyó el leve y rítmico golpeteo de las bolas contra las raquetas. Esperaba que el jardinero pasara de largo por delante de la pista por si Jasper estaba jugando, pero el hombre la llevó por un huerto amurallado hasta el otro lado, donde había una gran casa blanca enclavada en un glorioso jardín privado de tonos dorados y carmesíes. Deseoso por volver cuanto antes a sus quehaceres, la dejó allí.

—Seguro que a lady G. le gustaría darle las gracias personalmente —le dijo antes de desaparecer entre las paredes del jardín amurallado.

A ella le habría gustado saber si la madre de Jasper era un personaje aterrador: de lo contrario, ¿por qué no se había ofrecido el hombre a devolverle personalmente el perro? Resopló, irritada, y llamó al timbre, maldiciendo al jardinero por ser tan cobarde. Un instante más tarde se abrió la puerta y una mujer alta y esbelta con el pelo rubio cenizo recogido en un severo moño la miró de arriba abajo con unos gélidos ojos azules.

—¿Y usted es? —preguntó sin tan siquiera molestarse en sonreír.

Trixie reparó en sus afilados pómulos, en los labios carnosos y en la nariz perfecta y le pareció que tenía una belleza bien conservada, aunque glacial.

—He encontrado a su perro en el bosque —dijo, mirándola sin amilanarse un ápice.

Lady Georgina bajó la vista hacia el perro.

—¿Otra vez, *Ralph*? —suspiró con impaciencia—. ¿Dónde estaba?

—No lo sé. Por ahí.

—Claro, cómo va usted a saberlo. Es norteamericana. ¿Turista?

—Supongo —respondió ella. Lady Georgina dejó escapar un pequeño resoplido antes de entrecerrar los ojos y estudiarla más atentamente. De pronto, pareció desarmada ante lo que vio.

—El jardín es increíblemente hermoso —dijo Trixie—. Jamás había visto unos colores más magníficos.

—Sí, es un lugar muy especial, ¿verdad? —El perro pasó tranquilamente por delante de ella al interior de la casa—. Bueno, gracias por devolvérnoslo.

—¿Es *Ralph*? —preguntó una voz desde dentro.

—Sí, ha vuelto a escaparse.

Un hombre apareció detrás de lady Georgina.

—¿Y usted lo ha traído? —le sonrió con afecto—. ¡Es usted un ángel!

—No exactamente. Solo estaba visitando la Casa del Apicultor. Mi madre vivió allí. —Se dio cuenta de que el rostro de lady Georgina se contraía al reconocerla.

—¿Grace Valentine? —dijo despacio—. Santo Dios bendito, es usted su viva imagen.

—¿Ah, sí? No sabría decirle.

—¡Ya lo creo! Pase. ¿Le apetece una taza de té? Debemos darle las gracias por habernos devuelto a *Ralph*. Ha sido usted muy amable. —Trixie estaba abrumada ante el repentino cambio que se había operado en la actitud de lady Georgina—. Grace y Freddie Valentine. Caramba, esos son nombres que forman parte del pasado. Dígame, ¿cómo están?

La hicieron pasar a un hermoso salón de color celeste.

—Querido, cógele el abrigo. ¿Cómo ha dicho que se llama?

—Beatrix —respondió ella, intuyendo que su nombre real resultaría más apropiado en el marco formal de la casa de lady Georgina.

—Soy Georgina Stapleton y este es mi marido, Teddy. Siéntese, por favor. Querido, nos gustaría tomar una taza de té.

—Yo me encargo —respondió él, saliendo al vestíbulo.

Lady Georgina le sonrió.

—Oh, es usted más que bienvenida —dijo efusivamente, y a ella le sorprendió ver que el rostro de lady Georgina se había descongelado de pronto—. Dígame, ¿cómo están sus padres?

—Muy bien, gracias —respondió, pues no deseaba compartir la enfermedad de su madre con una desconocida.

—No sabe cuánto me complace oírlo. ¿Qué hizo su padre cuando se fue a Estados Unidos?

—Trabajó en una granja de arándanos. Naturalmente, ya se ha jubilado. Se dedica sobre todo a jugar al golf.

—¿Y su madre? Era una apicultora magnífica y también una gran jardinera. Seguía a todas partes al señor Heath como un fiel labrador.

—Sigue siendo jardinera. Bueno, ahora está prácticamente jubilada, aunque no lo deja del todo porque le encanta. Pero ha diseñado la mayoría de los jardines de Tekanasset.

—Qué maravilla. Cuánto me alegra que les haya ido bien. Dígame, ¿tiene usted hermanos?

—No, soy hija única.

—¿Está casada?

—No.

Lady Georgina arqueó las cejas, claramente sorprendida.

—¿No está casada? Y tan hermosa…

—Todavía no he encontrado al hombre adecuado.

—Ah, bien. Pero no desperdicie demasiado tiempo buscando o será demasiado mayor para tener hijos.

—No creo que mi destino sea tener hijos, lady Georgina.

—Bobadas. Todas las mujeres estamos destinadas a tener hijos. Yo he tenido tres y ahora soy abuela de siete. Poca relevancia tiene una mujer sin hijos.

Trixie se erizó.

—Disiento. No creo que tener hijos sea la única forma de realizarnos. Tengo éxito en mi trabajo…

—Sí, lo del trabajo está muy bien, querida, pero créame: llegará un día en que se arrepentirá de no haber tenido descendencia. A fin de cuentas, para eso estamos aquí, ¿no le parece?

Antes de que tuviera tiempo de responder, apareció una joven con una bandeja con el té, seguida por Teddy, que llevaba la tetera.

—Y dígame, Beatrix, ¿es su primera vez en Walbridge? —preguntó.

—Sí.

—¿Y sus padres no han regresado nunca?

—No.

—Qué curioso —caviló Teddy.

—Estados Unidos está muy lejos —intervino lady Georgina—. Y, además, los billetes de avión no son baratos.

—Su padre es una leyenda aquí, en Walbridge —dijo Teddy alegremente—. Me casé con Georgie hace quince años, pero antes de eso ella estuvo casada con un hombre llamado Rufus. Fue precisamente gracias a su padre que Rufus sobrevivió a la guerra.

—¿Qué hizo mi padre? —preguntó Trixie.

Lady Georgina soltó un suspiro.

—Ah, pero ¿no lo sabe?

—¿Saber qué?

—Le salvó la vida a mi marido. —Trixie miró con incredulidad a lady Georgina—. Fue un héroe. De no haber sido por él, lo habrían matado.

Teddy las interrumpió.

—Recibió un disparo en su lugar en el norte de África.

—¿Recibió un disparo en lugar de Rufus?

—Ya lo creo —dijo lady Georgina—. Alcanzaron el tanque de Rufus. Se refugiaron en un asentamiento de algún lugar cerca de El Alamein. Los alemanes contraatacaron. Su padre llegó con su batallón para reforzar la posición. Vio a un francotirador alemán que apuntaba a Rufus y se lanzó sobre él. —Indudablemente, lady Georgina había contado la historia muchas veces antes—. Literalmente se abalanzó sobre Rufus —añadió Teddy, gesticulando enérgicamente—. ¡Bang! El francotirador disparó y le dio a Freddie en un lado de la cara.

—El pobre de Freddie perdió el ojo, pero le salvó la vida a mi esposo —dijo con suavidad lady Georgina—. Le estamos enormemente agradecidos.

—Papá jamás lo ha mencionado —dijo ella, intentando entender por qué—. ¿Por qué iba a mantener en secreto algo así?

—Bien, ahora que lo sabe, tendrá que preguntárselo. Quizá simplemente sea muy modesto y no quiera alharacas. ¿Le dirá que todavía nos acordamos de él con gratitud aunque lord Penselwood ya no esté con nosotros?

—Lamento mucho que haya sufrido su pérdida —dijo ella. «Lamento la pérdida que ha sufrido mi madre», se dijo.

—Gracias, querida. Su corazón simplemente dejó de latir. No era un hombre mayor. —Frunció el ceño—. Fue como si su corazón hubiera decidido que ya no podía más. —Su mirada se desvió hacia la ventana y suspiró melancólica—. Murió en un banco del jardín. Le gustaba sentarse ahí fuera en mitad de la noche, bajo las estrellas, escuchando los susurros de los animales. Cuando volvió de la guerra se sentaba allí muy a menudo. Creo que, tras la fealdad de todo lo que había visto, lo único que deseaba era rodearse de belleza. Adoraba el jardín.

Trixie siguió la dirección de su mirada. Por fin sabía por qué Rufus había puesto fin a su romance: no era porque hubiera dejado de amar a Grace, sino porque se había visto obligado a hacerlo por respeto y lealtad al hombre que le había salvado la vida. Y, a juzgar por la expresión de desconcierto de lady Georgina, pudo deducir por qué había muerto Rufus. Sabía que estaba en lo cierto. Había muerto porque tenía el corazón roto.

24

Trixie se marchó, pero no por donde había llegado, sino por el camino privado principal de acceso a la casa de lady Georgina, que conducía directamente a la estrecha carretera. Mientras se alejaba, no dejaba de pensar en la extraordinaria revelación sobre la hazaña de su padre. No alcanzaba a imaginar por qué él nunca se lo había dicho. Obviamente, su valor era algo a celebrar, y no algo que ocultar como se oculta un crimen. La consoló pensar que no podía haber estado al corriente del romance entre su madre y el conde, de lo contrario no habría acudido tan rápido en ayuda del camarada de armas. Sonrió tristemente ante la ironía. Su padre le había salvado la vida a lord Melville, quizá de un modo instintivo, por el simple hecho de ser un empleado de la familia Penselwood, y al hacerlo había salvado la vida del amante de su esposa. Debido a su heroicidad, el conde de Melville no había tenido más opción que poner fin al romance. Qué amarga debía de haber sido su gratitud. Visto desde otro ángulo, el noble no solo le había robado la esposa a su padre, sino también el ojo. Entonces fue presa de un creciente resentimiento hacia el hombre al que había amado su madre y de una profunda compasión hacia su padre. Lamentó desde el fondo de su alma haberse enterado de la infidelidad cometida por Grace.

Llegó exhausta al Fox and Goose poco antes de las doce y media. Tan absorta estaba en el pasado de sus padres que se había olvidado por completo de Jasper. Al entrar al pub, Robert estaba detrás de la barra, atendiendo a los clientes. La saludó con la mano y señaló a una mujer rubia que estaba sentada a una mesa del rincón, junto a la ventana.

—Mi madre la está esperando. Ahora mandaré a Maeve para que les tome nota de lo que quieren para el almuerzo —le dijo.

Trixie hizo caso omiso de las miradas de los curiosos lugare-
ños y cruzó la sala.

—Hola —dijo, retirando una silla con el respaldo de barras de
madera—. Usted debe de ser la madre de Robert.

La mujer sonrió dulcemente, dejando a la vista una hilera de
dientes pequeños y torcidos. Tenía los mismos ojos de color azul
intenso que su hijo.

—Y usted debe de ser Trixie Valentine.

—Es un placer conocerla, señora Heath.

—Llámeme Joan. —Le acarició la mano—. Así que usted es la
hija de Grace Hamblin. Es su viva imagen. Grace era una chica
hermosa.

—No sabe cuánto me alegra conocer a alguien que la conoció
—dijo ella, animándose, contagiada por el calor del entusiasmo de
Joan. En ese momento apareció Maeve para tomarles nota y volver
un instante más tarde con las bebidas.

Joan estuvo encantada de compartir sus historias con alguien
que estaba ansiosa por oírlas.

—Yo debía de tener unos diez años cuando Grace se casó con
su padre, pero recuerdo la boda en la iglesia porque Freddie y
Grace eran muy populares y todo el mundo acudió para verles.
Fue justo antes de la guerra. Como un perfecto día de verano antes
de que estalle la tormenta.

—Mamá me dijo que compró el vestido listo para llevar en
unos grandes almacenes.

—En Dorchester, seguramente —precisó Joan, arrugando la
nariz—. No es una ciudad muy fascinante.

—Pero el vestido era bonito.

—Oh, ya lo creo, Trixie. Muy bonito —repitió con énfasis—.
Luego estalló la guerra y Freddie se fue al frente con los demás
muchachos, incluidos mis hermanos mayores, aunque Charlie tenía solo diecisiete años y era tan joven como un escolar. Mi madre
estuvo una semana entera llorando antes de verter toda su energía
en ayudar para que ganáramos la guerra, trabajando en la granja
con la madre de usted, aunque mi padre no tardó en adoptar a
Grace bajo el ala para que le ayudara en el cuidado de los jardines.

Papá era el jefe de jardineros de Walbridge Hall, ¿sabe? Y eligió a Grace para que trabajara con él. Sentía debilidad por ella. Creo que le pasaba a todo el mundo. —Se rio melancólica—. El huerto y los frutales de la propiedad eran maravillosos. Tendría que haber visto la cantidad de productos que extraían de la tierra. Mi abuelo decía a menudo que Grace tenía un toque mágico, pero creo que no era más que amor. Si te encantan las cosas vivas, crecen, ¿no cree? Lady Penselwood era una mujer muy inteligente. Compró vacas, ovejas y cerdos antes de la guerra. Créame si le digo que el único racionamiento que nos afectó aquí, en Walbridge, fue la gasolina. Comíamos como reyes. Huevos, leche, queso y miel en vez de azúcar. Teníamos mucha miel, gracias a su madre. Esas abejas eran realmente industriosas.

Los ojos de Joan brillaban, alertas, y las manzanas de sus mejillas se sonrosaron de alegría al viajar de regreso al pasado. Era obvio que los años de la guerra habían sido excitantes para ella.

—Oh, fueron muy emocionantes, Trixie —dijo—. Yo tuve suerte. Mis hermanos volvieron a casa de una pieza. Otros no fueron tan afortunados. Como su padre, que Dios le bendiga.

Maeve les sirvió la comida y dejó los humeantes platos encima de la mesa, pero Trixie estaba casi demasiado absorta en la conversación para poder comer.

—Esta mañana me he topado con lady Georgina y me ha dicho que papá fue un héroe.

—¿Un héroe? —Joan arqueó las cejas.

—Sí. Al parecer, le salvó la vida a lord Melville.

—¿De verdad?

—¿No le parece extraño que él nunca me lo haya dicho?

Joan volvió a acariciarle la mano.

—Los hombres que volvieron de la guerra nunca hablaron de ella con nadie. Querían olvidarla y reconstruir sus vidas. Sospecho que su padre era un hombre modesto y consideró que su acto de valor no era ni más ni menos que lo que se esperaba de un buen soldado. Quizá se sintiera un poco cohibido por tanta alharaca, ¿no cree?

—Perdió el ojo por eso.

—Pero lord Penselwood… quiero decir Rufus, puesto que en aquel entonces era Rufus Melville, vivió gracias al sacrificio de su padre. Qué regalo más increíble, el don de la vida.

—¿Cómo era?

—¿Rufus? Era como el príncipe apuesto de un cuento de hadas. Alto, con los ojos de color marrón oscuro y hundidos y un espeso pelo moreno. La cara alargada y una boca que parecía encontrarlo todo divertido. —Gesticuló enérgicamente con las manos—. Tenía un cuerpo bien hecho. Me refiero a Rufus. Y también los pómulos marcados y una nariz fuerte y recta. Era elegante. Cuando yo era pequeña, lo miraba a hurtadillas de vez en cuando y era tanta la timidez que me embargaba que me quedaba literalmente muda. Después, cuando trabajaba en Red Valentine para su tía Josie, un día entró con lady Georgina. Ella era tan hermosa que te quitaba el aliento. No era una belleza suave como la de su madre, sino gélida como la Reina de las Nieves. —Se rio, encantada con su comparación—. Hacían una pareja estupenda, aunque diría que a él la guerra lo ensombreció. Siempre había sido un hombre jovial y con un cierto lustre, pero después de la guerra ya no volvió a sonreír, me refiero a sonreír con los ojos. Siempre se puede saber si una persona es realmente feliz si sonríe con los ojos. Rufus ya no lo hacía.

—Qué triste.

—Me temo que había muchos como él. Supongo que habían visto demasiado. Lady P. a menudo se quejaba de que él se había vuelto gruñón e irritable, aunque se quejaba afectuosamente. Adoraba a su hijo. Almorzaban juntos dos veces a la semana. Él sí sonreía cuando estaba con ella, ya lo creo que sí. En esa época, ella vivía en la Casa Blanca, dentro de la finca, pero cuando Jasper se casó se mudó al otro extremo del pueblo. Lady Georgina y ella no son amigas.

—¿Eso es porque las dos tienen un carácter fuerte?

Si Joan conocía la respuesta, no tuvo ningún interés en elaborarla. Esbozó su dulce sonrisa y volvió a acariciar la mano de Trixie.

—Debería ir a visitarla. A ella le encantaría verla. Quería mucho a Grace. La guerra hizo mucho por derribar las barreras entre la gente. Mi abuelo decía que lady P. se remangó y se ensució las manos con los demás. Por supuesto, lady Georgina no se movió de su torre de marfil. La guerra no hizo nada por cambiarla. Pero lady P. no tiene aires de grandeza.

—¿De qué se ocupa usted en sus labores con ella?

—Me ocupo de todo. Soy su chica para todo. —Se rio—. Aunque hace tiempo que dejé de ser una chica. ¡Casi tengo sesenta años!

—Para ella sigue usted siendo una muchacha.

—Supongo. Ella ya ha pasado de los noventa, pero no hay modo alguno de calmarla. —Negó con la cabeza—. Dios rompió el molde con ella. No hay nadie como lady P. Me dará mucha pena cuando ya no esté.

—¿Qué fue de mi tía Josephine?

—¡Ah, la fascinante Josephine! —Joan dejó escapar un suspiro complacido—. Era una chica preciosa, aunque demasiado ambiciosa para un pueblo como Walbridge. Vendió la tienda y se mudó a Londres, donde creo que se casó con un rico empresario. Alguien me dijo que actuaba en los escenarios del West End, pero nunca fui a Londres a verla. No creo que tuviera una carrera demasiado exitosa, ni que llegara a ser la estrella famosa que esperaba ser. Cuando su padre murió, su madre se trasladó también allí para estar cerca de Josephine. No volví a saber de ella. Su madre era una buena mujer. May Valentine. Preparaba tartas y las vendía en la feria de verano. La recuerdo porque tenía una mirada muy cálida.

En ese preciso instante se abrió la puerta y Trixie alzó la mirada. Allí, perfilado contra el viento que entraba desde la calle, estaba Jasper.

A ella se le paró el corazón al ver al hombre al que había amado en su día. Lo miró, incrédula. Había envejecido y se notaba en él el paso del tiempo: tenía entradas y las sienes salpicadas de canas, pero seguía siendo guapo y el corazón de ella volvió de pronto a la vida.

Los ojos de Jasper se detuvieron al posarse en ella y en su rostro se dibujó una ancha y sorprendida sonrisa. Cruzó a toda prisa el pub hasta llegar a su mesa.

—Disculpe, Joan —dijo educadamente. Y a Trixie—: Entonces, es cierto. ¿Es verdad que estás aquí?

Trixie se preguntó si Joan había reparado, como ella, en el evidente anhelo que impregnaba su mirada.

—¿Cómo te has enterado?

—Me lo ha dicho mi madre.

Ella consideró que Joan merecía una explicación.

—Conocí a Jasper en Estados Unidos hace diecisiete años —aclaró al tiempo que se le encendían las mejillas bajo su mirada.

—Y no has cambiado nada —añadió él—. Pero nada.

Joan puso las manos encima de la mesa para levantarse.

—Les dejaré solos, viejos amigos.

—No quiero interrumpir vuestro almuerzo —empezó Jasper.

—Nada de eso. Estaba simplemente chachareando. La verdad, podríamos pasarnos aquí la tarde entera, ¿no es cierto, Trixie?

—Yo invito al almuerzo —propuso Jasper, muy cortés.

—Muy amable de su parte, lord Penselwood. Gracias. —Joan se levantó—. Ha sido un placer hablar con usted, Trixie. ¿Cuánto tiempo se queda?

—Un par de días.

—Bien, espero que los disfrute. Le ha tocado buen tiempo. Quizá vuelva a verla.

Cuando Joan se marchó, Jasper bajó la voz.

—Dios mío, Trixie. No puedo creer que estés aquí. —Fue entonces cuando ella reparó en una sombra de infelicidad que se ocultaba tras su sonrisa—. ¿Por qué no me has dicho que venías?

—No sabía cómo.

—Podrías haber escrito. —Sus ojos buscaron en los de ella a la chica que había dejado en la playa—. Podrías haber llamado.

—Jasper… —Trixie recorrió la habitación con los ojos, claramente cohibida.

Él rápidamente se hizo cargo de su reticencia.

—Vayamos a algún sitio tranquilo —sugirió. Ella le vio acercarse a la barra para pagar. Jasper llevaba unos pantalones de pana y un suéter de cachemir celeste debajo de una vieja y apolillada americana de tweed. Era sin embargo el vivo retrato de un hacendado y el corazón de Trixie se rindió al muchacho que, con sus grandes sueños de convertirse en una estrella del rock, lo había sacrificado todo por el deber y la obligación—. Vamos —le dijo, y ella a punto estuvo de darle la mano como lo había hecho años atrás en la playa de Tekanasset.

Salió tras él a la luz del sol. No había nadie en la calle. Estaban solos. Sin una palabra, Jasper la rodeó entre sus brazos y la estrechó contra su pecho. Ella habría jurado haberle oído dejar escapar un gemido durante el largo instante que duró el abrazo. Cerró los ojos y se tragó las lágrimas que de pronto pugnaban por salir en una marea de añoranza.

—Oh, Trixie, no sé por dónde empezar. —Se separó de ella y sonrió amargamente—. Llevo años visualizando este momento, pero ahora que por fin ha llegado no sé qué decir.

—No tienes que decir nada. Me basta con verte —respondió ella.

—No, no es suficiente —replicó él muy serio—. Te debo una explicación—. Ven, vamos a dar un paseo en coche.

Tenía el polvoriento Volvo aparcado a la sombra junto al río. Abrió la puerta del copiloto y ella subió. Enseguida olió a perro y al mirar más detenidamente vio que la tapicería estaba cubierta de pelos blancos.

—¿Dónde está tu perro? —preguntó cuando él subió al coche y se sentó a su lado.

Jasper sonrió.

—*Bendico* está en casa. Disculpa por los pelos en los asientos.

—No me molesta. Mamá siempre ha tenido perros grandes, ¿te acuerdas?

—Lo recuerdo todo —contesto él, y ella detectó la melancolía que impregnaba su voz. Jasper arrancó y se incorporó a la calle—. No podía creer lo que oía cuando mi madre ha dicho que Beatrix Valentine había encontrado a *Ralph* en el bosque y lo había traído a casa. He pensado: «No puede ser mi Beatrix». ¿Ibas a marcharte sin verme?

—He venido a recabar información sobre mis padres. No creía que quisieras verme.

Jasper negó con la cabeza.

—Ni te lo imaginas, Trixie. Mírate. No has cambiado nada. Eres exactamente la misma. Es como si volviéramos a ser jóvenes. Daría cualquier cosa porque así fuera. Cuánto me gustaría poder volver atrás en el tiempo. Haría las cosas de un modo totalmente distinto. —La miró y el pesar había ensombrecido sus ojos gris verdosos—. Dejarte fue la mayor estupidez que he cometido en mi vida.

Ella se quedó perpleja al oírle hacer esa confesión tras apenas cinco minutos de su encuentro, pero Jasper tenía razón: realmente parecía que volvieran a estar en Tekanasset. Le resultaba tan familiar como lo había sido entonces y se le pasó por la cabeza ponerle la mano en el brazo y asegurarle que también ella se sentía así.

Jasper pareció arrepentirse de su arrebato.

—Perdona, Trixie. No debería agobiarte con mis problemas. Supongo que te habrás casado... ¿Cómo se me ha ocurrido pensar que no?

—No, no estoy casada, Jasper —respondió Trixie con suavidad.

—¿Sigues viviendo en Tekanasset?

—Mis padres sí, pero yo vivo en Nueva York.

Él sonrió.

—¿Llegaste a trabajar en *Vogue*?

—No exactamente en *Vogue*, pero soy editora de moda de una de las revistas importantes.

—Sabía que conseguirías lo que te propusieras.

—¿Sigues tocando la guitarra?

Jasper negó con la cabeza.

—No he vuelto a tocar desde Tekanasset.

Ella se quedó horrorizada.

—¡Tenías mucho talento!

—Renuncié a todas las cosas que amaba. —La culpa le contrajo la cara—. Renuncié también a ti.

—No te preocupes. Ha pasado mucho tiempo. —Volvió la vista hacia la ventanilla—. ¿Adónde vamos?

—A la playa. Necesito dar un paseo. Quiero estar a solas contigo donde podamos hablar y ponernos al día. Tengo muchas preguntas.

Trixie entrelazó los dedos y mantuvo la vista al frente, reprimiendo el impulso de estirar la mano y tocarlo.

Jasper avanzó por las estrechas carreteras hasta que llegaron a la entrada de una granja. Entró por ella y subieron por un camino lleno de barro. Al final del camino aparcó en la cima de la colina y apagó el motor. Delante de ellos, el refulgente océano se extendía en toda su inmensidad hasta donde alcanzaba la mirada.

—Qué vista más hermosa —suspiró Trixie—. No sabía que estábamos tan cerca del mar.

—Vamos, hay un sendero que baja a la playa. —Miró la chaqueta de cuero y el delgado pañuelo que llevaba—. ¿No pasarás frío?

—No lo creo —respondió ella, pero él rodeó la furgoneta y abrió el maletero.

—Toma, ponte esto. Te quedará grande y no es lo que se dice muy elegante para una editora de moda, pero te protegerá del viento y no pasarás frío.

Trixie cogió la chaqueta verde que él le ofrecía.

—¿Y tú?

Jasper sonrió alegre.

—Soy un hombre —dijo, poniendo una voz ronca.

Ella se rio.

—Hasta los hombres pasan frío, Jasper.

—¡Los de verdad no!

Bajaron por un estrecho sendero que serpenteaba entre las rocas y la hierba alta en dirección a la playa. Solo las gaviotas volaban de acá para allá en la recóndita extensión de arena. La marea había bajado, dejando tras de sí pequeños crustáceos por los que peleaban los pájaros y de vez en cuando sus chillidos indignados desgarraban el aire.

—Siento haberte hecho daño, Trixie —dijo de pronto Jasper. Inspiró hondo y se metió las manos en los bolsillos de la chaqueta—. Nunca fue mi intención darte falsas esperanzas. Esperaba…

Trixie lo interrumpió.

—Está bien, Jasper. Es agua pasada. De verdad.

—Para mí no. No es tan fácil deshacerse del arrepentimiento. Me carcomía por dentro.

—No tenía que ser —replicó ella, intentando ponerse filosófica cuando lo que en realidad quería era echarse en sus brazos y decirle cuánto le había destrozado la vida, porque después de él no había podido amar a nadie.

—Yo no creo en el destino. Somos nosotros quienes construimos nuestras vidas —arguyó él—. Cometemos errores y vivimos para lamentarlos. Si me hubiera casado contigo, Trixie, no estaría aquí deseando haber hecho las cosas de otra manera. No me sentiría infeliz.

Ella tendió la mano y le tocó el brazo.

—Demos un paseo —sugirió, volviéndose de espaldas y dejando que el viento le secara las lágrimas.

Echaron a andar despacio, juntos, con el fuerte viento azotándoles la espalda. Jasper se serenó, irguió la espalda y echó los hombros hacia atrás. Ella tuvo aún más ganas de llorar al verle esforzarse para controlar sus emociones.

—Dime —empezó él—. ¿Qué es eso de que tus padres vivieron en Walbridge?

—Se criaron aquí —empezó Trixie—. Se casaron en vuestra pequeña iglesia y mi padre trabajaba en la granja y mamá era la apicultora. Durante la guerra trabajó con vuestro jardinero, el señor Heath. Después se marcharon a Estados Unidos.

—¿Y tú no lo sabías?

—Nunca me lo dijeron. Jamás han hablado de su pasado. Acabo de descubrirlo.

—¿Cómo lo has descubierto?

Trixie inspiró hondo.

—Encontré una caja de cartas de amor en el cobertizo del jardín de mi madre dirigidas a ella aquí, a Walbridge. No eran de papá —añadió muy seria.

—Oh, Dios. Eran de otro hombre.

—Sí. Tuvo un romance al principio de la guerra.

—¿Sabes con quién?

Trixie respiró hondo. No estaba segura de que estuviera haciendo lo correcto al contárselo.

—Con tu padre —respondió por fin.

Jasper se quedó de una pieza.

—¿Con mi padre? —Parecía horrorizado.

—Sí —confirmó ella, encogiéndose a la defensiva de hombros—. Eso me temo.

—¿Estás segura?

—Solo había un conde de Melville, ¿verdad?

Jasper asintió.

—Santo cielo. ¿Papá y tu madre? Qué ironía del destino.

—Lo sé. También para mí fue un *shock*.

—Es extraordinario. —Negó con la cabeza, intentando dar un poco de sentido a todo—. Supongo que nunca llegamos a conocer del todo a nuestros padres.

—Eso es algo que me ha tocado aprender por la vía más dura —dijo Trixie.

—¿Cuánto tiempo duró?

—Unos dos años, creo. Las cartas eran muy cariñosas. Si no hubieran estado dirigidas a mi madre por su amante me habrían parecido muy románticas.

—¿Cuándo terminó?

—No está claro. Pero él deja de escribirle a finales de 1942. Su última carta tiene fecha de marzo de 1943. Lo sé porque él le devolvió todas las cartas después de la guerra.

—¿Por qué lo hizo?

—Según tu madre, mi padre le salvó la vida al tuyo en África. Supongo que decidió que no podía engañar a un hombre que había recibido una bala en su lugar, de modo que hizo lo correcto. Puso fin al romance. La verdad es que creo que mi madre no ha llegado a superarlo.

—¿Te lo ha dicho ella?

—No. Ni siquiera estoy segura de que mi padre lo sepa. Desde luego, mi madre no sabe que yo lo sé. Leí las cartas por casualidad. Ni siquiera sabe que estoy aquí.

—¿Así que has venido a Walbridge en busca del pasado de tus padres?

—Sí —respondió ella. Pero en cuanto lo dijo entendió que en realidad había ido hasta allí en su busca.

Siguieron andando en silencio, Jasper asimilando la revelación del romance de su padre y Trixie admitiendo por fin que el agujero que le había abierto en el corazón solo él, y nadie más que él, podía llenarlo. El viento se colaba entre los dos y, ante la sensación de soledad que la envolvía y la repentina toma de conciencia de que siempre estaría sola, la distancia que en ese momento los separaba podría haber sido tan inmensa como la que separa a las montañas de un cañón.

—Jasper, mi madre tiene cáncer —anunció, rindiéndose a la necesidad de compartir y con ella a la necesidad de que la consolaran.

—Oh, Trixie. Lo siento mucho.

La compasión que percibió en la voz de Jasper volvió a llenarle los ojos de lágrimas.

—No creo que dure mucho. Por eso quería descubrir por qué tu padre le devolvió las cartas y qué fue de él. Las últimas que mi madre le escribió, suplicándole que le hiciera saber que estaba vivo y que todavía la amaba, son desesperadas.

Él le tomó la mano en la suya, grande y áspera, como si aquel fuera su sitio natural.

—No estás bien, ¿verdad?

—No. —Trixie se sintió inmediatamente aliviada por el calor que desprendía su mano—. Pero me recuperaré. Superaré esto. —Inspiró hondo—. Lo que ocurre es que acabo de descubrir a mi madre después de llevar años viviendo en Nueva York. Es mi mejor amiga. Compartimos muchas cosas. Hasta que he descubierto las cartas, no era consciente de cuántas.

—¿Crees que tus padres sabían quién era yo? —preguntó Jasper.

—Sí, y no les hizo ninguna gracia. Recuerdo que dijeron que la gente como tú siempre se casaba con los de su clase y que no cumplirías tu promesa. Mamá sabía más de lo que yo creía.

—Papá nunca dijo nada, aunque no es de sorprender. Un romance no es algo que nadie vaya proclamando por ahí a gritos.

Dudo mucho que mamá lo supiera. Por lo que recuerdo, tuvieron un buen matrimonio.

—Estoy segura de que tu madre no llegó a enterarse. No creo que hubiera sido tan afectuosa conmigo al verme de haberlo sabido. Me ha dicho que estaba inmensamente agradecida a mi padre por haber recibido esa bala y haberle salvado la vida a Rufus. No creo que hubiera estado tan agradecida si hubiera estado al corriente de la existencia de esas cartas.

Jasper se rio.

—¿Cómo te has presentado?

—Como Beatrix. ¿Crees que si me hubiera presentado como Trixie me habría delatado?

—Ya lo creo. Se empeñó en que no me casara contigo. No hay modo alguno de que reconozca el nombre de Beatrix, pero el pelo se le habría erizado de haber oído el nombre de Trixie.

—Entonces, qué suerte haber optado por la formalidad. Parece una mujer formal, ¿no?

—Está hecha de acero. —Jasper dejó escapar un suspiro amargo—. Al final, cedí. Me pareció que probablemente tenía razón. Habrías odiado esta vida. Eres un espíritu libre, no una señora de la mansión dedicada a las obras de beneficencia y al deber.

Ella se detuvo y alzó la vista hacia él, presa de la frustración.

—¿Y qué eres tú sino un espíritu libre? Tendrías que estar viajando por el mundo con tu voz y tu guitarra y no atrapado aquí con tus pantalones de pana y tu chaqueta de tweed, a cargo de una gran propiedad.

—Era mi obligación.

—¿Qué quieres decir exactamente con eso de «mi obligación»? ¿Obligación con quién? ¿Con un montón de ladrillos? Eres un hombre de carne y hueso, Jasper, y llegará el día en que ya no estarás en este mundo. También tienes que vivir por ti, por lo que quieres.

Jasper soltó un gemido, como si se debiera a la imposible carga de la familia y de la responsabilidad.

—Tengo mujer e hijos. Y estoy atado a Walbridge. Estoy comprometido con esto y soy incapaz de imaginar que algún día pueda irme.

Una chispa de esperanza se encendió en el corazón de Trixie.

—¿Quieres marcharte?

—Soy infeliz, Trixie. Estaba metido en un oscuro agujero hasta que has aparecido tú para prender una bengala de esperanza. Eres como un faro que veo en la distancia, pero al que no puedo llegar. Siempre has estado allí, lejos, brillando entre la penumbra, y por mucho que me empeñe en remar, nunca logro alcanzarte.

Dicho esto, se inclinó sobre ella y la besó apasionadamente como lo había hecho en Tekanasset cuando eran jóvenes y libres y ardía en ellos la llama de la ambición. Ella respondió con la misma pasión, y los años transcurridos en soledad y en melancolía se evaporaron de pronto como un sueño. Entrelazó los brazos alrededor de su cuello y aspiró el olor familiar que desprendía y supo en ese momento lo que su madre siempre había sabido: que el amor no es algo que se desgaste o que se desintegre con el paso de los años, sino algo que brilla eternamente como un sol eterno.

25

Jasper separó sus labios de los de Trixie. Tomó la cara de ella entre las manos y estudió sus rasgos con los ojos colmados de cariño, como si lentamente estuviera recordando los besos y las caricias compartidos en las ventosas playas de Tekanasset. Su expresión se había dulcificado. La tensión de la mandíbula había desaparecido y también el ceño, y la infelicidad había dejado de oscurecerle los ojos, que de pronto brillaban, reflejando la luz de los de ella... del faro al que por fin había logrado llegar.

—Fui un estúpido al dejarte —murmuró, sonriendo de felicidad ahora que por fin estaban milagrosamente reunidos de nuevo.

Trixie puso las manos sobre las suyas y sonrió a su vez.

—Nunca he dejado de amarte, Jasper.

—¿De verdad? ¿Lo dices de verdad?

—Sí. —Se encogió de hombros—. Intenté seguir adelante con mi vida, pero nadie estaba a la altura.

—Oh, Trixie —gimió él—. Si por aquel entonces hubiera sabido lo que ahora sé, jamás le habría hecho caso a mi madre. Habría seguido el dictado de mi corazón.

—Nunca se me ocurrió que pudieras ser infeliz.

—Lottie no es mala persona. Simplemente no congeniamos. Sobre el papel éramos una buena pareja porque nos habíamos criado juntos. Nuestros padres eran buenos amigos y a ella la educaron para llevar una gran mansión, pero la verdad es que habría hecho mejor casándose con mi hermano. Como Edward, Lottie no tiene una pizca de sensibilidad artística en el cuerpo y quiere más a los perros que a los caballos. La verdad es que mi madre me convenció de que la necesitaba, y así fue al principio. Lottie se puso al frente de la finca y si como marquesa de Penselwood su labor fue impecable, como esposa era desesperadamente deficiente. Nunca nos hemos querido. La verdad es que tampoco me pareció que eso importara demasiado. Creí que seríamos un equipo, que seríamos buenos amigos, pero ya ni siquiera somos amigos. —Le apretó las manos—. Me he perdido a mí mismo con los años, Trixie. Me he convertido en alguien totalmente distinto. Te miro a los ojos y veo en ellos el reflejo del muchacho que fui, el hombre en el que creía que me convertiría. Pero en cambio me he convertido en este viejo aburrido. —Retiró las manos y se volvió a mirar al mar. El viento le apartó el pelo de la frente, dejando a la vista el desencanto en su perfil—. Me he convertido en mi padre. No hay forma de romper el patrón que el destino nos impone a todos.

Trixie se rio con suavidad ante su autocomplacencia.

—Claro que puedes romper el patrón. Tú puedes ser quien quieras, Jasper.

—No es verdad. Como marqués de Penselwood tengo responsabilidades y obligaciones.

—Es un título y un cargo, pero eso no te impide ser la persona que quieras ser. Podrías volver a tocar la guitarra.

Jasper se encogió de hombros.

—No sé.

—No eres una marioneta, Jasper —insistió ella—. Eres tu propia persona. Coge la guitarra y escribe una canción. ¡Si te sientes infeliz, será la mejor canción que hayas escrito nunca!

Jasper sonrió al ver los esfuerzos que hacía por sacarle de su melancolía y le tomó la mano.

—Tienes razón. Me he permitido refocilarme en la autocompasión. —La condujo de regreso por la playa hacia el sendero que subía serpenteando por el acantilado—. Quería cumplir con mi deber, Trixie. Quería que mi madre se sintiera orgullosa de mí. Yo sabía que estaba menos cualificado que Edward, porque él había estudiado en la facultad de Agronomía y había trabajado aquí con mi padre, con lo cual sabía cómo llevar la finca. Nadie confiaba en que lo haría bien. —La miró y en sus ojos ardían las brasas del arrepentimiento—. El orgullo —declaró con resentimiento—. Fue el orgullo lo que me motivó. El orgullo lo que me llevó a casarme con Lottie. El orgullo lo que me llevó a renunciar a la única persona a la que de verdad he amado.

—Lottie te ha dado hijos. No lamentes tu matrimonio. Tienes una familia. Y eso cuenta, y mucho.

—¡Pero ¿y tú?! —exclamó él, apretándole con fuerza la mano—. Te he negado una familia. Dios, no sabes lo que daría porque estuvieras en el lugar de Lottie…

—No siento amargura, Jasper. He tenido una fascinante vida laboral y también he tenido oportunidades de comprometerme en una relación. Si hubiera querido tener hijos, podría haberme casado y haber tenido una familia. Y he elegido no hacerlo. Ha sido mi elección, no la tuya. Nadie me ha obligado a vivir así. De hecho, he disfrutado de mi vida. No quería conformarme con la segunda mejor opción. Si no podía tenerte a ti, no quería a nadie más. Esa es la verdad, pero eso no significa que haya vivido en la negación. No, no ha sido así. He tenido buenos momentos.

—Me habría encantado ser parte de esos buenos momentos.

—Y a mí. Creo que mi madre ha añorado a tu padre durante años. Por eso guardaba las cartas en una caja secreta del cobertizo del jardín. Por eso se deshizo en lágrimas cuando le dije que había muerto. Ahora lo entiendo. El pasado está empezando a cobrar sentido. Creo que la nostalgia por Rufus ha malogrado su matrimonio —reflexionó con melancolía—. A menudo creí que papá era injustamente distante y poco cariñoso. Ahora me pregunto si también él percibía en ella cierta frialdad y lejanía. Añorar a alguien no es sano, Jasper. Si hay algo que mi madre me ha enseñado, es precisamente eso. Debemos desprendernos del pasado y vivir el momento, de lo contrario no vivimos, solo soñamos.

—No puedo desprenderme del pasado ahora que estás aquí —dijo Jasper con una sonrisa.

—Eso es hacer trampa.

—Me da igual. —La hizo girar hacia él para volver a besarla—. Ahora estoy viviendo el momento y me encanta.

Poco después regresaron en coche a Walbridge. La luz menguaba en el cielo y las nubes oscuras se arracimaban sobre ellos, devorando con avidez los últimos restos de cielo celeste.

—Quiero verte mañana —dijo muy serio.

—No sé... —Trixie vaciló.

—¡No puedes irte a Nueva York ahora! —exclamó. Trixie sabía que tenía razón. Todo había cambiado. No podía irse y fingir que las cosas seguían como antes.

—No sé qué hacer. —Alzó la vista, impotente, hacia el cielo cada vez más oscuro.

—Te llevaré a que conozcas a mi abuela —sugirió él—. Quizás ella pueda darnos alguna pista sobre el romance entre mi padre y tu madre. Aunque tendremos que ser precavidos. La abuela pertenece a otra generación. Te recogeré por la mañana.

Trixie lo miró, visiblemente ansiosa.

—¿Te parece una decisión acertada, Jasper?

—Has dicho que querías saber por qué mi padre devolvió las cartas a tu madre.

—Ya sé por qué lo hizo. Fue por una cuestión de honor. De soldado a soldado. Eso tiene sentido.

—En cualquier caso, sigo creyendo que deberías hablar con mi abuela. Quizá sepa algo más. —La miró y ella percibió el pánico en sus ojos—. Quiero volver a verte, Trixie. No puedes marcharte...

Le tomó la mano por encima del cambio de marchas.

—De acuerdo. Iré a ver a tu abuela.

Jasper relajó los hombros.

—Bien. Te recogeré a las nueve. ¿Te parece bien?

—Perfecto. ¿Qué le dirás a Lottie?

—La verdad. Que me he encontrado con una vieja amiga y que la llevo a ver a la abuela. No sospechará nada.

—Me marcho pasado mañana.

—Eso significa que tenemos un día entero para nosotros.

Ella sintió que se le hacía un nudo en la garganta.

—Un día —repitió.

—¿Un día? ¿Dos? No tienes que irte.

Trixie negó con la cabeza.

Tengo que volver a mi vida, Jasper.

Él agarró con fuerza el volante.

—Te recogeré a las nueve.

Trixie no se vio con ánimos de cenar en el pub hablando con Robert, así que encontró un pequeño restaurante italiano en la calle Mayor y cenó allí sentada a una mesa junto a la ventana. Había empezado a lloviznar. Veía deslizarse las gotas por el cristal en ondulantes regueros. De vez en cuando las potentes luces de un coche las transformaban en oro. Comió la pizza sin demasiadas ganas. Ver a Jasper le produjo el efecto de una inyección de adrenalina, como si hubiera esnifado cualquiera de las drogas que solía tomar en una época de su vida y en ese momento sentía el dolor de la abstinencia. ¿De verdad merecía la emoción de su beso la tortura de saber que no podía durar? Se había acostumbrado a estar sola, pero Jasper le había recordado lo que era estar en los brazos del hombre al que amaba. La comparación no hizo sino magnificar la superficialidad de las múltiples relaciones que había tenido a lo largo de los años. La vida que había vivido quedó de pronto reducida a una farsa y no estaba segura de querer retomarla. Una pequeña parte de ella lamentaba haber viajado hasta allí, porque lo que hasta entonces había sido aceptable se había vuelto intolerable a la luz de su reencuentro con él. Ya nada volvería a ser lo mismo, porque lo mismo no era lo bastante bueno.

Terminó de beber la copa de Pinot Grigio y pagó la cuenta. Tras arrebujarse en el abrigo, regresó por la calle Mayor hacia la callejuela que llevaba a la posada y al río situado justo detrás. Decidió que tenía que marcharse antes de que fuera demasiado tarde. Antes de que fuera demasiado tarde para poder alejarse. No quería destruir la familia de Jasper. Por muy infeliz que él fuera con su esposa, no quería cargar con eso en su conciencia, en cuyo caso no tenía sentido quedarse. No podía tener a Jasper. Nunca podrían estar juntos. Verle no había hecho más que recordarle aquello de lo que carecía. Volvería a su vida en Nueva York e intentaría olvidarle como lo había hecho casi dos décadas antes. Tras haber escalado hasta la cima de una montaña emocional, había vuelto a bajar resbalando hasta el pie de la misma. ¿Cómo iba tan siquiera a arreglárselas para dar los nuevos primeros pasos?

Regresó al Fox and Goose y subió sigilosamente a su habitación sin que nadie la viera. No estaba de humor para hablar con Maeve ni con Robert. De hecho, no estaba de humor para hablar con nadie. Cuando se acostó y apagó la luz pensó en su madre y una oleada de compasión le inundó el corazón. Si había añorado a Rufus como ella añoraba a Jasper en ese instante debía de haber sufrido lo indecible.

La soledad la engulló y Trixie se abandonó a la nostalgia y a la insoportable sensación de fracaso. Se abrazó a la almohada y lloró por ella y también por su madre, consciente de que al haber estado tan pendiente de sí misma, Grace, la mujer, era para ella una absoluta desconocida.

A la mañana siguiente se despertó con los nervios en el estómago. Sabía que tenía que marcharse antes de las nueve, la hora en que llegaría Jasper, pero aunque conocía perfectamente la decisión correcta, fue incapaz de llevarla a cabo. El corazón le eclipsó la cabeza y se sintió impotente. En vez de hacer la maleta, se maquilló y dejó que la antelación silenciara la duda.

Desayunó en el pequeño comedor. Maeve le sirvió café y tostadas. Estaba casi demasiado ansiosa como para comer nada.

—¿Está disfrutando de su estancia, querida? —preguntó Maeve—. Qué lástima de tiempo. Ayer hizo un día delicioso, pero hoy lo estamos pagando con creces.

—Sí, gracias. Estoy disfrutándola mucho —respondió débilmente, resistiéndose a darle conversación.

—Espero que Joan haya podido darle alguna información sobre sus parientes. Joan es una mujer encantadora.

—Sí, me pareció muy interesante.

Maeve se apoyó en el respaldo de la silla como si pretendiera quedarse un rato.

—Lleva muchos años trabajando con lady P. Son más madre e hija que señora y empleada, la verdad. Aunque en este momento la pobre lo está pasando mal. Lady P. está empeñada en organizar su propio funeral. Bueno, supongo que eso es algo que a su edad podría ocurrir en cualquier momento, ¿no le parece? Joan no quiere ni pensarlo. Adora a la anciana señora.

—Me resulta un poco macabro eso de organizar su propio funeral. No me apetece mucho pensar en la muerte.

—Eso mismo dice lady Georgina. El pobre vicario tiene que vérselas por un lado con Lady P. bombardeándole con sus ideas sobre la música y las lecturas para el funeral y, por el otro, ¡con lady Georgina insistiéndole que no le haga caso porque según ella la vieja señora se ha vuelto loca! ¡Sí, lady Georgina cree que a su suegra le falta un tornillo! —Maeve se rio de buena gana—. ¿Sabe lo que yo creo?

—¿Qué es lo que cree? —Trixie tomó un sorbo de café, muy lejos de estar interesada en la opinión de Maeve.

—Creo que Lady P. está planeando su ataque final.

—¿Qué quiere decir?

—Bueno, por lo que he oído, está eligiendo un funeral nada convencional, cosa que obviamente enfurecería a lady Georgina, que es muy tradicional. Sería un último insulto desde más allá de la tumba que lady Georgina tuviera que sufrir a un coro de góspel…

—¿Un coro de góspel? —Aquello sí que captó su interés.

—Oh, sí. Lady P. quiere un coro de góspel.

—Es una elección realmente radical.

—Ya lo creo. No estoy segura de que se salga con la suya. Cuando esté muerta, lady Georgina hará lo que quiera. Es una mujer fuerte. No puedo imaginarme al pobre vicario enfrentándose a ella.

—Menudo drama.

—Oh, sí, sin duda. Aquí en Walbridge siempre tenemos algún drama en marcha. No nos aburrimos nunca, de lo contrario me habría marchado hace años. ¿Quién quiere vivir en un lugar tan pequeño si no hay ninguna distracción? —Se rio—. Aquí no nos aburrimos nunca.

Robert asomó la cabeza por la puerta.

—Buenos días, Trixie —dijo, sonriendo de oreja a oreja. Ella le sonrió a su vez y reprimió un suspiro de irritación. Al parecer, no iba a tener ni un poco de paz—. Lord Penselwood está en el pub.

—Oh —respondió ella, espabilándose—. Ahora mismo voy. Gracias. —Dejó la servilleta encima de la mesa y se levantó.

—A mamá le encantó conocerla ayer —dijo Robert.

—Puede que la vea hoy. Jasper va a presentarme a su abuela.

Lamentó la necesidad de explicarse y esperó no haber dejado en evidencia la culpa que rondaba a su conciencia.

—¿Tuvo ayer un buen día?

—Sí, gracias.

—¿Encontró la Casa del Apicultor?

—Sí.

—¿Y a Robin?

—Sí, charlamos durante un buen rato.

—Bien. —Vaciló durante un instante—. Si le apetece en algún momento una visita guiada, esta tarde estoy libre.

—Gracias, Robert. Es usted muy amable. Se lo haré saber.

—Salgo a las dos —la informó, entusiasmado.

Trixie asintió y pasó rápidamente por su lado con destino al pasillo.

—Lo tendré en mente —respondió, y al instante lo olvidó por completo.

Jasper la recibió cordialmente y la acompañó hasta el coche. Ella vio que llevaba la guitarra en el asiento trasero.

—¡Ah, tu música! —exclamó, subiendo al asiento del copiloto.

—He seguido tu consejo —respondió él. Trixie se fijó en lo descuidado de su aspecto, con el pelo dejando la frente a la vista. Llevaba unos vaqueros y un grueso jersey verde que resaltaba el color gris verdoso de sus ojos. Ya en el coche, se inclinó sobre ella, le pasó la mano por detrás del cuello y pegó sus labios a los suyos. Ella aspiró la esencia de lima de su loción para después del afeitado y el olor familiar de su piel. Bastó con eso para hacerla volver atrás en el tiempo. Mientras él la besaba, todas las dudas se disolvieron y la luz dorada de infinitas posibilidades brilló, seductora, elevándola del suelo. De pronto, nada importaba salvo ese día.

Jasper cruzó el pueblo con el coche.

—Le he dicho a la abuela que íbamos a verla. Me ha parecido que se emocionaba mucho cuando le he explicado que eras la hija de Grace Valentine. Dice que se acuerda con cariño de Grace.

—Qué encanto —respondió ella—. Estoy convencida de que no tuvieron mucho que ver, puesto que mi madre no era más que una empleada.

—Creo que te sorprenderá. Mi abuela es famosa por tratar a todo el mundo como a un igual. ¡No como mi madre!

—Tu madre es realmente formidable.

—Me temo que es una espantosa esnob. Odio decirlo...

—...pero vas a decirlo de todas formas —se rio Trixie.

Jasper sonrió.

—Sí, voy a decirlo de todas formas. Es una mujer insegura, temerosa de todo lo que no le resulta familiar, por eso se aferra a cómo eran las cosas sin darse cuenta de que los tiempos han cambiado. Se ha quedado varada en otro mundo, clavando en él los talones y decidida a no cambiar. Para ella, la aristocracia todavía gobierna el mundo.

—Si es feliz así, ¿qué daño puede hacer?

—Mucho, cuando con ello hace desgraciadas a otras personas. Yo me rebelé cuando me fui a Estados Unidos, pero cuando volví, me rendí y me conformé. Eso no me ha hecho feliz.

—¿Tienes un hijo?

—Sí. Fergus. Tiene quince años.

—En ese caso, puedes beneficiarte de lo que has aprendido para dejar que sea lo que quiera.

—No es tan fácil teniendo una madre como Lottie.

—No había contado a Lottie.

—No, mi madre y ella se parecen mucho, por eso probablemente se llevan tan bien. Usan las mismas palabras: «deber, responsabilidad, comunidad, tradición, legado, herencia…» —Suspiró—. ¡Hay un diccionario especial para la gente como ellas!

—Entonces deberías animar a Fergus a que siguiera su propio camino.

—Afortunadamente, creo que los tiempos han cambiado y con ellos también las exigencias. Fergus es un chico fuerte. Hará lo que le plazca. —Le sonrió—. Nunca le presionaré para que haga nada contra su voluntad, aunque me temo que su madre quizá piense distinto.

—¿Fergus tiene hermanos? —pregunto ella, presa de la curiosidad por la familia de Jasper.

—Dos hermanas menores, Eliza y Cassandra.

—Qué afortunados son teniendo un padre como tú.

—Los adoro —dijo Jasper, emocionado, y Trixie entendió en ese momento que el amor que demostraba tener por sus hijos le impedía todavía más dejar a Lottie.

Él giró por un camino privado donde una gran casa de piedra de color tierra asomaba tímidamente desde detrás de una densa boa emplumada de wisterias amarillas. Las ruedas crujieron sobre la grava, alertando de su llegada a un perro que se puso a ladrar, excitado.

—Ese es *Winston*, el bóxer de mamá. Parece peligroso, pero es manso como un labrador. —En ese instante se abrió la puerta y la anciana que Trixie había visto en compañía del vicario apareció en el umbral con una amplia y cálida sonrisa. El perro la sorteó y empezó a olisquear el coche, dándose importancia. Pegó el hocico a la ventana de Trixie e irguió las orejas con curiosidad. Jasper rodeó el coche y lo apartó. Luego le abrió la puerta—. Si le das una palmadita, te dejará en paz.

—¡Es adorable! —exclamó ella, encantada, rascando al perro detrás de las orejas.

—¡Si haces eso, no te dejará tranquila! Hola, abuela.

—Pasad, queridos. Está a punto de llover —dijo lady Penselwood.

—Hola, lady Penselwood —la saludó ella, tendiéndole la mano.

Lady Penselwood la estrechó con firmeza. En la otra mano llevaba un bastón.

—Vaya, me resulta usted familiar —dijo, entrecerrando los ojos.

—Coincidimos brevemente delante de la iglesia... —respondió Trixie.

—Ah, sí. Ahora lo recuerdo. Ya ve, quizá tenga ya un pie en la tumba, pero mi mente sigue aún aquí. Pase, querida. No se preocupe por *Winston*, dejará su tarjeta de visita en las ruedas de Jasper y entrará por el jardín. —Cerró la puerta tras ellos—. Joan ha encendido el fuego de la chimenea del salón, así que se está estupendamente. Qué día más húmedo. Espantoso.

—Tiene usted una casa preciosa —comentó Trixie, recorriendo con la mirada las alfombras persas y las antigüedades que daban a la casa un aire de grandeza.

—Me llevé algunas cosas cuando me marché de Walbridge Hall —le dijo lady Penselwood—. Quedé muy complacida cuando encontré este lugar. Tiene encanto, ¿no le parece?

—Oh, desde luego —concedió ella antes de seguir a Jasper al salón.

Inmediatamente se quedó asombrada al ver los cuadros de las paredes. Todos eran escenarios de Tekanasset que reconoció al instante.

—Jasper, ¿se los compraste tú a tu abuela? —preguntó, sorprendida.

—No, son de mi abuelo.

Ella contuvo el aliento al recuperar de pronto un vago recuerdo.

—Claro, me acuerdo de que me dijiste que tus abuelos habían tenido una casa en Tekanasset.

—Aldrich adoraba navegar —explicó lady Penselwood, sentándose en una butaca junto al fuego. Dejó el bastón en el suelo a su lado—. Jasper, sé bueno y ve a decirle a Joan que traiga un poco de té. He comprado unas deliciosas galletas de jengibre en la pastelería. —Se volvió hacia Trixie, que estaba mirando los cuadros. A mi marido le obsesionaban los barcos. Tengo todas sus maquetas en el comedor. Las construía él. Era su pasatiempo.

Un pasatiempo que a punto estuvo de volverme loca. —Dejó escapar un bufido impaciente—. Creo que prefería construir esos barcos a estar con la gente.

—¿Cómo conoció la isla?

—¿No ha coincidido nunca con la familia Wilson? Randall Wilson Junior era amigo de mi marido. Solíamos veranear allí a menudo.

—Big es una gran amiga de mi madre —dijo Trixie, animada por el vínculo.

Lady Penselwood sonrió, sorprendida.

—¡Qué extraordinario! Qué mundo tan pequeño… En realidad su nombre es Henrietta.

—Lo sé, pero todos la llaman Big.

—Dígame, ¿se casó? —preguntó lady Penselwood cuando Jasper volvía a entrar en la habitación.

—No, no creo que haya nadie lo bastante valiente como para atreverse con ella —respondió Trixie.

Lady Penselwood se rio.

—Cuando la conocí era una joven muy enérgica y franca.

—No ha cambiado ni un ápice.

—Pero siéntese, querida. Joan servirá el té. Sospecho que querrá calentarse. Está empezando a hacer frío, ¿no le parece? Recuerdo que una vez que pasamos el invierno en Tekanasset el mar se congeló. Allí también hacía un frío terrible. Jasper me ha dicho que esta es su primera vez en Walbridge —dijo al tiempo que Joan entraba con una bandeja con té y galletas—. Ah, Joan, eres un ángel. Ponlo en la mesita y nosotros mismos nos serviremos. ¿Dónde está el temible *Winston*?

—Dormido delante de la cocina —replicó Joan. Sonrió a Trixie—. Hola, querida. Es un placer volver a verla.

—Tengo entendido que está usted interesada en la historia de su familia —prosiguió lady Penselwood—. Me resulta de lo más peculiar que su padre jamás le haya hablado de su gran gesta.

—No, nunca la ha mencionado.

—Sírvenos el té, Jasper. Pruebe una galleta, Trixie. Son exquisitas. Lo que pasó es que la guerra nos cambió a todos, querida.

Yo prosperé. —Sus ojos marrones chispearon al recordar el pasado—. Fue una época excitante. Reuní a las mujeres y todas nos pusimos manos a la obra. Bueno, casi todas. —Dedicó a su nieto una mirada desaprobadora y ella supuso que lady Penselwood se refería a la madre de él, lady Georgina—. Abrimos nuestras puertas a niños de Londres y fue una época muy feliz. Su madre era una maravilla en los jardines. El señor Heath y ella trabajaban sin descanso. A ella se le daban muy bien los animales, las abejas y los jardines. Era una mujer dotada de un gran entusiasmo y yo le tenía mucho cariño. Luego Freddie le salvó la vida a Rufus y todos le estuvimos tremendamente agradecidos.

—¿Fue usted quien sugirió que se fueran a Tekanasset? —preguntó Trixie, tomando un poco de té.

—Ah, es una historia curiosa. —Se reclinó contra el respaldo de la butaca y suspiró—. O más bien una historia peculiar. ¿Me pasas una galleta, Jasper?

Lady Penselwood le dio un mordisco a la galleta y todo su rostro fue el reflejo de su satisfacción.

—Todos queríamos agradecer a Freddie lo que había hecho. La guerra había terminado y Rufus estaba vivo gracias a él. El pobre Freddie había perdido el ojo y todos lo lamentábamos terriblemente, pero también le estábamos eternamente agradecidos por su acto de valentía. Pero él no quería ni oír hablar del asunto. Vino a casa. Lo recuerdo como si fuera hoy. Aldrich, Rufus y yo estábamos en la biblioteca. Freddie parecía desesperado, como si viniera a que lo castigáramos y no a que lo recompensáramos. Aldrich le dio un whisky y eso lo calmó un poco, pero estaba muy nervioso. Entonces vi que Freddie y Rufus cruzaban una mirada y comprendí. Freddie odiaba a Rufus. La verdad es que no me sorprendió, teniendo en cuenta que había perdido el ojo. Supongo que debía de lamentar su impulsividad. Pero a menudo actuamos instintivamente, sin pensarlo demasiado, y creo que Freddie sentía cierta deferencia por Rufus y por nuestra familia. En fin, Aldrich le dijo a Freddie que teníamos una gran deuda con él y que nos gustaría poder mostrarle nuestra gratitud. Fue entonces cuando lo soltó. Esa extraordinaria petición de marcharse del país, lo más lejos posible de Inglaterra. Nos quedamos de una pieza. Y es que Grace y él habían vivido toda la vida en Walbridge. Eran parte del tejido de la comunidad, por no mencionar que el señor Garner tenía puestas todas sus esperanzas en que Freddie le sustituyera en su puesto cuando se jubilara. Aldrich sugirió Tekanasset, valorando que Randall era un amigo muy querido y que no le supondría ningún esfuerzo ayudarle a encontrar trabajo y casa. Todo salió muy bien. Randall era un hombre muy eficiente. Compramos la casa semanas después y Randall le encontró a Freddie un puesto en la granja de arándanos. Su marcha nos dejó muy tristes, pero era lo que Freddie quería. No volvimos a verlos.

—Qué triste que no hayan vuelto nunca, ni siquiera de visita —dijo Trixie en voz baja.

—En aquellos días era una gran distancia. Y todavía lo es —afirmó lady Penselwood, dejando la taza en la bandeja—. Y creo que ellos no querían recordar el pasado.

Lady Penselwood miró fijamente a Trixie a los ojos. Su expresión se ensombreció y la tristeza veló sus ojos marrones.

—La guerra también cambió a Rufus —añadió con suavidad—. O, mejor dicho, el final de la guerra lo cambió. —Hizo especial hincapié en la palabra «final» y Trixie entendió que no se refería solamente a la guerra, sino a toda una era—. Vivimos una época irreal. Todo fue demasiado intenso, demasiado inmediato. Creíamos que moriríamos por la mañana. Había que agarrar la vida y saborear su frágil y fugaz dulzura. Pero al final, cuando la guerra terminó, tuvimos que volver a nuestras vidas, y curiosamente, en comparación con lo que habíamos vivido, la normalidad resultó aburrida. La excitación había desaparecido. El surrealismo que nos permitía vivir peligrosamente también había desaparecido. La gente se había permitido romances. Habían amado frenéticamente porque se habían dado cuenta de que la vida era corta y querían aferrarse a ella. Rufus sufrió terriblemente. —Inclinó la cabeza a un lado y le sonrió con tristeza—. Espero que su madre encontrara la felicidad en Tekanasset.

—Así es, gracias. Aunque… —Trixie vaciló, aguantándole la mirada a lady Penselwood—. Creo que dejó tras de sí algo precioso. Algo que jamás ha podido recuperar.

En ese momento, lady Penselwood tuvo una idea. Volvió a iluminársele la cara y la resolución brilló en sus ojos marrones.

—Jasper, hazme el favor y sube a mi habitación. En el cajón de la derecha del tocador hay una bolsita de terciopelo azul. Tráela, ¿quieres? —Jasper desapareció en el vestíbulo y subió las escaleras—. Hay una cosa que quiero darle a su madre. Es una bobada, pero para ella significará algo. ¿Cuándo se marcha?

—Mañana.

—Ha sido un placer conocerla, Trixie. Dígame, ¿cómo está su madre?

—Me temo que no muy bien. Tiene cáncer.

—Qué mala suerte.

—Cierto, pero no quiere hacer un drama de su enfermedad. Está decidida a seguir viviendo como si no estuviera enferma.

—Rezaré para que se recupere.

—Gracias, lady Penselwood.

Jasper apareció en ese momento con la bolsita de terciopelo. Trixie sintió curiosidad. Él se la dio a su abuela. La anciana señora la miró con cariño, como si tuviera un especial valor sentimental y le costara separarse de ella.

—Désela a Grace con mi amor —dijo, ofreciéndosela.

Trixie la cogió.

—¿Puedo abrirla? —preguntó.

—Puede —respondió lady Penselwood. Trixie introdujo la mano en ella y sacó una bolsa de lavanda. Estaba desgastada, como lo estaría el juguete muy querido de un niño. En la parte delantera tenía una gran abeja bordada.

26

Trixie y Jasper deambulaban por el cementerio intentando encontrar en alguna de las lápidas el nombre de Arthur Henry Hamblin. Un viento brusco agitó las hojas marrones y amarillas que cubrían la hierba, arrojándolas contra las lápidas y sobre las alegres flores recientemente puestas allí en memoria de los difuntos. Ella no era de las que pensaban demasiado en los cuerpos que yacían bajo tierra. Prefería la opción más espiritual e imaginaba las almas liberadas por fin de sus cuerpos terrenales para vagar en paz. Recordó de nuevo la sensación de haberse sentido conducida al cobertizo del jardín de su madre por una presencia invisible aunque perceptible y se preguntó entonces, a la luz del día, si no habrían sido imaginaciones suyas. ¿Podíamos realmente engañar a la muerte y seguir vivos o estábamos los seres humanos condicionados a creer porque la alternativa era simplemente demasiado horrible para tenerla en consideración?

Tiritó de frío y se metió las manos en los bolsillos del abrigo. Jasper recorría las filas de tumbas y leía las más antiguas, cuyas inscripciones grabadas en la piedra se habían desgastado por el paso del tiempo.

—Este nació en 1556 —dijo—. Increíble.

—¿Dónde está enterrada tu familia?

—Hay una cripta familiar debajo de la iglesia.

—Espeluznante.

—Mentiría si dijera que bajo allí a menudo.

—¿Te guardan un sitio?

—Supongo, pero no me apetece pensarlo.

—Al parecer, tu abuela está planeando su funeral —le dijo.

—Lo sé. Y está encantada. Eso la mantiene ocupada y entretenida, y por supuesto, así no deja de irritar a mi madre, que, al parecer, es su objetivo primordial.

—Ah, aquí está —anunció Trixie, acuclillándose para leer la lápida—. Arthur Henry Hamblin, 1889-1938. Solo tenía cuarenta y ocho años cuando murió. Qué joven —dijo, apartando las altas hierbas que la tapaban para poder leer más—. «EN RECUERDO DE UN PADRE CARIÑOSO Y GRAN AMIGO. DESCANSE EN PAZ EN LA GLORIA DE DIOS.»

—Está enterrado junto a su mujer —dijo Jasper, mirando la lápida que estaba al lado de la de Arthur.

—Mamá no llegó a conocer a su madre. Su padre era todo lo que tenía. Debió de ser una pérdida terrible cuando murió. Se quedó sola en el mundo. —Trixie hizo un cálculo rápido—. ¿Sabes?, tenía solo dieciocho o diecinueve años. Se casó con papá a esa edad. Gracias a Dios que le tenía a él. —Le habría gustado saber si Grace se había casado con él por miedo a volver a quedarse sola. Eso había ocurrido poco antes de que estallara la guerra, justo antes de las cartas que le había escrito a Rufus. El romance con él había empezado también por esa época.

—He estado pensando, Trixie. Papá era un cabrón gruñón. Trabajaba demasiado, se pasaba las horas solo por ahí, en la finca y en los jardines, como si quisiera perderse. Cuando estaba en compañía se mostraba amargado y era sarcástico hasta rozar lo cáustico. Podía ser cruel e intolerante. Se enfadaba con facilidad y sus hijos le tenían miedo. Me pregunto si el hecho de haber puesto fin al romance con Grace mató algo dentro de él que ya nada pudo hacer revivir. La abuela dice que de joven había sido un tipo tranquilo e ingenioso. La persona que ella describe nada tiene que ver con el padre que yo conocí. —La miró y frunció el ceño—. ¿Será que soy como él? ¿Me habré convertido en un hombre gruñón e intolerante porque también yo perdí a la mujer que amaba? ¿Estaré simplemente reproduciendo el patrón? Lottie se queja de que soy insoportable y mordaz, pero no siempre he sido así. ¿Acaso la decepción ha alterado mi naturaleza? —Buscó una respuesta en su rostro, pero no dijo nada. Ella se limitó a mirarle con compasión desde unos ojos tristes e inquisitorios—. Salgamos de aquí —dijo Jasper.

—¿Adónde vamos?

—Quiero estar a solas contigo. No soporto estar tan cerca de ti y no poder tocarte.

Ella reparó entonces en una pareja que estaba en la calle y que miraba en su dirección.

—De acuerdo. Vamos a algún sitio. A cualquiera menos aquí.

Recorrieron las serpenteantes y estrechas carreteras hasta la costa. Pero esta vez Jasper aparcó el coche a nivel del mar y la condujo por un sendero cubierto de hierba hasta un viejo cobertizo de barcas parcialmente oculto como un nido de perdiz entre la espesa maleza y al abrigo de los árboles. Un muelle se asomaba al agua desde el cobertizo y había una barca de pesca atada a un amarre que parecía abandonada a merced de su desolación.

—Era de mi abuelo. Le obsesionaban los barcos. Hubo una época en que a veces yo salía a navegar en ella con los niños, pero estos últimos años la tengo muy abandonada.

—La primera vez que hicimos el amor fue en el cobertizo de las barcas de Joe Hornby.

Jasper la atrajo entre sus brazos y sonrió melancólico.

—En ese caso, me parece muy apropiado encontrarnos aquí ahora. Por fin solos. —La besó con premura, y aunque ella sabía que obraba mal, se sentía tan bien que la sensación acalló su conciencia. No había nada nuevo en la intimidad que compartían. Habían hecho el amor muchas veces antes. Simplemente retomaron lo que habían dejado atrás hacía diecisiete años en el muelle de Tekanasset. Habían envejecido, él había ganado unas cuantas canas y ella algunos kilos, y tenían los maltrechos corazones más hambrientos tras los años que habían pasado anhelando la mitad perdida de sí mismos.

Hicieron el amor en el suelo de la barca, buscando un poco de calor bajo unas mantas de picnic. En sus actos enfebrecidos revivieron el pasado, redescubriéndose mutuamente y disfrutando del sabor y del tacto familiar de sus cuerpos, decididos ambos a encontrar a la persona que habían sido antaño a los ojos del otro.

Trixie fumaba recostada contra las mantas mientras Jasper tocaba la guitarra y le cantaba la canción que le había compuesto en la playa de Tekanasset. Ella le miraba entre jirones de humo, con los ojos velados por la lasitud, colmados de afecto y mareada, ebria de amor. Una pequeña y satisfecha sonrisa adornaba su rostro. Con la edad, Jasper tenía la voz más descarnada. Poseía una crudeza que era fruto de la falta de práctica. A ella le conmovió la falta de refinamiento que veía en él. El que ella había conocido era un muchacho brillante, despreocupado, dorado. Ahora las arrugas surcaban su rostro, tenía unas patas de gallo profundas y marcadas y las canas de la barba incipiente y del pelo desvelaban su edad, como lo hacía también su infelicidad. Le dio un vuelco el corazón y quiso que el tiempo se detuviera para no tener que marcharse nunca. Se sentía necesitada y la necesitad de Jasper tiraba de ella, clavándosele en las profundidades del pozo de su dolor.

—Siento que soy yo mismo cuando estoy contigo —dijo él, rasgando la guitarra con suavidad—. Sé que me ves como era. A tus ojos, tengo talento. Soy un espíritu libre. Y nada convencional... —Sonrió con timidez—. Soy un poco salvaje. —Se rio de sí mismo.

—Sigues siendo todas esas cosas, Jasper. En el fondo, no cambiamos. Supongo que habrás construido múltiples capas a tu alrededor, pero debajo de esas capas sigues siendo el mismo.

—Entonces contigo puedo desprenderme de todas esas capas. Y me siento tan bien... Vuelvo a sentirme vivo. —Alzó la mirada y suspiró hondo—. Me siento atrapado, Trixie. Ha sido asfixiante. Ahora sé cómo se sentía mi padre. —Se volvió a mirarla y se le ensombrecieron los ojos—. No quiero morirme joven como él.

—¿Crees que murió porque tenía el corazón roto?

Jasper se encogió de hombros.

—Es una idea romántica, ¿no crees? ¿Es posible morir de algo así?

—¿Es el cáncer de mamá una manifestación física de su dolor emocional? Creo que es perfectamente posible.

—Te necesito, Trixie.

—Yo también a ti.

Se quedaron tumbados con los cuerpos entrelazados mientras el sol empezaba a ponerse en el cielo, anunciando el final del día.

—La arena empieza a agotarse en el reloj —dijo él finalmente, abrazándola con fuerza. En el cielo las nubes se espesaban, tiñéndose de un oscuro tono violeta. El viento empezó a silbar junto a uno de los lados de la barca, que empezó a bambolearse con suavidad en el agua.

—Me siento como si estuviera en Tekanasset.

—Ojalá fuera así.

—Qué bien lo pasamos esos días, ¿verdad? Fueron casi ideales.

—Yo era consciente de lo afortunada que era, aunque no de hasta qué punto. Ese verano ha llegado a adquirir dimensiones desproporcionadas en mi mente. Sigue ahí, solo y deslumbrante. Las playas, la música, el sol, la chica. —La estrechó contra su cuerpo—. Sobre todo la chica. Nunca me imaginé que viviría la vida que estoy viviendo. Creí que terminaría cantando en estadios llenos de gente. —Se rio con amargura—. Tú me has recordado cómo era ser Jasper Duncliffe.

—Quizá no seas ya Jasper Duncliffe, pero tienes que tocar la guitarra y componer música, aunque solo sea para seguir en contacto con él. La música es parte de quien eres. Dejaste de tocar y te negaste tu propia esencia.

—Qué bien sienta volver a tocar —concedió Jasper—. ¿Y qué hay de ti, querida Trixie? ¿Eres tú misma?

—Hago lo que siempre quise hacer. Estoy feliz en la revista. Me encanta la moda. Y se me da bien escribir sobre eso. Me he hecho un nombre en ese mundillo y me gano bien la vida. Tengo muchos amigos. Sí, siento que soy yo misma.

Jasper la besó en la sien.

—Quiero que digas que no estás completa sin mí.

Trixie volvió a reírse ante su autocomplacencia.

—Sabes muy bien que estoy incompleta sin ti.

—Pues quédate.

Permanecieron en la barca hasta tarde. El estómago empezó a rugirles de hambre. A regañadientes, regresaron por el sendero hacia el coche. Se abrió un hueco entre las nubes por el que se vieron brillar las estrellas y por donde la luz de la luna repartió su luz, iluminando el camino. Salvo por el leve chapoteo del agua lamiendo las rocas, el silencio era total. Jasper le tomó la mano y se detuvieron a contemplar el mar de ébano. Mientras el frío viento soplaba contra sus rostros y les pasaba por el pelo sus gélidos dedos, intentaron adivinar su futuro en el horizonte negro y vacío, pero no encontraron nada.

—¿A qué hora te vas mañana? —le preguntó.

—Temprano. Por favor, no vengas a despedirte. Ya te he dicho adiós una vez y todavía no lo he superado —fue la respuesta de Trixie.

—Tengo que volver a verte.

Presa de la tristeza, ella se volvió hacia él. Tienes una familia. No podemos construir nuestra felicidad sobre la infelicidad de quienes te rodean. No voy a permitirlo. Prefiero pasar el resto de mis días echándote de menos que lamentar los estragos que pueda causar nuestra relación.

—Eres demasiado juiciosa, Trixie. Ojalá fueras tan egoísta como yo.

Ella se rio y le soltó la mano.

—No eres tan egoísta como crees. Me has pedido que me quede, no que me case contigo. Y en ningún momento has apuntado la posibilidad de que vayas a dejar a tu familia. Sabes tan bien como yo que eres demasiado honorable para hacer algo así, de modo que llévame de vuelta al hotel y vete para que pueda atesorar el día de hoy como es: hermoso, triste y perfecto.

Jasper así lo hizo y la besó por última vez.

—Si quiero escribirte, ¿adónde te envío las cartas?

—Jasper…

—Cartas, eso es todo. Por favor, deja que mantenga el contacto contigo. No puedo desterrarte de mi vida. Si nunca las abres, no me enteraré. No tienes que responderme.

Ella tragó saliva, pero las lágrimas vencieron su resistencia y surcaron sus mejillas.

—A Tekanasset.

—A Sunset Slip.

—Lo conoces bien.

—Trixie…

—No… por favor.

—Te quiero.

Ella le estrechó con fuerza y pegó sus labios a los suyos, dejando en ellos sal y pena.

—Yo también te quiero. Siempre te querré.

No quiso verle alejarse en el coche y entró sigilosamente en la posada, cabizbaja y temiendo tropezarse con Maeve o con Robert. No le importó no haber comido nada aparte de las galletas en casa de lady Penselwood. De todos modos, no se creía capaz de ingerir nada. Se preparó un baño caliente y se sumergió en el agua, deseando que el mundo fuera un lugar distinto cuando volviera a emerger para respirar.

A la mañana siguiente, el taxi llegó a buscarla para llevarla a la estación. Era temprano. La luz del amanecer brillaba débilmente entre la oscuridad, veteando el cielo del este con sus pálidas pinceladas amarillas como la yema rota de un huevo. Llovía suavemente sobre la acera cuando saltó por encima de un charco para llegar al coche que ya la esperaba. Maeve le había preparado una taza de café y una tostada, pero era demasiado temprano para Robert, así que Trixie le dejó un mensaje, consciente de que quizás él se había sentido decepcionado porque ella no había aceptado su oferta de la visita guiada de la tarde anterior.

—Que tenga un buen vuelo de vuelta a Nueva York —dijo Maeve—. Si algún día quiere volver, ya sabe que será más que bienvenida. —Pero ella no creía que fuera a volver nunca. Como ya le había ocurrido antes a su madre, Walbridge encerraba para ellas dolorosos recuerdos.

Cuando llegó a Heathrow se encontró buscando a Jasper entre los rostros de la gente que poblaba la terminal. Estaba segura de que la había seguido. De hecho, esperaba que así fuera. Pero los rostros eran de desconocidos y solo cuando estuvo en el avión entendió que su vida no era como las vidas de las películas. Jasper no se iría con ella.

Sentada en su asiento, sollozaba mientras miraba lúgubremente por la ventanilla el brillante asfalto y el cielo gris de la mañana. Una azafata con expresión afable y lápiz de labios rojo se apiadó de ella y la pasó a Business Class, pero ni el asiento más amplio ni tampoco el menú, de calidad superior al de turista, lograron animarla. Pensaba en Jasper mientras no dejaba de revivir la tarde que habían pasado en la barca, como si fuera una cinta que pudiera rebobinar y volver a escuchar a voluntad. Dudaba de si había hecho lo correcto. Estaba empezando a desear haberse quedado. En ese momento, al tiempo que el avión sobrevolaba el Atlántico, su vida en Nueva York dejó de importarle y habría estado feliz dejándolo todo simplemente a cambio de poder estar otro día con él.

Por fin, durmió un poco con la ayuda del vino y de un somnífero. Se sentía mareada y desconectada. Los pensamientos rondaban por su cabeza como un caótico banco de peces sin rumbo fijo. ¿Qué le tenía reservado el futuro? Si no podía tener a Jasper, ¿encontraría a alguien más? ¿Estaría destinada a quedarse sola? Sabía que no debía renunciar a él. Pero también sabía que no podía retenerle.

La mañana siguiente del aterrizaje en Nueva York, Trixie volaba en un avión con destino a Boston. Pediría un permiso por motivos personales y pasaría un tiempo con su madre. No había nada más importante. En ese momento, la necesitaba y sentía que también su madre la necesitaba a ella. En cualquier caso, podía hacer la mayor parte de su trabajo en casa. Su ayudante cuidaría de lo más urgente durante su ausencia. Era más que capaz. La editora de la revista lo entendería. Su propia madre había muerto de cáncer de pecho y Trixie había ayudado a recolectar dinero para la investigación corriendo en la maratón de Nueva York.

Voló hasta el aeropuerto de Tekanasset en un pequeño avión que se movía sin parar, zarandeado por la más mínima ráfaga de viento. El aterrizaje la mareó casi hasta producirle náuseas, pero volvía a llorar cuando el aparato tocó tierra, y no porque estuviera mareada, sino por el tremendo alivio que le provocó volver a estar en casa. Inspiró el familiar aire marino, impregnado del dulce y húmedo olor del otoño, y se preguntó por qué se había ido de allí.

En el taxi, de camino a casa de sus padres, miraba por la ventanilla con nuevos ojos. La isla refulgía bajo el primer sol de la tarde. Las hojas granates de los arces parecían arder en la luz dorada cuando el sol empezó a descender por el oeste, arrastrando al día consigo. Su corazón anhelaba lo conocido. Deseaba más que nada estar en brazos de su madre, acurrucarse en la seguridad del pasado y poner fin a la agonía de saber que jamás podría tener al hombre que amaba.

El taxi la dejó en Sunset Slip. Trixie contempló su casa desde una perspectiva renovada. Aquella era la casa a la que sus padres habían huido cuando el mundo que tenían en Inglaterra se había roto en pedazos. Su madre había perdido a su amante, su padre había perdido el ojo y aquella era la compensación por su pérdida. Entró por el sendero, tirando de la maleta. Empujó la puerta mosquitera primero y después la pesada puerta que estaba detrás. Una ráfaga de viento sopló en ese momento y la cerró con un portazo. El perro de su madre se puso a ladrar.

—¡Mamá! —gritó. Se le cerró la garganta. La idea de que su madre quizás hubiera muerto estalló en su cabeza como un demonio indeseado—. ¡Mamá! —volvió a gritar—. ¡Estoy en casa!

Dejó la maleta en el vestíbulo y corrió al salón. El fuego estaba encendido. Había papeles repartidos por todas partes, como de costumbre. Los cojines del sofá estaban tranquilizadoramente ahuecados. Fue a la cocina y en ese momento se dio cuenta de que la puerta estaba abierta. Miró fuera. Vio que también la puerta del cobertizo estaba abierta.

Salió al porche.

—¡Mamá!

Apareció Grace, y al verla Trixie tuvo la sensación de que se había encogido desde la última vez que la había visto.

—Cielo, qué alegría que estés aquí.

—¡Oh, mamá! —sollozó, cruzando el jardín con grandes zancadas para ir a su encuentro. Rodeó con los brazos a su madre, que le acarició la espalda, confundida.

—¿Estás bien, cielo? ¿Qué te ocurre? ¿Por qué estás tan alterada?

Trixie se separó de ella y la miró, sabiendo que tendría que ser sincera del todo.

—No te encontraba.

Grace asintió, entendiendo.

—Creías que había dejado este mundo.

—Bueno...

—No me voy a ninguna parte —dijo ella enérgicamente—. Venga, entremos. ¿Te apetece tomar algo? Puedo preparar una tetera.

Trixie miró por encima del hombro de su madre.

—¿Qué hacías ahí dentro? —preguntó. Pero ya conocía la respuesta a esa pregunta. Las manos de su madre estaban limpias. No había estado trabajando en el jardín. Solo había un motivo para que estuviera en el cobertizo del jardín.

Entraron en la cocina. Grace empezó a preparar el té.

—¿Qué tal las cosas en Nueva York? —preguntó.

Trixie inspiró hondo.

—No he estado en Nueva York.

—¿Ah, no?

—He estado en Inglaterra.

Su madre pareció sorprendida.

—¿En Inglaterra? ¿Qué hacías allí?

—He ido a Walbridge.

Grace palideció.

—¿A Walbridge? —Enseguida recobró la compostura—. ¿Has ido a buscar a Jasper?

Trixie negó despacio con la cabeza.

—No exactamente. He ido a buscarte a ti.

—¿A mí?

—Sí... Yo... —se interrumpió porque no sabía por dónde empezar. No quería reconocer que había descubierto las cartas. No estaba segura de cómo iba a sentirse su madre si sabía que su hija había estado hurgando en sus cosas—. Tengo algo para ti —dijo.

Corrió al vestíbulo y cogió la bolsa de terciopelo de la maleta.

Se la dio a su madre, que la miró sin ocultar su confusión.

—¿Qué es?

—Lady Penselwood me dijo que te la diera. Dijo que tú sabrías lo que significa.

Grace se había puesto pálida como la cera.

—¿Has conocido a lady Penselwood?

—Sí, y a lady Georgina.

A Grace empezaron a brillarle los ojos.

—¿Por qué?

Al ver que Trixie no respondía, abrió la bolsita tirando del cordón del cierre e introdujo la mano en ella. Palpó la textura blanducha de la bolsita de lavanda y supo de inmediato lo que era.

Cuando vio la bolsa de seda con la abeja bordada no supo dónde mirar ni qué decir. Le temblaban los labios y tenía los ojos llenos de lágrimas. Tragó saliva con esfuerzo. Luego se llevó la bolsita a la nariz y cerró los ojos durante un instante.

—Creo que necesitamos una copa de vino —dijo por fin.

—Yo iré a buscarlas —se ofreció Trixie.

—Deberíamos sentarnos fuera. Todavía hace sol.

—Bien, buena idea —contestó ella. Había una sombra de alarma en la voz de su madre. Su expresión había cambiado. Había en sus ojos una expresión decidida—. ¿Dónde está papá?

—Jugando al golf. No llegará hasta tarde, lo cual me alegra.

Entonces sirvió dos copas de vino de la nevera y siguió a su madre al porche.

—¿Cuánto es lo que sabes? —preguntó Grace.

—Todo —respondió Trixie—. Y más.

27

Grace y Trixie se acomodaron en el balancín del porche como lo habían hecho muy a menudo en el pasado. Grace tomó un buen sorbo de vino.

—De acuerdo, cielo. Empieza por el principio. ¿Por qué has ido a Walbridge?

Trixie cogió el bolso y se lo puso sobre el regazo.

—¿Te importa si fumo? —preguntó.

—Claro que no, aunque deberías dejarlo. Es un hábito horrible, por no hablar de lo perjudicial que es para la salud.

—Ya lo sé. Lo haré. Te lo prometo. —Buscó el paquete de tabaco y el encendedor en el bolso. Encendió uno y exhaló el humo por un lado de la boca para no molestar a su madre. Ella se dio cuenta de que le temblaba la mano—. Encontré tu caja con las cartas en el cobertizo —confesó.

Grace inspiró despacio.

—Entiendo.

—No las buscaba. La puerta estaba abierta y fui a cerrarla. —No podía contarle a su madre lo de la extraña presencia que había percibido. Estaba convencida de que la tomaría por loca—. Son hermosas, mamá. Muy románticas. —Grace esbozó una fina línea con los labios y volvió la vista hacia el mar. Trixie prosiguió—: Me pregunto por qué Rufus devolvió las cartas.

—Supongo que fue su manera de terminar la relación.

—Pero ¿por qué la terminó?

Grace se encogió de hombros.

—No lo sé. No me dio ninguna explicación. Simplemente me devolvió las cartas. Me quedé destrozada. Quizá su esposa se enteró. No lo sé. Ha pasado mucho tiempo…

Trixie miró a su madre con tal grado de compasión, que a ella se le saltaron las lágrimas.

—Mamá, te devolvió las cartas porque tuvo que poner fin a la relación. Y tuvo que hacerlo porque papá le salvó la vida en la guerra. La bala que dejó tuerto a papá era para Rufus, pero papá saltó para interponerse entre la bala y él. Fue un héroe. ¿Nunca te lo ha dicho?

Grace frunció el ceño y negó con la cabeza.

—¡No! Nunca. ¿Cómo lo sabes?

—Me lo dijo lady Georgina. Me dio las gracias. Dijo que papá era un héroe y que le estarían eternamente agradecidos.

—¿Y por qué no me lo ha dicho tu padre?

—No lo sé. Pero después tomé el té con lady Penselwood.

—¿Sigue viva?

—Ya lo creo, mamá. Me dijo que papá no quiso que le dieran importancia a lo que había hecho. Ellos quisieron agradecérselo y le ofrecieron lo que quisiera a modo de recompensa. Él les pidió una nueva vida en Estados Unidos. ¿Sabes quién encontró esta casa y le colocó en la granja? —Grace negó con la cabeza. A juzgar por sus rasgos contraídos, Trixie supo que todo aquello era para ella un *shock* terrible—. Randall Wilson Jr.

—No lo entiendo. Pero ¿cómo?

—Porque Aldrich Penselwood era muy amigo de Randall Wilson.

—Eso sí lo sabía —dijo Grace con un hilo de voz, acordándose de la conversación que había tenido con Big—. Continúa.

—Aldrich Penselwood os compró esta casa para agradecerle a papá haberle salvado la vida a su hijo.

—Freddie jamás me dijo nada. Lo único que me dijo fue que nos marchábamos a Estados Unidos. Estaba muy raro. Muy distante. No era el mismo Freddie que yo conocía. La guerra le había cambiado tanto que apenas le reconocí. Era hostil y frío.

—Empezaron a temblarle los hombros—. Fue horrible. No solo perdí a Rufus sino también a Freddie. Los perdí a los dos y también mi casa. Las únicas cosas que me quedaron eran mis cartas y mis recuerdos.

Trixie rodeó a su madre con los brazos y la estrechó contra su cuerpo. La sintió pequeña y frágil.

—Fue un modo muy cruel de terminar la relación con la mujer a la que amaba —dijo Trixie—. Podría haberte dicho por qué. ¿Las has leído?

—¿Te refieres a mis cartas? No, no lo soportaría. Las metí en el fondo de la caja. ¿Por qué? ¿Tú sí?

—Sí, las he leído… —Trixie pensó en contarle que también había encontrado una carta que iba dirigida a Freddie, pero algo la contuvo. No quería agravar el dolor de su madre—. Eran hermosas —dijo en cambio.

—Rufus debió de ponerse furioso por el hecho de que fuera Freddie quien le salvara la vida. Porque por culpa de ese acto de valor tuvo que renunciar a mí. Qué ironía que el destino decidiera unirlos de ese modo.

—Devolverte las cartas me parece un acto de derrota.

—Supongo que lo fue. Hubo muchos obstáculos evidentes que se interpusieron en el camino de nuestra felicidad, pero Rufus jamás habría imaginado ese.

—Ni ninguno habría sido tan decisivo —añadió Trixie. Abrazó con suavidad a su madre—. Jamás imaginé que compadecería a Rufus, pero realmente es lo que siento. Pobre, pobre hombre.

Grace sofocó una carcajada.

—Eso es porque no has sufrido por amor.

—Quizás. Amo a Jasper con todo mi corazón, pero he tenido que dejarle.

—Oh, cielo. Lo siento mucho.

—Siempre creí que no eras capaz de entenderlo, pero ahora me doy cuenta de que eres la única persona que de verdad lo comprende, porque también tú has amado y has perdido.

—Cuando hace años perdiste a Jasper, quise confesarte que había amado a su padre, pero no pude. No quise traicionar a tu padre. También le amo a él, Trixie. Puede que suene extraño, pero amo a tu padre. Amo al hombre que hay debajo de esa frialdad. Él no siempre fue así. De hecho, no es así. Le amo a pesar de eso.

Trixie apoyó la cabeza en el hombro de su madre.

—Sé que lo superaré con tu ayuda. Si puedo hablarlo contigo, sé que llegará el día en que lo superaré.

—Un problema compartido es menos problema. —Grace se separó suavemente de su hija. La miró a los ojos y reconoció en ellos el dolor—. Nunca quise que sufrieras como yo.

—Pero merece la pena, ¿no crees? Tú volverías a hacerlo, ¿verdad?

Grace sonrió.

—Creo que sí.

—Yo también.

—Dime, ¿cómo murió Rufus? Me lo he preguntado muchas veces.

—Salió al jardín en plena noche, se sentó en un banco, miró las estrellas y murió.

A Grace volvieron a saltársele las lágrimas.

—Escuchando los sonidos del jardín durante la noche.

Ella asintió y se rio a pesar de las lágrimas.

—Me dijo que si escuchaba con atención, oiría respirar al jardín: inspirando, espirando, inspirando, espirando…

—Creo que murió de pena, mamá. Apuesto a que nunca dejó de quererte. Su madre me dijo que el final de la guerra le había cambiado. Creo que en realidad se refería al final de su romance.

—Lady Penselwood —dijo despacio Grace—. La guerra también la cambió a ella. Vivió un apasionado romance con el guardabosque.

—¿En serio? ¿Como en *El amante de lady Chaterley*? —preguntó alegremente Trixie—. ¿Quién iba a imaginarlo de ella?

—Fue una mujer muy hermosa en su día. Revivió durante la guerra. Rufus y yo estábamos en el bosque y la vimos con el señor Swift, los dos contra un árbol. Fue un *shock* tremendo.

—¿Qué dijo Rufus?

—No le dio ninguna importancia. ¡Creo que de hecho la admiró por su arrojo!

Las dos se rieron. Grace miró con cariño a su hija y le tomó la mano.

—Me alegro de que te hayas enterado, Trixie. Y de que podamos compartirlo.

—Tienes mejor aspecto ahora que sabes la verdad.

—Me siento mejor. Es como si me hubieran quitado un peso de encima. Me siento ligera. —Besó a su hija en la mejilla—. Gracias, cielo. Pero ¿y tú?

—Eso es justo lo que preguntó Jasper.

—¿Y qué respuesta le diste?

Trixie le dio otra calada al cigarrillo.

—Le dije que no se preocupara por mí. Él tiene esposa, hijos, obligaciones y responsabilidades que lleva implícitas su posición. —Se rio de sí misma—. Y pensar que nunca se me ocurrió que fuera un lord. Nunca lo imaginé. No me extraña que le divirtiera tanto que lo llamara señor Duncliffe.

—¿Cómo ibas a saberlo, cielo?

—No lo sé. Ahora parece obvio. En cualquier caso, me pidió que me quedara, pero sabía que era imposible. No sugirió que dejaría a Lottie. No creo que pudiera tenerle en tan alta estima si fuera capaz de darle así la espalda a su familia. Así que la perdedora soy yo. Pero saldré de esta.

—Claro que sí, cielo. Yo lo hice. Te teníamos a ti. Encontramos cierta felicidad. Me dediqué de lleno a los jardines que creaba. Descubrí que el alma humana tiene una gran capacidad para curarse y adaptarse. No he sido infeliz, Trixie. Sí, tengo mis recuerdos y aunque me entristecen un poco, también me hacen feliz. Recuerdo los buenos tiempos con Freddie, antes de la guerra. Era un hombre adorable y muy romántico. Sé que no puedes ni imaginarlo, pero era bromista y dulce. Son esos los recuerdos que conservo.

—¿Y qué significa la bolsita de lavanda? —le preguntó.

—La hice para Rufus, para ayudarle a dormir.

—Pues parece que durmió años con ella. Está totalmente raída.

Grace esbozó una sonrisa dulce.

—Creo que así fue.

—¿Y tú cómo estás, mamá? Ya sé que no te gusta hablar de eso, pero necesito saberlo. No puedo soportar la idea de perderte también a ti.

Grace tiró de su hija hacia ella y le pasó la mano por el pelo.

—Soy una luchadora, Trixie. —La besó en la frente—. Después de todo, tengo mucho por lo que luchar.

Cuando el día finalmente se rindió a la oscuridad, Grace y Trixie volvieron a llenar de vino sus copas y ella escuchó, traspuesta, mientras Trixie le contaba sus breves vacaciones. Quería oír hasta el último detalle. Quería saber cómo era Walbridge después de todos esos años y saber de la Casa del Apicultor, de Walbridge Hall, del Fox and Goose, de lady Georgina y lady Penselwood. Y cuando terminó de oír todas las historias, quiso volver a oírlas.

Cuando Freddie llegó a casa, Grace estaba en la cama. La excitación vivida la había dejado agotada.

—Hola, Trixie —la saludó, sorprendido al encontrar a su hija en el salón de Grace—. ¿Qué tal las cosas en la Gran Manzana?

—Genial, papá, gracias. He decidido venir a pasar un tiempo con mamá.

—Apuesto a que se ha puesto muy contenta cuando te ha visto.

Trixie sonrió.

—Mucho.

Freddie se quedó en la puerta, aparentemente incómodo.

—Bueno, voy a ver si encuentro algo en la nevera.

—Papá —dijo Trixie, levantándose y cruzando la habitación hacia él.

—¿Sí?

—Te quiero. —Se rio al ver la expresión de asombro en la cara de su padre—. Sé que parece que me haya vuelto loca, pero quería decírtelo. Te quiero y valoro mucho todo lo que has hecho por mí todos estos años. Muchas veces te he acusado de ser demasiado controlador conmigo, pero ahora sé que lo hacías siempre pensando en lo mejor para mí. Siento no haberlo sabido entonces. —Lo rodeó con los brazos y sintió cómo se tensaba. Decidida, lo abrazó con firmeza. Despacio y de un modo apenas perceptible, él se ablandó y la acarició con fuerza en la espalda, con más fuerza de la que había usado jamás, y la garganta de Trixie se contrajo y su corazón pareció doblarse sobre sí mismo. Siguió sin moverse durante un instante mientras las lágrimas iban dibujando una mancha oscura en la camisa de su padre.

Entonces le preparó una pasta a su padre mientras él desaparecía en su oficina para servirse una copa. Regresó con un vaso de whisky con hielo. Le preguntó por Nueva York y ella le contó lo de su entrevista con Rifat Ozbek, omitiendo que se había celebrado en Londres. No se atrevió a hablarle del viaje, pues no estaba segura de que lo entendiera como lo había entendido su madre. Se acordó de que lady Penselwood le había dicho que estaba resentido con Rufus por haber salido ileso de la batalla. Probablemente lamentaba haberlo salvado. Sacar después de tanto tiempo a colación su gesta quizás estropearía su momento en el salón. Nunca se había sentido tan cerca de él y no iba a fastidiarlo rememorando el pasado.

Freddie se sentía un poco mareado cuando subió a su habitación. Se había tomado dos whiskys y una copa de vino. Trixie se había unido a él en el comedor y comieron la pasta que ella había cocinado. Le había preguntado por el golf y por sus primeros años en la granja, justo después de la guerra. Lo había mirado intensamente y le había escuchado sin interrumpirle. De hecho, le había sorprendido su interés. Era la primera vez que lo veía en su hija.

Entró sin hacer ruido en la habitación a oscuras. Vio a su mujer en la cama, plácidamente dormida. Había dejado encendida la luz del cuarto de baño y fue a desvestirse allí para no despertarla. Se duchó y se puso el pijama. Luego apagó la luz y se metió en la cama, intentando no hacer ruido y moviendo lo menos posible el colchón. Se quedó ahí tumbado durante un instante, mirando al techo.

—Freddie. —Era Grace. Su voz, un adormilado susurro.

—Creía que dormías —respondió él.

—Sí, pero ahora estoy despierta. ¿Has visto a Trixie?

—Sí, qué sorpresa más agradable.

—¿Freddie? —Su voz sonó seria.

—¿Sí?

—Tengo que hablar contigo y necesito que seas sincero conmigo.

—De acuerdo.

—¿Salvaste a Rufus en la guerra?

Hubo un largo silencio. Fue un silencio elaborado e incómodo, como si la habitación contuviera el aliento y batallara con el esfuerzo. Grace esperó. Mientras aguardaba su respuesta, sintió la sangre palpitándole en las sienes. Creía que Freddie se cerraría a ella y que el aire de la habitación se enfriaría con él, pero no fue así.

—Recibí una bala en su lugar —dijo él en voz baja. Grace se quedó perpleja ante su franqueza. Quizá la oscuridad, el whisky o el hecho de que supiera que ella se estaba muriendo le había dado el valor para hablar de ello.

—Fuiste un héroe. ¿Por qué no me lo has dicho nunca?

—Porque no lo fui.

—Claro que sí. Me burlé de ti cuando lloraste por la picadura de la abeja y tu madre dijo que los chicos son valientes cuando realmente importa. Ella tenía razón y yo estaba equivocada. Diste tu ojo a cambio de la vida de Rufus. Si eso no es heroico, dime qué lo es.

Notó que él se tensaba a su lado. Se produjo una nueva y larga pausa. La cama se calentó, pero Grace no se atrevió a moverse.

—Le odiaba —dijo Freddie, y el tono de su voz provocó un gélido escalofrío que recorrió la piel de Grace—. Sabía que le amabas, Grace. Recibí una carta de ti que iba dirigida a él. —Ella contuvo un jadeo. La cama pareció de pronto retirarse bajo su cuerpo. Extendió los dedos sobre las sábanas para sujetarla—. No salté para salvarle, Grace —dijo—. Salté para pegarle un puñetazo.

Se quedaron inmóviles bajo el peso de su confesión. Ella no supo cómo responder. Parpadeó en la oscuridad, presa de la náusea, pero no por la violenta tentativa de Freddie, sino al imaginarle sufriendo en silencio durante tantos años, sabiendo que ella había amado a otro. Había supuesto que su frialdad estaba provocada por el horror de la guerra. Jamás había imaginado que la causa fuera ella. De pronto lo entendió todo y la compasión le inflamó el corazón. La guerra no había cambiado a Freddie. Había sido ella. Deslizó la mano bajo las sábanas y encontró la suya. Él la estrechó con fuerza y la ferocidad del gesto la conmovió hasta las lágrimas.

—Fue un instante de locura, Grace —prosiguió él con los ojos fijos en el techo—. Un instante de celos. Cuando me abalancé sobre él, vi la pistola apuntándole. Todo ocurrió muy deprisa, aunque en ese momento fue como si nos moviéramos a cámara lenta, debajo del agua. Miré al alemán, con el dedo en el gatillo y la cara contraída de odio, y no me detuve. Algo me empujó. Sinceramente, no sé si en ese momento me abalancé sobre lord Melville para salvarlo o para matarlo. —Contuvo un sollozo—. Quería verlo muerto, pero le salvé la vida. Cuando lord Penselwood me invitó a Walbridge Hall para recompensarme por mi heroicidad, estaba tan enfadado conmigo mismo que apenas pude mirarle a los ojos. En cuanto a Rufus, le odiaba. Había vivido para seguir amándote y yo había perdido el ojo. —Su voz se debilitó—. Perderte a ti me dolía más que haber perdido el ojo. Habría dado los dos ojos por tu amor, Grace.

—Me devolvió todas mis cartas, Freddie —dijo Grace, intentando consolarle, aunque consciente de que poco podía decir para absolverse. Unas lágrimas calientes le surcaban el cuello, enfriándose en la almohada sobre la que apoyaba la cabeza.

—Pero seguías amándole —gimió él—. Siempre le amaste. Aunque yo sabía que nunca dejaría a su esposa por ti. Era egoísta y autocomplaciente. Tú eras como un pez impotente clavado a un anzuelo y creías que no me daba cuenta. —Dejó escapar un suspiro—. Lo notaba cada vez que te miraba a los ojos. Porque me mirabas con añoranza y sabía que te habría gustado que yo fuera él. —Grace se debatió contra la fuerza del arrepentimiento que amenazaba con arrastrarla como una potente corriente subterránea. Le apretó la mano con fuerza y fijó la mirada en una franja de luz de luna que pintaba una porción de plata en la pared de enfrente. Así que pedí iniciar una nueva vida en Estados Unidos y lord Penselwood lo arregló todo. El padre de Big era amigo suyo y fue él quien lo organizó. Creí que si te llevaba al otro extremo del mundo, olvidarías a Rufus. —Soltó una risa amarga—. Pero me equivoqué. Nunca lo olvidaste y yo me sentía invisible. Querías a tus abejas, a tu hija y tus jardines, pero nunca me quisiste a mí.

Grace no pudo seguir escuchando. Rodó sobre sí misma hasta apoyar la cabeza en el hombro de Freddie, envolviéndole entre sus brazos.

—Te equivocas. Creía que la guerra te había cambiado. Creía que me odiabas por no entender lo que habías sufrido. Soportaba tu resentimiento porque me acordaba del Freddie con el que me crie y del que me enamoré. Sabía que seguías ahí y esperaba pacientemente a que reaparecieras. Creía que el tiempo te curaría. —Arrimó la cara contra su cuello—. Te amo, Freddie. No creo que hubiera añorado a Rufus si hubiera creído que tú también me amabas. Rufus no fue más que un breve enamoramiento. Ojalá pudiera borrarlo. Ojalá nunca hubiera ocurrido. Fue una ilusión. Me sentí halagada, no sé. Fui una estúpida. Mi padre tenía razón. Siempre fuiste el hombre para mí. Pero después de la guerra necesitaba sentirme querida y creí que él me amaba. ¿Es que no lo ves? Había un vacío. Él lo llenó. Pero nunca dejé de esperar que volvieras a mirarme como antes.

Freddie le puso la mano en la espalda y la acarició despacio.

—Quería volver al río. A nuestro claro secreto, donde Rufus no pudiera alcanzarnos. Quería que me admiraras como cuando salté al agua desde el puente. ¿Te acuerdas de cómo te enfadaste cuando me zambullí?

—Me asustaste. Creí que estabas muerto.

—Quería asustarte. Quería una prueba de que te importaba.

—Y la conseguiste.

—Y te besé por primera vez.

—Fue el beso más hermoso que nadie me ha dado nunca. —Hundió la cara contra su mejilla y cerró los ojos—. Quiero recuperarte. Quizá no me quede mucho tiempo de vida, pero quiero pasar el tiempo que me quede con mi viejo amigo y amante. Mi viejo Freddie Valentine.

Sintió que los brazos de Freddie la envolvían como lo habían hecho la noche de bodas que habían pasado en la Casa del Apicultor, y mientras las manos de él recorrían de nuevo los contornos olvidados de su cuerpo, ella volvió a ser presa de las mismas sensaciones que había tenido al ser amada por primera vez. Los labios de Freddie buscaron los suyos en la oscuridad y su beso fue tan tierno y ardiente como en aquel entonces, antes de que la traición y la desconfianza los hubieran convertido en un par de desconocidos. Con cada suave caricia, el desolado paisaje de su ser fue poco a poco humedeciéndose como empieza a florecer el suelo invernal con la cálida caricia de la primavera.

Cuando por fin Grace se quedó dormida, una sonrisa de satisfacción adornaba sus labios. Las lágrimas se habían secado en la almohada. Su mano, que seguía cogida a la de Freddie, se relajó hasta abrirse ligeramente. Se sumió en la inconsciencia, pero a diferencia de otras noches, sabía dónde estaba. Era como si se hubiera colocado encima de sí misma y mirara desde arriba su cuerpo dormido. Siguió así, en paz, observando y extrañamente cómoda, como si hubiera salido de su propio cuerpo en múltiples ocasiones anteriores que había olvidado.

Entonces oyó una voz familiar y vio una luz brillante en la distancia, muy, muy lejos. Apartó su atención de la cama y de la visión de Freddie y de ella acostados de la mano y se volvió hacia la luz, impulsada por la añoranza y por el amor en continua expansión que colmaba el seno de su corazón. «Así que es de este modo como nos sentimos cuando nos morimos», pensó, y tan fuerte era el deseo de llegar al otro lado, de regresar a casa, que no estaba en absoluto asustada.

La luz ganó en intensidad, en brillo y potencia. En el centro de ella Grace vio a la figura conocida de su padre, con su pantalón de peto y la gorra de tweed, y fue entonces cuando entendió que desde un principio la presencia que había percibido junto a las abejas había sido la de él. Que su padre nunca la había abandonado, tal y como había prometido.

—¡Papá! —exclamó—. Estás aquí.

—Siempre he estado contigo, Grace —dijo él, y parecía joven, vibrante y lleno de alegría.

—¿Y mamá?

Él sonrió.

—También está aquí. Nunca se marchó. El amor nos conecta, Gracey. Es un vínculo que nunca muere. Tienes que confiar en lo que percibes.

—¿Estoy muerta?

Él negó con la cabeza.

—He venido a decirte que no te ha llegado la hora. Trixie te necesita más que nunca y Freddie también.

—¿No puedo quedarme?

—Tienes que volver. Te queda trabajo por hacer. —La luz empezó a desvanecerse y su padre con ella.

—Pero tengo cáncer. Me estoy muriendo.

Su voz se debilitó.

—Vas a ponerte bien, Gracey.

—Vas a ponerte bien… —Grace abrió los ojos y vio el rostro ansioso de Freddie mirándola—. Vas a ponerte bien, Grace —repitió.

Ella frunció el ceño al mirarle. La luz del alba empezaba a colarse por los huecos de las persianas.

—¿Qué ha ocurrido?

—Has tenido una pesadilla, cariño —dijo Freddie, apartándole el pelo mojado de la frente.

—No, he tenido un buen sueño.

Freddie sonrió.

—Ahora estás despierta. —Al ver que ella seguía confundida, añadió—: Decías que te estabas muriendo, pero vas a ponerte bien. No voy a dejar que te mueras ahora que he vuelto a encontrarte.

Grace le sonrió a su vez y le puso la mano en la rasposa mejilla.

—Mi querido Freddie. Me alegro de que no fuera un sueño.

Freddie se inclinó sobre ella y la besó en la frente.

—Yo también. —Le acarició el rostro con la mirada y ella sintió que se le encogía el estómago, como le ocurría cuando realmente la miraba—. Había olvidado lo hermosa que estás por la mañana —dijo con suavidad.

—Pues quédate. —Grace le agarró por los brazos para detenerle—. Es temprano. No hay prisa. Vuelve a la cama. —Vio al Freddie de antaño en la sonrisa pícara que en ese momento ocupaba su rostro, y sonrió como lo había hecho aquel día en el río, cuando solo tenía ojos para él.

28

Tres meses más tarde, Trixie pisaba la grava cubierta de nieve delante de la puerta de la casa de Big, llamando al timbre. Oyó los rasguños de los perros procedentes del otro lado. Miró por la ventana y vio el montón de chuchos que tenía meneando la cola y jadeando y le dio un golpecito al cristal, cosa que no hizo sino excitarlos aún más. Pasado un momento, la propia Big apareció con un cárdigan de color amarillo chillón y pantalones de tartán y abrió la puerta.

—Vaya, qué sorpresa más agradable —dijo, sonriendo encantada—. Santo cielo, Trixie, estás radiante. ¿Qué has estado haciendo? Nueva York no debería hacerte resplandecer así.

—He dejado de fumar —respondió ella orgullosa.

—Ya era hora. Pasa. Hace un frío que pela ahí fuera.

—Oh, hace un día precioso —comentó Trixie—. Ha salido el sol, el cielo es de un azul brillante y la nieve resplandece como los diamantes. No recuerdo haber visto la isla tan hermosa.

—Supongo que parece hermosa al principio. No tardará mucho en parecerte un poco aburrida. ¿Te apetece algo caliente? ¿Un chocolate?

—Me encantaría un chocolate caliente.

—¿Qué tal algo más fuerte para darle un puntillo? —preguntó Big con un guiño.

—No, para mí solo leche y chocolate, gracias.

—Iré a decírselo a Hudson. Le encantará tener algo que hacer. Hasta ahora hemos tenido un día muy aburrido. Eres mi primera visita. No creo que nadie, salvo los muy valientes, quiera salir con esta nieve. Ve al salón y ponte cómoda, así entrarás en calor.

Trixie se quitó el abrigo y se acercó despacio a la chimenea del amplio salón. La de Big era una casa modesta, con lustrosos sofás de mimbre y unos cojines de color celeste de los que era imposible despegarse cuando uno se acomodaba en ellos. En la mesa de centro de cristal había un gran arreglo de bayas invernales, rodeadas de brillantes libros en ediciones de tapa dura sobre arte y la vida en las islas. A Big le gustaba apoyar a los artesanos locales y tenía la casa llena de cestas, tallas de marfil y antigüedades pintadas. Ella se arrellanó en el sofá donde tantas veces antes se había sentado y dejó escapar un suspiro de satisfacción. Le gustaba estar en Tekanasset, rodeada de las personas a las que realmente quería. Vio al *Señor Doorwood* acurrucado en el otro extremo del sofá y tendió la mano para acariciarle con suavidad. El gato ronroneó en sueños al tiempo que su gordo cuerpo se erizaba y se relajaba, encantado. Un instante después, Big regresó y se sentó suntuosamente en la butaca que estaba delante de la chimenea.

—¿Cómo está tu madre? —preguntó.

—Mejor —respondió ella feliz—. Es un milagro, créeme. Los médicos la habían desahuciado, pero realmente creo que va a salir de esta, Big.

—Tiene buen aspecto, de eso no hay duda —concedió ella—. Yo lo atribuyo al poder de la oración. En nuestro mundo moderno ocurren los milagros para recordarnos que, a pesar de nuestros avances tecnológicos, Dios sigue siendo grande y todopoderoso.

—La parte más sorprendente de su recuperación es que papá y ella se llevan de maravilla. Es como si de pronto él se hubiera convertido en una persona distinta.

—Yo creo que simplemente está agradecido por haberla recuperado. Creía que iba a perderla. —Big inspiró por las dilatadas fosas nasales—. Todos creíamos que la perdíamos.

—Todavía es muy pronto, pero desde luego se siente más fuerte, lo cual es un alivio enorme. Ahora la necesito más que nunca.

—Y dime, ¿cuánto tiempo te quedas esta vez? —le preguntó.

Trixie pareció a punto de estallar de felicidad.

—Indefinidamente —anunció, dándose una palmada decidida en las rodillas con ambas manos—. He dejado Nueva York y la revista. Necesito un cambio total de vida. He decidido volver a casa definitivamente.

—Vaya, eso sí que es una sorpresa. Y, créeme, no me dejo sorprender con facilidad. —En ese momento apareció Hudson con el chocolate y la tarta y Big vio cómo Trixie cogía un tazón de la bandeja—. Coge un trozo de tarta. No te vendría mal ganar unos kilitos. Vosotras, las jóvenes, vivís del aire que respiráis y eso no es nada atractivo. Las personas tienen mejor aspecto con un poco de carne sobre los huesos, sobre todo las chicas guapas como tú. —Hudson dejó la tarta en la mesa de centro y Trixie cogió una pequeña porción. Entonces le sirvió la porción mayor a Big en un plato de porcelana—. Gracias, Hudson —dijo, mordiendo la punta y soltando un gemido de placer—. Yo creo que la tarta de chocolate es tu arma secreta.

El anciano sonrió, agradecido.

—Gracias, señorita Wilson.

Big masticó, feliz.

—Y creo que lo sabes —añadió, riéndose entre dientes—. Y dime, ¿qué planes tienes, Trixie? —Entrecerró los ojos para añadir—: Supongo que tienes un plan y que te gustaría que te ayudara.

—Como te decía, quiero quedarme a vivir aquí. Voy a aprender el oficio de apicultora y ayudaré a mamá con sus jardines. Aunque ella no está muy fuerte, le gusta tanto la horticultura que no quiere dejarlo. Así que voy a convertirme en su ayudante —anunció encantada—. No sabes la ilusión que me hace.

—Pero no quieres vivir en casa de tus padres —apuntó Big.

—No, creo que debería ser independiente.

—Tienes razón. ¿Imagino entonces que quieres mi casa de invitados?

Trixie sonrió con timidez.

—Espero no parecer una presuntuosa, pero esperaba que quizá querrías alquilármela durante un tiempo.

—Mi querida niña, quédatela todo el tiempo que quieras. Te cobraré un alquiler simbólico para cubrir los gastos. —Big esbozó una sonrisa pícara—. Será fantástico tenerte aquí al lado, y podrás ir caminando a casa de tu madre por la playa.

—Lo sé. Eso es justamente lo que pensaba, y me encanta vivir al lado del mar. Es tan romántico...

—Lo es. Y eso me lleva a preguntarte: ¿por qué has decidido de pronto volver a casa? Creía que estabas triunfando en Nueva York.

—Y así era. —Esbozó una sonrisa cómplice—. Algo ha cambiado mi... ¿cómo decirlo?... mi percepción del mundo. Y me ha hecho valorar lo que realmente es importante. Adoro este lugar. Aquí es donde siempre me he sentido más feliz que en ningún otro sitio. Ya no soy ambiciosa. Hay cosas más importantes que ganar mucho dinero y que triunfar. Ahora mi prioridad es la calidad de vida.

—Te doy toda la razón en eso. Tus padres estarán felices teniéndote aquí. ¿Cuándo pensabas instalarte?

—En cuanto me dejes. Todavía no le he contado mi plan a mamá. Prefería concretar antes lo del alojamiento.

—Pues ahora ya puedes contárselo. La casa de invitados es tuya. La calefacción está encendida para que las cañerías no se congelen, así que es perfectamente habitable. ¿Estás segura de que no prefieres tomar algo más fuerte para celebrarlo?

Trixie negó con la cabeza.

—Un chocolate caliente es perfecto, gracias. Y tienes razón. La tarta está deliciosa. ¿Puedo servirme otro trozo?

Trixie bajó corriendo por el sendero cubierto de nieve que discurría entre los árboles hasta la playa. La nieve brillaba desafiante a la débil luz del invierno, pero el viento la había barrido en espesas ráfagas contra las dunas y habrían de pasar varias semanas antes de que se derritiera. La casa de invitados de Big estaba situada de cara al mar, enclavada contra el acantilado cubierto de hierba y protegido por grandes arbustos y arbolillos. Había sido construida siguiendo el estilo de placas de madera grises típico de la mayoría de casas de la isla, con un recio porche que en ese momento estaba cubierto de nieve. Aunque podía parecer desolada, mirando desde el acantilado al océano con sus ojos oscuros y vacíos, a ella le parecía romántica en su soledad y no veía el momento de ocuparla y de llenar esos ojos de vida.

Introdujo la llave en la cerradura y empujó la puerta. Cuando cruzó el umbral, al instante le llamó la atención el olor húmedo y tan familiar a mar, que le llenó el corazón con una cálida sensación de nostalgia. Recorrió con la mirada el acogedor vestíbulo, con la lustrosa tarima del suelo y la escalera que subía al primer piso trazando una elegante curva, y dejó escapar un suspiro de satisfacción. Era allí adonde pertenecía. Inspiró hondo: por fin en casa.

Recorrió todas las habitaciones. Big había contratado a una decoradora para la casa de invitados y la mujer, famosa en la isla, había sido fiel a su sello característicamente náutico, usando azules y blancos y muchos muebles de mimbre. Decidió que añadiría algo de rojo aquí y allá para hacerla suya y aguantar hasta la primavera. Entró en el salón, cuyo elemento central era una chimenea, y se sentó en uno de los sofás. El sol penetraba débilmente por la ventana, iluminando la alfombra blanca y azul que mullía el suelo y dominaba el espacio. El silencio de la casa vacía la colmó de paz. Fuera, las olas lamían la playa nevada con agotada regularidad, como si el frío les hubiera robado las fuerzas.

¿Qué le depararía el futuro? Desde que había dejado a Jasper en Walbridge tenía la certeza de que jamás volvería a amar a nadie como a él. En aquel momento creyó que quizás encontraría a alguien con quien compartir su vida. A fin de cuentas, era joven y quizás una segunda opción fuera mejor que ninguna. Tenía muchos años por delante y la vida ya era en sí solitaria. Pero en los últimos días le había quedado felizmente claro que en el fondo no necesitaba a ningún hombre, ni siquiera a Jasper. Había descubierto que había vuelto a Estados Unidos con un polizón: una diminuta parte de Jasper viajaba oculta en su vientre y crecía despacio en él. El amor que sentía ya hacia su hijo bastaría para sostenerla durante el resto de sus días. Estarían bien los dos solos. Serían absolutamente felices. Ya nada importaba salvo aquella hermosa y pequeña alma. Se llevó la mano al vientre y en silencio dio gracias a Dios por su compasión.

29

Tres años más tarde

El sol otoñal proyectaba largas sombras sobre Sunset Slip y encendía las nubes violetas en un dramático despliegue de rojo y carmesí. Trixie paseaba por la playa en compañía de su hijo Arthur con la vista en el mar, donde el esplendor del crepúsculo se reflejaba en el agua. La belleza de la puesta de sol le tocó la fibra sensible y fue presa de una oleada de melancolía, deteniéndose durante un instante sobre sus pasos para saborear el esplendor de un nuevo crepúsculo sobre Tekanasset, cuya magnificencia nunca había dejado de desarmarla. Arthur cruzó la arena a la carrera tras un chorlito. La risa burbujeante del pequeño se expandió a merced de la brisa con el solitario chillido de una gaviota.

El verano tocaba a su fin. Pronto los chorlitos y las golondrinas de mar emigrarían a costas más cálidas y los vientos se volverían más fríos y soplarían con más fuerza hasta gemir de noche al otro lado de la ventana de su cuarto. A ella le encantaba la casa de invitados de Big. Y también la playa. Nunca había sido más feliz.

Las cartas de Jasper, tan apasionadas al principio, habían ido menguando como ella ya había previsto, sobre todo teniendo en cuenta que nunca las había contestado. Quizás él creía que ella ya no le amaba. Esa idea le dolía, y a menudo había cogido bolígrafo y papel, dispuesta a desnudar su alma, pero enseguida había lamentado su impulsividad y había arrojado al fuego la carta inacabada. Nada bueno podía salir de eso. No había nada que ella pudiera hacer. No podía cambiar el pasado y era reticente a alterar el presente. Al menos, no tenía que cargar sobre su conciencia con la destrucción de la familia de Jasper.

Miró a Arthur y recordó la sorprendente reacción de sus padres al saber que estaba encinta del hijo de Jasper. En la estela de la enfermedad de Grace, los viejos prejuicios alimentados generación tras generación parecían demasiado triviales. Habían aprendido que la vida era un regalo y que el amor era lo único importante en ella. Al fin y al cabo, lo único que deseaban era la felicidad de su hija. Cuando llegó el bebé, lo acogieron encantados. Grace dijo que se parecía a su padre y Freddie defendió que el pequeño se parecía a su madre. Pero con el tiempo, cuando el pequeño creció, ella empezó a ver a Jasper en su sonrisa y en el color gris verdoso de sus ojos. Y todos disfrutaron del regalo de amor que Arthur había llevado con él al mundo y de la enorme felicidad que le producía a cada uno.

Trixie había hecho muchos amigos nuevos en Tekanasset desde que, tres años antes, se había instalado de nuevo en la isla. Luce Darlacher, recientemente divorciada de Ben (que había cambiado los palos de la batería por un traje y trabajaba en un banco de inversiones de Washington) había vuelto a la isla con sus tres hijos, y sorprendentemente las dos mujeres se habían hecho buenas amigas. Al parecer, Tekanasset era el sitio donde vivir cuando la vida se volvía demasiado frenética, o cuando el alma necesitaba sus aguas curativas. Las playas de la isla eran un bálsamo para los corazones maltrechos y los cielos inmensos de colores y tonos cambiantes animaban el alma y daban a los perdidos una impagable sensación de estar en casa. Cuando Trixie recorría con la mirada aquel vasto horizonte se acordaba de lo que realmente era importante: los amigos, la familia y tu casa. Y, en el fondo, las tres cosas se reducían a una sola cosa: el amor.

Se arrebujó en el cárdigan y se cruzó de brazos. El sol se ponía y en las sombras hacía frío. Vio a lo lejos una figura que caminaba hacia ella. Probablemente fuera un hombre con su perro, pensó, desviando la vista hacia su hijo, que en ese momento se había acuclillado en la arena y jugaba con un canto rodado de cristal de color azul intenso. Decidió dar media vuelta y emprender el camino de regreso a casa.

—Arthur —le llamó—. Vamos, cielo. Hora de tomar el té.

El pequeño se levantó y corrió hacia ella. Cuando le tendió los brazos, ella alzó la vista para ver al hombre que, ahora más cerca, avanzaba más deprisa y con decisión hacia ellos. Entonces se inclinó hacia Arthur y lo tomó en brazos. Lo abrazó con fuerza, disfrutando de la solidez de su cuerpo contra el suyo.

Cuando se disponía a volverse de espaldas, le pareció reconocer algo que le resultó familiar en la forma de andar del hombre. Se movía con largas zancadas y, a medida que se acercaba, parecía acelerar el paso. Trixie se quedó helada. No podía ser cierto. ¿No había creído acaso que lo había visto incontables veces antes? ¿No la había destrozado la decepción cada vez que se daba cuenta de su error? Aquella era, sin duda, otra de esas veces. Se tragó las lágrimas, maldiciendo el cielo rojo y el mar dorado por ponerla tan sensible. Era una mujer totalmente feliz. Estaba absolutamente encantada con su vida. Tenía a Arthur. ¿Qué más podía desear?

Pero el hombre echó a correr. Sus largas piernas corrían sobre la arena y el viento barrió su voz hasta donde estaba ella, que tuvo la certeza de que el desconocido gritaba su nombre. «Trixie…» Parpadeó, intentando enfocarlo con la mirada, pero las lágrimas le velaron la visión y no pudo ver nada, solo su propia añoranza, que en ese momento le surcaba las mejillas a raudales.

—Mami llora —dijo Arthur, preocupado. Ella besó la fría carita del pequeño, pero no pudo responderle. Había perdido la voz, exprimida hasta el silencio por la garganta contraída.

Y entonces él se plantó delante de ella. Jadeante, con el rostro enrojecido, desesperado. Se miraron durante un instante, sin saber qué decir.

—Me ha dejado —dijo Jasper por fin. Sus ojos repararon en el niño y la derrota le encogió los hombros. Había llegado demasiado tarde.

Trixie le leyó la mente y sonrió entre lágrimas.

—Este es Arthur, Jasper —susurró, moviendo el hombro para que él pudiera ver la cara del niño. El pequeño se volvió y miró al hombre con timidez y con esos enormes e inquisitivos ojos entre verdes y grises. Jasper miró a su hijo y después a Trixie. Sobraban las palabras. Negó con la cabeza, perplejo, dio un paso adelante y envolvió en sus brazos a los dos, estrechándolos contra su pecho.

Trixie apoyó la cabeza sobre su hombro y suspiró.

—Has vuelto —dijo con un hilo de voz.

—Porque derramé lágrimas en las aguas del puerto —respondió. La estrechó con fuerza—. Aunque, si he de serte sincero, he vuelto porque te amo —añadió, estrechándola aún con más fuerza—. Te amo, Trixie, y siempre te amaré.

Agradecimientos

La pregunta que me hago más a menudo es: ¿cómo se me ocurren las historias de mis libros? En este caso en particular, todo empezó una noche de verano de 2012, cuando desbrozaba el jardín de mi casa de Hampshire. Descubrí de pronto un panal de abejas colgando de los ladrillos junto a la ventana del dormitorio de mi hija. No había visto nada igual y obviamente me alarmé considerablemente. Era enorme. Llamé a mi padre, que vive al lado, para que fuera a echar un vistazo, y muy pronto toda la familia estaba ahí debajo, mirando con perplejidad aquella bola furiosa. Mi padre sugirió que quizá las abejas se marcharían a la mañana siguiente, así que no le di más importancia hasta que al amanecer me despertó un sonoro zumbido delante de mi ventana. El aire estaba invadido por miles de abejas que claramente no tenían ninguna intención de marcharse. Mi padre llamó al apicultor del pueblo, que cría abejas en su granja, y apareció su hija en casa para explicar la situación, que se resumía en que las abejas estaban buscando un lugar nuevo donde construir su colmena.

—¡Entre mis ladrillos no! —anuncié desafiante. Aunque me gustan las abejas, no las quería tener instaladas en mi pared. La chica me dijo que si las abejas volvían a formar un panal, regresaría esa misma tarde y literalmente las retiraría de allí, las metería en una cesta y se las llevaría a su casa para intentar instalarlas en una de las colmenas de su padre. Resultó que afortunadamente se marcharon solas. Pero a raíz de eso se me ocurrió que «La casa del Apicultor» era un buen título y empecé a darle vueltas a una idea. Más adelante cambiamos el título, pero esa «tarde de las abejas» fue el catalizador de este libro.

Casualmente, mientras estaba en pleno proceso de investigación, hablé un día con una abuela encantadora durante un té que daba la escuela de mi hijo. La señora me dijo que le encantaban mis novelas y me preguntó en qué estaba trabajando. Se lo dije: en la hija de un apicultor durante la Segunda Guerra Mundial. Se le iluminaron los ojos y declaró que su padre había sido apicultor durante la guerra. A decir verdad, yo me quedé menos asombrada que ella, porque, cada vez que me embarco en una nueva novela, invoco ayuda y es increíble cómo todo lo que necesito termina cayendo sobre mi regazo. ¡Elizabeth Kennerley, caíste sobre mi regazo y doy gracias a los ángeles por haber organizado ese encuentro! Antes de conocernos yo sabía muy poco sobre abejas. Ahora sé muchas cosas sobre ellas. Mucho más de lo que he podido trasladar al libro. Gracias por todos tus consejos y por haberme prestado un hermoso y viejo libro que terminó siendo tan informativo que no necesité buscar en ninguna otra parte.

Ubiqué la isla de Tekanasset en Nantucket. Siempre me ha gustado inventar las localizaciones que utilizo, porque de ese modo tengo plena libertad para diseñarlas como quiero, además de conocerlas mejor que nadie. Pasé una maravillosa semana en Nantucket con Peter y Flora Soros hace muchos años, pero recuerdo que pensé, ya entonces, que algún día situaría una novela allí. Así que gracias, Peter y Flora, por unas fabulosas vacaciones y por plantar la semilla que finalmente floreció en este libro.

Siempre escribo con música. Confecciono una lista de canciones distinta para cada novela y dedico mucho tiempo a buscar las melodías adecuadas que me inspiran. Me encanta John Barry, Howard Shore y Ennio Morricone, pero para *La hija del apicultor* descubrí un compositor con un gran talento al que no había oído nunca: Guy Farley compone música para cine y supongo que nunca imaginó que sería la constante banda sonora para la escritura de una novela. Descargué todas sus bandas sonoras y las escuché encadenadamente. Me las aprendí de memoria y las adoro. Gracias, Guy, por haberme transportado a las ventosas playas de la isla de Tekanasset y a las exuberantes colinas de Dorset. En cuanto encendía el iPod ya nada podía distraerme de la belleza de tu música ni del esplendor de las escenas que me inspiraba. He dedicado este libro a mi tío Jeremy Palmer Tomkinson. Junto con su esposa, Clare, Jeremy siempre ha apoyado mis libros con gran entusiasmo. De ahí que, cuando necesité consejo sobre alguna escena en particular que ocurría durante la guerra, le invité a almorzar, sabiendo que es un auténtico experto en la Segunda Guerra Mundial. Clare también le acompañó y les conté el argumento mientras disfrutábamos de un copioso almuerzo. Jeremy me contó todo lo que yo necesitaba saber para escribir la escena, pero lo más importante es que me dio un consejo sobre el argumento general. Ahora que habéis leído la novela, quizá sepáis a lo que me refiero, pero lo único que puedo decir es que toda la novela depende de ese pequeño aunque importantísimo detalle. Yo no había planeado en absoluto que el argumento fuera en esa dirección, pero la idea de Jeremy era muy buena, por eso creo que es de justicia que le dedique a él el libro, y solo a él. Cuando se lo dije, le dio mucha vergüenza, porque no creía merecerlo, pero todavía no ha leído la novela, así que no podía saberlo. Bien, pues te digo, Jeremy, que realmente lo mereces. A veces los ángeles no tienen alas, ¡almuerzan conmigo y compartimos una botella de vino! Quiero dar las gracias a mi madre, Patty Palmer-Tomkinson, que es siempre la primera persona que lee mis manuscritos. Leyó *La hija del apicultor* fijándose en cada detalle ¡y ahorrándole a mi editora un montón de trabajo en la corrección gramatical y en la de palabras mal elegidas! Gracias, mamá, por haber dedicado tu tiempo y esfuerzo a salvarme de mí misma. También me gustaría dar las gracias a mi suegra, April Sebag Montefiore (¡qué haríamos sin esas madres tan generosas!) que leyó las partes del libro que correspondían a la década de 1940. Su aportación fue crucial. Sin su ayuda no podría haber retratado el paso del tiempo. Nunca podré agradecerte lo suficiente por haberme dedicado tanto tiempo y tanta energía, April, y por tu constante apoyo y entusiasmo. Mi viejo amigo, Harry Legge-Bourke también fue de gran ayuda con sus respuestas a mis preguntas sobre el ejército, pues había servido en la Guardia Galesa (¡no durante la guerra!). ¡Creedme si os digo que la investigación puede llegar a ser muy agradable cuando se hace al sol delante de Colbert en compañía de un par de cócteles! Gracias por tu ayuda, Harry. También quisiera dar las gracias a Bob y a Nancy Phifer, mis amigos de Boston, que han sido increíblemente útiles respondiendo preguntas y recomendándome libros para leer a fin de dar vida a mis escenarios de Tekanasset, y también a su librería local, The Brewster Bookstore, siempre tan cooperadores y tan bondadosos. La presencia de mi padre es evidente en el libro como lo es el viento en el susurro de las hojas del bosque. Con el paso de los años, he asimilado su filosofía y su sabiduría como una ávida esponja y todo ello lo aplico a mis personajes cuando aprenden lecciones de las cartas que la vida les reparte y en las elecciones que hacen. Esa es una parte de la escritura que más disfruto, porque es la parte de la vida que más me interesa. Gracias, papá, por despertar mi curiosidad. Mis queridos hijos me enseñan más que cualquier otra cosa sobre la vida. El amor es el motivo de nuestra existencia y es lo que nos llevamos con nosotros cuando nuestras vidas tocan a su fin. Son para mí una inspiración constante y les estoy inmensamente agradecida. Sebag, mi marido, es mi mejor amigo, mi más ferviente aliado y mi gran campeón. Hago extensiva a él mi más profunda gratitud por darme el tiempo y el espacio para poder ser creativa. Jamás me habrían publicado de no haber sido por mi maravillosa y dinámica agente, Sheila Crowley de Curtis Brown. Eres una agente brillante, Sheila ¡y no sé qué sería de mí sin ti! Creo firmemente que estás pendiente de mí y solo de mí, porque siempre que te necesito apareces como mi hada madrina, agitas tu varita mágica ¡y me dices que puedo ir al baile si quiero! Me gustaría también dar las gracias a Katie McGowan, Rebecca Ritchie y a Curtis Brown por su gran trabajo.

Mi más sincero e inmenso agradecimiento a mi equipo fabulosamente efectivo de Simon & Schuster. Mi comandante en jefe, Ian Chapman; mi editora, Suzanne Baboneau y sus colegas, Clare Hey, James Horobin, Dawn Burnett, Hannah Corbett, Sara-Jade Virtue, Melissa Four, Ally Grant, Gill Richardson, Rumana Haider y Dominic Brendon. Tenéis todos mucho talento, sois enérgicos y apasionados con lo que hacéis y no tengo palabras para daros las gracias por ser el viento que empuja mis velas y por haberme llevado tan lejos.

ECOSISTEMA DIGITAL

NUESTRO PUNTO DE ENCUENTRO

www.edicionesurano.com

2 AMABOOK
Disfruta de tu rincón de lectura
y accede a todas nuestras **novedades**
en modo compra.
www.amabook.com

3 SUSCRIBOOKS
El límite lo pones tú,
lectura sin freno,
en modo suscripción.
www.suscribooks.com

DISFRUTA DE 1 MES
DE LECTURA GRATIS

1 REDES SOCIALES:
Amplio abanico
de redes para que
participes activamente.

4 APPS Y DESCARGAS
Apps que te
permitirán leer e
**interactuar con
otros lectores**.